ATMOSFERA

TAYLOR JENKINS REID

ATMOSFERA
UMA HISTÓRIA DE AMOR

Tradução
ALEXANDRE BOIDE

paralela

Copyright © 2025 by Rabbit Reid, Inc.

A Editora Paralela é uma divisão da Editora Schwarcz S.A.

Grafia atualizada segundo o Acordo Ortográfico da Língua Portuguesa de 1990, que entrou em vigor no Brasil em 2009.

TÍTULO ORIGINAL Atmosphere: A Love Story
CAPA Tim Green e Faceout Studio
FOTOS DE CAPA Jeff Cottenden; Artem Hvozdkov/ Getty Images
ILUSTRAÇÃO DE MIOLO Vanessa Lima
PREPARAÇÃO Rachel Rimas
REVISÃO Marise Leal e Adriana Bairrada

Dados Internacionais de Catalogação na Publicação (CIP)
(Câmara Brasileira do Livro, SP, Brasil)

Reid, Taylor Jenkins
   Atmosfera : Uma história de amor / Taylor Jenkins Reid ; tradução Alexandre Boide. — 1ª ed. — São Paulo : Paralela, 2025.

   Título original : Atmosphere : A Love Story.
   ISBN 978-85-8439-467-8

   1. Ficção norte-americana I. Título.

25-259843   CDD-813

Índice para catálogo sistemático:
1. Ficção : Literatura norte-americana   813

Aline Graziele Benitez — Bibliotecária — CRB-1/3129

Todos os direitos desta edição reservados à
EDITORA SCHWARCZ S.A.
Rua Bandeira Paulista, 702, cj. 32
04532-002 — São Paulo — SP
Telefone: (11) 3707-3500
editoraparalela.com.br
atendimentoaoleitor@editoraparalela.com.br
facebook.com/editoraparalela
instagram.com/editoraparalela
x.com/editoraparalela

Para Paul Dye, o diretor de voo com mais tempo de Nasa e autor de Shuttle, Houston.

Paul, eu entendo por que você conseguiu guiar tantas tripulações de volta para casa em segurança. Este livro não existiria sem você.

Queridos leitores,

Uma noite, no verão passado, depois que minha filha foi dormir, saí para o quintal, olhei para o céu noturno e vi Vênus à distância.

Brilhava mais que qualquer estrela, e estava baixa no céu, logo acima da linha das árvores. Minha filha e eu estávamos tentando vê-la fazia alguns dias. Eu sabia que devia deixá-la dormir, mas em vez disso fui até seu quarto, abri a porta e sussurrei: "Vem aqui fora".

Quando chegamos ao quintal, eu a peguei no colo. Ela está grande demais para ser carregada, mas ainda me deixa fazer isso quando está com sono. Apontei para Vênus à nossa frente.

"Está ali!", ela falou. "Estou vendo." E, por alguns momentos, eu a segurei nos braços enquanto nós duas contemplávamos o céu, maravilhadas.

Antes de escrever este livro, eu mal conseguia identificar a Ursa Maior. Mas queria que minha protagonista, Joan, fosse uma astrônoma entusiasmada e apaixonada por seu trabalho. Então baixei um aplicativo, comprei alguns livros e comecei a estudar as estrelas. O que começou como uma tentativa de criar um pano de fundo interessante para uma história de amor se tornou o ponto de partida para que eu passasse a entender meu lugar no mundo.

Quando você começa a observar o céu noturno, passa a se orientar no tempo e no espaço. Aprende, por exemplo, que no hemisfério Norte, se conseguir localizar as Três Marias, significa que é inverno. Aprende a estimar que horas são só de observar a posição da constelação Cassiopeia em relação à Estrela Polar. Sabe o que mais gostei de aprender? Se você conseguir ver as estrelas Altair, Deneb e Vega no verão, vai perceber que elas formam um triângulo. E que esse triângulo sempre aponta para o sul. Se você se perder, é só achar essas três estrelas, e então vai saber aonde ir.

Alguma coisa nisso tudo parece aliviar o que quer que esteja me afligindo quando estou à noite com minha filha ao ar livre. Sei que me sinto assim em parte pelo simples prazer de passar um tempo com ela, e talvez porque botar em prática um novo conhecimento é empolgante. Mas acho que também existe o alívio de sentir que essas estrelas são *imutáveis*.

Nada do que você ou eu possamos fazer pode alterá-las. Elas são muito maiores que nós. E não vão mudar pelo resto de nossa vida. Podemos acumular sucessos ou fracassos, acertar tudo ou fazer tudo errado, amar e perder as pessoas que amamos, e o Triângulo de Verão vai continuar apontando para o sul. E assim eu sei que tudo vai ficar mais ou menos bem — por mais impossível que isso pareça às vezes.

Espero muito, muito mesmo, que você goste desta história. Mas espero ainda mais que Joan Goodwin te convença a sair ao ar livre depois de anoitecer para *olhar para cima*. Espero, do fundo do meu coração, que Joan consiga te convencer a se abrir para a possibilidade de se maravilhar.

Taylor Jenkins Reid

29 DE DEZEMBRO DE 1984

Joan Goodwin chega ao Centro Espacial Lyndon B. Johnson bem antes das nove, e Houston já está úmida e abafada. Ela sente o suor brotando na testa enquanto anda pelas instalações até o prédio do Controle de Missão. Joan sabe que é o calor. Mas também sabe que não é só isso.

Seu trabalho de hoje é um de seus favoritos como astronauta. Ela é Capcom da Equipe de Voo Orion da missão STS-LR9, a terceira do ônibus espacial *Navigator*.

A função de Capcom — a única pessoa do Controle de Missão que conversa diretamente com a tripulação do ônibus espacial — é uma das muitas que os astronautas cumprem quando não estão em missão.

Isso é algo que Joan precisa explicar muitas vezes nas poucas festas a que concorda em ir. Os astronautas recebem treinamento para viajar ao espaço, verdade. Mas também ajudam a projetar as ferramentas e os experimentos, testar as comidas que serão levadas, preparar o ônibus espacial, explicar a estudantes o que a Nasa faz, pedir ao governo verba para viagens espaciais, atender à imprensa e muito mais. É uma lista longa e exaustiva.

Ser astronauta não é só estar em órbita. É também participar da equipe responsável por levar a tripulação até lá.

Além disso, Joan já tinha ido para o espaço. Na mesinha de cabeceira do seu quarto ficava o inexplicável talismã que todo astronauta deseja: o broche de ouro. A prova de que ela esteve entre os seletos seres humanos que saíram do planeta.

Tinha visto o brilho espetacular dos sete oceanos a mais de trezentos mil metros de altitude. *Cerúleo? Cobalto? Ultramarino?* Não havia uma cor que fosse vívida o bastante para descrever o que viu. Noventa e nove vírgula nove por cento da humanidade nunca veria esse azul. E ela viu.

Mas agora estava de volta, com os dois pés no chão, e tinha um trabalho a fazer.

Portanto, quando entra no prédio do Controle de Missão naquela manhã com um café preto na mão, Joan está tranquila. Não está ansiosa, nem apavorada, nem com o coração partido.

Tudo isso só vai acontecer mais tarde.

Joan entra na sala do Controle de Missão atravessando o teatro de observação. Observa por um tempo enquanto a equipe do último turno prepara dois especialistas de missão para sua caminhada espacial.

Seu chefe — o diretor de voo da Equipe Orion, Jack Katowski — já estava lá, recebendo as informações relevantes do diretor de voo anterior.

Jack tinha um corte de cabelo militar, que estava ficando grisalho nas têmporas, e uma reputação de ser *especialmente estoico* dentro de uma organização conhecida por seu estoicismo.

Ainda assim, sempre deu toda assistência a Joan em sua função de Capcom. E eles formam um bom time. Joan se orgulha disso, de saber trabalhar em grupo.

Até porque a tripulação da missão STS-LR9 é composta quase totalmente de astronautas de sua turma de recém-ingressos.

O comandante Steve Hagen tinha sido um dos instrutores deles, mas o restante da equipe — o piloto Hank Redmond e os especialistas de missão John Griffin, Lydia Danes e Vanessa Ford — era formado pelas pessoas que chegaram ali junto com Joan, e com quem ela treinou e aprendeu seu ofício.

Eles são mais que amigos. Alguns são sua família. E é em parte devido às relações complicadas que tem com cada um deles que Joan se transformou na Capcom perfeita para o que precisam hoje, embora ela também seja a última pessoa que deveria realizar esse trabalho.

A missão do ônibus espacial é fazer o lançamento do Arch-6, um satélite de observação da Marinha americana. Ontem, porém, no segundo dia de voo, enquanto a tripulação se preparava para pôr o Arch-6 em funcionamento, as travas que prendiam a carga não se abriram.

Naquela manhã, eles estavam preparando Vanessa Ford e John Griffin para sair da nave, ir até o compartimento de carga e liberar as travas manualmente.

Joan se junta à equipe no centro de controle de voo. Faz um aceno de bom-dia para Ray Stone, o cirurgião de voo, e um cumprimento de cabeça para Greg Ullman, do Eecom — gerenciamento de componentes elétricos, ambientais e de consumo.

O Capcom anterior, Isaac Williams, a recebe e informa os dados de telemetria e cronometragem. Ford e Griff já estão com seus trajes espaciais. O procedimento de pré-respiração termina em seis minutos.

Isaac vai embora, e Joan assume seu lugar no console.

Jack se conecta ao circuito de comunicação do Controle de Missão — assim como Joan, Ray, Greg e o resto da Equipe de Voo Orion, composta de vinte membros, cada qual com sua estação de trabalho dentro da sala e uma equipe de apoio em outros locais do centro espacial.

Ford e Griff completam o procedimento de pré-respiração e entram na câmara de descompressão, esperando a despressurização ser concluída para que possam funcionar autonomamente no espaço.

O deque de voo e o deque intermediário — onde os astronautas vivem e trabalham no ônibus espacial — são pressurizados para simular a atmosfera na superfície da Terra. Mas o compartimento de carga — onde os satélites são transportados até o lançamento — não. Fica exposto ao vácuo do espaço. Isso significa que, se Ford e Griff saíssem sem o traje espacial, todo o oxigênio de seus pulmões e de sua corrente sanguínea seria sugado imediatamente, fazendo-os perder a consciência em quinze segundos. Eles morreriam em menos de dois minutos.

O corpo humano — por mais inteligente que seja — é composto de acordo com as necessidades impostas pela atmosfera da Terra.

Seria muito fácil afirmar que os humanos não estão equipados para a vida no espaço. *Seja o que for que moldou nossa espécie, não foi para isso.* Mas Joan prefere pensar que é o contrário.

A inteligência e curiosidade humana, nossa persistência e resiliência, nossa capacidade de planejamento de longo prazo e nossa tendência à colaboração trouxeram a humanidade até aqui.

Para Joan, não estamos mal equipados coisa nenhuma. Somos exatamente quem deveria estar lá. Somos a única forma de vida inteligente conhecida na nossa galáxia que se tornou consciente do Universo e trabalha para entendê-lo.

Somos tão determinados a aprender o que está fora do nosso alcance que demos um jeito de lançar um foguete para fora da atmosfera. Uma habilidade extraordinária que parece atrair todo tipo de maluco, mas quem sabe executá-la de verdade são pessoas como ela. Nerds.

A exploração espacial exige preparação em vez de impulsividade, tranquilidade em vez de ousadia. Para um trabalho tão arriscado, pode ser bem entediante e rotineiro. Todos os riscos são avaliados de forma minuciosa. Nada é improvisado. Não existem aventureiros aqui.

É assim que a Nasa mantém todo mundo em segurança. Com cenários previsíveis e preparo para qualquer situação.

Quando a câmara de compressão finaliza o processo de despressurização, Jack dá o ok para Joan, que aciona o circuito de comunicação do ônibus espacial.

E agora Joan está atenta à própria respiração, a seus batimentos cardíacos. Não porque esteja com medo do que a missão implica — ainda não há nenhuma razão lógica para qualquer temor —, mas porque fica nervosa toda vez que fala com Vanessa Ford.

"*Navigator*, aqui é Houston", diz Joan.

"Houston, estamos na escuta", responde Steve Hagen.

Hank Redmond entra na conversa com seu sotaque texano carregado: "Dia, Goodwin".

"Ótimo dia o de hoje", comenta Lydia Danes.

"É mesmo", concorda Joan. "Temos muito a fazer, por isso é um prazer anunciar a vocês, Griff e Ford, que estão liberados para a caminhada espacial."

"Entendido", responde Ford.

"Certo, entendido, Goodwin", diz Griff. "Que bom ouvir você."

Esses são os últimos quarenta e cinco minutos *antes*.

Vanessa Ford estava com sensores biomédicos fazia horas. Os dispositivos enviam seus sinais vitais para o cirurgião de voo, que monitora cada respiração sua. Mas, mesmo antes de os eletrodos serem dispostos em seu corpo todo, Vanessa sabia que sempre tem alguém em solo que a acompanhava.

O Controle de Missão sabe tudo o que acontece no ônibus espacial: cada temperatura, cada coordenada, o status de cada botão de acionamento. Para onde quer que Vanessa olhe, lá está Houston, ouvindo e detectando tudo ao seu redor.

Ninguém mais na tripulação parece tão incomodado com isso quanto ela. Saber que todos podem ver sua frequência cardíaca — e ver como seu corpo reage toda vez que Houston fala com a nave — a faz se sentir extremamente exposta.

"Fico contente de ouvir sua voz também, Griff", responde Joan. "É bom poder começar o dia assim."

Ela consegue até ouvir o sorriso de Joan. Na maneira como a cadência de sua voz se altera.

Vanessa leva a mão enluvada à escotilha na câmara de descompressão que dá acesso ao compartimento de carga. Ela sente uma vibração no peito. Com as portas do compartimento já abertas, aquela é a última barreira entre ela e o espaço.

Não existe coleta de dados na escotilha da câmara de descompressão. É uma das poucas coisas no ônibus espacial que não envia um sinal próprio. Isso significa que cabe a um deles notificar Houston de que estão prestes a abri-la.

Vanessa olha para Griff, contente por fazer isso junto com ele. Sempre gostou de Griff, e não só por serem ambos da Nova Inglaterra, embora isso ajude.

"Houston, estamos abrindo a câmara de descompressão", avisa Griff.

Vanessa começa a abrir a escotilha, tentando manter os batimentos estáveis. Vem trabalhando há cinco anos para esse momento, com o qual sonhou durante boa parte da vida.

O espaço.

Ela e Griff respiram fundo quando olham pela escotilha.

Já tinham visto pela janela, mas nada é capaz de preparar uma pessoa para a visão daquele momento.

A mente de Vanessa silencia. Fora as luzes brilhantes da nave, o resto é só escuridão. Não existe horizonte, apenas a borda da *Navigator* e depois um nada com as cores brilhantes da Terra à distância.

"Uau", comenta Vanessa. Ela olha para Griff, que também está perdido naquela vista.

Ela se solta da nave e passa pela escotilha, pronta para dar seu primeiro passo no espaço. Sente as pernas firmes enquanto as move no vazio. Seus olhos se arregalam diante da intensidade daquele momento, um vazio diferente de tudo o que já tinha visto.

Vanessa olha para além das portas do compartimento de carga, para ver a Terra à distância. Filamentos de nuvens atravessam os desertos do norte da África. Por um momento, Vanessa para e observa o oceano Índico.

Ela sempre adorou ficar acima das nuvens, mas estar assim tão longe a deixa sem fôlego.

"Meu Deus", diz Griff.

Vanessa se volta para ele. Ambos estão devidamente atados à nave, e Griff se afasta.

Ela vai atrás, na direção da carga. Apesar da vista espetacular, o verdadeiro motivo para Vanessa estar ali é a determinação de arrumar um maquinário trezentos e cinquenta quilômetros acima da atmosfera da Terra.

Eles chegam à carga e assumem suas posições. São quatro travas, duas de cada lado do satélite.

"Sem pressa, Ford", diz Griff. "Vou ficar muito chateado se a gente bater o recorde de caminhada espacial mais curta de todos os tempos."

"Não tem muito o que enrolar aqui", ela responde. "É só soltar algumas travas. Mas tudo bem."

Usando uma chave catraca, Vanessa abre uma das travas do seu lado, depois passa para a outra. Missão cumprida. Ela espera até Griff soltar sua segunda também.

Quando ele termina, pouco tempo depois, solta um suspiro.

"Houston, as travas estão soltas, em boa parte graças à eficiência e ao brilhantismo de Vanessa Ford."

"Entendido, *Navigator*. Bom trabalho", diz Joan. E então, depois de alguns momentos: "*Navigator*, esses trajes ainda estão equipados para mais horas de uso, então é melhor vocês ficarem na câmara de descompressão durante o lançamento do satélite, para o caso de ser necessária uma intervenção sua."

"Ah", diz Griff. "Quanta gentileza sua."

"Pois é, você tem um lugar no nosso coração", responde Joan.

"Eu digo o mesmo, Houston", complementa ele. "Entendido. Ford e eu vamos ficar na câmara de descompressão."

Eles flutuam de volta. Griff deixa Vanessa entrar primeiro e se junta a ela. É ele quem vai fechar a escotilha, mas então para e olha para Vanessa, arqueando as sobrancelhas.

O protocolo manda que a escotilha seja fechada, mas, se eles a deixarem aberta, vão poder acompanhar o lançamento do satélite.

Vanessa não quer mentir para Houston. Mesmo assim, um sorrisinho surge em seus lábios.

Griff sorri e tira a mão da escotilha, que continua aberta.

"Houston, estamos na câmara de descompressão", comunica ele.

Ambos se viram para a escotilha, observando a mesa inclinável se erguer para liberar o satélite.

"Houston, estamos satisfeitos com o ângulo de inclinação do satélite", Vanessa ouve Steve dizer.

Ela pensa na noite anterior à missão, quando estavam em quarentena em Cabo Canaveral. Steve passou uma hora no telefone com Helene, o que irritou Hank, que queria ligar para Donna. Mas Steve não desligava; continuou encostado no balcão da cozinha, fazendo piadinhas com a esposa, ruguinhas se formando ao redor dos olhos azuis quando ria. Vanessa provavelmente ouviu mais do que deveria. Parecia tão fácil para Steve exercer seus dois papéis ao mesmo tempo — o homem que é em solo e o comandante que precisa ser no espaço. Para ela, essas duas funções sempre estiveram em conflito.

"Lançamento liberado?"

"Afirmativo, *Navigator*", confirma Joan. "Lançamento liberado."

Lydia está no sistema de manipulação remota, o RMS. Ela vai ser a responsável por soltar o satélite.

"Entendido, Houston", diz Lydia. "Preparando lançamento."

"Compreendido, *Navigator*."

Há dois cabos explosivos prendendo o Arch-6 ao compartimento de carga. Vanessa e Griff observam quando o primeiro é detonado, de acordo com o previsto.

Mas então o segundo explode, com um clarão instantâneo diferente de tudo o que Vanessa já viu. Não é nada parecido com as simulações. As explosões estilhaçam as alças de metal ao redor do satélite. Detritos saem voando em todas as direções.

Vanessa não sabe o que aconteceu. Vê apenas um clarão do metal se despedaçando, e então um grunhido de Griff, como se o ar tivesse sido arrancado de seus pulmões.

Quando se vira, vê um rasgo na cintura do traje dele. Em questão de segundos, a exposição ao vácuo vai matá-lo. Ele cobre o buraco com a mão.

"Estou bem", diz ele.

Ambos sabem que a mão cobrindo a abertura é suficiente para salvá-lo por ora. Mas sua voz é apenas um sussurro trêmulo, como se ele estivesse totalmente sem fôlego.

Um alarme começa a soar. Vanessa o reconhece, mas não consegue lembrar exatamente o que ele indica. Somente quando Steve, Hank e Lydia começam a gritar ela entende que houve um segundo impacto.

Quando o alarme começa a soar, Joan respira fundo, tentando pôr os pensamentos em ordem. Greg se levanta, e ela sente o estômago embrulhar.

"Equipe de Voo, é o Eecom. Estamos notando uma variação negativa no dP/dT. A pressão está caindo muito rápido."

Jack: "Em quanto estamos?".

Antes que Greg possa responder, a voz de Hank chega pelo circuito de comunicação da nave, firme, mas aguda: "Houston, *Navigator* falando. Temos um vazamento na cabine. Estamos sentindo a despressurização acelerada".

"Entendido, *Navigator*", responde Joan. Seu tom é calmo, mas não tem outra escolha. Olha para Jack.

Jack se vira para ela, atento. "Avise que eles têm uma perfuração. A julgar pela taxa de despressurização, pode ser de até doze milímetros. Perfurou a fuselagem em algum lugar na parede de popa, provavelmente... no deque intermediário ou deque de voo. Temos uma identificação visual?"

Joan transmite a pergunta.

"Negativo, Houston", responde Hank. "Não localizamos nenhuma perfuração."

Jack: "Diga a eles para tirar tudo das paredes, armários, painéis, tudo que conseguirem remover para a expor a fuselagem. Arranquem tudo!".

"Entendido", disse Joan.

Jack continua: "Mantenha Ford e Griff na câmara de descompressão, mas a pressurização deve começar assim que possível. Avise a *Navigator* que eles precisam de fluxo de oxigênio e abrir os sistemas de nitrogênio 1 e 2 para a cabine para compensar o vazamento até encontrarmos a perfuração!".

Joan transmite a orientação para a tripulação. De forma clara, concisa e calma. *Somos a Nasa. Temos um plano de contingência para isso.*

"Entendido", diz Hank, e a tripulação começa a fazer o instruído. "Estamos trabalhando nisso."

Greg: "Equipe de Voo, Eecom aqui: não estamos vendo uma mudança positiva na taxa de vazamento. A pressão segue caindo".

Joan sabe que Hank provavelmente está abrindo o fluxo de oxigênio e nitrogênio, enquanto Steve e Lydia removem tudo das paredes — as fiações, os sacos de dormir — o mais rápido que conseguem. Há muitas coisas revestindo o espaço limitado do orbitador, e eles precisam retirar tudo para tentar achar a perfuração. A cada segundo que passa, Joan fica mais assustada.

Ela olha para Jack, mas ele está virado para Greg.

"Não é na popa do deque de voo!", afirma Steve.

"Estou tirando os armários do deque intermediário!", avisa Lydia.

Greg olha para Jack e balança a cabeça.

Jack bate com a mão no console, exasperado, e se vira para Gutterson, responsável pelo sistema mecânico.

"E então, RMU? De onde está vindo o problema? Preciso de alguma coisa! Só temos alguns segundos para resolver isso!"

Todos estão de pé. Joan mal consegue ouvir seus pensamentos.

Ela já participou de simulações como essa, situações hipotéticas em que a pressão caía rapidamente e não havia nenhuma forma aparente de estabilização.

Elas só terminavam quando o vazamento era encontrado.

Ou a tripulação morria.

Somos a Nasa. Temos um plano de contingência para isso.

─── ✦ ───

Vanessa fechou a escotilha, e a câmara de descompressão está pressurizando.

Ao se voltar para Griff, no entanto, ela percebe que ele está perdendo a consciência. Vanessa põe a mão sob a dele, no rasgo do traje, e aplica pressão na parte de baixo da barriga.

"Griff, Griff", chama ela. Nada. "John Griffin, está me ouvindo?"

Ele pisca, mas Vanessa não sabe se foi um gesto consciente.

"Deixa comigo", diz ela. "Eu cuido de você."

Vanessa não sabe exatamente em que momento ele perde os sentidos. Só vê que, pouco depois, a mão dele cai, e agora a sua mão no buraco do traje é a única coisa mantendo o companheiro vivo até a câmara de descompressão estar completamente pressurizada. Vanessa procura algum indício de sangramento sob o traje. Não há nada.

Ela ouve a movimentação e as vozes dos demais tripulantes tentando coordenar o trabalho. A voz de Steve a acalma, mas a de Lydia está começando a ficar estridente.

Vanessa percebe que faz meio minuto que não ouve Hank.

E esse tempo só aumenta. Vanessa tem um mau pressentimento.

Quando tinha seis anos, sua mãe lhe contou que seu pai havia morrido. Ela não lembra direito do que foi dito, só do momento anterior à notícia, quando a mãe a encarou, sem conseguir falar. Foi só um instante, no máximo um segundo, mas Vanessa sentiu que alguma coisa horrível havia acontecido. E não foi o que sua mãe disse, mas por aquele breve momento de silêncio de antes.

É nesse silêncio que Vanessa pensa agora.

Ray fica de pé: "Equipe de Voo, aqui é o cirurgião. Os batimentos cardíacos de John Griffin estão caindo".

Joan estava tentando desacelerar sua respiração.

"Hank perdeu a consciência", avisa Lydia pelo canal de comunicação da nave. E em seguida: "Acho que Steve também".

Jack fica pálido. Ele olha para Joan. "Continue falando com Danes."

"Entendido, *Navigator*", diz Joan pelo canal, sentindo as palavras pesarem na boca. "Estamos na escuta."

Jack: "Mantenha Danes trabalhando no vazamento. Mas ela também precisa ver se o N2 está no máximo. Ford e Griffin ficam na câmara de descompressão".

"Entendido", diz Joan, e volta ao canal de comunicação com a nave. "*Navigator*, Houston falando. Danes, precisamos que você encontre o vazamento o quanto antes. Nosso monitoramento informa que o N2 está entrando, mas não estamos registrando um aumento de pressão na cabine."

"Acho que eu..." A voz de Lydia some.

"*Navigator? Navigator?* Houston falando, vocês estão na escuta?", pergunta Joan.

Nada.

"Lydia Danes, você está na escuta?"

Sem resposta. Um segundo atrás Joan diria que isso era quase impossível, mas agora parece inevitável. Perder os três tripulantes na cabine era um medo hipotético, algo que ela não temia *de verdade*, porque não considerava como uma possibilidade real.

Joan se inclina para a frente. "*Navigator*, Houston falando, respondam."

Ray: "Equipe de Voo, aqui é o cirurgião. Considerando a queda de pressão, Hagen, Redmond e Danes estão inconscientes, com sintomas de descompressão. Mas, considerando o tempo de exposição, acredito que possam estar mortos."

Joan sente o impacto do momento inundando seu corpo, deixando seu pescoço rígido e sua cabeça pesada.

Greg: "Equipe de Voo, é o Eecom: pressão na cabine subindo".

Jack: "Subindo? Confirme que disse subindo".

"Subindo, senhor. PSIA voltando aos níveis normais."

"Danes encontrou a perfuração", murmura Jack.

Joan volta ao canal de comunicação com a nave. "*Navigator*, Houston falando. Você confirma que encontrou a perfuração e selou o vazamento?"

Ray: "Ela não vai conseguir responder."

"Lydia, responda", pede Joan mais uma vez.

Nada.

Nada.

Nada.

E então a voz de Vanessa.

"Houston", ela diz. "Acho que sou a única que restou."

SETE ANOS ANTES

Barbara, a irmã mais nova de Joan, ligou para ela um dia para contar sobre um comercial que tinha visto na tevê na noite anterior.

"Dizia: 'Esta é a sua Nasa'."

"Hein?", perguntou Joan. Estava na cozinha, com o telefone apoiado no ombro, prestes a sair de casa, enquanto pegava um pouco de café às pressas para beber no caminho. Sua primeira aula do dia na Universidade Rice era um curso de mapeamento do cosmos oferecido aos calouros de todas as áreas de estudos. Apesar de seu ph.D. ser majoritariamente em análise de estruturas magnéticas na coroa solar, seu conhecimento especializadíssimo era usado para ensinar adolescentes de dezoito anos a definição de parsec. Mas, como disse o diretor do seu departamento quando ela gentilmente sugeriu outra atribuição, "alguém tem que fazer isso". Ao que parecia, esse alguém só podia ser a única mulher do departamento.

"Como assim, 'Esta é a sua Nasa'?"

"Foi isso o que ela falou, a mulher do *Jornada nas estrelas*. Espera, anotei aqui em algum lugar. Estava indo pôr a Frances na cama, mas peguei uma caneta e anotei rapidinho. Aqui: 'Esta é a sua Nasa, uma agência espacial comprometida com a missão de aprimorar a qualidade de vida no planeta Terra hoje'. Era Nichelle Nichols. Esse é o nome dela! Isso estava me deixando maluca. Eles estão recrutando astronautas. Cientistas. Para irem para o espaço. E disseram que procuram especificamente mulheres."

Joan pôs a tampa no copo de café. "Eles disseram que querem cientistas mulheres?"

Quando Joan tinha doze anos, leu no jornal uma matéria que mencionava as FLATS — First Lady Astronaut Trainees —, as primeiras mulheres capacitadas a ser astronautas, integrantes de um programa conhecido como Mulheres no Espaço. O grupo de treze mulheres tinha sido avaliado e treinado em segredo por William Randolph Lovelace II, o mesmo físico que tinha ajudado a selecionar os astronautas do programa Mercury. Ele fez tudo sozinho, sem a participação da Nasa, na esperança de que a organização reconhecesse o potencial das candidatas.

No entanto, a matéria em que Joan tomou conhecimento do programa foi a mesma que noticiava seu encerramento. As FLATS precisavam da aprovação da Nasa para completar seu treinamento na Escola Naval de Medicina de Aviação. Dias antes de sua chegada ao local, foram informadas de que a permissão não foi concedida pela agência espacial.

Mesmo com uma audiência no Congresso em que várias mulheres deram seu testemunho sobre discriminação de gênero, a administração da Nasa não cedeu. John Glenn inclusive declarou que mulheres não serem aceitas como astronautas era "uma questão de ordem social".

Joan tinha passado a vida olhando para as estrelas, mas fazia muito tempo desde que deixara de se imaginar em um traje espacial.

"Disseram 'cientistas' e com certeza 'mulheres'", contou Barbara.

Joan pôs o café de lado e pegou o telefone: "Você acha mesmo que eu poderia ser astronauta?", perguntou.

"Você estuda as estrelas. O que mais eles poderiam querer?"

"Não sei. Eu... Você acha mesmo que eu devo me candidatar?", questionou Joan.

Barbara suspirou. "Ai, esquece. Você acabou com a graça do que eu tinha para contar", reclamou, desligando o telefone.

Joan tirou o fone da orelha e pôs lentamente no gancho, mantendo a mão sobre o aparelho por um instante.

Duas semanas depois, sem contar para Barbara, solicitou um formulário de inscrição.

Enquanto o preenchia, mal conseguia olhar para o que estava fazendo. *Eu, uma astronauta*. E ainda assim. Ela foi à biblioteca xerocar os documentos e enfiou tudo num envelope, um resumo de todos os seus feitos no planeta até então.

Joan foi até o correio e, para não se torturar ainda mais, simplesmente jogou o envelope na caixa de correspondências.

Naquele mês de janeiro, estava saindo para dar aula em outro curso introdutório quando viu o jornal na entrada do prédio. Ela o apanhou e viu a manchete logo abaixo da dobra:

"NASA SELECIONA 35 NOVOS CANDIDATOS A ASTRONAUTAS, INCLUINDO SEIS MULHERES."

Joan engoliu em seco, e seus olhos começaram a arder. Entrou no carro, jogou o jornal no banco do passageiro e ficou olhando para o volante por dezessete minutos.

Foi a única vez em sua carreira que chegou atrasada a uma aula.

Um ano depois, em 1979, Joan estava entrando na sala dos professores quando entreouviu o dr. Siskin, diretor do seu departamento, comentar com outro professor que a Nasa tinha aberto um processo seletivo para astronautas e que estava buscando especificamente astrônomos e astrofísicos.

Ela fingiu procurar seu almoço na geladeira, mas na verdade ficou considerando suas opções. Dez minutos depois, estava sentada à mesa preenchendo outra ficha para se candidatar a uma vaga.

Naquele ano, cento e vinte candidatos foram chamados — em grupos de vinte — para uma semana de entrevistas no Centro Espacial Johnson.

Dessa vez, Joan estava entre eles.

Na primeira noite, Joan fez o check-in no Sheraton Kings Inn e se instalou em seu quarto. Estava dez minutos adiantada para o evento de recepção e orientação dos candidatos.

Foi a terceira pessoa a se sentar no auditório. Os dois que já estavam lá eram homens e pareciam ser militares. Então, logo atrás de Joan, outra mulher entrou.

A mulher tinha cabelos castanhos cacheados e olhos castanho-claros, acentuados pela camisa verde-oliva de botões que vestia e pela correntinha de ouro no pescoço.

Ela se acomodou não muito longe de Joan. Não sorriu nem a cumprimentou. Joan não tinha por que nutrir qualquer simpatia pela moça. A única coisa que as ligava era que agora Joan não era mais a única mulher no recinto.

Ela observou enquanto mais pessoas chegavam. Logo duas categorias de classificações emergiram em sua mente: cientistas e militares. Mais tarde, Steve Hagen simplificou ainda mais a questão: "O corpo de astronautas tem dois tipos de gente: nerds e soldados". Mesmo assim, naquela noite, Joan não conseguiu classificar a mulher de camisa verde-oliva.

Um homem diante do auditório pigarreou. Tinha os cabelos grisalhos cortados bem curtos e penteados para o lado, com um bigode que também estava começando a acinzentar.

"Sou Antonio Lima, diretor de voo do Departamento de Astronautas", ele se apresentou. "Sejam bem-vindos."

Joan olhou ao redor, observando as pessoas a partir do que imaginou ser a perspectiva dele. E todas pareciam tão inexperientes.

"Se chegaram aqui, são alguns dos poucos candidatos que acreditamos que podem ser valiosos para a Nasa e para o país. Ao longo da próxima semana, vocês vão ser avaliados em termos de suas habilidades pessoais e como podem ser um ativo para o corpo de astronautas. Nossos candidatos a astronautas — aqueles entre vocês que vão ter o privilégio de fazer um treinamento na Nasa — devem ser fisicamente aptos e mentalmente sãos, além de muitíssimo bem preparados para a tarefa que têm pela frente."

Bem nessa hora, um homem entrou e se sentou na cadeira mais próxima da porta. Joan olhou para o relógio. Estava dois minutos atrasado. Certamente devia saber que já estava fora.

"Vocês estão aqui", continuou Antonio, "porque a Nasa está prestes a embarcar em sua maior e mais ambiciosa empreitada: o programa de ônibus espaciais. Até agora, a exploração do espaço aconteceu em caráter excepcional. Uma raridade. Em pouco tempo vai se tornar rotineira."

Antonio tirou a capa do cavalete e mostrou o projeto de uma espaçonave. Todos os presentes se inclinaram para a frente. Joan conhecia o conceito de ônibus espacial, mas ver tão de perto seu funcionamento fez seu pulso acelerar.

"Os ônibus espaciais são as primeiras naves da Nasa projetadas para serem reutilizáveis", ele explicou. "Com uma frota de ônibus espaciais, será possível viajar para a órbita terrestre baixa quantas vezes quisermos. Os lançamentos poderão ser feitos a cada mês, ou até semanalmente.

Vamos poder levar carga para uso no espaço. Fazer experimentos. Com o tempo, acreditamos que vamos estabelecer uma presença permanente no espaço, com uma estação espacial e voos tripulados para Marte, tudo com base nas missões com os ônibus espaciais que estamos desenvolvendo hoje.

Antonio pegou o ponteiro do cavalete.

"Este é o orbitador", explicou, apontando para o corpo da nave. "É lançado com um tanque externo e dois foguetes auxiliares de combustível sólido, um de cada lado." Ele removeu o primeiro diagrama para mostrar outro mais complexo.

"Quando a aeronave é lançada, o tanque de combustível externo e os foguetes auxiliares se soltam, e o orbitador entra na órbita terrestre baixa. Quanto aos tripulantes..." Ele apontou para o nariz do orbitador. "Eles vão ocupar o deque de voo, que fica aqui, e o deque intermediário, aqui."

Os deques de voo e intermediário eram minúsculos em comparação com o restante do orbitador. Joan estava começando a entender a escala de toda aquela estrutura, sem conseguir conter um sorriso.

"Uma vez em órbita, a aeronave vai se deslocar a aproximadamente oito quilômetros por segundo em uma altitude média de uns trezentos mil metros, circundando a Terra a cada noventa minutos. Depois de completarem sua missão, os astronautas voltam à Terra. Ao contrário dos programas anteriores da Nasa, não vamos fazer um pouso na água. Em vez disso, depois da reentrada na atmosfera, o ônibus espacial vai voar — mais ou menos como um avião — até uma de nossas bases, onde aterrissará com trem de pouso."

Antonio deu um passo atrás e permitiu que os presentes assimilassem a informação. Então retomou sua apresentação:

"A essa altura vocês já perceberam que se trata de uma nave diferente de qualquer coisa que viram antes. O ônibus espacial não é um único dispositivo. São três em um. No lançamento, é um foguete. Em órbita, uma espaçonave. Na aterrissagem, um avião. Vai ser nossa ponte para o futuro da exploração espacial."

Joan sentiu um frio na barriga. Foi a mesma sensação de quando viu a faixa brilhante da Via Láctea pela primeira vez, ainda criança, numa visita ao planetário com os pais.

"Toda missão aqui na Nasa tem um risco", avisou Antonio. "Vocês vão pôr a própria vida nas mãos de seus superiores e colegas astronautas, além de pesquisadores e engenheiros que tornam possível a exploração espacial. Mas, se forem escolhidos, vão fazer parte de um grupo extremamente seleto que vai poder sair da Terra e contar para o restante de nós como é nosso planeta visto lá de longe. Vocês vão ser nossa ponte para o futuro. Garanto que essa vai ser *com certeza* a maior façanha tecnológica da história da Nasa. E pode muito bem ser a maior empreitada da história da humanidade."

Joan ainda não conseguia acreditar que estava ali, tão perto de fazer parte de uma conquista daquela magnitude. Foi quando de alguma forma seus olhos encontraram os da mulher de cabelos cacheados, a poucos assentos do seu. As duas se encararam.

Isso estava mesmo acontecendo?

Naquela semana, ela se submeteu a um monitoramento cardíaco, testes de audição e visão, exames de sangue e avaliações médicas completas pelos cirurgiões de voo. Seu corpo foi perfurado e cutucado de maneiras que a deixaram abismada.

Joan estava determinada a mostrar para todos os avaliadores da Nasa que tinha a oferecer exatamente o que era necessário para estar ali: uma postura inabalável e estoica.

Ela subiu em uma esteira ergométrica com eletrodos no corpo e correu mais de oito quilômetros antes de começar a diminuir o ritmo.

Aguentou entrevistas em que o tom das perguntas era tão intenso que até coisas como "Você pode diminuir a temperatura do termostato para mim?" pareciam difíceis de responder. Ela respondia tudo com tranquilidade e clareza.

Sua parte favorita da semana foi quando vestiu um traje e precisou entrar numa bola de tecido branco de noventa centímetros de diâmetro, na qual ficaria por quinze minutos. Sua única fonte de ar era um tanque de oxigênio. Assim que se viu lá dentro e sentiu a solidão do interior da esfera, Joan entendeu tudo.

Não era um teste de habilidade física ou mecânica. Eles queriam ver se Joan surtaria, se seria capaz de aguentar a privação de sentidos e a claustrofobia. Ela sorriu consigo mesma. Molezinha.

E então pegou no sono.

* * *

Dois meses depois, o telefone de seu apartamento tocou. Joan estava jantando comida chinesa e trabalhando num retrato de Frances que daria para Barbara como presente de aniversário. Ela soltou o lápis e foi atender.

Era Antonio. "Ainda está interessada em fazer parte do corpo de astronautas da Nasa?", perguntou.

Joan olhou para o teto e firmou a voz, pensando na reação emocionada das mulheres nos filmes quando eram pedidas em casamento. Ela sentia algo parecido. "Sim", respondeu. "Com certeza absoluta."

"Ótimo, é um privilégio ter você a bordo. Dezesseis de vocês vão se juntar a nós no Grupo 9. Oito candidatos pilotos e oito candidatos a especialistas de missão, como você. Não sei se você chegou a conhecer Vanessa Ford nos dias que passou aqui no JSC, mas as duas estavam no mesmo grupo de entrevistas. Ela também foi selecionada. Vocês são as únicas finalistas daquele grupo."

"Nenhum daqueles homens passou então, hein?", perguntou Joan, e em seguida ficou chocada com o que tinha acabado de sair de sua boca.

Mas Antonio deu risada. "Não", ele disse. "Infelizmente eles não estavam à altura do desafio."

VERÃO DE 1980

Nos meses seguintes à notícia de que se juntaria ao corpo de astronautas, Joan fez três coisas.
Primeiro, pediu demissão da universidade.
Em seu último dia, o departamento de Física e Astronomia fez uma festa de despedida. Perto da poncheira, o dr. Siskin perguntou — com uma franqueza que impressionou Joan — como ela havia conseguido.
"Sorte, acho", disse Joan, mas logo se arrependeu.
Ela sabia que homens como o dr. Siskin geralmente a ignoravam. E estava acostumada com isso. Afinal, não era igual a Barbara. Não chamava a atenção de todos com sua beleza, nem com sua língua afiada. Uma vez, quando Joan era adolescente, sua mãe lhe disse que ela e a irmã tinham cada uma o seu ponto forte. Barbara era expansiva, e Joan era introvertida, mas as duas eram poderosas à sua maneira. Quando ouviu isso da mãe, Joan a abraçou.
Ela sabia que era fácil subestimá-la. Tinha estatura mediana e era um pouco atarracada. Se vestia com simplicidade. Seus cabelos castanho-claros passavam um pouco dos ombros, mas ela não usava penteados esvoaçantes como outras mulheres. Em vez disso, apenas os penteava para trás e os deixava soltos. Às vezes, quando se via em fotografias, Joan se surpreendia com a beleza de seu sorriso, com as covinhas que faziam seu rosto parecer simpático e alegre. Na época de colégio, Adam Hawkins tinha comentado isso, mas ela achava improvável que outras pessoas também reparassem nesse detalhe.
Também achava improvável que alguém perguntasse o que fazia em seu tempo livre (ela sabia tocar música clássica no piano, tinha corrido

duas maratonas, era uma leitora inveterada e retratista amadora, entre outras coisas). Quando as pessoas entravam em seu escritório na universidade e viam os desenhos pendurados na parede, Joan sabia que presumiam que haviam sido comprados. Se alguém os admirasse, ela nem se dava ao trabalho de dizer que eram seus. Nunca esteve atrás de elogios. De qualquer forma, fazia tempo que ninguém se interessava por ela a ponto de saber tudo isso. E Joan não se importava de passar despercebida. Na verdade, era até reconfortante.

Portanto, foi um choque para os homens do departamento, muitos dos quais se imaginavam destinados ao sucesso, constatar que a mulher que ignoravam os havia superado em uma corrida que nem sabiam que estava sendo disputada.

Joan olhou ao redor, deixou sua bebida de lado e saiu mais cedo da própria festa de despedida.

A segunda coisa que Joan fez foi contar à família que era uma candidata a astronauta.

"E tudo porque você sugeriu que eu me inscrevesse", disse Joan para Barbara pelo telefone.

"Ah, foi?"

"Por causa do comercial."

"É mesmo", disse Barbara. "Bom, então de nada."

Seus pais vieram de Pasadena, e a família saiu para jantar em comemoração; e Barbara mencionou várias vezes que esperava que isso não significasse que Joan teria que se mudar para Clear Lake. Afinal, Frances precisava da tia por perto. Joan teve que explicar três vezes que isso significava, *sim*, uma mudança para Clear Lake. Havia apartamentos disponíveis bem ao lado do Centro Espacial Johnson, que ficavam a apenas meia hora de carro de onde ela morava, e de qualquer forma ela nunca, jamais, desperdiçaria qualquer oportunidade de estar com Frances.

Joan se inclinou para a sobrinha e beijou seus cabelos.

Quando a menina era pequena, Joan vivia virando-a de cabeça para baixo, carregando-a nos ombros e jogando-a na cama, mas a sobrinha tinha crescido e fazer todas essas coisas com ela agora era impossível.

Uma coisa, porém, nunca mudaria: Joan sempre daria um beijo em sua cabeça, mesmo que no futuro tivesse que subir num banquinho para isso.

Na infância, Joan e Barbara passavam horas brincando de faz de conta. Joan era sempre médica, ou enfermeira, ou professora. Barbara fingia ser cantora, bailarina ou patinadora artística. Mas, quando a adolescência chegou, Barbara entendeu que a fantasia tinha chegado ao fim, e saiu em busca de coisas que Joan desconhecia por completo.

Apesar de quatro anos mais nova, Barbara saiu de casa escondida para ir a uma festa antes de Joan, deu seu primeiro beijo antes de Joan, bebeu pela primeira vez antes de Joan. O que Joan tinha a oferecer para alguém tão mais experiente do que ela? Como Barbara podia admirar alguém que, ao contrário dela, não sabia nada da vida?

Alguns anos depois, quando Joan estava fazendo seu ph.D. na Caltech e sua irmã era estudante de graduação do terceiro ano na Universidade de Houston, Barbara ligou para ela aos prantos.

Tinha engravidado.

"Você é a única pessoa para quem eu posso contar", disse ela.

Joan não conseguia acreditar no que estava ouvindo. A surpresa não foi que Barbara estivesse naquela situação — na verdade, já tinha engravidado e sofrido um aborto uma vez na adolescência. A surpresa era Barbara ter ligado para *Joan*.

"O que eu faço?", perguntou a irmã mais nova.

Joan ficou com ela ao telefone por três horas e se inteirou da situação. Descobriu algumas coisas surpreendentes naquela conversa, as principais sendo o fato de haver mais de um possível pai, que Barbara não estava disposta a passar pelo vexame de tentar descobrir quem era, que estava decidida a esconder a gravidez dos pais o máximo que pudesse e que não ia às aulas fazia semanas.

Joan estava em busca de palavras para responder a essa última informação quando a colega de quarto de Barbara chegou e ela desligou às pressas.

Só voltou a ligar dois dias depois, dessa vez mais calma.

Tinha percebido que isso era ótimo! A gravidez era a resposta para a dúvida que Barbara alimentava havia anos. *O que ela queria fazer da vida? Isso!* Ela ainda não havia encontrado sua paixão porque estava à espera daquela criança, que daria sentido à sua existência.

Joan sabia que Barbara não entendia a magnitude do que estava sugerindo, mas não havia muito que fazer àquela altura.

"Você acha que vou ser uma boa mãe?", ela perguntou para Joan.

Para Joan, era difícil imaginar Barbara sendo mãe de alguém, mas a resposta mais simples àquele questionamento não deixava de ser uma verdade. "Você sempre foi incrível em tudo que se propôs a fazer, Barb."

"Obrigada, Joan. Isso significa muito para mim."

Depois disso, Barbara continuou ligando. Precisava de dinheiro para alugar um apartamento. Precisava de ajuda para descobrir se conseguiria um reembolso da anuidade da universidade, agora que estava abandonando os estudos. Precisava que Joan estivesse ao seu lado quando contasse para os pais. *Barbara precisava, precisava e precisava.*

Com a decepção dos seus pais ao saber que, além de Barbara estar grávida, seria mãe solo e abandonaria a faculdade, foi a Joan que ela recorreu em sua defesa.

Quando sua mãe se ofereceu para estar com ela quando a criança nascesse, Barbara recusou, pois queria Joan ao seu lado.

Quando Frances nasceu, naquele mês de maio, uma coisinha linda e desengonçada, foi Joan quem a segurou primeiro. Foi Joan quem a colocou nos braços da mãe. Foi Joan quem registrou Frances e cuidou de sua certidão de nascimento.

Frances Emerson Goodwin.

Joan passou meses dormindo no sofá do apartamento de um dormitório de Barbara em Houston. Não teve escolha. Frances precisava de alguém para marcar suas consultas médicas. Frances precisava de alguém para fazê-la dormir. Frances precisava de alguém para alimentá-la quando Barbara estava cansada demais para acordar. *Frances precisava, precisava e precisava.*

Era tão estranho ter uma bebê no colo. Joan sempre se sentia como se fosse quebrá-la, sempre se preocupava em saber se estava apoiando direitinho a cabeça. Frances teve cólicas nos primeiros meses, e às vezes chorava sem parar, por mais que a tia a embalasse, mal conseguindo ouvir os próprios pensamentos em meio à gritaria.

Ela se perguntava como havia chegado a esse ponto. Não era a vida que imaginava para si mesma, cuidar de um bebê.

O cérebro brilhante e afiado de Joan — seu mais belo atributo — virou mingau por causa da privação de sono. Às vezes, sem saber o que fazer, saía de casa com Frances e ficava contemplando o céu noturno, falando para a sobrinha sobre as fases da lua. Frances muitas vezes sossegava. Provavelmente era só um efeito do ar fresco da noite, mas Joan também desconfiava que a bebê estava começando a ter mais foco, talvez até conseguisse ver o dedo da tia apontando para o céu, um brilho na escuridão. *Talvez fosse isso que ela pudesse ser para Frances. Talvez fosse essa a linguagem entre elas.*

No entanto, esses momentos de clareza eram efêmeros. No restante do tempo, cuidar de Frances era como estar enfiada na lama até os joelhos.

"Não entendo por que precisa ser você", questionou sua mãe quando Joan foi admitida na universidade e começou a planejar a mudança. "Por que não posso ser eu? Por que eu não posso ajudar a criar minha própria neta?"

Joan não sabia como dizer para a mãe aquilo que todos já sabiam: Barbara tinha escolhido Joan, e sempre conseguia o que queria.

Olhando em retrospectiva, Joan percebia que o Universo tinha providenciado tudo do jeito que ela precisava, lhe proporcionando algo que nunca sequer havia pensado em desejar. Porque aqueles pequenos momentos com Frances — no pátio, mostrando para ela a lua gibosa crescente, fazendo bolhas de sabão e lhe ensinando formas, fazendo cócegas em seu pescocinho e fazendo-a rir — se tornaram mais frequentes a cada dia. Se tornaram mais longos, mais profundos. Até que um dia, Joan a levou ao parquinho e, enquanto via Frances fazer amizade com outra criança no escorregador, se deu conta de que não se via passando sequer uma semana longe da sobrinha, sem apertar aquelas bochechas fofinhas e suadas, fazer cócegas nela e ouvir sua risada. Joan precisaria disso para sempre.

Na noite do jantar de comemoração, Frances, já com seis anos, olhou para a tia e sorriu. Seus cabelos castanho-claros na altura dos ombros eram fininhos como os de um bebê, e seus olhos, de um azul vívido, capturavam muito mais do que antes o que acontecia ao redor. No ano anterior, havia parado de usar vestidos e sapatos de fivela. Agora só queria saber de calças de veludo e camisetas. Começara a usar palavras que Joan ficava surpresa por ela conhecer, como "horrendo" e "crucial". Seus dias não eram "ótimos", e sim "esplendorosos"; quando experimentava uma comida diferente, o gosto não era "ruim", e sim "peculiar". Já tinha até pulado uma série na escola.

Outro dia mesmo a sobrinha era só um bebê. Como já estava desse tamanho? Mas lá estava a menininha, indo para o segundo ano do primário, e Joan ia virar astronauta.

"Joanie?"

"Sim, Franny?"

"Espera aí! Você é a única que me chama de Franny!"

"E você é a única que me chama de Joanie!"

Frances deu risada. "Quando você se mudar pra sua nova casa, posso te visitar?"

"Ela não vai se mudar", disse Barbara.

Essa foi a terceira coisa que Joan fez. Dias depois, foi até a casa de Barbara com um bolo que comprou na padaria ali perto e explicou pela última vez para a irmã que ia se mudar, sim.

"Então tá", disse Barbara. "Mas você ainda vai precisar ficar com a Frances no fim de semana. Não tenho dinheiro para pagar uma babá."

"Eu vou ver a Frances nos fins de semana, claro, como aliás já vejo."

"Você está animada mesmo com esse lance de astronauta, né?", disse Barbara. Ela nem tocou no bolo, o que Joan entendeu como uma espécie de punição.

"Estou, muito. E também com medo, mas um medo diferente, que nunca senti antes. Então acho que é bom. É empolgante."

"Você tem muita sorte mesmo", comentou Barbara, amenizando o tom de voz. "É livre para fazer o que quiser. Não tem filho, nem marido, nem nada para atrapalhar. Eu sempre me pergunto onde poderia estar se pudesse escolher. Penso nuns lugares tipo Londres e Paris... mas você vai para o espaço. Pensa muito maior que eu."

Joan sentiu um nó na garganta.

Mais tarde naquela semana, ela encaixotou seu apartamento inteiro e acompanhou os carregadores da empresa de mudanças colocando tudo no caminhão. Menos de uma hora depois, abria a porta da casa nova. Tinha cheiro de tinta fresca.

Naquela noite, saiu para dar uma caminhada no bairro novo e encontrou Donna Fitzgerald e John Griffin, dois outros especialistas de missão que faziam parte do Grupo 9. Ela os reconheceu do dia em que a Nasa os reunira para tirar uma foto da nova turma de recém-ingressos.

Donna tinha olhos azuis e cabelos castanho-escuros volumosos e ondulados, como os que apareciam nos comerciais de xampu. E John — com seu sorriso simpático e olhar gentil — tinha uma voz grave e rouca tão tranquilizadora que fez Joan gostar dele assim que o ouviu falar.

"Acho que nós somos previsíveis pra cacete, né?", comentou Donna. "Entramos no corpo de astronautas e arrumamos um quarto e sala do lado da sede uma semana antes do início do treinamento."

Joan deu risada. "Bom, sei lá. John pode ter alugado um de dois quartos."

"Sinto muito decepcionar vocês", ele respondeu. "É um quarto e sala igual ao de vocês. E tenho quase certeza de que Lydia Danes mora no mesmo prédio que a gente. Acho que a vi um dia desses passando."

"Realmente", disse Joan. "Originalidade não é o nosso forte."

Esse momento ficaria para sempre gravado na memória de Joan. Porque, em questão de dias, os três ficaram tão amigos que ela dava risada ao pensar que já tinha chamado Griff de "John".

Na manhã da primeira reunião com todos os astronautas, Joan, Donna e Griff fizeram juntos a caminhada até o JSC, já rindo das próprias piadas internas e abusando de seu novo bordão: "*Mas isso não vai acontecer aqui*".

Griff tinha dito a frase alguns dias antes, quando contou que era o maioral na escola preparatória em que estudou na Nova Inglaterra: orador da turma, representante de classe e capitão do time de lacrosse. Quando Donna arqueou as sobrancelhas, insinuando que talvez ele achasse que esse sucesso todo fosse se repetir na Nasa, ele tratou de acrescentar: "Mas isso não vai acontecer aqui". E os três caíram na risada.

Donna usara a frase menos de meia hora depois, ao explicar sua vida amorosa dramática e volátil.

Então Joan contara que todo mundo que conhecia a considerava uma nerd que só pensava em astronomia, e acrescentou, num tom sarcástico que a surpreendeu por ter acertado tão bem o timing da piada: "Mas aposto que isso não vai acontecer aqui".

Durante o trajeto até o centro espacial naquela manhã, viram Lydia Danes um pouco mais adiante. Ela era miudinha — menos de um metro e sessenta e silhueta bem magra —, mas exalava uma aura assustadoramente imbatível. Talvez fosse porque todos os seus movimentos eram dotados de um foco tremendo, como se desfrutar da caminhada fosse uma perda de tempo.

Na noite anterior, Donna tinha perguntado a Lydia se ela queria ir com os três até o campus no dia seguinte. Lydia nem se deu ao trabalho de responder.

"Em todo grupo sempre tem um com o rei na barriga", comentou Donna.

"Ah, sim, mas, Donna...", disse Griff.

"Não ouse!", disse Joan.

"Isso não vai acontecer aqui", ele complementou.

Joan balançou a cabeça e sorriu.

"Estou falando para vocês", insistiu Donna. "Ela é uma grossa."

Joan observou Lydia mais à frente.

"Não leva isso para o lado pessoal", aconselhou Griff.

"Ela se acha melhor que todo mundo", rebateu Donna. "Faz questão de dizer para os outros que eu sou só uma médica do pronto-socorro, enquanto ela é *cirurgiã traumatologista*."

Enquanto Donna falava, Joan começou a reparar na arquitetura do campus do centro espacial. Prédios brutalistas, que mais pareciam caixotes de concreto com janelas. Uma coisa um tanto datada, mas de uma simplicidade atemporal.

Quando viu o prédio do Controle de Missão, no entanto, algo vibrou dentro dela. A construção tinha certa personalidade, um toque do charme do programa Apollo dos anos 1960. Joan quase parou de andar, impactada.

Estou na Nasa.

Eles chegaram à sala de reuniões um minuto adiantados, ou, para Joan, quatro minutos atrasados.

Os três se espremeram na lateral da sala, obedecendo à hierarquia tácita e evidente de que as cadeiras eram reservadas aos astronautas e os candidatos deveriam ficar em pé ao redor. Havia uma tensão no cômodo que Joan não soube nomear. Alguns astronautas estavam sentados com as pernas esticadas, ocupando o máximo de espaço possível, sem fazer a menor menção de abrir lugar para os recém-chegados. Joan, Donna e Griff ficaram calados junto à parede. Lydia mal olhava para os demais. A última pessoa a aparecer, pouco antes de Antonio começar a falar, foi Vanessa Ford.

Seus cabelos encaracolados estavam presos, e sua postura era impecável, com os ombros retos e a cabeça erguida. Ela tirou os óculos escuros e os enfiou no bolso da camisa, com os olhos semicerrados e o maxilar tenso. Então juntou as mãos atrás das costas e se virou para a frente, com toda a atenção voltada para Antonio.

A primeira coisa que Joan pensou ao observá-la foi: *Essa* é uma astronauta.

Mais tarde naquela noite, Griff e Donna saíram com alguns outros candidatos a astronautas — que Joan descobriu que todos chamavam de "Ascans" — para beber. Ela também foi convidada, mas recusou. Tinha prometido a Frances que ligaria para contar todos os detalhes de seu primeiro dia, então voltou direto para o apartamento.

"Você sabia que existem dois broches que eu posso ganhar?", disse para Frances ao telefone.

"Que nem o meu do Mickey Mouse?", perguntou a sobrinha.

"É, tipo isso. Mas esses broches têm forma de estrelas com três raios atrás, saindo de um halo. Um é de prata e um de ouro."

"E você vai ganhar esses broches quando virar astronauta?"

"Espero que sim, mas não agora", respondeu Joan. Ela estava puxando e enrolando o fio do telefone da cozinha no dedo enquanto falava. Apenas duas semanas antes, o aparelho era novinho. Agora já estava com o fio todo embolado.

"Se eu for aprovada no programa, daqui a um ano vou virar astronauta. Aí vão me dar o broche de prata, porque eu vou estar pronta para voar. E então um dia, quando for selecionada para uma missão, se eu voar até o espaço e voltar, vão me dar o de ouro. Para mostrar que eu já fui."

"Nem acredito que a minha tia vai para o espaço."

"É", disse Joan. "Talvez algum dia."

Joan segurou o telefone entre o ombro e a orelha enquanto tirava uma refeição congelada do freezer e punha no forno.

"Eu quero ser astronauta", disse Frances.

Que tempo para estar viva. Como era magnífico dizer à sobrinha que ela podia *de fato* ser astronauta.

"Se você se esforçar, vai ser, sim", respondeu Joan. "Agora vai escovar os dentes. Cada um dos quadrantes. Lembra do que o dentista falou dos seus molares que estão nascendo."

"Eu sei. Pode deixar, tia."

Joan se despediu de Frances e foi dar uma olhada no jantar ainda congelado no forno, sentindo uma tristeza bem familiar crescendo dentro dela. Então desligou o forno, pôs a comida de volta no freezer e foi até o Frenchie's.

Ao entrar, foi direto para o balcão, pediu uma salada Caesar e um frango marsala, pegou o livro na bolsa e começou a ler. Mas, antes mesmo de chegar ao segundo parágrafo, alguém se sentou ao seu lado.

Joan sabia quem era sem precisar erguer os olhos. E também sabia que havia uma explicação científica para esses momentos em que parecia estar pressentindo o futuro. As informações estavam sendo recebidas tão rápido que era como se a reação viesse antes do estímulo. Ainda assim, era uma sensação estranha. Ela entendia por que as pessoas ficavam confusas e às vezes chamavam aquilo de destino.

"Oi", disse Vanessa.

"Ah." Joan fechou o livro. "Oi. Eu sou a Joan. Eu te vi por aí, mas acho que a gente ainda não se conhece."

"Vanessa."

Joan olhou para Vanessa e tentou não ficar encarando muito. Os olhos dela eram de um tom dourado de castanho, quase cor de âmbar, e os cabelos eram tão escuros que chegavam a ser quase pretos, com cachos abundantes e volumosos.

"Que bom finalmente conhecer você", comentou Vanessa.

Ela parecia mais séria do que Donna, mas menos arisca do que Lydia. Joan começou a se perguntar como Vanessa a descreveria. *Estudiosa*, talvez.

"Ninguém se apresentou formalmente para mim", disse Vanessa. "Mas parece que vocês já se conheciam."

"Ah", respondeu Joan. "É porque a gente se encontrou aqui uns dez dias atrás. Estamos morando no condomínio."

"O que fica bem ao lado do campus?", perguntou Vanessa, assentindo. "Faz sentido."

"Onde você mora?"

"Um pouco mais longe."

"Não quis se misturar com a gente?"

"Não, não é isso", disse Vanessa. Ela sorriu com o lado esquerdo da boca e então deu risada. "Ou pode ser que sim. Eu gosto de privacidade. Não sei se me daria bem com essa coisa de 'viver num aquário'."

Joan riu, agradecendo quando o barman trouxe sua salada e a colocou no balcão diante dela.

Vanessa se inclinou para a frente e o chamou com um gesto. "Você pode trazer para mim uma taça de cabernet e um filé um pouco malpassado?"

A salada fez Joan parecer a pessoa mais sem graça do mundo.

"Desculpa por ninguém ter ido falar com você", disse Joan. "Não foi de propósito, mas desculpa mesmo assim."

Vanessa se recostou no banquinho e gesticulou a mão, dispensando casualmente as desculpas de Joan. "Está tudo bem, de verdade. Só achei que nesse caso cabia a mim vir dizer oi. Então oi."

"Oi", respondeu Joan, espetando um pedaço de alface romana com o garfo.

Era um tanto desconcertante — e um pouco confuso, talvez — pensar que Vanessa quisesse companhia. Parecia o tipo de mulher capaz de fazer amizade com quem quisesse. O mundo não girava ao redor de mulheres desse tipo? Altas e magras, com olhos expressivos. Cabelo reluzente. Aquele sorriso torto com o canto da boca. Com certeza isso devia chamar bastante a atenção.

"Está gostando daqui?", perguntou Joan.

Vanessa deu de ombros, e sua taça de vinho chegou. "Bom, aqui faz um calor dos infernos. Mas de resto está tranquilo."

Joan assentiu. "Julho é a pior época. Uma umidade brutal. Mas você se acostuma."

"Você se acostumou?"

Joan deu risada. "Na verdade não. Nem sei por que disse isso. É um horror."

Vanessa soltou uma risadinha e deu um gole no vinho.

Isso não faz o menor sentido. Foi Vanessa quem a abordou para dizer oi. Mas agora, por algum motivo, era Joan quem queria a atenção dela, enquanto Vanessa continuava lá, totalmente tranquila.

Despreocupada. Descomplicada. Desprendida.

Joan pensou no personagem de Paul Newman em *Rebeldia indomável* e ficou com a sensação de que as coisas não terminariam bem para ela se desafiasse Vanessa a comer cinquenta ovos. Se desafiasse Vanessa a fazer qualquer coisa, aliás.

"E você?", perguntou Vanessa. "Como é ser a miss Popularidade por aqui?"

Joan riu tão alto que assustou o homem sentado a alguns bancos de distância. Ela cobriu a boca, envergonhada. Vanessa se inclinou em sua direção e puxou gentilmente a mão de Joan, que olhou para os dedos que tocavam sua pele.

"Você fez um favor para ele", disse Vanessa. "O cara estava quase dormindo em cima da cerveja. Mas, enfim, como está sendo sua adaptação?"

"Bom, deixando de lado o erro crasso de avaliação sobre o meu status social... está tudo bem", respondeu Joan.

"Que bom."

"Só que..."

Joan não sabia por que continuou falando — onde estava com a cabeça para dizer aquilo em voz alta?

"O quê?"

"Você sentiu um clima... *estranho* hoje?", perguntou Joan, virando de frente para Vanessa. "Quando conversou com quase todo mundo do corpo de astronautas?"

"Está falando da sensação de que alguém ia cortar seu pescoço se fosse preciso?"

Joan deu risada, dessa vez em um volume completamente aceitável. "Isso!"

"Pois é, acho que a gente vai ter uma competição acirrada pela frente", comentou Vanessa.

"Eu vou ter que competir com você?", perguntou Joan. "E com Donna, Griff e todo mundo? Vai dar um trabalhão fazer isso e ainda ter que me dedicar ao treinamento."

Vanessa arqueou as sobrancelhas. "Está aí o espírito de competição."

A comida das duas chegou ao mesmo tempo e, quando Joan olhou para seu frango, desejou ter pedido um filé, como Vanessa.

"Na verdade, acho que você e eu não vamos ter problemas", disse Vanessa. "Duvido que coloquem a gente uma contra a outra como fariam com Donna e Lydia. Quer dizer, eu sou engenheira aeronáutica. Mas você é... astrofísica, né?"

"Astrônoma", corrigiu Joan.

"Qual é a diferença?"

Joan balançou a cabeça. "Quase nenhuma."

"Mas obviamente existe uma."

"Os astrofísicos estudam a física do espaço, enquanto meu foco é o espaço em si, sobretudo o Sol. Mas não dá para estudar o espaço sem saber a física do espaço. E do tempo. Ou matemática. Ou antropologia e a história do entendimento humano dos astros. Ou mitologia e teologia também, aliás. Está tudo interligado."

Vanessa assentiu. "E é por isso que você gosta tanto."

"Quê?"

"Você sorriu enquanto falava sobre isso."

"Ah, é?"

Vanessa sorriu com o canto da boca de novo, e Joan se perguntou se era um tique ou algo ensaiado, para fazer um charme.

"Aham", confirmou Vanessa. "Eu adoro isso. Adoro quando as pessoas amam o que fazem."

"Eu amo o que faço. É uma coisa que... Sei lá... sou obcecada pelos astros desde os tempos do primário. Durante o inverno, quando anoitecia mais cedo, eu deitava no quintal e ficava olhando para o céu à noite, morrendo de vontade de poder tocar as estrelas. Ficava lá com as mãos estendidas o máximo que podia, tentando me convencer de que conseguiria pegar uma com a mão. Implorei para os meus pais me darem um telescópio Unitron de aniversário de doze anos. Eu nunca tinha feito esse tipo de coisa antes, nunca tinha pedido nem uma boneca, acho. Mas precisava ter aquele telescópio. Precisava ver as estrelas de perto. E isso foi antes do pouso na Lua, para você ver."

"Você era como as meninas que já gostavam dos Beatles antes de aparecerem no programa do Ed Sullivan."

Joan deu risada. "Ah, sim, para os nerds que nem eu, o pouso na Lua foi exatamente como os Beatles no *Ed Sullivan*! Eu já gostava da Lua antes de virar moda."

"Vanguardista você."

"Mas não posso dizer que já gostava dos Beatles antes de eles estourarem e daquela loucura toda. Eu nem gosto muito de Beatles, na verdade."

"Você não gosta dos Beatles?"

"Os Beatles... não dou muita bola pra eles."

Vanessa arregala os olhos.

"Ah, não é nada de mais, vai", disse Joan.

"Isso é... uma opinião ilegal."

Joan deu risada. "As melodias são boas, claro. É música boa. Mas... é meio simples demais, não acha? Nunca entendi por que deu tão certo."

"O que deu tão certo?"

"Aquela obsessão toda. Garotinhas achando que tinham descoberto o amor. Muito barulho por nada. 'I Want to Hold Your Hand' e 'All You Need Is Love'. Já 'Blackbird' é ótima. E 'Eleanor Rigby'. Mas as coisas bregas para mim são... bregas, ora."

Vanessa terminou seu filé. "Você é uma figura, Joan."

"Ah, sou?"

"Sim, e muito interessante."

Joan não sabia ao certo se Vanessa estava tirando sarro da sua cara, embora seu instinto dissesse que não.

"Então obviamente você gosta dos Beatles", comentou Joan.

"Eu gostava dos Beatles quando era uma menina toda romântica e apaixonada... Eles sabiam explicar esses sentimentos melhor do que eu."

Joan desviou o olhar e deu um gole na água. Onde estava com a cabeça, falando sem parar desse jeito? Era uma coisa tão inebriante assim, sentir que outra pessoa tinha interesse nela?

"Então a gente não vai competir", disse Joan, mudando de assunto. "Eu e você."

"Bom, tudo é possível. Mas eles estão interessados na gente por motivos diferentes, eu diria. Vão querer que você crie e execute experimentos no espaço. E vão querer que eu ajude a construir os equipamentos de carga. Não vão comparar minhas habilidades com as suas, e vice-versa."

Joan assentiu. "Gosto dessa teoria."

Vanessa assentiu e olhou bem para Joan. "Isso também deixou você meio desnorteada hoje?", perguntou. "Estar tão perto daquilo tudo? Eu fiquei. Minha vontade de ir lá para cima é quase tão forte quanto minha necessidade de respirar."

Alguma coisa na franqueza da expressão de Vanessa fez com que Joan se desse conta de que, sentada no banquinho, seus pés não alcançavam o chão.

Ela mordeu o lábio. "É", ela respondeu. "Acho que fiquei um pouco desnorteada também."

"Eu quero pilotar aquela porra", continuou Vanessa. "O único problema é que só tenho experiência em aviação civil, e não como piloto militar, então não vai ser fácil. Mas quero ir para um lugar que quase ninguém foi, tão pouca gente que é possível contar nos dedos. E, quando as pessoas contarem nos dedos, quero que digam o meu nome."

"Eu entendo", disse Joan. "Isso eu entendo muito bem."

Vanessa lançou seu olhar penetrante para ela. "É mesmo?"

"Com certeza. Fazer uma coisa que pouquíssimas pessoas fizeram? Isso é uma coisa que ninguém nunca vai poder tirar da gente. Se der tudo certo, se a gente voar para fora do planeta, isso vai mudar nossa vida para sempre."

Os ombros de Vanessa relaxaram. "Pois é", ela falou. "Isso é..." Ela balançou a cabeça e soltou o ar com força. "É exatamente isso." Vanessa ficava mais animada a cada segundo. "Toda vez que Antonio fala sobre o programa, sinto um aperto no peito. Tipo, eu morreria para ter essa chance. Nada no mundo vai importar para mim enquanto eu não estiver lá. Foi para isso que eu nasci."

Vanessa estava tão eufórica que Joan esqueceu por um momento que as duas estavam lado a lado, que Vanessa não estava no palco de um teatro nem num programa de tevê.

"Eu quero que minha sobrinha tenha orgulho de mim", comentou Joan ao lembrar onde estava. "Quero que ela saiba que pode ser o que quiser."

"Bem, mesmo se antes eu quisesse te passar para trás e ir para o espaço antes de você, agora não consigo mais. Seus motivos são nobres demais", comentou Vanessa.

Joan deu risada. "Não, por favor, eu faço questão que você aproveite todas as oportunidades que surgirem."

Vanessa fingiu refletir a respeito. Em seguida falou: "Enfim, brincadeiras à parte, se a coisa chegar num ponto em que vai ser eu contra você, ou eu contra o tal Griff, ou quem quer que seja, não quero entrar na disputa com uma faca nos dentes, achando que preciso passar por cima das pessoas. Quero ser capaz de esperar até merecer uma chance, em vez de tentar roubar a de alguém. Quero muito ir para o espaço, mas quero fazer direito."

"Minha mãe me disse uma coisa quando eu era criança, sabe", disse Joan. "E você me fez lembrar disso."

"O quê?"

"Eu sempre fui a melhor aluna da turma. E me gabava em casa por ter ajudado um menino que sentava ao meu lado e estava tendo dificuldade em aprender a tabuada. Ou por ter ajudado uma menina num ditado. Então um dia entrou um garoto na sala que era muito bom em matemática. Não tanto quanto eu, mas quase. Ele pediu a minha ajuda, e eu falei que ia pensar. Mas... eu não queria. Bobby Simpson. Fiquei com medo de que ele tirasse uma nota mais alta que a minha. Contei para a minha mãe que não ia ajudar, e ela me disse que se era pra eu me orgulhar de ser uma pessoa generosa, então eu deveria ser uma mesmo que isso significasse perder alguma coisa. Ela falou: 'É em situações como essa que a pessoa mostra o seu caráter'."

Vanessa ficou olhando para Joan, que deu de ombros. "Talvez seja o seu caso. Vai mostrar seu caráter quando a situação exigir."

"Então eu tenho caráter?", respondeu Vanessa. "Que ideia interessante. Disso eu nunca fui acusada."

Joan sorriu. "Bom, vamos esperar para ver o que você faz, então. Para saber até onde vai sua honra."

"O que você fez?"

"Hum?"

"Com Bobby Simpson."

"Ah, eu o ajudei, claro", respondeu Joan.

"E ele foi melhor que você?"

Joan deu risada. "Não." E complementou: "Eu sou muito, muito boa em matemática".

Vanessa jogou a cabeça para trás e caiu na gargalhada, atraindo a atenção das pessoas ao redor e deixando Joan vermelha de vergonha. Mas, quando Vanessa levantou a mão para um cumprimento, Joan riu e bateu na mão dela mesmo assim.

Dois dias depois, Joan chegou à primeira aula sobre design do ônibus espacial e viu Donna e Lydia sentadas na primeira fileira. Griff conversava com o piloto da marinha Hank Redmond e com o especialista de missão Harrison Moreau. Havia também outros homens que ela ainda não conhecia muito bem espalhados pelo centro da sala. Vanessa estava sentada no fundo.

"Este lugar está livre?", perguntou Joan.

Vanessa mal levantou os olhos, abrindo o caderno e pegando a caneta. "Totalmente. Você é minha única amiga aqui por enquanto, Goodwin, e sabe muito bem disso."

"Bom, já que sou sua amiga, não me chama de Goodwin."

Vanessa a encarou. "Ah, qual é."

Joan se sentou. "É que parece que...", começou Joan, tentando explicar. "Sei lá."

Ela sabia que teria que se sujeitar a essas coisas para estar ali. Usar as camisas polo azul-marinho e as calças cáqui que comprara com Donna. Sair para beber quase toda noite. Andar com os caras. Adotar uma postura mais militar. Tudo bem. Joan sabia que era o esperado, e estava disposta a fazer tudo que fosse possível. Mas estender isso aos momentos que deveriam ser de maior sinceridade...

"Parece que estou fingindo ser outra pessoa. Eu chamo todo mundo pelo nome. Me sinto interpretando um personagem chamando você de Ford", explicou ela. "E você não é um personagem. É uma pessoa de verdade, com um nome."

Vanessa pôs a caneta sobre o caderno.

"Você é sempre assim tão franca?"

Não era de propósito, mas Joan *realmente* era assim.

"É, acho que sim."

Vanessa balançou a cabeça e deu risada.

"Olha só, eu vou te chamar pelo sobrenome quando for preciso", disse Joan. "Não sou totalmente contra. Mas é que... se vamos ser amigas, então vamos ser amigas."

"Tudo bem", respondeu Vanessa com um sorriso. "Beleza, Jo. Se é isso que você quer, então está tudo certo."

Joan balançou a cabeça e revirou os olhos, pronta para dizer a Vanessa que não queria ser chamada de Jo. Que ninguém nunca a tinha chamado assim na vida. Mas acabou não conseguindo dizer nada.

Há um teatro de observação logo acima da sala de Controle de Missão que paira sobre o centro de voo como um mezanino sobre uma orquestra. E quando Joan entrou pela primeira vez e viu, através do vidro, as fileiras de consoles e a telemetria nos monitores, sentiu que estava vivendo algo importante.

Houve muitas primeiras vezes naquela semana. A primeira vez no campus do centro espacial, a primeira vez que todos os Ascans foram juntos ao Outpost Tavern, a primeira vez que viu o foguete Saturn V e os trajes espaciais do programa Apollo.

Mas a sala do Controle de Missão tinha um magnetismo que ela sentiu sob as camadas mais profundas da pele. Era a mesma sensação de quando viu os cinturões de Júpiter pelo telescópio pela primeira vez. De quando convenceu seus pais a ir ao Vale da Morte nas férias de verão antes de seu último ano de colégio e, diante da visão mais clara do céu que já testemunhara na vida, viu a galáxia de Andrômeda, a dois milhões e meio de anos-luz de distância.

Astronomia era história. Porque o espaço era tempo. E era isso que ela mais amava no Universo. Quando você olha para a estrela vermelha Antares ao sul do céu, está observando algo a mais de quatrocentos e oitenta trilhões de quilômetros de distância. Mas também está observando algo de quinhentos e cinquenta anos *atrás*. Antares é tão distante que demora quinhentos e cinquenta anos para sua luz alcançar a Terra. Quinhentos e cinquenta anos-luz de distância. Portanto, quando você olha para o céu, quanto mais distante está a luz, mais antigo é o que está vendo. O espaço entre você e essa estrela é o *tempo*.

Mesmo assim, a maioria das estrelas está lá há tanto tempo, e com um brilho tão intenso, que cada geração humana pôde vê-la. Ao olhar para o céu e ver Antares, com seu brilho avermelhado, no meio da constelação de Scorpius, estamos vendo as mesmas estrelas que os babilônios catalogaram no ano 1100 AEC.

Olhar para o céu noturno é fazer parte de uma longa linhagem de pessoas na história humana que observaram as mesmas estrelas. É testemunhar a passagem do tempo.

Era esse tipo de coisa que deixava Joan de pernas bambas.

No teatro de observação do Controle de Missão, Joan teve mais certeza do que nunca de que não estava apenas embarcando numa grande aventura. Também estava se juntando àqueles que dedicaram a vida a entender nosso planeta e a galáxia ao redor dele, contribuindo assim para o aprimoramento da humanidade. Ela era parte de algo que havia começado bem antes de nossa história registrada e atravessou os tempos de Aristóteles, Ariabata, Al-Sufi, Shoujing e Copérnico, passando por Galileu, Kepler, Rømer e Newton, os Herschel, Leavitt, Rubin, Einstein, Hubble e muitos outros.

Ela sabia que jamais estaria nessa lista. Não tinha nem o desejo de ter seu nome numa lista como aquela, em parte porque a ideia de que a astronomia progride por causa do brilhantismo individual de certas mentes era uma proposição simplista. Era um esforço coletivo, construído por povos e culturas a partir dos que vieram antes deles.

Quando se viu no Controle de Missão, porém, olhando para os mesmos computadores usados para levar os astronautas à Lua, Joan sabia que, apesar de ter se perdido aqui e ali em sua jornada pela vida, agora estava no caminho certo. Porque estava dando sua contribuição, e de uma forma direta e empolgante, para o objetivo maior.

Aprender o que existe lá fora e, com isso, talvez descobrir como chegamos aqui.

Todos começaram a se sentar, e Griff se acomodou ao seu lado.

"Dia", ele disse.

"Dia."

"Acordei atrasado. Dá para perceber?"

A parte de trás da gravata estava mais comprida que a da frente, ele tinha pulado um passador ao colocar o cinto e o cabelo estava grudado na testa, molhado de suor.

"Sinceramente?", perguntou Joan.

"Está tão ruim assim, é?", falou Griff.

Joan fez um gesto com a mão para tranquilizá-lo. "Você é um cara boa-pinta, até. Homens bonitos se safam de qualquer coisa."

Griff deu risada. "Eu não sabia que você podia flertar desse jeito", comentou ele.

Joan também riu. "Para falar a verdade, nem eu."

Joan acenou quando Donna entrou na sala, mas a colega não viu, indo se sentar ao lado de Hank. O piloto sorriu para Donna, que sorriu de volta, dando uma olhada ao redor. Então, do nada, ela se levantou e sentou a três cadeiras de distância, sozinha. Vanessa acabou ocupando o lugar ao lado dele.

Joan observou a cena e se virou para a frente, mordendo o lábio. Conhecia Donna fazia poucas semanas, mas já bem o suficiente para entender o que estava acontecendo. Joan balançou a cabeça e pensou consigo mesma: *Mas já?*

Por ser completamente imune aos rituais românticos, sabia identificá-los melhor do que praticamente qualquer um. Nunca havia namorado sério, verdade. Saiu com poucos caras e foi beijada poucas vezes, por Adam Hawkins, e não sentiu nada, nem um pouco. Não se sentiu invadida nem enojada, nada disso. Só achava que as pessoas davam importância demais a uma coisa que, na prática, não era muito diferente de comer uma bolacha de água e sal.

Obviamente, não tocava nesse assunto com mais ninguém. Toda vez que chegou perto de dar sua opinião sincera, logo ficou claro que ninguém a compreenderia.

Nem a mãe, nem o pai, nem Barbara (*muito menos* Barbara). Suas amigas da época da graduação achavam que ela agia assim por timidez ou medo. A realidade era muito mais simples: Joan não era como elas. Por que era tão difícil entender que ela tinha formas melhores de passar o tempo? Seu comportamento era tão intrigante para as pessoas quanto o comportamento das pessoas era intrigante para ela.

Havia, no entanto, uma grande vantagem em ser espectadora nisso tudo. De longe, Joan podia ver o que os demais, estando tão perto, não conseguiam. Da mesma forma que os botânicos sabiam mais sobre as folhas do que as árvores.

Por isso, ficou claro para ela que Donna e Hank estavam transando.

Joan tentou conter um sorrisinho malicioso. Não tinha o menor interesse em viver um romance, mas isso não significava que o romance dos outros não despertasse sua curiosidade. *Donna e Hank. Que coisa.* Por essa ela não esperava.

Lydia apareceu em cima da hora e pegou o lugar atrás de Joan. Ela se inclinou para a frente e falou no ouvido de Joan: "Perdi alguma coisa?".

Joan balançou a cabeça. "Pode ficar tranquila."

"Ouvi dizer que hoje vão falar sobre a Apollo 1", comentou Lydia.

Joan e Griff se viraram para trás ao mesmo tempo.

"Sério?", perguntou Griff.

"É", respondeu Lydia.

"Minha nossa. Eu nem sei se...", começou Joan.

"Não sabe o quê? Se tem estômago para isso?", questionou Lydia. "Porque, se não tiver, é melhor sair logo do programa."

Os dois se viraram para a frente, e Griff arqueou as sobrancelhas para ela. Joan não deu bola. Lydia tinha razão.

O instrutor, um homem de corte de cabelo militar que Joan sabia que se chamava Jack Katowski, se colocou na frente da sala.

"É importante que vocês entendam o que está em jogo aqui", disse ele. "Para os que estão vindo das Forças Armadas, isso não vai ser surpresa nenhuma. Mas, para os civis, pode ser a primeira vez que vocês embarcam numa empreitada com esse nível de risco. Ir para o espaço não é para os fracos. Grandes homens morreram em nome da exploração espacial. Se vocês não estiverem preparados para os sacrifícios exigidos para servir o país nesse esforço sem precedentes, é melhor entender isso agora."

Joan ouviu as pessoas se ajeitando nas cadeiras, se inclinando para a frente.

"Perdemos nove homens na Nasa nos últimos vinte anos. Com exceção de uma, todas as mortes ocorreram em treinamentos e testes. Hoje eu gostaria de falar sobre o peso da responsabilidade que vocês estão assumindo. E vou começar explicando a importância do incêndio da Apollo 1."

Joan olhou para Griff e respirou fundo. Ela sentiu a mão de Lydia, por um momento brevíssimo, em seu ombro. Num piscar de olhos, não estava mais lá. Quando Joan se virou para trás, Lydia fechou a cara e fez um gesto para ela prestar atenção.

"Como vocês sabem, a Apollo 1 seria a primeira missão tripulada do programa Apollo, originalmente chamada de AS-204. Mas, em janeiro de 1967, a cabine pegou fogo durante um treinamento de decolagem. Todos os três astronautas — Gus Grissom, Ed White e Roger Chafee — estavam trancados lá dentro. Ninguém sobreviveu. Na Nasa, nós homenageamos as pessoas que perdemos dizendo que elas estão 'numa missão eterna'. Mas não deixem o eufemismo abrandar de alguma forma o que aconteceu aqui — e o risco que vocês correm por fazer parte do programa."

Ele apertou um botão. Em segundos, Joan percebeu que era a reprodução de um áudio de dentro da cabine da Apollo.

"Fogo!"

"Temos um incêndio no cockpit. Está..."

O corpo de Joan se enrijeceu ao ouvir o desespero cada vez maior no grito de um homem. E de outro e outro.

Ela conseguia sentir a tensão no cômodo enquanto ouviam o crescente desespero de sons. Ouvia a movimentação dos astronautas, tentando escapar. Era como se pudesse ver e sentir como devia ter sido para eles estarem presos ali, sabendo que iam morrer.

Joan não conseguia parar de pensar em Frances. Como Barbara explicaria para ela se alguma coisa acontecesse com a tia? Como a vida de Frances seria para sempre mudada por uma tragédia desse tipo?

Joan não tinha medo de morrer. Sempre se sentiu preparada para o nada que a aguardava. Em certo sentido, ficava feliz em saber que seu corpo se desintegraria. Que devolveria para a Terra tudo o que havia tirado.

Mas Frances...

Uma coisa era a ideia de morrer, mas outra era deixar Frances.

A transmissão se encerrou depois de apenas dezessete segundos. Todos os presentes sabiam o que isso significava. Joan sentiu o corpo pesado, como se suas pernas fossem feitas de cimento, e como se a cabeça fosse puxada para baixo por um ímã em seu peito. Não conseguiu olhar para Griff, mas, ao erguer a cabeça por um breve segundo, percebeu que ele também não conseguia olhar para ninguém.

"A maioria dos dias aqui na Nasa são bons. Realizamos coisas antes consideradas impossíveis. Mas existem dias que trazem o inesperado. Dias que ficam gravados na memória para sempre. E isso pode custar nossa própria vida. Se vocês não estão dispostos a aceitar os riscos que todos nós enfrentamos ao estar aqui", disse Jack, "agora é o momento de fazer outra escolha. De escolher uma vida diferente. Mais segura."

O teatro ficou em silêncio. Nenhum pé se moveu. Ninguém remexeu em seus papéis. Por um instante, Joan teve a forte sensação de que toda aquela empreitada era um equívoco. De que os seres humanos talvez não devessem fazer isso. O ônibus espacial não era nada mais que um par de asas de cera.

Quando Joan enfim suspirou e levantou a cabeça, Griff apertava a ponte do nariz e Hank olhava fixamente para a frente. O peito de Donna subia e descia muito rápido, e Vanessa estava tão perdida em pensamentos que Joan nem sequer conseguiu atrair seu olhar.

Então Joan se virou para Lydia. Estava pálida. As duas se encararam. *Elas conseguiriam fazer isso? Conseguiriam continuar naquela sala sabendo o que um dia poderia acontecer?*

Ninguém saiu.

Alguns dias depois, todos os membros do Grupo 9 estavam na pista da Base Conjunta de Ellington Field diante de uma frota de Northtrop T-38 Talons — aeronaves a jato brancas de treinamento, com cockpit de vidro em que mal cabiam duas pessoas. Os T-38 eram *supersônicos*, ou seja, podiam voar mais rápido que a velocidade do som. Além disso, voavam dez mil pés acima dos aviões comerciais.

Quando os Ascans se posicionaram diante dos aviões, Joan se deu conta da disparidade que havia entre os astronautas militares e os especialistas de missão. Na sala de aula, essa diferença passara despercebida por ela, pois era um ambiente que a favorecia. Mas ali, em um traje de voo na pista de decolagem e pouso, com os olhos ressecados pelo vento, o abismo entre eles parecia enorme, e com bordas afiadas.

"Como vocês já sabem", disse o instrutor, "quem não for piloto militar vai ficar no assento de trás o tempo todo quando voar aqui na Nasa."

Joan sabia que seria assim, e se sentia grata por isso. Mas, quando olhou para seus colegas, viu que Vanessa estava com o maxilar cerrado, contrariada.

Logo o grupo foi dividido, e os militares foram para o outro lado da pista.

Joan não chegara a se entrosar com nenhum dos pilotos. Alguns deles, como Hank, pareciam caras legais, mas a maioria ficava fazendo piadinhas que a irritavam.

No início, eram coisas como "Nunca fiz nada tão íntimo e pessoal com tantas mulheres antes" quando estavam na academia de ginástica do campus. E um deles falou sobre as mulheres serem "cheias de saúde" durante um passeio pelas instalações. Também havia comentários inconvenientes sobre saias, piadinhas sobre a "inveja do pênis".

No dia anterior mesmo, Lydia estava reclamando de ter que ir à pista tão cedo, em vez de receberem instruções na sala de aula antes. Joan discordara e dissera que preferia "encarar a parte mais dura primeiro".

E nesse momento um dos pilotos, Jimmy Hayman, falara: "Eu tenho uma parte bem dura aqui para você encarar primeiro".

Joan o fulminara com o olhar, sem saber o que responder. Mas então Lydia *dera risada*, e a vontade de Joan foi dar uma bofetada nela.

Lydia por acaso não entendia que, se uma delas reagisse como se aquilo fosse aceitável, todas as outras seriam rotuladas de amargas e sem senso de humor? Como Lydia não percebia que era assim que os homens dividiam e diminuíam as mulheres, com essas piadinhas que as faziam parecer reclamonas caso se incomodassem? Lydia não compreendia como as coisas funcionavam?

"Hayman, para com isso", dissera Griff, que tinha acabado de entrar na sala.

Jimmy calara a boca. Joan sabia que deveria se sentir grata, mas se ressentia por aquele tipo de intervenção ser necessária.

"Obrigada", murmurara ela quando Griff sentou.

Ele balançara a cabeça. "Não precisa me agradecer por fazer o mínimo. Isso é um desserviço para nós dois."

Obviamente, os especialistas de missão também pisavam na bola, mas ao menos não de forma tão escancarada. Por essas e outras, Joan preferia trabalhar com Vanessa, Donna e Griff. Mesmo Lydia, Harrison e os outros eram mais legais.

Na pista de voo, o instrutor se voltou para eles assim que os pilotos se afastaram.

"Como especialistas de missão, vocês vão precisar ganhar bastante experiência de voo aqui na Nasa, quinze horas por mês enquanto estiverem no corpo de astronautas. Não vão decolar e pousar os aviões sozinhos", explicou. "Mas vão aprender muita coisa no assento traseiro, inclusive navegação aérea e, às vezes, como manobrar a aeronave no ar.

"Como vocês sabem, voar envolve vários riscos. Hoje vamos começar devagar. Vocês vão observar do solo a decolagem, a manobra tunô barril e a aterrissagem. Pensem nisso como uma apresentação aérea, mas sabendo que, no futuro, vão estar no assento do passageiro."

Joan olhou para Vanessa, cuja expressão não revelava nada, embora Joan já soubesse o que ela estava pensando.

O instrutor de voo precisou elevar o tom de voz enquanto as turbinas eram acionadas.

"Antes de receberem permissão para embarcar nos aviões", ele gritou, "vão precisar aprender como sobreviver se forem ejetados de um. A primeira coisa que vamos fazer amanhã é um treinamento de sobrevivência na água."

No calor sufocante de agosto, Joan, Griff, Donna, Vanessa, Lydia, Harrison e os outros dois especialistas de missão, Ted Geiger e Marty Dixon, partiram para a Base Aérea de Homestead, na Flórida, para aprender durante três dias como se virar no oceano.

No primeiro teste, puseram um paraquedas e foram amarrados a uma lancha. Um a um, foram arrastados pelo mar enquanto tentavam manter a cabeça fora d'água pelo maior tempo possível. Os resultados foram variados. Vanessa e Lydia souberam manter a calma. Marty quase se afogou e precisou passar um tempo descansando no barco. Donna e Griff foram medianos. E Joan tomou tanta água que passou horas arrotando. Sua cabeça foi sacudida diversas vezes pelas ondas e na manhã seguinte ainda estava doendo.

O que importa é que ela foi até o fim.

No dia seguinte, em mar aberto, conseguiu nadar por baixo do paraquedas e sair para respirar do outro lado, além de inflar seu colete salva-vidas. Foram necessárias algumas tentativas — e teve um longo momento em que ela realmente pensou que fosse se afogar —, mas, de novo, foi até o fim.

Naquele dia, porém, viria o maior teste. Um em que talvez ela não passasse.

Eles partiriam do convés de um grande barco, conectados a um paraquedas e a um cinturão de segurança presos a uma corda amarrada numa lancha. Quando a lancha acelerasse, eles teriam que correr até a amurada da embarcação maior e deixar o vento encher o paraquedas, e a lancha os puxaria para vários metros acima do mar.

Quando estivessem lá no alto, soltariam o cinturão da corda amarrada à lancha. Com isso, cairiam direto na água, e dali precisariam voltar à superfície, inflar um bote e subir nele.

Se até aquele momento Joan tinha se convencido de que ser astronauta era um trabalho puramente intelectual, abandonou de vez essa noção no barco ao largo da costa da baía de Biscayne, enquanto vestia um cinturão de paraquedista e se preparava para a queda no oceano.

Ela limpou o suor da testa, sem conseguir tirar da cabeça o momento em que teria que se soltar da lancha.

Griff estava bebendo água como se sua vida dependesse disso. Donna tagarelava sem parar, como se isso fosse capaz de dissipar seu terror. Vanessa se mantinha em silêncio, olhando para a trilha que o barco deixava na água.

"Tem tubarões na água", murmurou Griff para Joan. "Só porque não vimos nenhum nos últimos dois dias não quer dizer que eles não estejam aí, não é?"

"Aqui a maioria são tubarões-martelo e tubarões-tigre", explicou Marty. "Eu ficaria surpreso se visse um tubarão-branco, mas tudo é possível. Talvez até uns tubarões cabeça-chata."

"Então é só dizer que sim", retrucou Lydia. "Não precisa dar a lista completa."

Donna havia contado para Joan que Marty e Lydia tinham passado a noite juntos na primeira sexta-feira que foram todos ao Outpost. Joan achou que eram perfeitos um para o outro. Ambos preferiam o som da própria voz a ouvir o de qualquer outra pessoa. Ela os imaginou em uma conversa em que os dois falavam de assuntos diferentes ao mesmo tempo, cada um para si, e ambos se divertindo como nunca.

Mas ali no barco, quando Marty disse alguma coisa sobre as correntes marítimas do Atlântico, Joan viu Lydia revirar os olhos. Portanto, a não ser que estivesse enganada, era bem provável que Lydia tivesse terminado tudo.

Dizem que os opostos se atraem, mas Joan constatou que isso quase nunca era verdade. As pessoas simplesmente não conseguiam ver que eram atraídas por quem temiam — ou desejavam — poder ser.

Lydia e Marty tinham começado a discutir. Griff e Ted pareciam mareados, e Joan não aguentava mais o falatório de Donna.

Ela se voltou para Vanessa. Com os cabelos presos, era mais fácil ver que as bochechas dela estavam um pouco rosadas, e que sua pele estava lisinha e sem maquiagem. Joan sempre usava um pouco de rímel e de pó. Havia perdido a longa batalha de provocações de Barbara na adolescência. *Joan basiquinha.*

"Você não está com medo", disse para Vanessa. Era para ter sido uma pergunta, mas soou como observação.

"Estou, sim", respondeu Vanessa. "Principalmente da parte de se soltar e passar por baixo do paraquedas."

"Mas você parece estar bem calma."

Vanessa assentiu. "É, acho que pareço mesmo."

"É mais valente do que eu."

"Não sou, não."

O barco diminuiu de velocidade ao alcançar a lancha.

"Eu..." Joan soltou todo o ar de seus pulmões. "Estou morrendo de medo. Não faz nem sentido. Consegui passar pelos outros dois testes. Mas hoje..." Ela era capaz de jurar que suas mãos tremiam, mas ao olhá-las estavam totalmente imóveis.

"Você sabe a diferença entre valentia e coragem?", perguntou Vanessa.

Joan tentou pensar em uma resposta.

"Meu pai me ensinou quando eu era pequena. Valentia é não ter medo de uma coisa que mete medo nas outras pessoas. Coragem é ter medo, mas ser forte o bastante para ir lá e fazer mesmo assim."

"Ah", disse Joan.

"Nenhuma de nós duas está se sentindo muito valente agora", continuou Vanessa. "Mas nós duas vamos ser corajosas."

Joan mais uma vez se imaginou se soltando da lancha.

"Ok", falou. "Ok."

Griff foi primeiro.

Joan acompanhou cada segundo. O sol ofuscou seus olhos, mas não conseguia parar de olhar. Ele se soltou da lancha e flutuou de paraquedas até cair no mar aberto. E então sumiu. Ela continuou assistindo, prendendo a respiração, esperando que Griff viesse à tona.

Um segundo se passou. Depois outro. E lá estava ele.

Joan soltou o ar.

Ela o viu inflar o bote. Foram necessárias algumas tentativas para subir, mas na quarta ele conseguiu. Um instante depois, Griff ergueu o punho em comemoração.

"Se ele conseguiu, você também consegue", disse Vanessa.

Joan assentiu, insegura.

Quando chegou a vez de Joan, ela respirou fundo.

"Não fica pensando muito", disse Vanessa. "Só vai lá e faz. E depois vai poder contar para a sua sobrinha o quanto é corajosa."

"Frances."

"Isso, você vai poder contar para a Frances."

Joan assumiu sua posição. O cinturão de paraquedista foi conectado à lancha. Seu coração disparou. Ela estava na ponta do convés, esperando pelo sinal. Imaginou a si mesma contando para Frances que tinha caído de paraquedas no mar depois de subir amarrada a uma lancha. E riu só de pensar nisso.

Tá, ela pensou, *lá vamos nós*.

Quando recebeu sinal verde, ela disparou, correndo o mais depressa que podia. Sentiu o impacto do ar quando a lancha acelerou. Por um momento, lutou contra o medo que dominava seu corpo. Mas então se deixou levar. Permitiu a si mesma sentir aquele terror, ser atravessada por ele.

Na verdade, por alguns longos segundos, Joan não sentiu nada além do ar marinho em seu rosto. O cheiro de água salgada invadiu seu nariz e encheu seus pulmões.

Quando olhou para baixo, viu a imensidão azul do oceano, com sua calmaria e sua constância, quebradas apenas pelo rastro deixado pela lancha.

Ao receber o segundo sinal, levou a mão à trava do cinturão e fechou os olhos.

Ela se soltou.

O paraquedas desacelerou a descida, amenizando-a o suficiente para ser mais um pouso do que uma queda. E a visão do oceano chegando cada vez mais perto era um tanto hipnotizante. Quando seu corpo atingiu a água, o pânico já tinha ficado para trás.

De repente, ela estava debaixo d'água, com os ouvidos tapados e a visão embaçada, e seu corpo era puxado para baixo pelo peso das coisas a que estava amarrada. O paraquedas escureceu a água acima dela. Joan conseguiu se desvencilhar do equipamento e se virar à procura da claridade do céu. Não demorou muito para encontrá-la, logo à sua esquerda, a luz do sol refratada pela superfície da água. Ela nadou até lá.

Quando atingiu a superfície, abriu a boca e engasgou com a água. Mas, quando o ar alcançou seus pulmões, Joan sentiu que nada era tão bom quanto poder respirar.

Joan inflou o bote e conseguiu jogar uma perna sobre a beirada.

Subiu rápido, e logo sentiu o fundo da embarcação e a correnteza do mar nas costas. Então tossiu para se livrar da água no nariz e na garganta e afastou os cabelos do rosto.

Em seguida olhou para as nuvens, ergueu a mão com o polegar levantado e sorriu.

Meu Deus, pensou ela, *o que mais será que sou capaz de fazer?*

Quando chegou a hora dos treinamentos com os T-38, Joan se sentiu grata ao descobrir que voaria com Hank.

Ele era um homem alto e de ombros largos, com sotaque texano. Havia saído da Top Gun, a escola de voo da Marinha em San Diego, então estava habituado à vida no sul da Califórnia, assim como Joan. Burritos no café da manhã, árvores frutíferas, a água gelada do Pacífico. Joan também gostava dos óculos escuros dele, um modelo aviador que o fazia parecer um astro do cinema.

"Vamos lá, menina", ele falou enquanto entravam na aeronave. "Vamos pilotar esse avião."

"Certo, *menino*, vamos lá", ela respondeu.

Ele deu risada. Isso era outra coisa de que Joan gostava nele: Hank ria das piadas das mulheres.

O assento traseiro era apertado, e o peso do capacete e equipamento de segurança já a esmagava antes mesmo que decolassem. Joan era capaz de jurar que o avião estava em uma posição perpendicular à Terra. Tentou não pensar no enjoo no estômago enquanto subiam cada vez mais alto. Fez seu melhor para ignorar a pressão do ar nos ouvidos e fechou os olhos para tentar diminuir a intensidade da dor de cabeça. Lembrou-se de quando andou no Evolution na infância, no parque de diversões que passou por sua cidade, resistindo à força centrífuga que imprensava seu corpo.

No auge da subida, ela não sabia se conseguiria resistir à pressão.

Mas então a aeronave se nivelou acima das nuvens, e Joan arquejou. A beleza nas nuvens rosadas — cobertores macios que se estendiam abaixo deles — a fez recuperar o foco. O som incessante do vento abafava quase tudo, a não ser o som de sua própria voz dentro da cabeça, o que era uma bênção. Ela sempre foi sua melhor amiga, sua guia preferida.

Lá no alto, só o que conseguia ouvir era essa voz. A versão mais gentil de si mesma. *Olha para as nuvens, respira. Você viu como o azul do céu pode ser clarinho?*

De repente, a voz de Hank entrou em seu capacete: "Vai me dizer que aqui não é o paraíso?".

"Você não vai acreditar, mas eu voei a trinta mil pés no ar, bem alto lá no céu!", disse Joan naquela noite, segurando a mão de Frances enquanto ela e Barbara entravam em seu apartamento. "E na segunda-feira vamos voar de cabeça para baixo."

"*De cabeça para baixo?*"

"De cabeça para baixo! Eu quase vomitei de cabeça para cima, para você ter uma ideia. Então imagina só o que pode acontecer."

"Ai, *nossa*, você não pode vomitar, Joanie!"

"Eu vou tentar, claro, mas talvez não dê para controlar. Posso só dizer 'Ah, não' e *bleeergh*!" Joan fingiu vomitar na cabeça de Frances, que riu tão alto que Barbara pediu para a menina parar de fazer escândalo e lançou um olhar de reprovação para a irmã.

Ao se acomodarem, Barbara comentou que o apartamento era ótimo, e Frances imediatamente foi olhar os retratos feitos por Joan quando não conseguia dormir à noite. Tinha alguns de Frances, com seus olhos grandes e cílios compridos, um de Barbara e um do pai delas.

"Você precisa fazer a vovó", disse Frances.

"Verdade, preciso mesmo", respondeu Joan. "Por algum motivo, acho difícil desenhar a vovó."

Barbara olhou para seu retrato, que estava na mesinha de cabeceira. Joan viu um leve sorriso no rosto da irmã, apesar de Barbara ter tentado esconder. Essa era sua parte favorita ao desenhar. Mostrar para as pessoas as coisas que deveriam amar em si mesmas.

Barbara pôs o desenho de volta no lugar, com cuidado. "É porque você é parecida com a mamãe."

"Quê?", perguntou Joan.

"Você é parecida com a mamãe. E eu com o papai. E você não consegue desenhar a mamãe porque não gosta de desenhar você mesma."

"Eu poderia fazer um desenho meu."

"Ah", disse Barbara. "Bom, mas nunca desenha, então eu pensei que não gostasse."

Joan pensou sobre o que a irmã tinha dito. "É que... eu não me considero muito interessante, acho."

"Joanie, eu acho o seu rosto *bem* interessante", disse Frances. "Eu gosto dessas suas sardas clarinhas, e dos três cabelos brancos do lado da sua cabeça."

Joan deu risada. "Obrigada, meu amor." E complementou: "Eu pedi pizza para o jantar".

Barbara abriu um sorriso amarelo, mas Joan sabia que ela não reclamaria. Joan sempre pagava, pedia mais do que poderiam comer e embrulhava o que sobrasse para Barbara.

"Pediu de pepperoni?", perguntou Frances.

"Sim, e com anchova extra, porque sei que você adora."

"Nãããão!", protestou Frances, e Joan a abraçou e fez cócegas na sua barriga.

Barbara foi pôr a mesa.

Depois de comerem, Barbara mandou Frances se trocar para dormir. Ela passaria a noite ali, e as duas sairiam para comprar roupas para a volta às aulas no dia seguinte. Era uma tradição anual. Quando Joan foi se despedir de Barbara, ela lhe entregou o que sobrou da pizza.

Barbara a puxou para o corredor e disse: "Você parece mais contente. Mais leve".

"Ah, é?" Joan sentiu um leve sobressalto.

"É", confirmou Barbara. "Isso é legal."

"Bom, acho que..." Joan pensou no que sentiu no avião. Na coloração rosada das nuvens. "Acho que estou me sentindo mais leve mesmo."

"Você conheceu alguém", deduziu Barbara.

"O quê? Não!"

"Eu tinha certeza de que era isso. Pela alegria na sua voz."

"Barbara", insistiu Joan. "Não."

Barbara soltou um suspiro. "Juro para você, Joan, toda vez que penso que te entendo, descubro que estava mais errada do que antes."

"Não sou tão difícil assim de entender, Barb. Estou adorando meu novo trabalho. É... de longe a coisa mais incrível que já fiz."

Barbara a encarou, e Joan sentiu a distância entre elas aumentando. Um segundo antes, as duas pareciam tão próximas, e agora sua irmã estava mais longe do que nunca.

"Quem me dera encontrar alguma coisa que eu amasse tanto quanto você ama as estrelas."

Joan deu boa-noite para Barbara e voltou para o apartamento ainda com um sorriso no rosto. A condescendência no tom de voz da irmã era perceptível, mas ela não se irritou.

Amava mesmo a beleza desse mundo: de poder mostrar o céu para as pessoas, localizar o brilho difuso da Nebulosa de Orion a olho nu, dos raros momentos em que as auroras são visíveis mesmo nos estados do Sul por causa das tempestades geomagnéticas intensas; de tentar tocar mais uma vez sem errar o *Prelúdio em dó sustenido menor* de Rachmaninoff; reler *O despertar*; ouvir Joni Mitchel e Kate Bush; desenhar até tão tarde da noite que sentia cãibra na palma da mão; correr tanto que esquecia de pensar; levar Frances para tomar sorvete e ver quanto tempo ela demorava para escolher um sabor, sentir o cheiro dos cabelos dela...

Era esse tipo de coisa que fazia a vida valer a pena, e Joan lamentava que Barbara não conseguisse enxergar isso.

"Tá, lindinha", disse Joan depois que a sobrinha saiu do chuveiro. "Vamos ver tevê ou ler um livro?"

"Ler um livro!", respondeu Frances.

Joan começou a tirar as almofadas do sofá. "Tudo bem, se é o que você quer..." Era um truque que sempre funcionava com Frances: quando a menina podia escolher, sempre decidia pela opção mais responsável. Mas, quando ouvia que não podia fazer alguma coisa, virava uma batalha épica. Joan vivia tentando explicar isso para Barbara, mas a irmã a ignorava.

Joan abriu o sofá-cama, e Frances deitou, com o livro na mão.

"Joanie, eu adorei seu apartamento novo", disse Frances. "Eu queria poder morar aqui."

"Ah, lindinha, você pode ficar aqui sempre que quiser. É sua casa também. E sempre vai ser."

Joan deu um beijo na testa da menina e apagou a luz da sala de estar antes de ir para o quarto.

Só que, em vez de pegar um livro para ler, ela pegou o bloco de desenho e o lápis. Durante a hora seguinte, tentou desenhar o próprio rosto.

Era fim de agosto, e Joan estava no quintal de Steve e Helene, observando enquanto ele apagava o defumador e suas filhas corriam atrás de vagalumes. Na mesa ao seu lado estavam as sobras do jantar: assado, salada de macarrão, salada de repolho, feijão e pãezinhos. As tortas de nata e o bolo de chocolate à moda texana ainda estavam intocados. Joan tentava se lembrar da última vez que tinha jantado sozinha. Fazia tempo demais.

Durante o treinamento, o grupo foi dividido em duas equipes. A Equipe Vermelha, liderada por Duke Patterson, um Ascan piloto militar, cujos membros eram Donna, Harrison, Vanessa, Marty e alguns pilotos que Joan ainda não conhecia direito.

A Equipe Azul, da qual Joan fazia parte, era capitaneada por Hank e, além dela, incluía Griff, Lydia, Ted e um grupo de pilotos, entre eles Jimmy Hayman, que Joan detestava um pouco mais a cada vez que conversavam.

A Equipe Vermelha tinha uma sessão de instruções na sala de aula de manhã e voava com os T-38 à tarde. A equipe de Joan fazia o turno inverso.

Todos os dias eram atribulados. Eram aulas de engenharia, oceanografia, geografia, anatomia e outros temas, e Joan absorvia tanta informação junto com os demais Ascans que era natural estudar com eles em suas horas livres também. Ela e Griff passaram muitas noites no apartamento dele, aprendendo sobre as fronteiras do país e procedimentos médicos de emergência e, quando iam pedir comida, não precisavam perguntar o que o outro queria. Várias vezes por semana havia algum encontro, no Outpost ou no Frenchie's. Joan não se lembrava de ter ficado na rua até tão tarde, tantas vezes e com tanta gente em algum momento da vida, nem mesmo na faculdade.

A única coisa que estava apreciando de verdade naquela festa era sua garrafa de cerveja, que no momento estava quase vazia. Nunca tinha tocado em uma cerveja até Donna e Griff insistirem. E ficou surpresa ao descobrir que a Coors Light era uma delícia.

Joan deu seu último gole e olhou ao redor. A maioria das pessoas parecia ocupada. Talvez ela conseguisse dar o fora sem ninguém perceber.

Mas, um instante depois, Vanessa foi até ela e lhe entregou outra cerveja. "Você parece estar contando os minutos para ir embora."

Joan riu. "Acho que socializei demais por hoje", respondeu ela, à beira da piscina de Steve e Helene. "A reclamação não se estende à atual companhia, claro."

Hank apareceu no quintal, horas atrasado para o churrasco. Todo mundo comemorou, até Joan. Eles tinham voado no T-38 mais quatro vezes desde aquela primeira, e a cada dia Hank a deixava mais tempo no controle do avião.

Ela achava que ultimamente Donna andava um pouco babona demais perto dele, mas era obrigada a admitir que Hank era um bom partido. Joan o via como as criancinhas deviam ver Willy Wonka — um portal para a magia e o perigo.

"Quer dizer, Griff e Donna são ótimos", continuou Joan. "Do Hank eu também gosto. Você é incrível. Mas tem uns caras de quem eu prefiro passar longe. Sem querer ser chata, mas eu podia estar em casa agora, lendo um bom livro."

Vanessa riu e deu um gole na cerveja. "Como você é ranzinza."

"Eu não sou *ranzinza*."

"Mas isso é bom."

"Como isso pode ser bom? Ser ranzinza?"

"Você precisa de pelo menos uma manchinha na roupa."

"Quê?"

"Caso contrário, você fica muito perfeitinha", explicou Vanessa. "Inteligente, versátil, sempre cinco minutos adiantada, simpática com todo mundo. Ter mais personalidade é bom para você."

Joan se virou para ela. "Eu tenho personalidade."

"Eu sei. Você é ranzinza e meio antissocial", disse Vanessa, dando outro gole na cerveja. "Eu também. É bom."

Joan franziu a testa.

"É um elogio. Você é tipo o Marlon Brando", falou Vanessa, chegando mais perto e batendo o ombro no de Joan.

Joan tentou manter a expressão de descontentamento, mas não conseguiu. "Como assim, sou tipo o Marlon Brando?"

Vanessa pôs a garrafa de cerveja na mesa dobrável coberta com uma toalha plástica.

"Tá, então...", começou Vanessa. "Antes de *Um bonde chamado desejo*, Marlon Brandon era lindo, claro. Mas quase bonito demais. Talvez até um pouco... sem graça, sabe? Só que aí, quando a peça estava em cartaz, um dia ele estava brincando com uns caras nos bastidores, fingindo lutar boxe e tal. E levou um socão bem no meio do nariz. Pof!"

Vanessa imitou um lutador sendo nocauteado. Joan tentou continuar irritada, mas sua irritação era como um balão cheio de hélio, e o barbante estava começando a escapar de seus dedos.

"Quebrou o nariz. Foi parar no hospital. O médico fez um trabalho de merda na redução da fratura. Ficou totalmente torto. E a produtora, não lembro o nome dela, mas ela foi até o hospital e falou: 'Ah, não, Marlon, estragaram o seu rosto'. Mas ele não estava nem aí. Nunca se preocupou em operar para arrumar. E virou um grande astro, muito mais famoso do que qualquer um poderia imaginar. E anos depois ela voltou atrás. Aquilo não estragou o rosto dele, deu um toque a mais. Por algum motivo, com o nariz torto, ele ficou *ainda* mais bonito. Ele era perfeitinho demais antes. E passou a ter um defeito. Era um cara como qualquer outro. Parecia o homem de verdade mais bonito de todos os tempos, e não um boneco de vitrine."

"Isso o deixou interessante", complementou Joan.

Vanessa estalou os dedos. "Exatamente. O nariz torto o deixou interessante."

"Então eu não gostar de festa é o meu nariz torto?"

"Se a pessoa fica num pedestal, a gente não tem como chegar perto. Agora que você desceu do seu, podemos conviver de igual para igual."

"Então você não gostava de mim antes?"

"Eu sempre gostei de você, Jo", disse Vanessa, pegando a cerveja de volta. "Você sabe disso. E agora gosto mais ainda."

Joan assentiu. "Bom, obrigada pela comparação, acho. Nunca me compararam com o Marlon Brando antes."

"Você também é meio parecida com a Ingrid Bergman, aliás", comentou ela.

Joan tentou lembrar quem era essa.

"De *Casablanca*", explicou Vanessa.

"Ah", disse Joan. E então. "Nossa, isso... que incrível. Eu não vejo a semelhança, mas obrigada." Joan continuou falando, porque a essa altura não conseguia mais parar. "Na primeira vez que vi você, te achei parecida com o Paul Newman em *Rebeldia indomável*. Não que você seja homem. Era só... a atitude, talvez. Desculpa, não estou conseguindo explicar direito."

"Joan." Vanessa pôs a mão no braço de Joan para tranquilizá-la.

Joan se virou para ela.

"Essa foi a coisa mais gentil que alguém já me disse."

Joan deu risada. "Ah, é?"

"É, sim. Obrigada."

"Ah, então de nada."

"Eu adoro o Paul Newman. Quem não ia querer ser o Paul Newman?"

Joan deu de ombros e riu. "Bom, é, realmente. Quem não ia querer?"

Por que ela estava irritada mesmo? Não conseguia lembrar.

Kris, a esposa de Duke, abriu a porta de vidro da sala de estar, e o cachorro de Steve, um boiadeiro-australiano chamado Apollo, veio correndo e pulou na perna de Vanessa.

"Opa!", disse Kris. "Desculpa!"

"Não", respondeu Vanessa, se abaixando para fazer carinho nele. "Você é legal, né, amigão?"

Apollo rolou no chão, e Vanessa afagou sua barriga.

"Apollo, assim você vai me fazer querer ter um cachorro", comentou Vanessa.

"E por que não poderia?", questionou Joan.

Vanessa olhou para ela. "Porque em pouco tempo eu quero entrar num foguete e sair da atmosfera terrestre. Não tenho como cuidar de um cachorro lá de cima."

"Ah", disse Joan. "Entendi. Mas você não pode contratar alguém para cuidar do cachorro quando estiver em missão?"

"Não vou obrigar o bichinho a passar por isso. Posso só dar um pulo aqui e brincar com o Apollo", respondeu Vanessa, passando as mãos nas costas dele e lhe dando um tapinha na cabeça.

"Vanessa!", chamou Steve do quintal lateral. "Precisamos de você aqui! O Dodge do Antonio enguiçou."

Vanessa arqueou as sobrancelhas. "Vamos lá, meninão", chamou ela. E então sorriu para Joan. "Tchau, Jo."

Joan riu quando Vanessa se afastou com o cachorro. Já podia ir embora, mas, em vez disso, se sentou no chão de cimento áspero, puxou a saia longa até os joelhos e mergulhou os pés na piscina. Estava quentinha, parecia uma banheira.

Lydia passou por ela de olhos fechados, flutuando e monopolizando a única boia da piscina, que tinha se recusado a compartilhar tantas vezes que todo mundo já tinha desistido de pedir.

Griff foi nadando até Joan. "Eu tive acesso a uma informação muito importante e *confidencial*", comentou ele, jogando o cabelo para trás. "Se você se comportar direitinho, posso dividir com você."

Joan olhou para ele. Fazia tempo que havia chegado à conclusão de que Griff era um homem objetivamente bonito. Mas, olhando agora, percebia que era um tipo de beleza que provavelmente tinha desabrochado tarde, quando ele já era mais velho, e se perguntou se mais jovem ele tinha sido um patinho feio. Ela adorava patinhos feios.

"Então manda ver", disse Joan. Talvez ela estivesse meio alta por causa da cerveja. Só podia estar.

"Você sabe o nome de verdade do Duke?"

"Eu desconfiava que não era Duke."

"É *Chris*", contou Griff. As luzes da piscina tinham sido acesas momentos antes, quando o sol começou a se pôr. O sorriso de Griff estava iluminado de baixo para cima.

"Uau", falou Joan.

"Pois é, o Chris e a Kris", disse Griff, se aproximando da borda da piscina, mais para perto dela.

"Então ele deixou que ela fosse a Kris", supôs Joan. "E adotou um apelido. Isso é... isso é bem bonito."

Ela olhou para Duke e Kris, juntos perto da porta de vidro conversando com Helene, a esposa de Steve. A sintonia deles era inegável. Duke era forte e quieto. Kris era pequenina e animada, com um cabelão enorme. Duke iniciava as piadas e Kris as concluía.

"Não, ela sabia o que estava fazendo", dizia Duke, com um sorriso no rosto.

"Ah, sabia mesmo!", confirmou Kris.

Helene deu risada.

Joan sempre teve curiosidade para saber como um casamento funcionava na intimidade. O que acontecia quando estavam só os dois? Kris precisava pedir permissão para comprar roupas novas? Duke às vezes falava que não gostou muito do prato que ela tinha feito para o jantar? Joan tentou afastar da mente a tristeza que sempre vinha quando pensava no conceito de casamento — de qualquer casamento.

O dos seus pais parecia ok. Bom, até. Eles ainda se amavam. Sua mãe, praticamente uma vegetariana, preparava o bolo de carne favorito de seu pai quase todo fim de semana com uma alegria que Joan observou de perto durante anos e sempre achou totalmente sincera. Mesmo assim, quando pensava nisso, sentia uma melancolia. Como passar a vida criando sua individualidade — indo atrás das coisas que queria aprender, descobrir o que havia de mais interessante em você, estabelecer padrões de exigência — para então se casar com um homem e, de uma hora para a outra, a individualidade dele, as vontades dele, os padrões dele valerem mais que os seus?

Joan sabia que a sociedade estava em transformação e que alguns homens também estavam mudando. Alguns agora entendiam que a carreira, a vida e os interesses de uma mulher eram tão importantes quanto os deles. Mas, mesmo assim, Joan só conseguia pensar que nesse caso eram *duas* pessoas abrindo mão de partes de si mesmas para conseguirem se acomodar uma à outra. Um mundo de vegetarianos assando bolos de carne.

"Goodman, está me ouvindo?", perguntou Griff.

"Desculpa, o que foi?"

"Eu falei que vou embora daqui a pouco. Quer carona?"

Joan tinha vindo com Donna, mas a qualquer momento a amiga a deixaria na mão para ficar com Hank.

"Claro", disse ela, ficando de pé.

Griff se enxugou, e eles se despediram dos convidados, que incluíam Antonio e Jeanie, a esposa dele.

Quando chegaram à entrada da garagem, Vanessa estava com a cabeça enfiada no motor do carro, ao lado de Steve, que estava com Apollo aos seus pés, e de Ted e Harrison, que observavam atentos o conserto.

"Como está indo aí?", Griff perguntou.

O caminho para passar pelo carro era estreito, e havia uma mangueira no chão. Joan tomou cuidado por onde pisava, mas Griff apoiou a mão em suas costas para guiá-la mesmo assim. Quando ela se virou para trás, o amigo abriu um sorriso carinhoso.

Joan já havia se visto naquela situação — não muitas vezes, mas o suficiente para reconhecer o que significava. Os olhares que se estendiam um pouquinho mais do que deveriam, o tom de voz suave dirigido apenas a ela. Quase nunca terminava bem. Sempre surgia alguma resistência quando ela tentava pôr um ponto-final na coisa.

Ela apertou o passo para se afastar dele e evitar seu toque.

"Acho que o Steve descobriu o que é", respondeu Harrison. "Eu não consegui mesmo."

"Na verdade, foi a Vanessa que viu qual era o problema", corrigiu Steve. "Era o vácuo do afogador."

Vanessa levantou devagar e limpou a mão numa estopa. "Foi um trabalho em equipe."

Steve deu risada, e Vanessa viu que Joan estava ali também, com Griff. "Está indo ler seu livro?"

"Fui pega em flagrante."

"Então boa noite, Brando."

Joan balançou a cabeça. "Ah, então vai ser assim. Boa noite, Newman."

29 DE DEZEMBRO DE 1984

A voz de Griff foi a primeira a se calar.

Depois a de Hank.

Então a de Steve.

Agora a de Lydia.

"Ford, estamos na escuta", avisa Joan.

Joan agora é tudo o que Vanessa pode ouvir, tudo o que resta entre ela e o isolamento total.

Com a mão que não está pressionando o traje de Griff, Vanessa bate na lateral da câmara de descompressão, tentando atrair a atenção dos demais e acordá-los, mas isso a faz ser empurrada para trás. Ela se ajeita.

"LYDIA!", grita Vanessa. "STEVE! HANK! ALGUÉM!"

O silêncio fantasmagórico do ônibus espacial é devastador. Então ela percebe que seu corpo está flutuando na microgravidade. A lentidão, a ausência dos dois pés no chão. Ela nunca havia sentido toda a dimensão e o terror da flutuação como naquele momento, sem estar amarrada a nada, incapaz de se mover.

"Ford, a pressão da cabine voltou a um nível seguro, e a câmara de descompressão está pressurizada. Precisamos que você tire Griff da câmara."

Vanessa fecha os olhos. É mais uma coisa que ela aprendeu quando criança: o mundo ao seu redor pode ser perigoso, e geralmente é mesmo. Mas ela podia se esconder dele, mesmo que por apenas alguns segundos, quando fechava os olhos. Então Vanessa fica ali parada, e respira. Inspira, expira.

Quando abre os olhos, se surpreende com a firmeza na própria voz. "Compreendido, Houston. Preparando para entrar na cabine."

Ela tira a mão da barriga de Griff. Não é mais necessário protegê-lo da despressurização. E então começa a abrir a escotilha.

Uma vez feito isso, ela começa a flutuar para o deque intermediário, com Griff a reboque, e tira o capacete dos dois.

Ela consegue tirar a calça do traje espacial, mas é difícil lidar com a parte de cima sem ajuda. Os trajes são projetados contando que os tripulantes ajudem uns aos outros a vesti-lo e a tirá-lo.

Vanessa começa a entrar em pânico, e a claustrofobia se instala. Ela se debate contra o traje, o que só piora a situação. A última coisa que pode fazer agora é se desesperar, então conta as respirações e move os ombros de uma forma que parece antinatural, como se sua clavícula fosse quebrar.

Mas então para.

Porque lá está Hank, flutuando em sua direção. O corpo todo dele está inchado. O rosto tem manchas vermelhas, e a pele está coberta por erupções tão feias que, por um momento, ela chega a pensar que é sangue. Mas então se dá conta de que o sangue na verdade está sob a pele. Sente vontade de perguntar se ele está bem.

Mas não há dúvida.

Hank está morto.

Ela fecha os olhos e grita, se desvencilhando do restante do traje. Nunca tinha ouvido sua voz assim: rouca e esganiçada. Quando finalmente consegue fazer o traje passar pelos ombros, uma parte arranha sua testa e pele acima do olho.

Mas então ela se livra por completo da peça.

Vanessa consegue tirar o traje espacial de Griff também, com um pouco menos de agonia. Então tira o traje de resfriamento dele, deixando à mostra o peito e a barriga para avaliar as lesões. Os estilhaços não perfuraram a pele, mas há hematomas visíveis na parte inferior do abdome, subindo para o peito. Deve ser um sangramento interno. Mas não há como saber a gravidade no momento.

Ela devia ter dito para não deixar a escotilha da câmara de descompressão aberta. Um único sinal negativo com a cabeça teria evitado o acidente.

Vanessa não teria como impedir o vazamento. Isso teria acontecido de qualquer forma. Mas poderia ter evitado que ele se ferisse vetando aquela ideia de merda. Em vez disso, agora Griff estava flutuando à frente, inconsciente.

Vanessa olha para Hank, um pouco abaixo dela, e fecha os olhos. *Não pensa em Donna grávida no último verão. Não pensa no sorriso no rosto dela quando eles anunciavam que estavam noivos.*

Vanessa vê outro par de pés entre o deque intermediário e o deque de voo. Ela vai até lá.

Ao se aproximar de Steve, tem que sufocar um grito. Ele está sem vida, à deriva. *Um morto boiando.*

Há gotas de sangue no ar ao redor do corpo, provavelmente expelidas por ele ao tossir. Ela põe a mão no pescoço de Steve e verifica seu pulso sem qualquer esperança, confirmando o que já sabe.

Ela deveria sentir um aperto tão forte no coração mesmo na microgravidade? Mas é isso que está acontecendo.

Vanessa não quer pensar em Helene e nas meninas. Ela sente o estômago se revirar ao imaginar Apollo o esperando na porta.

Não quer pensar em como será solitário continuar neste mundo sem a orientação dele. Naquela nave, no espaço, perdida entre seus pensamentos.

Ela respira fundo. "Houston, aqui é o *Navigator*. Os astronautas Steve Hagen e Hank Redmond estão mortos. John Griffin sofreu ferimentos internos potencialmente graves, mas está respirando. Estão na escuta?"

Não é possível cair naquele ambiente de microgravidade, mas é uma ideia que parece bastante atrativa no momento. Se soltar, cair de joelhos e desabar no chão.

"Entendido", responde Joan, com uma voz tão gentil que Vanessa sente vontade de chorar. "Escutamos que Hagen e Redmond morreram. Temos os sinais vitais de Griff. Acreditamos que Danes também esteja viva. Confirme, por favor."

Se Donna e Helene estiverem ouvindo o circuito de comunicação em casa, Vanessa acabou de informá-las de que estavam viúvas. Ela sente um nó na garganta e gosto de bile na boca, e engole em seco.

Olha para a esquerda e para a direita e, por fim, para cima. É lá que vê Lydia, flutuando perto do teto, com um braço estendido. Vanessa consegue chegar até ela e encosta dois dedos em seu pescoço.

"Houston, eu confirmo que Lydia Danes está viva", informa Vanessa.

"Compreendido, *Navigator*", confirma Joan. E em seguida, baixando o tom para um sussurro: "Obrigada".

Vanessa olha para mais além de Lydia e vê a perfuração. Mal consegue acreditar no que está vendo. Um reparo tão frágil e simples, mas que mesmo assim — se tivesse feito alguns segundos antes — poderia ter salvado a vida de todos.

"Houston, Danes encontrou o vazamento e vedou com uma prancheta e fita adesiva."

Joan fica em silêncio. Vanessa está ansiosa para ouvir cada palavra dela.

"Entendido", responde Joan. "A pressão da cabine está se aproximando de 10,2 psi. Acreditamos que, com o devido monitoramento, podemos mantê-la estável o suficiente para vocês voltarem para casa."

"Foi a última coisa que Lydia fez antes de desmaiar", conta Vanessa.

"Sim, *Navigator*", confirma Joan. "Foi essa a nossa conclusão também."

Foi Lydia, entre todas as pessoas possíveis, que os salvou. Que a salvou. Vanessa chega a rir, e o som de sua risada tem um tom sombrio, impregnado de um terror irrefreável. Ela sabe que, se continuar rindo, vai soar exatamente como um choro. Vai dominar seu corpo todo — o horror a sacudindo por dentro, querendo sair — e não vai ser possível parar antes que seja tarde demais. Ela está prestes a entrar num surto de mania, e a ideia de ceder é tentadora, de se desvencilhar da realidade e perder a cabeça.

Mas ela não pode fazer isso.

"Lydia está com sintomas de descompressão", avisa Vanessa.

"Sim, é o que nós estimamos", responde Joan.

"Quanto tempo ela ainda tem?"

"Ela precisa receber tratamento dentro de dez horas", informa Joan. "Talvez Griff precise antes. É difícil ter certeza por causa dos ferimentos internos, mas estamos monitorando seus sinais vitais e elaborando um plano. Estimamos que em até três rotações conseguiremos trazer vocês para casa."

"Quatro horas e meia? Isso é possível?"

"Acreditamos que sim. Vamos começar a desorbitação o quanto antes."

Vanessa fecha os olhos. "Quanto tempo até termos um plano para a desorbitação?"

"Estamos confirmando os locais de pouso, volto a entrar em contato em breve. Nesse meio-tempo, pedimos que você prepare o checklist para a desorbitação e, enquanto isso, deixe os sensores biomédicos em Griff e coloque um conjunto em Danes também, para podermos monitorar os sinais vitais dela."

"Afirmativo", respondeu Vanessa. E veio a inevitável confissão. "Houston... nós... nós deixamos a escotilha aberta."

"Entendido", diz Joan. "Já desconfiávamos que foi assim que Griff foi atingido. Estamos contentes por você ter saído ilesa. Precisamos de sua ajuda aí em cima. Volto a fazer contato em breve com nosso plano de contingência para desorbitação."

"Compreendido."

Vanessa respira fundo e olha ao redor da nave. Uma tripulação inteira inconsciente ou morta.

Ela era uma especialista de missão, mas vinha implorando fazia anos por uma chance de pilotar. E agora, ironicamente, enfim teria a oportunidade que queria.

Vanessa dá conta do recado. Nunca pousou um ônibus espacial antes — nem no simulador —, mas vai fazer isso hoje.

Portanto, enquanto o Controle de Missão elabora o plano, Vanessa pega o checklist do procedimento para desorbitação e lê as instruções.

É preciso estabilizar tudo no orbitador — nada pode estar voando solto, tudo deve estar preso. Em geral, isso se refere a objetos como microfones, sacos de dormir e fichários, os itens de que a tripulação precisa para trabalhar. Até aquele momento, ela jamais pensou que aquilo pudesse incluir os próprios tripulantes. Ela teria que prendê-los aos cintos de segurança.

Vanessa avalia os assentos disponíveis no deque de voo. São quatro, mas ela precisa de todo o espaço disponível no deque para o pouso.

Portanto, para Steve e Hank, ela se decide pela câmara de descompressão.

Engole seco e balança a cabeça. Uma gota de sangue passa flutuando por ela, e Vanessa se afasta. Pega um lenço umedecido do estoque, que foi todo arrancado da parede. Ela o abre por inteiro e encosta a ponta na gota de sangue passando pela cabine. O tecido absorve o sangue, que para de voar pelo ar.

Ela começa com Steve. Enfia o lencinho no bolso dianteiro de sua camisa e o segura pela mão. Não consegue nem imaginar como vai ser não falar com ele todos os dias. Não ligar para ele quando estiver receosa de ter feito merda. Sempre sentiu que, como Steve era dez anos mais velho, confiava mais nele do que o próprio Steve desejaria.

Mas agora, olhando para o seu rosto, ela se arrepende amargamente de nunca ter lhe dito o quanto sua orientação era importante para ela. Devia ter feito mais do que apenas cumprimentos e agradecimentos levianos.

"Steve", murmura para ele. "Vou colocar você na câmara de descompressão, ok?"

Ela sente um nó na garganta quando vê seu rosto sem expressão. Mas não há tempo para isso. Vanessa puxa o corpo dele para junto do seu e flutua lentamente pelo deque intermediário.

Quando o empurra para a câmara de descompressão, sabe que ainda vai precisar fechar a escotilha interna, para impedir que ele volte para o deque intermediário. Mas, antes disso, quer dizer que ele foi o melhor comandante que já teve. Até sabe qual seria sua resposta: *Eu sou o único comandante que você já teve.*

E, de qualquer forma, isso seria definitivo demais. Não precisa ser assim. Ela fecha a porta.

Em seguida, pega Hank e o leva para a câmara de descompressão também, da mesma forma que fez com Steve. Diz para ele que sua piada sobre chegar em casa a tempo de ver *M*A*S*H* era engraçada, mas não consegue tranquilizá-lo em relação a Donna e Thea. Só consegue pensar em Donna levando Thea ao Outpost no mês anterior, e Hank mostrando a filhinha com o maior orgulho a noite toda.

Vanessa afasta esses pensamentos. Não pode se dar a esse luxo agora.

Vai até Lydia. O rosto dela está inchado, mas com uma expressão pacífica, sem a consternação costumeira. Nesse momento crítico, Vanessa se arrepende de não ter se esforçado para entender Lydia melhor quando estavam as duas na Terra. Joan foi a única a realmente tentar, a única que via do que Lydia era capaz. Joan tentou lhe explicar isso e só agora Vanessa percebe.

Com cuidado, ela abre o zíper da parte de cima do traje de voo de Lydia e instala os sensores de respiração, temperatura e frequência cardíaca. Sobe de novo o zíper e segura a mãos de Lydia. Aperta com força. Sem dizer nada, puxa Lydia para o deque de voo e a põe na poltrona atrás do assento do comandante, fixando o cinto de segurança.

Em seguida pega Griff nos braços e o leva para o deque de voo, colocando-o ao lado de Lydia. E, em um momento do qual só se dá conta depois que termina, dá um beijo em sua testa.

"*Navigator*, aqui é Houston."

Joan. Finalmente, Joan está de volta.

"Na escuta."

"Prepare-se para uma desorbitação contingencial. Podemos aterrissar em Edwards em três rotações. Eles têm instalações completas para atendimento de traumas. Vamos dar início ao checklist de desorbitação."

Sem nenhuma ajuda, Vanessa precisaria guardar todos os equipamentos — inclusive tudo que fora arrancado das paredes — e fechar as portas do compartimento de carga. Só então assumiria o assento do piloto e começaria o processo de reentrada.

Ela já tinha passado por apuros suficientes na vida para saber que planos de longo prazo não serviam para nada no momento. Em uma crise dessa magnitude, é melhor avaliar a situação segundo a segundo.

Portanto, Vanessa não se imagina de volta à Terra. Não se imagina pousando o ônibus espacial. Não se imagina se preparando para a reentrada.

Em vez disso, se imagina fixando os armários de volta nas paredes.

Isso ela pode fazer.

───── ✦ ─────

Praticamente todo mundo com permissão para entrar no centro de controle de voo está lá. A sala do diretor está cheia de homens de terno e gravata. A sala dos supervisores de simulação está lotada.

Apenas com base no murmurinho na sala, Joan sabe que o teatro de observação está se enchendo.

Não pode se virar, e não pode se preocupar em saber quantas pessoas estão ouvindo o circuito principal de comunicação no momento. Trata-se de uma frequência acessível a quase três mil pessoas no Centro Espacial Johnson e na região de Houston em geral, inclusive nas residências de astronautas e redações jornalísticas.

Em um dia normal, a maioria não estaria ouvindo. Agora era quase certeza de que sim. O acidente já devia ter sido noticiado no mundo inteiro.

Isso significava que Donna e Helene sabiam. Mesmo se não estivessem ouvindo antes, agora estavam.

Ao ver como alguns dos homens ficam olhando para trás o tempo todo, Joan desconfia que Donna ou Helene esteja no teatro agora mesmo. O mais provável é que seja Helene. Donna é do tipo que precisa de solidão absoluta em situações assim. Deve ter deixado Thea aos cuidados de alguém e se trancado no quarto ou no banheiro, se recusando a conversar com quem quer que seja. Helene, por outro lado, é do tipo que precisa ver pessoalmente o que está acontecendo. Então, se tem alguém ali, é ela.

Joan continua olhando para a frente. Apenas para a frente.

O alvoroço ao seu redor é desconcertante, mas os sussurros dentro do Controle de Missão são um lembrete tranquilizador de que a Nasa não é apenas um grupo de indivíduos. A Nasa é um time. Joan nunca havia experimentado um senso de pertencimento semelhante ao que encontrou ali.

Se Vanessa, Lydia e Griff voltarem para casa com vida, o campus inteiro vai suspirar de alívio. E, se a tragédia se agravar ainda mais, Joan sabe que a equipe toda vai carregar junta esse fardo.

Mas existe um fardo que Joan vai carregar sozinha.

Joan olha para Jack. Ele está com os ombros tensos e os punhos cerrados. Joan abre e fecha as mãos, tentando se alongar.

Desde o fim de novembro, Joan vem tendo sonhos nos quais sua vida é menos complicada do que na realidade. Quando acorda de manhã, sempre precisa de um tempinho para entender que o sonho não era real.

Mas hoje ela precisa lembrar que *isso* é real.

Steve e Hank estão mortos. Griff e Lydia podem não sobreviver.

Pelo menos Vanessa está segura por enquanto.

"Houston, a estação de alimentação já foi desativada."

Jack: "Vamos prepará-la para fechar as portas do compartimento de carga".

Joan no circuito de comunicação: "Entendido. Agora queremos que você comece a fechar as portas do compartimento de carga".

"Afirmativo", diz Vanessa.

"Dando início ao checklist de desorbitação, páginas dois a quinze. Em breve você acionará o sistema de propulsão e fará a manobra de reentrada."

"Entendido", diz Vanessa, e então, baixinho: "Vamos lá. Eu consigo fazer isso".

Joan reconhece esse tom na voz de Vanessa. O leve estremecimento.

"Ford", ela diz. Há tantas coisas que ela gostaria de dizer para Vanessa, mas não pode. "Todos aqui acreditam na sua capacidade de pousar o *Navigator* sozinha."

Joan acredita de verdade, embora ninguém nunca tenha feito isso antes na história da Nasa.

Vanessa não responde por um momento. E então: "Obrigada, Houston. A partir de certo ponto, a nave consegue pousar sozinha. Só precisamos chegar a esse ponto o quanto antes. Eu já vou começar."

E se Joan abrisse o circuito e dissesse o que realmente estava pensando? E se falasse para Vanessa tudo o que queria que ela soubesse?

Observando os monitores de telemetria, Joan vê que Vanessa acionou o primeiro mecanismo para fechar as portas do compartimento de carga. A da esquerda se fechou. Quando Vanessa começa a fechar a da direita, Sean Gutterson se levanta.

Sean: "Equipe de voo, aqui é o RMU. As travas da antepara dianteira direita não estão fechando. Acreditamos que as portas do compartimento de carga foram atingidas na explosão".

Jack olha para a frente, apreensivo.

"Houston", chama Vanessa. "Estou recebendo um aviso de mau funcionamento no conjunto da antepara dianteira direita."

"Entendido", responde Joan, olhando para Jack.

Jack está com a caneta na mão, clicando sem parar, segurando-a com tanta força que a mão fica vermelha e os nós dos dedos empalidecem. Ele fecha os olhos e respira fundo, balançando a cabeça. "Ford vai ter que fazer isso manualmente." Ele abre os olhos. "Se ela tiver que voltar para o compartimento de carga, vai precisar vestir o traje sozinha. É possível fazer isso, certo, EVA?"

Chuck Peterson, o encarregado das atividades extraveiculares, fica de pé. "Os trajes não foram projetados dessa forma. Mas, se ela tirou sozinha, acreditamos que consegue vestir sozinha."

"Se você disser que ela precisa fazer isso, ela vai fazer", garante Joan.

Jack assente. "Eecom, ainda estamos a 10,2 psi?"

"Afirmativo."

"Isso significa quanto em termos de pré-respiração?"

Greg não responde a princípio, ainda fazendo os cálculos.

Jack se levanta e joga a caneta na mesa. "Vamos! O que isso significa em termos de pré-respiração?"

Greg: "Nossa estimativa é setenta e cinco minutos. A equipe está avaliando se podemos diminuir esse tempo".

Jack se debruça sobre a mesa. "De qualquer forma, adicionando a isso o tempo de vestir o traje, fechar as travas, voltar e começar a desorbitação, perdemos uma rotação, talvez duas.

Ele olha para Tony Gallo, o oficial de dinâmica de voo, que está do outro lado da sala. "Fido, as opções de aterrissagem."

Fido: "Afirmativo".

Ray: "Equipe de Voo, é o cirurgião. Com base nos sinais vitais de Griff, ele pode ter mais tempo do que Danes. Mas, se não chegarem à Terra em até sete horas, um deles pode não sobreviver, ou até os dois".

Jack: "O ônibus espacial não pode pousar com as portas do compartimento de carga abertas. Vai pegar fogo na reentrada".

Ray: "Sim, mas Griff e Danes podem não suportar o tempo necessário para ela ir até o compartimento de carga".

Jack: "Se ela não for, nenhum deles vai sobreviver".

Fido: "Ainda podemos pousar em Edwards na próxima rotação, mas após isso a oportunidade mais próxima vai ser doze horas depois".

Jack fecha os olhos e assente. "Então vamos torcer para ela conseguir fazer isso em noventa minutos. Capcom, prepare Ford para a EVA, por favor."

Joan: "Entendido. *Navigator*, aqui é Houston. Vamos precisar que você feche as portas do compartimento de carga manualmente. Por favor, se prepare para entrar na "EMU"."

"Afirmativo, Houston." E então, diminuindo o volume da voz, Vanessa acrescenta: "Eu... eu não sei como vestir o traje sem ajuda. Já foi bem difícil de tirar".

"Entendido", responde Joan. "Diga o que precisa de nós."

"Vocês não têm como me ajudar", afirma Vanessa. "Ninguém pode me ajudar."

Joan não sabe o que dizer. "Entendido", afirma ela por fim, uma resposta absolutamente inútil. Ela vê o futuro por um momento, tudo o que vai acontecer se isso não funcionar.

"Vou abrir o oxigênio para a pré-respiração", informa Vanessa. "E depois vou ver como vestir o bendito traje de novo. Espero que vocês possam me explicar como colocar meu ombro de volta no lugar se eu acabar deslocando."

Joan fica pensando em como responder, mas Vanessa acrescenta: "Vou tirar Hank e Steve da câmara de descompressão. Depois vou entrar lá e despressurizar de novo. Então vou descobrir qual é o problema com as travas e voltar para começar a desorbitar e pousar esta coisa. E de alguma forma vou fazer tudo isso em menos de quatro rotações".

Joan espera mais um instante, para se certificar de que Vanessa já terminou de falar.

"Você e eu...", diz Joan. "Nós vamos fazer isso juntas."

"Eu...", começa Vanessa. "Ainda bem que é você que está nessa cadeira hoje, Goodwin. Eu me sinto grata por isso."

Joan não ousa olhar para os lados, com medo de fazer contato visual com quem quer que seja. Ela é boa em entender o que está por trás das palavras de Vanessa. Por ora, isso basta.

Ela fecha os olhos e implora para o Universo: *Por favor. Por favor. Não leve a Vanessa.*

OUTONO DE 1980

Era pouco depois das onze de um sábado à noite. Joan deveria estar na cama, mas não conseguia parar de tocar piano.

Após uma longa semana de aulas, seu cérebro estava em curto-circuito. O jargão da Nasa estava acabando com ela, principalmente as siglas — OMS, RCS, EVA, EMU, Fido, GPCS. Joan estava sempre atenta e disposta a aprender qualquer coisa, mas aqueles termos todos a bombardeavam de tal maneira que pareciam mais grego do que ciência.

Ela precisava de um descanso. Então, em vez de ir para o bar, saiu para uma longa corrida, voltou para casa, tomou um banho e se sentou diante do instrumento. Não sabia nem quanto tempo fazia que tinha começado, mas tocou um bom tempo e simplesmente continuou. Tchaikóvski, Chopin, Chostakóvitch e agora a "Gnossienne Nº 1", de Satie.

Era exatamente disso que precisava: um momento em que pudesse esquecer onde estava e até mesmo *quem* era. Era isso que Joan adorava no piano quando criança, e foi por isso que continuou tocando mesmo tendo decidido que jamais se tornaria pianista profissional. A música permitia que sua mente voasse longe e que seu corpo falasse por ela.

A vida de Joan se resumia a pensar e pensar e pensar, mas, quando pegava o lápis para desenhar ou pousava os dedos nas teclas frias do instrumento, os pensamentos silenciavam.

A batida na porta a assustou. Ela deu um grito tão alto e estridente que ficou até com vergonha.

Duas possibilidades surgiram em sua mente sobre quem poderia ser: o vizinho, irritado com o barulho, ou Griff. Joan não gostava de nenhuma delas.

"Jo?", ela ouviu do outro lado da porta, pouco antes de destrancá-la. Vanessa.

"Oi", disse Joan ao abrir a porta.

"Você deu o maior grito agora há pouco", falou Vanessa, parada do outro lado. "Toda frágil e indefesa. Vai fazer as mulheres regredirem alguns séculos se algum homem escutar."

Joan franziu a testa. "Obrigada pelos excelentes comentários sobre como levar sustos sem parecer tão vulnerável."

Vanessa sorriu. "Posso entrar?"

Joan escancarou a porta, e Vanessa a acompanhou até a sala. "O que você está fazendo aqui?"

"Legal te ver também."

Joan arqueou uma sobrancelha.

"Só vim deixar Donna em casa. Ela está bêbada que nem um gambá. Ia pedir para você dar uma olhada nela de manhã."

"Ah", disse Joan. "Claro que sim."

"Eu nem ia passar aqui. Pensei que você estivesse dormindo, mas te ouvi tocando quando passei pela porta."

"Está muito alto?"

Vanessa fez que não com a cabeça. "Só dá para ouvir se a pessoa estiver passando pela sua porta, torcendo para que você esteja acordada." E acrescentou: "Você toca muito bem, aliás".

"Ah, obrigada", disse Joan. "Eu gosto de tocar para espairecer um pouco. Não é nada de mais."

"Você está fazendo de novo essa coisa de 'Ah, não sou tão boa assim' só para eu dizer que na verdade é incrível?"

"Quê? Não. Eu não faço isso. Sou competente em muitas coisas e não nego os meus talentos, mas sou só uma pianista amadora. Não pratico o suficiente para ser profissional. Toco porque gosto."

Vanessa escondeu seu sorrisinho torto.

"Qual é a graça?", questionou Joan.

"Você tem um padrão de exigência bem alto", disse Vanessa. "Só isso."

Joan franziu os lábios, tentando não fechar a cara nem sorrir.

"Enfim, olha só... eu também tinha outro motivo para passar aqui", revelou Vanessa.

"Pode falar."

"É que... eu preciso de ajuda com uma coisa. E você... bom, você é meio que a única pessoa que pode me ajudar. Acho que estou pedindo um favor, então."

"Você está... nervosa?"

"Envergonhada", corrigiu Vanessa.

"Então existe alguma coisa no mundo capaz de intimidar você?"

Vanessa deu risada. "Na verdade, não é neste mundo."

Joan balançou a cabeça e sorriu.

"Eu não sei me orientar pelas estrelas tão bem quanto certas pessoas", explicou Vanessa. "Lydia sabe localizar todas as constelações e se gaba disso o tempo todo. Mas eu sempre tive dificuldade com essas coisas. Principalmente numa noite de céu escuro."

"Tá, e o que você *sabe* identificar?"

"Bom, a Estrela Polar. E sei onde ficam Veja, Deneb e Altair, então sempre consigo localizar o norte e o sul. Mas queria me sentir mais confiante na hora de identificar as constelações mais distantes."

"Então você veio ao lugar certo. Claro que eu te ajudo."

"Obrigada", disse Vanessa, com o olhar mais caloroso que Joan já tinha visto no rosto dela.

"Você é uma astronauta que não sabe reconhecer a maioria das estrelas", comentou Joan. "Que engraçado."

"Eu sou uma aviadora que se candidatou a uma vaga na Nasa porque quer voar para além da estratosfera", retrucou ela. "E estou disposta a aprender o que for preciso para isso."

"Ok", respondeu Joan. "Eu adoraria te ensinar. Amanhã à noite. Podemos ir para fora da cidade. Posso até levar meu telescópio."

"Ah, é?", disse Vanessa.

"É, vai ser legal."

Joan estava na porta da casa de Vanessa um minuto antes das seis. Esperou dois minutos para tocar a campainha, só para mostrar que era perfeitamente capaz de chegar atrasada.

A casa em estilo bangalô era azul-petróleo com a porta vermelha e uma entrada arredondada na varanda da frente. Joan ouviu a campainha tocando lá dentro.

Vanessa apareceu com um cooler na mão. Estava usando uma calça jeans e uma camiseta cinza-chumbo com as mangas dobradas e os cabelos ainda um pouco molhados. Num piscar de olhos, o vestido e a jaqueta jeans de que Joan tinha gostado tanto quando escolheu pareceram um exagero constrangedor. E por que ela nunca pensou em dobrar suas mangas daquele jeito?

"Fiz uns sanduíches e peguei uns refrigerantes e umas cervejas", disse Vanessa, apontando para o cooler.

"Que ótimo. Obrigada."

"Bom, eu gosto de fazer a minha parte para colaborar", respondeu ela. "Obrigada por me ajudar."

Joan fez um gesto minimizando o agradecimento. "É um bom pretexto para observar um pouco as estrelas. Faço isso menos do que gostaria. Então, de verdade, você está me fazendo um favor também. Me fazendo companhia."

Joan começou a andar na direção de seu fusca, mas Vanessa a deteve. "Podemos ir no meu carro", ofereceu. "É só você me explicar o caminho."

"Tem certeza? É um pouco longe."

"Vai ser legal", disse Vanessa. "Espera aqui que vou tirar da garagem."

Joan pegou os binóculos, o telescópio e o cobertor no banco de trás do carro e ficou no gramado, olhando para o céu enquanto o sol começava a se pôr. Seria uma boa noite para observar Hércules.

Vanessa saiu de ré da garagem com um conversível bege com interior vermelho.

"Uau", comentou Joan, colocando as coisas no banco de trás.

Vanessa deu risada. "Eu gosto de carros."

Joan abriu a porta e entrou. "É bem bacana."

Vanessa arrancou ao sair. "Para onde vamos?"

"Brazos Bend."

"Não conheço."

"Fica longe da cidade. Mas a vista é incrível. Entre à esquerda aqui... vamos pegar a rodovia 288."

Vanessa pisou no acelerador, o vento dançando nos ombros de Joan e fazendo seus cabelos esvoaçarem.

"Eu levava Frances até lá quando ela não conseguia dormir."

"Quantos anos ela tem mesmo?"

"Seis", respondeu Joan. "Mas isso foi há muito tempo. Minha irmã surtava depois de muitas noites sem dormir, então eu levava Frances para passear. Geralmente em Brazos. Na maior parte das vezes, Frances já estava dormindo quando chegávamos ao parque, mas de vez em quando ainda estava com os olhões abertos, então eu a deitava em um cobertor e mostrava as estrelas para ela."

"Criando a nova geração de astronautas", comentou Vanessa.

"Frances já disse que quer ser uma", contou Joan. "Não sei se vai mesmo, mas gosto de pensar que... sabe como é..." Joan se interrompeu, sentindo um nó na garganta. Aquilo mexia com suas emoções.

"Que as meninas de hoje podem olhar para nós, ou para as mulheres do Grupo 8, e saber que elas também podem conquistar isso", completou Vanessa.

Joan olhou para ela, atenta à estrada, o vento se embrenhando por seu cabelo. Joan tentava controlar seus fios, segurando-os para trás, mas ao ver os de Vanessa soltos e livres, abaixou as mãos e fez o mesmo.

"Afinal, logo mais vão mandar uma mulher para o espaço", continuou Vanessa.

"Você já ouviu falar alguma coisa sobre quem vão escolher?"

"Não", respondeu Vanessa. "Você sabe como são essas coisas. Nós não podemos nem admitir que estamos curiosas para saber."

A primeira mulher dos Estados Unidos no espaço seria do Grupo 8, as selecionadas no programa ao qual Joan se candidatou, mas não foi chamada. Olhando para trás, se sentia grata por isso. Ser a primeira seria uma responsabilidade muito grande.

Quando chegaram à rodovia, o barulho do vento era alto demais para conversarem, então Joan fechou os olhos e só sentiu o ar passeando pelo corpo.

"É longe *mesmo*", comentou Vanessa quando pegaram uma saída da estrada e o vento se acalmou.

"Pois é", disse Joan. "Mas confia em mim, que vale a pena."

Vanessa continuou com os olhos voltados para a estrada. "Donna e Hank estão trepando, né?"

Joan tensionou tanto os ombros que eles quase alcançaram suas orelhas. "Acho que eles estão dormindo juntos, sim. Mas não gosto dessa palavra."

Vanessa deu risada. "Você é meio puritana, né?"

"Não sou, não", respondeu Joan, em um tom que só corroborava a afirmação.

"Qual foi a pior coisa que você já fez?", perguntou Vanessa.

Joan tentou pensar em alguma coisa, mas não conseguiu. "Bom, quando eu tinha seis anos, roubei um baralho na lojinha de 1,99." Ela imediatamente percebeu que tinha falado bobagem. "Esquece isso... Eu voltei para devolver, inclusive."

Vanessa sorriu. "Tá, pode tentar de novo."

"Eu deixei o pessoal colar da minha prova por uns dois meses na época de colégio até perder a paciência e mandar eles estudarem sozinhos."

"E qual é a parte ruim? Ter deixado colarem ou negado depois?"

Joan riu. "Ter deixado colarem, claro!"

Vanessa balançou a cabeça. "Desculpa, mas você vai ter que tentar de novo. Estou pedindo para você vasculhar as partes mais sombrias da sua alma, Jo. Qual é. O que você tem mais vergonha de ter feito?"

"Imagino que você vai responder também, né?"

"Claro. Posso ir primeiro, se você quiser. Tenho muitas opções para escolher."

"Não, não, eu vou pensar em alguma coisa."

Joan não sabia por que estava tão disposta a *fazer* isso.

"Ah", disse ela, por fim.

"Conseguiu pensar em uma coisa?"

"É... sim. Tem uma coisa de que me arrependo muito", disse Joan. "Não sei se você vai achar tão terrível assim. Mas para mim é."

"Desembucha."

"Quando minha irmã tinha dezessete anos, fui passar as férias da faculdade em casa e ouvi quando ela saiu escondida pela janela para ir ficar com um garoto. Eu acordei os meus pais e contei tudo. Eles a levaram de volta para casa e a deixaram de castigo por meses."

"Por que você fez isso?"

"Ela tinha engravidado no ano anterior. Perdeu a gestação logo no início, antes mesmo de descobrir que estava grávida. E nunca contou para os nossos pais. Fiquei com medo de acontecer de novo e não sabia o que fazer."

Vanessa pareceu considerar. "Existiam formas melhores de abordar a situação, talvez. Mas na verdade não sei..."

"Você não me deixou terminar."

"Ah, então, por favor..."

"Quando minha irmã apareceu no meu quarto no dia seguinte, reclamando por estar de castigo, eu fingi que não sabia de nada. Disse que o nosso pai devia ter visto quando ela saiu pela janela."

Vanessa arqueou as sobrancelhas e mordeu o lábio. "Por que você não disse a verdade?"

"Barbara é bem... sensível. Basta um olhar torto para ela dizer as piores coisas que você pode imaginar. E sem voltar atrás depois. Todo mundo vive pisando em ovos com ela. Sempre foi assim. Eu não... eu não sou sincera com ela. Acho que nunca fui. Nem sei como seria. E detesto isso em mim mesma."

Vanessa pôs a mão no ombro de Joan.

"Esquece que eu falei isso. Sua vez", disse Joan.

Vanessa parou em um sinal vermelho. "Espera um pouco, acho que temos muito o que discutir aqui."

"Não, não. Fala você agora. Por favor."

"Hum." Vanessa se remexeu no assento. "Ah, o que dizer, o que dizer... Tem tanta coisa. Na adolescência, eu roubava dinheiro das máquinas automáticas de refrigerante e salgadinho, porque sabia como desmontar. Fiz ligação direta num carro para um amigo. Bebia demais. Transava por aí."

Essa última frase fez Joan desviar os olhos do sinal vermelho e encarar Vanessa, só voltando a se virar para a frente quando se forçou a isso.

"Usei drogas demais."

"Drogas? Que drogas?"

"Fumei erva primeiro, depois tomei ácido." Vanessa olhou para ela e parou um pouco para pensar se deveria continuar falando. "Experimentei heroína."

Joan arquejou e engoliu em seco ao mesmo tempo.

O sinal abriu, e Vanessa acelerou. De repente, Joan se sentiu arrependida de sua confissão.

"Por favor, não tire muitas conclusões dessa minha história", disse Joan.

Elas estavam chegando ao parque.

"Como assim?"

"Isso de ter dedurado minha irmã. É que... Por favor, não vai pensar que eu não sou de confiança, ou que quero estragar a diversão dos outros, ou que sou uma covarde ou coisa do tipo. Eu não sou assim."

"Eu sei."

"É que, com a minha irmã, as coisas são... Eu sinto que estou o tempo todo tentando fazer a coisa certa, mas sempre acabo metendo os pés pelas mãos. Nem sei por que contei essa história. Você tem razão, eu sou uma puritana. E sempre chego antes do horário. E todas as outras coisas que você pensa de mim."

"Eu não penso nada diferente do que pensava quando você entrou no carro", respondeu Vanessa. "Você é o que é, e eu gosto de você assim. Além disso, ninguém é uma coisa só o tempo todo. Você pode ter sido uma menina comportada até agora, mas tudo pode acontecer", complementou ela, aos risos, parando o carro no estacionamento. "A noite é uma criança, e você agora está em má companhia."

Depois de anoitecer, era possível ver centenas de estrelas no céu. As duas estenderam um cobertor, e Joan montou o telescópio no tripé enquanto Vanessa observava o céu noturno.

"Pode ser que a gente vá para lá algum dia", comentou.

Joan olhou pela lente. "Pois é."

Poderia mostrar as constelações para Vanessa sem nenhum instrumento. Mas a verdade era que Joan adorava quando surgia a oportunidade de mostrar certas estrelas mais de perto. Afinal, havia ocasião melhor para fazer alguém se apaixonar pelos astros? Joan focalizou a estrela Ras Algethi, a cabeça de Hércules. Ela olhou para Vanessa.

"Vem ver."

Vanessa foi olhar por cima do ombro de Joan, que se afastou para que ela pudesse usar o telescópio. Quando Vanessa passou por ela, Joan sentiu seu cheiro de talco de bebê, e se sentiu estranha por estar usando perfume.

Vanessa olhou pela lente.

"Essa é Alpha Herculis, ou Ras Algethi, que significa 'Cabeça do Ajoelhado' em árabe. Você está olhando para algo quatrocentos anos no passado. Parece ser uma estrela a olho nu, mas é..."

"É binária?"

"Na verdade é um sistema estelar triplo."

"Ok."

"Hércules não tem estrelas de primeira ou segunda magnitude, então é um ótimo lugar para começar a expandir seus pontos de referências celestes. Não é como Lyra ou Cygnus, ou até algo como Boötes ou Auriga, que podemos ver hoje aqui no horizonte. Hércules não tem uma estrela brilhante para atrair o olhar. Mas tem várias estrelas de magnitude quatro, o que é aceitável. A mais brilhante na verdade é a Beta Herculis, não a Alpha. Nem me pergunte por quê."

Vanessa deu risada, e Joan a afastou do telescópio com um gesto delicado. "Está vendo Ras Algethi agora, a olho nu? Para onde estou apontando?"

Vanessa seguiu o dedo de Joan, que a observava ansiosa, à espera de um resposta.

"Acho que sim", respondeu Vanessa.

"Beleza. Agora, indo mais para a direita e mais longe no zênite, tem uma estrela mais brilhante que a Ras Algethi. Consegue ver?"

"Aquela é a Beta Herculis, também conhecida como Kornephoros, 'aquele que empunha a clava'. Estamos vendo Hércules de cabeça para baixo. Rasalgethi é a cabeça, e Kornephoros, um dos ombros. Daqui, dá para ver as quatro estrelas que são o tronco. São chamadas de asterismo Keystone. Cada estrela fica num ponto dos ombros e dos quadris. Com dois braços despontando de lá. O de Kornephoros aponta para cima, como se estivesse jogando uma bola de futebol americano. O outro está para o lado, como se estivesse apontando."

"Estou vendo", disse Vanessa.

"Ok, então agora, descendo, você tem a pelve, nesse asterismo aqui, e depois as duas pernas."

"Ele parece estar correndo", disse Vanessa, sorrindo.

"Exatamente. Ele está de pé, ou dançando — ou, como costuma ser geralmente interpretado, ajoelhado — na cabeça de Draco, que é a representação do dragão Ladão, que Hércules derrotou no jardim das Hespérides."

Vanessa tirou os olhos do céu. "Essa constelação foi colocada lá por Zeus, imagino. Quase todas as constelações foram colocadas por Zeus."

Joan sorriu. "Bom, a maioria das constelações do hemisfério Norte, pelo menos nas culturas ocidentais. Dizem que quando Hércules — ou Héracles, aliás, que era seu nome em grego — foi envenenado pela Hidra, sua parte humana morreu, mas a parte imortal se juntou ao pai e a outros deuses do Monte Olimpo. E Zeus pôs a imagem dele e de Draco no céu noturno, como uma homenagem."

Vanessa olhou para Joan. "Sempre achei que mitologia fosse meio sem importância."

"Ah, não, eu discordo. É o que eu mais amo sobre astronomia. Quando aprendemos sobre constelações, acabamos entendendo como as gerações anteriores davam sentido ao mundo. As estrelas são conectadas a muitos outros elementos da nossa vida. E são as áreas cinzentas as mais fascinantes: 'isso é astronomia ou história?' 'isso é tempo ou espaço?'."

Vanessa olhou para o céu de novo. "Eu ainda consigo ver Hércules. Agora que você apontou, dá para ver nitidamente. E logo adiante está Ursa Maior, e depois a Ursa Menor, com a Estrela Polar."

Joan assentiu. "Foi isso que fez com que eu me apaixonasse por astronomia quando era criança", contou. "O céu noturno é um mapa, e uma vez que você aprende a decifrá-lo, vai estar sempre lá. Você nunca vai se perder."

Vanessa sorriu para ela, e isso fez Joan querer continuar falando. "Eu sempre senti que, quando olhava para as estrelas, lembrava que nunca estava sozinha."

"Sério?", disse Vanessa. "Como assim?"

"Bom, nós somos as estrelas", explicou Joan. "E as estrelas somos nós. Todos os átomos do nosso corpo vieram de lá. Nós já fizemos parte delas. Olhar para o céu à noite é ver as partes do que você já foi um dia, e pode voltar a ser."

Enquanto falava, Joan se deu conta de que aquilo parecia algo muito solitário, encontrar companhia nas estrelas. Mas ela se referia a um conceito mais amplo que isso.

A vida humana era uma empreitada solitária. Só nós temos consciência. Somos a única forma de vida inteligente que conhecemos na galáxia. Podemos contar apenas uns com os outros. Joan sempre se impressionou com o fato de que tudo — toda a matéria existente na Terra e além, fora da atmosfera até as extremidades do Universo, que se expande para cada vez mais longe de nós — é feito dos mesmos elementos. Somos constituídos do mesmo material que as estrelas e os planetas. Lembrar dessa conexão era reconfortante para Joan. E também trazia um senso de responsabilidade. Afinal, a definição de família não era exatamente isso? Conforto e responsabilidade.

"Parece uma idiotice, eu sei", disse Joan.

"Não", contestou Vanessa. "Não parece, não. É fascinante. Adorei saber por que você quis ser astrônoma. Não sei se tenho uma certeza tão absoluta assim."

"Sobre por que escolheu ser piloto?"

"Não, sobre o que estou fazendo na Nasa. Sei que eles me querem lá por ser engenheira aeronáutica. Mas isso é só meu emprego. Meu verdadeiro eu é ser piloto. É isso o que sou. E eles não vão me deixar pilotar o ônibus espacial."

"Isso você não tem como saber."

"Na verdade tenho, sim. Tive uma discussão com Antonio sobre isso quando o pessoal fez o primeiro voo no T-38."

"Ah."

"Eles não me deixaram assumir o comando do T-38 porque eu sou piloto comercial, não militar. Então vou ficar sempre no assento traseiro. E, se não posso pilotar nem o T-38, com certeza não vão me deixar no comando do ônibus espacial. Eu me inscrevi como especialista de missão, sei disso. Mas realmente pensei que isso pelo menos estivesse aberto a discussão. Que, quando eles vissem do que sou capaz, me dariam uma chance. Pensando melhor, eu fui bem ingênua. Eles disseram que de jeito nenhum podem flexibilizar ou mudar as regras."

"Isso não é verdade", disse Joan.

"O que não é verdade?"

"Eles retiraram a exigência de diploma universitário para certos membros das Forças Armadas. Então por que não podem deixar de exigir o serviço militar para certos civis?"

Vanessa a encarou. "Você já sabe a resposta."

Joan franziu a testa. "Por que você não foi para as Forças Armadas?"

"Mulheres não podiam pilotar nas Forças Armadas, e agora a Nasa só aceita pilotos militares. Portanto, as mulheres não podem ser pilotos na Nasa. Eles foram bem espertinhos nessa. E, de qualquer forma, eu não conseguiria entrar na Academia Naval, como meu pai."

"Seu pai era militar?"

"Ele foi piloto na Guerra da Coreia." Vanessa olhou para o céu. "Acho que na maior parte da vida eu me senti atraída e ao mesmo tempo aterrorizada pela ideia de ser como ele."

Antes que Joan pudesse responder, Vanessa falou: "Você me mostra outra?".

"Claro." Joan olhou através da lente do telescópio e focalizou a estrela seguinte, mais distante na linha do horizonte. "Está vendo Scorpius a olho nu? Parece, bom, um escorpião, ou talvez um anzol. Tenta encontrar a estrela brilhante que tem um brilho meio avermelhado."

"Estou vendo... parece Marte, só que maior, certo?"

"Isso. É uma estrela gigante vermelha, Antares. Ant-Ares. Rival de Ares, o nome grego de Marte. Olha aqui pela lente."

Vanessa se inclinou para mais perto. "Tá, estou vendo."

"Agora vem olhar para o céu. Está mais baixa no céu."

Vanessa recuou um passo, e Joan, atrás dela, apontou para Antares e então para os arredores. "Antares está no corpo do escorpião, com duas estrelas ao lado. Atrás fica a cauda. Cria um formato de S. Mas do outro lado de Antares tem três estrelas alinhadas. Elas representam a cabeça e as garras. Está vendo?"

"Mais ou menos."

Joan chegou mais perto, tentando igualar a linha de visão das duas o máximo possível. Ela apontou de novo.

"Estou vendo agora", disse Vanessa. Ela ficou em silêncio, observando. "Estou vendo tudo agora, o escorpião todo." Então falou: "Meu pai morreu pilotando um F9F Panther sobre a barragem de Sui-ho. Essa parte eu não tinha contado".

"Sinto muito, Vanessa."

"Eu tinha seis anos."

"Nossa, deve ter sido horrível. Não consigo nem imaginar."

Vanessa se voltou de novo para o céu. "E aquele acúmulo de estrelas entre Hércules e Scorpius? Não é Sagittarius, né?"

"Parece um pouco mesmo, mas Sagittarius é menor e mais próxima do horizonte. Essa é Ophiuchus", explicou Joan. "É quase um triângulo arredondado. Quando criança, eu achava parecida com uma arraia, mas dizem que é um deus segurando ou combatendo cobras. Pode até ser uma representação de Nirah, o deus-serpente mesopotâmico. Tenta encontrar os dois braços estendidos, um de cada lado."

"Ok."

"Sua mãe se casou de novo?", perguntou Joan.

Vanessa assentiu de leve, ainda olhando para o céu. "Mais ou menos um ano depois."

"E você não gostava dele?"

"Estou vendo. É a Serpens, certo?"

"Muito bem", disse Joan.

"Eu gostava dele, sim. É um cara legal. Me ensinou a dirigir."

"Mas não era seu pai."

"É difícil competir com um herói de guerra."

"Verdade."

Vanessa olhou para Joan. "Às vezes nem sei se conhecia o meu pai ou se inventei um homem, como um deus para quem rezar."

"Bom..." Joan se sentou no cobertor, abriu o cooler e pegou uma cerveja. "Talvez seja um pouco de cada, e talvez não tenha problema nenhum nisso."

Vanessa se juntou a ela, e Joan passou a cerveja que segurava e pegou outra.

"Fiz uma pastinha de frango", disse Vanessa. "Espero que esteja boa."

"É claro que vai estar bom", respondeu Joan, pegando um sanduíche. "Foi muito gentil da sua parte."

Joan deu uma mordida e se deu conta do quanto estava faminta. "Está bem gostoso."

Vanessa deu de ombros. "Eu fiz o frango no forno e coloquei bastante estragão na salada. Acho que esse é o segredo. Isso e o fato de as pessoas estarem acostumadas a comida sem sal."

"Está *delicioso*."

Vanessa riu e deu um gole na cerveja. "Que bom que você gostou. Muito obrigada por estar fazendo isso. Me ajudando."

"Não é nada de mais", disse Joan.

"Você só pensa assim porque é alguém incrível", respondeu Vanessa.

Joan deu mais um gole na cerveja, e o que passou pela sua cabeça foi que tudo naquele momento estava perfeito. A brisa que aliviava a umidade, o salpicão bem temperado, a cerveja gelada, as estrelas.

"Me conta mais sobre seu pai", pediu Joan. "Se você quiser."

Vanessa desviou os olhos. Ela ficou arrancando pedaços do pão do sanduíche, que ainda não tinha mordido. "Sabe aquilo que eu falei sobre valentia e coragem?"

Joan assentiu.

"Sempre achei que ele era realmente corajoso. Que devia ter sido. E generoso, e calado. Segundo as histórias que minha mãe e meus tios me contaram. Ele morreu fazendo uma coisa que pouquíssima gente seria capaz de fazer, e deu a vida para servir o país. Espero que ele tenha se sentido dividido por isso. Espero que ele soubesse que tinha gente que precisava dele em casa. Mas acho que ele fazia as coisas... acho que pilotava aquele avião com um senso de dever muito forte. Então, de certa forma, eu acho, ou espero, que tenha ido em paz."

Joan pôs a mão no ombro de Vanessa, que a encarou, surpresa. Joan tirou a mão na hora, sem saber ao certo qual limite tinha ultrapassado.

"Quantos anos ele tinha?", perguntou Joan. "Quando morreu."

"Trinta e oito."

"Bem jovem."

"Para mim ele parecia bem velho, quando eu era criança."

"Então foi por isso que você virou piloto", Joan comentou.

Vanessa suspirou. "Sinceramente, acho que foi por isso que eu fiz um monte de coisas. Brigava com a minha mãe, matava aula. Andava com gente que eu sabia que era encrenca. Lembro que sabia muito bem o quanto isso era idiota, mas fazia mesmo assim."

"Você estava perdida."

"Perdida, acho que não. Acho que estava tentando me perder."

Joan assentiu.

"Então é aí que entra a heroína?"

Vanessa riu. "Não tem nada de engraçado em heroína, mas é engraçado ouvir essa palavra saindo da sua boca."

Joan jogou um guardanapo nela.

"Acho que eu só queria sentir alguma outra coisa que não fosse tristeza", continuou Vanessa.

"Funcionou?"

Vanessa respirou fundo. "Sim, e o problema é exatamente esse. Se você arruma um jeito de ficar totalmente apavorada, não sobra muito espaço para outras coisas."

Joan concordou. "Faz sentido."

Vanessa riu. "Você é a primeira pessoa a me dizer que isso faz sentido."

Joan riu também. "Bom, vai ver as pessoas não estavam prestando atenção. Mas para mim faz todo o sentido. Ficar com medo para não sentir tristeza. Só que, quanto mais você se coloca em situações assustadoras, menos medo sente. Então precisa correr cada vez mais perigo até que..." Joan ficou olhando para Vanessa, esperando que ela completasse a frase. "E então? Me conta. Como foi que você parou?"

"Sei lá. Meu tio Bill — o melhor amigo do meu pai dos tempos da Marinha — nunca desistiu de mim. Acho que isso ajudou. Lembro que, quando fiz oito anos, pedi um aeromodelo de aniversário. Minha mãe não me deu, mas naquela noite Bill apareceu com um. Ele me levava para voar no seu monomotor. Quando eu brigava com a minha mãe, ela ligava para Bill e ele ia lá em casa e perguntava se eu queria passear de avião. Acho que eu tinha uns dezessete quando ele me incentivou a voar sozinha. E, quando eu fiz isso, simplesmente..." Ela deu risada. "No início, pensei que fosse só uma coisa perigosa que era mais divertida que roubar ou transar..."

Joan ficou vermelha e abaixou a cabeça.

"Mas não foi isso", disse Vanessa. "Acho que pilotando, vendo o chão lá embaixo e o horizonte à minha frente... foi a primeira vez que eu me lembro de ter sentido... paz."

Vanessa se deitou no colchão, seus cabelos se espalhando por toda parte, e olhou para as estrelas. Um pouco depois, Joan fez o mesmo.

"Aquela é Cygnus, certo?", perguntou Vanessa.

Joan chegou mais perto, seguindo o dedo dela apontado para o céu. "Sim, muito bem."

"Só sei por causa de Deneb", disse Vanessa.

"Mesmo assim é mais difícil de encontrar quando o céu está estrelado como hoje. É mais fácil na cidade", explicou Joan. "Existem muitas histórias a respeito dessa constelação, mas a minha favorita é que Orfeu foi transformado em um cisne depois que foi assassinado e foi colocado perto de sua lira, a constelação de Lyra, bem ao lado de Cygnus."

"Deixa eu adivinhar? Essa estrela foi colocada lá por Zeus", comentou Vanessa.

Joan deu risada. "Pior que não sei. Pode ter sido Apolo. Mas, sim, por boa parte da história humana, as pessoas olharam para as estrelas e acreditavam que eram os deuses lá em cima."

Joan não acreditava que havia deuses no céu, mas que Deus estava lá. E em toda parte. Era possível sentir a presença do divino tanto em meio ao céu noturno e suas maravilhas quanto ao sentir o cheiro de uma toranja ou tomar um banho de sol.

"É claro que procuramos deuses nas estrelas", disse Vanessa. "E, se chegarmos ao espaço, vamos ter que tomar cuidado para não pensar que os deuses somos nós."

Se Joan estivesse um pouco mais pressionada contra a Terra, se a gravidade fosse variável, ela teria sido esmagada pelo que ouviu.

Seria possível que Vanessa soubesse, em algum nível, que Joan era fascinada pela ideia de que lá em cima estaria em contato com Deus? Que Joan pensava que era nas estrelas que estavam as respostas para as questões que a humanidade ainda não sabia explicar?

Por mais absurdo que isso parecesse, Joan acreditava que o sentido da vida só podia estar lá em cima, em algum lugar.

Joan teve que remarcar os dias em que Frances dormiria em sua casa nas semanas seguintes, porque, por um breve período durante o treinamento, todos os Ascans teriam que percorrer o país nos T-38, visitando as instalações da Nasa e suas empresas parceiras na indústria aeroespacial.

Eles visitaram o Centro Espacial John F. Kennedy para ver as plataformas de lançamento, e a Boeing para um passeio pela fábrica e uma levantada no moral dos funcionários. Foram ao Centro de Voos Espaciais Goddard e à Base Aérea Edwards. Em breve iriam ao Centro de Voos Espaciais George C. Marshall para acompanhar o desenvolvimento dos foguetes auxiliares e dos compartimentos de carga dos ônibus espaciais.

Joan começou a testemunhar o que significava ser parte do corpo de astronautas, ainda que apenas como candidatos, aos olhos do público. Eles davam palestras em escolas em toda a região de Houston e eram abordados por jornalistas assim que desciam do ônibus. Todos com quem Joan conversava pareciam endireitar a postura na presença dela e abrir sorrisos de orelha a orelha, tratando-a com um respeito que nunca recebera. Joan tinha consciência de que não era exatamente sua presença que os fascinava. Era a aura que existia em torno dos astronautas. Era o que ela representava para aquelas pessoas, a possibilidade de que, um dia, alguém que apertou sua mão pudesse dizer com orgulho: "Eu a conheci".

Com o tempo, Joan também começou a andar com a cabeça um pouco mais erguida.

Naquela sexta-feira à noite, Joan deu para Frances um ímã de geladeira de Washington D.C., para onde tinha ido com os demais Ascans e alguns astronautas conhecer parlamentares em um jantar oficial. Joan não falara muito no evento, deixando que os membros mais extrovertidos do grupo fossem o centro das atenções. Mesmo assim, ficara surpresa com a facilidade de Lydia para se colocar sob os holofotes. Joan ficou só observando enquanto ela explicava com tamanho foco e vivacidade a mecânica do ônibus espacial para um senador, que daria uma ótima instrutora algum dia, depois de encerrar a carreira como astronauta.

"Eu também comprei uma réplica do Módulo Lunar Apollo, mas quebrou dentro da mala no voo de volta", explicou Joan para Frances.

"Você pulou duas sextas seguidas", disse Barbara. "Ficamos com saudade."

"Eu também fiquei. Mas vou estar aqui nas próximas semanas, tudo bem? Ninguém vai precisar se preocupar com a minha ausência por um bom tempo."

"E eu posso vir aqui toda semana de novo?", perguntou Frances, beliscando a comida chinesa.

"Se ela tiver um espaço na agenda, claro", retrucou Barbara.

Joan tentou capturar o olhar da irmã, mas Barbara não fez contato visual.

"Tudo bem", disse Frances.

A menina nunca pressionava Joan, nunca tentava fazê-la se sentir culpada. Joan não sabia se era porque a sobrinha não era nem um pouco parecida com Barbara ou porque ainda não havia descoberto que tinha esse poder sobre a tia. Ainda assim, alguma coisa no jeito de Frances fazia Joan acreditar que a sobrinha era a melhor pessoa que já tinha conhecido. A pessoa mais pura e generosa. Era muita fé para ser depositada numa criança de seis anos, Joan sabia, e por isso tentava não alimentar tantas expectativas, pronta para aceitar Frances do jeito que fosse conforme crescesse e revelasse suas imperfeições.

Joan a amaria independente de qualquer coisa. Mesmo se no futuro fosse igual a Barbara. Ela a amaria em qualquer circunstância. Sem hesitação. Com ou sem esforço, amaria a sobrinha para sempre.

"A gente aprendeu sobre gravidade na escola", contou Frances. "A professora disse que os astronautas flutuam no ar, e eu disse que ela estava errada. Eu falei: 'Minha tia é astronauta, e ela não flutua'."

"Frances, não foi isso que...", começou Barbara.

Joan olhou para Frances. "Tem razão, eu não flutuo no ar. Mas, se eu for para o espaço, vou flutuar, sim."

"Sério?"

"Você aprendeu na escola como a gravidade funciona?"

"Empurrando a gente pra baixo?"

"*Puxando*. Tudo que tenha massa sofre alguma medida de empuxo gravitacional. Então pensa comigo... Não, melhor ainda, vem aqui comigo."

Joan se levantou da mesa e foi até o quarto, procurando alguma coisa pesada. Queria uma bola de boliche, mas se contentou com algumas moedas empilhadas e presas com elástico. Ela arrancou a coberta da cama.

"O que você está fazendo?", perguntou Barbara.

Frances estava sorrindo.

"Tá, olha só." Joan deixou as moedas caírem no colchão. "As moedas são pesadas, certo? Elas têm massa."

Frances assentiu, e Barbara também, o que deixou Joan um pouco perplexa, mas ela continuou.

"Então, olha só o colchão aqui", disse Joan, apontando para um espaço vazio na cama. "É reto. É plano, né?"

"Certo", disse Barbara.

"Mas olha ali, perto das moedas", instruiu Joan. Ela apontou para as moedas que afundaram na espuma do colchão. "Se o colchão for o tecido espacial, está vendo que a massa das moedas provoca um desvio no espaço ao seu redor? Estão criando gravidade. Espera um pouco."

Ela foi procurar no freezer e voltou com um pacote de ervilhas congeladas. Abrindo a embalagem, pegou uma única ervilha e voltou até onde estavam Barbara e Frances.

"Tá, se eu colocar uma ervilha na parte plana, o que acontece?"

"Nada", respondeu Frances.

"Exatamente, fica como está. Nada do que está por perto tem *massa suficiente* para sofrer a força do empuxo. Mas aí o que acontece quando eu coloco a ervilha dentro do alcance da força gravitacional das moedas?"

A ervilha rolou na direção das moedas.

"Ela rola."

"Ela está sendo puxada", disse Joan. "Isso mesmo."

"Então as moedas são a Terra, e nós somos a ervilha", falou Barbara.

Joan assentiu. "Isso, as ervilhas somos todos nós e todas as árvores e toda partícula de poeira, e todo grão de areia, e cada animal e cada..."

"Já deu para entender."

"Sim, claro", disse Joan. "Agora nós somos a ervilha aqui. Se eu for para o espaço um dia, vou ser a ervilha lá." Ela colocou a ervilha na parte vazia do colchão. "Não vai ter nada me puxando para baixo, pelo menos não com a mesma força da Terra. Então, se eu não estiver sendo puxada pela Terra, o que vai acontecer?"

"Você vai flutuar", complementou Frances.

"Eu vou flutuar."

Era chamado de Cometa Vômito, o Boeing KC-135 Stratotanker. Tinha sido projetado como uma aeronave de abastecimento, mas na Nasa tinha uma função bem diferente. Era um avião de carga — sem assentos, só com um revestimento acolchoado nas laterais e no teto — usado para simular a ausência de peso.

Com os Ascans como passageiros, o piloto fazia uma série de parábolas que os elevava no ar com forças gravitacionais extras e depois os fazia voltar ao chão da aeronave em queda livre. Entre esses momentos de subida e descida abruptas, havia intervalos — menos de um minuto — em que os Ascans podiam flutuar no ar.

As parábolas, quando bem executadas, simulavam a microgravidade.

E também provocavam enjoos em muita gente. Principalmente em Joan.

No KC-135 com Lydia, Hank, Teddy e Jimmy, Joan parecia ser a única a calcular mentalmente em quanto tempo conseguia pegar o saco de vômito no bolso.

Era sua primeira vez no avião, e eles estavam se aproximando do terceiro momento de ausência de peso. Nos primeiros dois, ela conseguiu segurar o que tinha no estômago por um triz. Ao vestir o traje de voo azul naquela manhã, se sentira uma verdadeira astronauta. Mas agora, deitada no chão da aeronave em mais uma subida, se sentia uma criança.

"Talvez seja melhor pousar, para Joan poder descer." Lydia estava sentada num canto, com os joelhos encolhidos junto ao peito. "Ela está meio pálida."

Joan queria muito conseguir entender Lydia. Ela estava sempre corrigindo todo mundo e sempre procurando uma forma de excluir Joan, Donna ou Vanessa das coisas. Mesmo se fosse uma estratégia competitiva, não havia necessidade disso. Lydia era claramente a aluna predileta de Antonio — Donna e Joan tinham visto o instrutor sair para jantar com ela e Griff mais de uma vez — e aprendia tudo muito rápido, não só as coisas relacionadas a seu campo de estudos. Se havia alguém que se destacava ali, era Lydia.

"Eu estou bem, Lydia, obrigada", disse Joan.

Jimmy bufou. "Ela vai ter que aguentar firme."

"Eu já falei que estou bem", respondeu Joan.

Jimmy levantou as mãos como se estivesse sendo ameaçado com uma arma.

Ela tentou não revirar os olhos, porque certamente ele faria algum comentário inconveniente sobre isso também. Mas Jimmy nem precisou falar nada para Joan saber o que ele estava pensando: *É por isso que o ônibus espacial não é lugar para mulheres.* Na semana anterior, ele tinha perguntado a Lydia se ela ia ficar ranzinza se menstruasse no espaço. Lydia deu risada, e Joan precisou cerrar os dentes com força para não falar nada.

"Eu quase vomitei na minha primeira vez", disse Hank para Joan. "Não é vergonha nenhuma."

Joan fechou os olhos. Hank pelo menos tentava ajudar, mas ela não precisava ser consolada, só que todo mundo calasse a boca.

O avião começou a ascender outra vez, e Joan sentiu o ar ficando denso sob ela. Seu estômago deu uma cambalhota.

Seu corpo foi suspenso no ar. A aeronave continuava subindo, mais e mais, e Joan fechou os olhos, como em todas as outras vezes. Pensava que a ausência de peso seria como boiar numa piscina. Mas, para ela, era mais como ser arremessada no mar, sendo jogada de um lado para o outro pelas ondas. Tentou se preparar para isso, mas não conseguiu. Então se propôs a pensar na experiência de outra forma, como da vez em que nadou além da arrebentação e sentiu o mar suspendê-la brevemente, enquanto as ondas se formavam, e depois baixá-la com toda a suavidade. Pensou em estar com Barbara no mar quando criança, a irmã se agarrando a ela, que então dizia que estava tudo bem.

Seu estômago começou a se revirar.

Joan desistiu da ideia e abriu os olhos. Olhou para as pernas e as puxou para junto do peito. Ficou um pouco mais calma.

"Você está pegando o jeito", disse Hank.

Instantes depois, o avião começou a se nivelar, mas Joan manteve os olhos abertos. Enquanto o peso do ar começava a pressionar seu corpo, ela olhou para Jimmy. Ele estava agarrado ao revestimento na lateral do avião. Quando começou a descer, arregalou os olhos e ficou piscando sem parar, com o peito subindo e descendo rápido, ofegante.

Estava visivelmente apavorado.

Isso não fazia dele uma pessoa menos insuportável, claro, mas pelo menos Joan finalmente conseguiu entender por que ele agia daquela forma.

Jimmy fora ensinado desde pequeno que coisas como medo, fracasso, resiliência, dedicação, gentileza e sinceridade o tornavam fraco. E, como acreditou nisso, suprimiu todas elas. Então, quando as reconhecia nos outros, ficava com raiva, porque tinha raiva de si mesmo.

Jimmy estava *se escondendo*. E Lydia também, porque estava tentando provar que podia ser como ele. Joan se deu conta de que estava caindo nessa mesma armadilha.

Estava tentando provar para todos que podia ser como um homem. Para Jimmy. Para Lydia. Porque o mundo havia decidido que demonstrar vulnerabilidade era uma fraqueza, embora a experiência tivesse ensinado a Joan que a empatia e a transparência funcionavam muito mais que a intransigência e a rigidez. Admitir o medo sempre exigia mais coragem do que fingir valentia. Correr o risco de errar era mais vantajoso do que nunca tentar. O mundo tinha decidido que ser forte era sinônimo de ser infalível. Mas todos nós estamos sujeitos a falhar. Os fortes de verdade são aqueles que aceitam isso.

Joan havia deixado que homens como Jimmy ditassem as regras.

Mas aquelas regras desmoronavam uma a uma, inclusive no caso dele, que estava com tanto medo quanto todo mundo.

A *valentia*, desconfiava Joan, *é quase sempre uma mentira. Nós só podemos contar com nossa coragem.*

Ela não queria jogar o joguinho imposto pelos homens.

Quando o avião embicou para cima, seu estômago foi parar na boca, antes que seu corpo pudesse controlá-lo.

Joan pegou o saco de vômito do bolso. E pôs os bofes para fora.

"Quem quer mais cerveja?", gritou Hank da cozinha pouco depois das onze da noite na véspera do Ano-Novo. Seu aparelho de som moderno tocava em alto volume um disco dos Eagles. Era para ser uma comemoração reservada, mas a notícia se espalhou, e mais e mais astronautas foram chegando. A casa de Hank estava lotada. Harrison e Marty já tinham saído duas vezes para comprar mais gelo e cerveja.

Alguém fez uma piada sobre a necessidade de transformar água em vinho. Para Joan, eles pareciam mais um bando de calouros de colégio maravilhados porque os veteranos apareceram na sua festa.

"Mais uma rodada para todo mundo!", gritou Griff, e todos comemoraram.

Joan virou o restante de sua garrafa. Sentia uma euforia que parecia menos uma consequência das duas cervejas que já tinha tomado e mais uma expectativa genuína em relação a 1981.

A primeira missão com um ônibus espacial estava marcada para dali a três meses.

Originalmente previsto para 1977, o voo orbital inaugural fora adiado diversas vezes. O desenvolvimento do ônibus espacial teve seus desafios. Houve problemas nos motores principais durante os testes. As complexas peças de revestimento térmico de carbono e sílica eram tão instáveis que partes inteiras caíam o tempo todo. Mas os engenheiros continuavam trabalhando.

Dois dias antes, o ônibus espacial *Columbia* tinha saído do Edifício de Montagem de Veículos para ser levado à plataforma de lançamento do Centro Espacial Kennedy.

A missão STS-1 era uma possibilidade real no horizonte.

Hank estava tirando garrafas dos coolers e baldes de gelo e passando para a frente como se não tivesse nenhuma outra preocupação no mundo.

Uma das muitas coisas que Joan havia descoberto durante suas horas de voo era que Hank era o beneficiário de um fundo fiduciário bem suntuoso, mas que aquilo era uma questão delicada para ele.

O piloto havia tocado no assunto em um dos voos, depois que os dois pousaram em algum lugar de Nevada e estavam comendo numa barraquinha de beira de estrada. Joan perguntara, então, por que ele havia se alistado nas Forças Armadas.

"Acho que eu queria fazer algo que nenhum homem da minha família tinha feito antes", respondeu ele, dando uma mordida no sanduíche.

"Ninguém da sua família serviu na Primeira ou na Segunda Guerra? Nem no Vietnã?"

Hank balançou a cabeça. "Eles deram um jeito de ficar de fora."

Joan arqueou as sobrancelhas. "E aqui está você, prestes a voar para o espaço graças ao próprio esforço", comentou ela.

"Se Deus quiser, acho que sim."

Com o tempo, ficou cada vez mais fácil para Joan entender por que Donna tinha se apaixonado por ele. Mas, à medida que o treinamento prosseguia, ficou cada vez mais difícil entender por que Donna havia decidido se prender a alguém.

"Meu pai é matemático", contou Joan para Hank. "Todo cerebral e analítico. Então acho que não caí tão longe da árvore quanto você."

"Mas aposto que sua mãe era dona de casa", rebateu Hank.

"Era, sim, e ainda é", respondeu Joan.

"Então você trilhou seu próprio caminho também."

"É, talvez." Joan terminou seu lanche. "Ei, eu queria te agradecer por uma coisa."

"Pelo quê?"

"É raro encontrar um piloto que dá tanto controle para quem está no assento traseiro."

Hank assentiu.

"E sei que você está ajudando a Donna também", acrescentou ela, e para que ele não precisasse responder, continuou falando: "Vanessa tem

Steve, mas Lydia, Harrison e Griff estão penando para completar as horas obrigatórias. Então só queria te agradecer mesmo. Você está sendo um ótimo professor".

Hank sorriu. "Fico contente em saber disso. Eu gosto desses passeios com você, Goodwin. Você é uma das nerds legais."

Joan deu risada.

"Não, é sério", continuou Hank. "Um monte desses crânios chega aqui achando que sabe mais que todo mundo. Falar com aquele Marty é quase um sonífero, nossa. Mas com você... com você é fácil conversar. E você está se esforçando. Eu estou fazendo a mesma coisa do meu lado. Minha mãe sempre dizia: 'Gosto de gente esforçada'. E eu concordo com ela. Gosto de gente que dá duro, que rala. Pode ser homem ou mulher, tanto faz." Joan sentiu que Hank falava aquilo com um ar magnânimo, mas deixou passar. "Você rala bastante, Goodwin. Eu sempre tiro meu chapéu para isso."

Joan sorriu. "Ah, obrigada. E espero que você saiba que penso a mesma coisa a seu respeito. Se precisar de alguma coisa, é só pedir."

Hank assentiu e enfiou a mão no bolso da jaqueta.

"Eu tenho um presente para você, parceira", disse Hank.

Joan riu. "Ah, é?"

Hank pegou seus óculos escuros de aviador e pôs no rosto. Em seguida, tirou um outro par e entregou para ela.

"De piloto para piloto", disse ele. "Agora você tem que agir que nem um."

Joan pegou os óculos e deu risada. "Muito maneiros", comentou. Ela os colocou e fez cara de má, franzindo a testa e cerrando o maxilar.

"É isso aí, garota!", falou Hank.

Joan pôs o capacete e, mais tarde, assumiu o comando no voo de volta. Pilotou até a base, e Hank se encarregou da aterrissagem.

Ao entrar no carro para ir embora naquele dia, pegara os óculos escuros e pusera de novo. Quando se olhara no espelho, não parecia mais uma piada.

"Uma Coors Light para a Goodwin", disse Griff, entregando uma cerveja para ela.

Todos bateram nas mesas para agradecer Hank pela nova rodada. Joan decidiu ir até a janela para tomar um ar.

No caminho, notou que Donna estava distante de Hank, do outro lado da sala. E que Vanessa ria de alguma coisa com Steve, e Joan se perguntou o que ela poderia estar achando tão engraçado. Será que estava a fim dele?

"Você acha que Hank é o mais cotado no momento para ser o primeiro do grupo a sair em missão?", perguntou Lydia, logo atrás dela, o que Joan não tinha percebido até o momento.

Vanessa sorriu ao avistar Joan, que desviou o olhar depressa, por puro instinto. Vanessa sabia o quanto era linda? Sua beleza era tão óbvia para Joan, mas ninguém reagia a ela como se estivesse na presença de uma mulher bonita daquele jeito.

"Está me ouvindo, Goodwin?", perguntou Lydia. "Hank parece o favorito entre os pilotos do Grupo 9, não acha?"

Joan se virou para ela. Lydia estava vestida para uma festa — um vestido azul e os cabelos presos dos dois lados com pentes de casco de tartaruga —, mas estava com os olhos azuis semicerrados e os lábios contraídos.

Bem, parecia que *ir* a uma festa e *curtir* uma festa eram coisas bem diferentes.

"Não sei. Não tem nada definido ainda", respondeu Joan.

Quando a Nasa lançasse uma missão bem-sucedida com um ônibus espacial, várias outras seriam programadas. Todos queriam ser escolhidos para tripular um voo o quanto antes.

Parecia haver uma hierarquia surgindo, com líderes e favoritos, e também preteridos e rejeitados.

Hank, Teddy, Duke e Jimmy estavam treinando pilotagem de caça, para serem os pilotos que conduziriam a aterrissagem depois da reentrada na atmosfera. Vanessa e Griff vinham passando bastante tempo no tanque de mergulho, experimentando o que era possível em termos de caminhadas espaciais.

Lydia e Harrison foram colocados na equipe que trabalhava no sistema de proteção térmica — a complexa camada de proteção da fuselagem da nave, feita de telhas de isolamento térmico e tecidos de revestimento —, e eram os que tinham mais contato direto com a nave em si. Donna, Marty e Joan, por sua vez, foram designados para o Spacelab, um laboratório de ciência orbital projetado pelos parceiros europeus da Nasa.

Donna estava estudando os efeitos da ausência de peso no corpo humano, e Joan se sentiu imensamente grata por isso, porque continuava vomitando na microgravidade.

Ela estava se preparando para fazer observações astronômicas com luz ultravioleta e raios-X a partir do espaço. Tinha ajudado a projetar experimentos para um conjunto de instrumentos solares, e em breve começaria a entrar em contato com geólogos e físicos que conheceu em seus tempos de academia para discutir potenciais experimentos envolvendo os ônibus espaciais nesses campos de estudo também.

Apesar de todas essas funções serem absolutamente necessárias, Antonio demonstrava certo favoritismo em relação a certas pessoas do Grupo 9 e não escondia isso de ninguém. Ele privilegiava Lydia, Griff, Harrison e Hank, cedendo a eles mais tempo para aprimorarem as habilidades mais relevantes e críticas para a pilotagem.

Portanto, sim, Hank provavelmente era o favorito entre os pilotos. Mas isso não era algo que Joan estivesse muito interessada em discutir às onze e meia da noite no último dia do ano, quando todos estavam tentando relaxar, pelo menos por um pequeno instante.

"Acho que Hank vai ser o primeiro a ser escolhido", disse Lydia.

"A gente pode falar disso em outra hora?"

Lydia soltou um suspiro. "Me desculpa por tentar me manter objetiva."

"Só estou dizendo para você dar um tempo", disse Joan.

"Sério mesmo que você não percebe que todo mundo está de olho em todo mundo? Que Antonio vai ficar sabendo de tudo o que acontecer aqui hoje? Se alguém encher a cara e desmaiar no banheiro, o JSC inteiro vai descobrir, e uma marquinha vai ser feita ao lado do nome dessa pessoa."

Joan sabia que isso era verdade e valia para todos, inclusive para ela. Quem era ela, o que fazia em seu tempo livre, como se comportava... tudo isso fazia diferença. Era o tipo de coisa que seria levada em conta na aprovação no treinamento, e seria um fator para decidir quais funções ela receberia. E com certeza seria um fator levado em conta quando — ou se — ela fosse escalada para uma missão.

"Escuta só, Joan, você quer ir para o espaço tanto quanto eu. Donna e Vanessa também. E sabe muito bem que não vão colocar duas de nós juntas numa missão logo de cara. Vão escalar uma mulher por vez, porque ainda somos estranhas no ninho para eles. Não vamos ser iguais aos homens até uma, duas ou três de nós voarmos até lá e provarmos que somos iguais, sim. Então, se eu quiser ser escalada, vai ser depois de todas as mulheres do Grupo 8, provavelmente. E depois ainda preciso fazer com que o Antonio me escolha, em vez de você, Donna ou Vanessa. Então pode ficar à vontade para relaxar e desencanar de tudo, eu não estou nem aí. Porque, na primeira escalação da nossa turma para uma missão, pode apostar que eu vou estar lá. Se for preciso cair nas graças do Hank para ele me querer na tripulação, eu vou fazer isso. Até porque sei que ele vai querer a Donna, já que os dois estão dormindo juntos."

Lydia não estava dizendo nada que Joan já não soubesse. "Lydia, pode fazer o que quiser", respondeu ela. "Só me deixa em paz hoje à noite, por favor."

"Eu não entendo você, Joan, de verdade", disse Lydia.

"O que você não entende?"

"Estou vendo você se esforçar mais do que todo mundo, menos do que eu", respondeu Lydia. "Você está sempre no T-38, vomita na microgravidade, mas não perde uma chance de estar lá, está estudando loucamente para as aulas, fazendo mais perguntas que qualquer um. Quando os astronautas fazem simulações, você está sempre no Controle de Missão, sempre de olho em tudo, fazendo anotações, que nem eu. Parece tão ávida quanto eu para estar no lugar deles. A única outra coisa com que você precisa se preocupar é o jogo político dentro da agência, mas essa parte você ignora."

Lydia estava certa sobre as simulações. Os Ascans ainda não podiam participar, mas, sempre que Joan ficava sabendo de alguma, fazia questão de estar lá, para ver todos os tipos de desafios que os supervisores lançavam. Era uma de suas partes favoritas do trabalho, estar ali dentro, vendo as coisas acontecerem.

Um motor começa a vazar e você não sabe fechar direito o coletor sem atrapalhar o funcionamento dos outros motores? A tripulação morre.

Um, dois, três barramentos deixaram de funcionar e você não sabe se perdeu um sistema de emergência importante a tempo de resolver o problema? A tripulação morre.

Um radiador na porta do compartimento de carga tem um entupimento ao mesmo tempo que o evaporador está sem água, o que significa que o calor na espaçonave não está se dispersando, e você não sabe como consertar? O orbitador pega fogo, e a tripulação morre.

Qualquer um dos Ascans que fosse escolhido teria que colocar a vida nas mãos de seus colegas tripulantes e nos profissionais do Controle de Missão. Joan sabia que Hank faria qualquer coisa para salvar a vida dela. E Donna também. Assim como Griff. Vanessa com certeza.

Mas Lydia?

De repente, pareceu arriscado demais ignorar Lydia. Ou Jimmy. Ou Marty, ou qualquer um dos Ascans com quem ela não se dava muito bem. O sucesso precisava ser coletivo, ou então não viria.

"Escuta só, Lydia", disse Joan. Ela pegou uma cerveja no cooler ao lado delas e entregou para Lydia. "Você não é só uma astronauta..."

"Mas vou ser em breve", respondeu Lydia.

"Não, o que eu estou dizendo é que... você não se resume só a isso."

Lydia olhou para Joan como se ela fosse a pessoa mais idiota que já tinha conhecido.

"Qual é", disse Joan. "Você tem seus hobbies."

"Não tenho."

"Tem amigos."

"Você está caçoando de mim."

"Você tem sua família."

"Meus pais gostam mais da mulher do meu irmão do que de mim. Eles viajam juntos para esquiar e não me convidam. Meu pai ainda é amigo do meu ex-marido."

"Deve ser porque você é muito..." Joan soluçou e cobriu a boca. "Ocupada."

Lydia franziu a testa e desistiu de discutir. "Ah, claro."

Joan pegou a cerveja da mão de Lydia e abriu a garrafa.

"O que você está fazendo, Goodwin?"

"Vai dar meia-noite daqui a pouco. Eu não vou beijar ninguém, você vai?"

Lydia a encarou, irritada. "Está vendo algum homem atrás de mim?"

"Então, é isso. Bebe uma cerveja comigo. Podemos brindar o novo ano juntas. Você só vai precisar relaxar um pouquinho."

Lydia respirou fundo e pegou a cerveja. "Só até a meia-noite."

"Ótimo. Por catorze minutos, tenta se acalmar, e depois pode continuar se pressionando até enfiar um pedaço de carvão no traseiro e fazer virar diamante."

Joan estava bêbada. Até ela percebeu depois disso. Mas era divertido! Deveria fazer isso mais vezes. Por que passava tanto tempo com o nariz enfiado nos livros? Ela gostava de festas!

Lydia lançou um olhar mortal para ela. "Isso não teve a menor graça."

PRIMAVERA DE 1981

Joan estava no alto do Centro de Controle de Lançamento do Centro Espacial Kennedy com seus óculos escuros de aviador e sua jaqueta de couro aberta, revelando a camisa polo azul e a calça cáqui. Era 12 de abril, um domingo, e, embora de dia ficasse quentinho, não eram nem sete da manhã, e o ar ainda estava gelado.

A STS-1, missão inaugural do programa de ônibus espaciais, estava prestes a ser lançada. Quase todos os astronautas receberam alguma incumbência naquele dia, como pilotagem de caça ou busca e resgate. Outros tinham sido designados para entrevistas a tevês e rádios. No entanto, Joan e muitos dos Ascans do Grupo 9 estavam lá só para observar.

Havia tanta gente em Cabo Canaveral naquela manhã que as praias estavam lotadas. O lançamento estava sendo transmitido em vários canais.

Era como se o mundo todo estivesse assistindo.

Frances assistia pela televisão também. E foi pensando nela que Joan ficou olhando para o *Columbia*: um símbolo monumental de progresso. O orbitador estava posicionado com o nariz para cima, com um foguete auxiliar de cada lado do tanque externo. A qualquer minuto, os motores principais seriam acionados, e todos testemunhariam a decolagem.

Se Joan achasse que Barbara a escutaria, pediria para ela não deixar Frances ver.

"Estou nervosa, Joan", disse Vanessa.

Joan olhou ao redor do terraço, para ver se havia algum astronauta, Ascan, ou membros e diretores da Nasa que pudessem ouvi-las.

"Vai dar tudo certo", disse Joan.

Vanessa a encarou. "Você não está nervosa?"

"Não foi o que eu disse. Só falei que vai dar tudo certo."

Vanessa pareceu um pouco mais calma.

"Goodwin", disse Griff ao se aproximar de Joan, sem ver que Vanessa estava do outro lado. "Quer sair para um café da manhã depois?"

Joan sentiu sua barriga roncar. "Vamos, claro."

Griff assentiu e se afastou.

"Ele tem uma quedinha por você", comentou Vanessa.

"Para com isso. As pessoas não entendem, mas homens e mulheres podem ser amigos", respondeu Joan.

"Ou talvez você não entenda quando alguém mostra que está interessado."

Joan olhou bem para Vanessa. "Você está preocupada por causa do lançamento, e isso está te deixando tensa", disse ela. "Dá uma desopilada."

"Quê?", retrucou Vanessa, sorrindo com o canto da boca.

"É", disse Joan, mexendo os ombros e balançando as mãos e os braços.

"Que coisa ridícula."

"Bom, eu estou bem mais relaxada. Nem estou mais tão nervosa com o lançamento, mas, se você prefere continuar agindo toda descolada como sempre, fica à vontade. É a sua cara."

"Você acha que eu sou descolada?"

Joan semicerrou os olhos. "Agora você vai querer fingir que não quer bancar a classuda?"

"Eu nunca soube que você me achava descolada."

Joan revirou os olhos. "Para de ficar tentando caçar elogios."

Vanessa sorriu, e instantes depois todos se calaram. Um reverberar silencioso tomou conta do corpo de Joan.

"Cinco minutos para o lançamento, e contando", anunciou o controlador de voo.

Joan voltou sua atenção para a *Columbia*. Ela imaginou John Young e Bob Crippen presos aos assentos, deitados em uma posição paralela ao chão. Será que estavam tão apavorados quanto ela? Ou será que era como um furacão? Os que estavam nas extremidades eram lançados no caos, mas dentro — bem no olho da tempestade — reinava a calmaria.

Por todo o país, garotinhos sonhavam com o futuro. Meninos que, quando perguntados sobre o que queriam ser quando crescessem, diriam com orgulho "Astronautas!", que se fantasiariam como um no Dia das Bruxas.

Joan se perguntou se em breve uma mulher estaria lá no alto também. Ela não tinha precisado ver uma mulher numa nave para acreditar em si mesma e se candidatar. Mas também nunca havia se vestido de astronauta no Dia das Bruxas. Nem uma vez sequer. Por alguma razão, isso a deixava furiosa.

"Três minutos e quarenta e cinco segundos para o lançamento, e contando."

Joan olhou para Vanessa, que estava concentrada na nave. Queria lhe dizer que sabia que ela pilotaria um ônibus espacial um dia. Que, se alguém ali iria para o espaço, seria ela. Ela queria dizer tudo isso para Vanessa... mas e depois? O que ela faria?

Os motores começaram a expelir plumas de fumaça branca.

"Um minuto e dez segundos para o lançamento, e contando."

Joan rezou para que Barbara não tivesse ligado a tevê.

"Vinte e sete segundos para o lançamento."

Joan respirou fundo. Ela e Vanessa se entreolharam.

E então: "Sete... seis... cinco...". Joan já ouvira a contagem regressiva do controlador de voo antes, mas nunca havia se sentido assim. "Passamos para o acionamento do motor principal. Motor principal acionado."

Joan estendeu o braço, sem prestar atenção no que fazia, e segurou a mão de Vanessa, que apertou com força, como se também estivesse procurando pela mão de Joan.

Os foguetes se acenderam. O fogo e a fumaça se acumulavam sob o ônibus espacial. Joan sentiu a pressão esmagadora dos dedos de Vanessa em torno dos seus. A coluna de fumaça era tão grande que Joan chegou a pensar por um momento que algo dera errado. Mas, com a mesma velocidade com que a fumaça tinha surgido, o fogo reluzente sob a nave brilhou com força, e a estrutura começou a se mover.

"Temos a decolagem do primeiro ônibus espacial dos Estados Unidos, e a nave saiu da torre!"

Os olhos de Joan acompanharam o fogo que subia pelo ar. Ela não ouvia mais o controlador de voo nem a contagem regressiva. Só o que ouvia era o arder do fogo que subia na direção do céu, o ônibus espacial ficando menor a cada instante.

Cento e trinta e dois segundos depois do lançamento, os dois foguetes auxiliares se desprenderam. Joan respirou fundo. Nesse momento, o *Columbia* provavelmente já voava a quase trinta mil quilômetros por hora. O tanque externo se desprenderia também. Enquanto Joan esperava por isso, percebeu que ainda segurava a mão de Vanessa.

Ela puxou a mão de volta.

"Desculpa", disse Joan. "Fiquei mais nervosa do que esperava."

Vanessa assentiu e não disse nada. Joan não conseguia olhar para ela. Em vez disso, olhou de novo para o céu. Mal conseguia ver a nave. O sucesso era um pontinho branco cada vez menor.

Eles tinham conseguido. A nave estava em órbita.

Não havia nada a temer.

Ela se sentiu uma tonta.

―――― ✦ ――――――――

Joan estava chegando em casa com uma sacola de compras — em boa parte, caixas de cereais para Frances experimentar naquele fim de semana — quando viu Vanessa e Griff conversando no estacionamento do prédio.

Vanessa estava rindo de uma piada que Griff devia ter feito, e Joan se perguntou se Vanessa ria assim com todo mundo ou apenas com ele.

"Oi", disse Joan.

Eles se viraram para ela.

"Oi", disse Vanessa. "Eu estava atrás de você."

Griff foi até seu carro, mas apontou para Joan e perguntou: "A gente ainda vai jantar no Frenchie's mais tarde?".

"Sim, a gente se vê lá", respondeu Joan.

Ele foi embora.

"Vocês vão sair para jantar juntos?", perguntou Vanessa.

Joan começou a andar para o prédio, e Vanessa foi atrás.

"Vamos. Quer ir também?", disse Joan.

"Não, obrigada."

"Hum."

"O que isso quer dizer?" Vanessa estava com um sorrisinho que não agradou nem um pouco Joan. "*Hum.*"

"Quer dizer que eu sabia que você não ia", respondeu Joan, indo para seu apartamento. "Mas devia. Ia ser divertido."

"Eu não quero interromper o seu *programa a dois*", disse Vanessa, entrando junto.

"Você sabe que não é isso", respondeu Joan. "E sabe que se ficar falando isso vai me deixar nervosa, achando que ele pode estar confundindo as coisas. Você sabe exatamente o que está fazendo."

"A gente está brigando, é isso? Você está brava comigo?", perguntou Vanessa, como se estivesse gostando da ideia.

"Claro que não." Joan começou a guardar as caixas de cereais — coloridas e estampadas com personagens de desenhos animados — dentro do armário. Vanessa pôs o leite e as frutas na geladeira. Joan a observou parar e admirar o desenho de Frances preso na porta. Ela tirou o ímã e pegou o desenho para olhar mais de perto.

"Essa é a Frances?"

Joan assentiu.

"Ela é linda."

"É mesmo."

Vanessa pôs o desenho de volta no lugar.

"Mas voltando ao assunto: o Griff tem uma quedinha por você, é sério", disse ela, fechando a geladeira.

"Quer parar com isso?"

"Está na cara", disse Vanessa. "E por que ele não teria? Você é inteligente e linda e várias outras coisas."

"Você também. Ele tem uma quedinha por você, então?"

"Joan, qual é."

Joan a encarou, mas não disse nada, e Vanessa pôs a mão no ombro dela. "Ei, desculpa por ter dito essas coisas, ok?"

Joan desviou o olhar. "Obrigada", respondeu. "Desculpa por ser tão sensível às vezes."

Vanessa deu um saltinho e se sentou no balcão da cozinha. "Eu provavelmente só estou procurando um motivo para brigar."

"Por quê? O que aconteceu?", perguntou Joan, se recostando na bancada em frente.

Vanessa suspirou. "Amanhã o Antonio vai dizer para todo mundo que a Lydia vai ser mandada para Toronto para ser a primeira entre nós a estudar o RMS."

Ela se referia ao braço robótico que podia ser manipulado de dentro do orbitador para descarregar e manejar cargas. Operar esse sistema era uma das funções mais importantes a que um especialista de missão podia ser designado.

"Como você sabe disso?"

"Ele contou para Lydia ontem à noite", respondeu Vanessa. "E você sabe que aquela merdinha metida a besta é incapaz de guardar um segredo."

"Ela provavelmente está se achando o máximo."

"Ela fingiu que 'sentia muito por me contar'. Eu não suporto essa garota. Não suporto mesmo."

"Bom, a gente sabia que ela era a favorita, não? E ela não é tão ruim quanto você faz parecer."

"Você é a única que ela trata de um jeito minimamente decente."

"Eu sou a única que tenta se aproximar dela."

"E como é que eu vou tentar? Se eu pegasse fogo, Lydia ia cogitar seriamente me usar para esquentar as mãos antes de decidir apagar as chamas."

Joan deu risada. "Bom, nessa você me pegou... Acho que provavelmente ia mesmo", admitiu.

Vanessa riu, jogando a cabeça para trás, e Joan desejou que não a tivesse visto rindo daquele jeito com outras pessoas, para poder ficar mais orgulhosa de ter provocado essa reação.

"Mas acho que, se a gente tentasse se aproximar mais, ela apagaria o fogo mais rápido", comentou Joan.

Vanessa deu um sorrisinho debochado. "Vem cá, os seus pais são separados?"

"Quê? Não, e você sabe disso."

"Só estou querendo saber onde foi que você aprendeu a ser conciliadora assim."

Joan franziu a testa. "Talvez eu só seja uma boa pessoa."

Vanessa balançou a cabeça. "Não, aposto que foi por causa de todo aquele drama com a Barbara, quando vocês eram mais novas."

Joan fez uma careta. "Você gostaria que eu ficasse tentando traçar um perfil psicológico seu?"

"Seria fácil demais. Eu sou um prato cheio para analistas."

"Tá bom, mas não quero que faça isso comigo."

"Tudo bem. Que horas são?"

Joan olhou para o relógio. "Cinco e pouco."

"Cancela com o Griff e vem tomar uma cerveja comigo."

"Por que você não vai com a gente?"

"Porque eu quero tomar uma cerveja só com você."

Joan refletiu sobre a proposta. "Sei lá..."

"Não vejo nada de mais em deixar um bilhete na porta dele dizendo que fica para a próxima", sugeriu Vanessa.

Joan mordeu o lábio, hesitante.

"Tá", disse ela, por fim, com o mesmo misto de culpa e empolgação que uma pessoa deve sentir descumprindo uma lei.

Vanessa desceu do balcão e puxou Joan para a porta. "Eu dirijo."

Vanessa levou Joan para uma espelunca nos arredores da cidade, com um estacionamento cheio de lixo, mesas engorduradas e notas de um dólar penduradas no teto. Alguém tinha enchido a jukebox de moedas para tocar Willie Nelson a noite inteira.

Estavam lá fazia algumas horas e já tinham bebido algumas cervejas. Era por isso que Joan estava altinha o bastante para contar a Vanessa sobre Adam Hawkins, o garoto do bairro que queria se casar com ela.

"Ele era bonito?", perguntou Vanessa.

"Era." Joan deu de ombros. "Acho que sim. Sei lá. Barbara sempre achou que ele era bonitinho. A gente saiu algumas vezes, para um cinema e uma ou outra festa. Ele era legal."

"Você gostava dele?"

"Não sei. Eu não tinha certeza. Ou seja, acho que não, né?"

"Você dormiu com ele?"

"Nossa, claro que não."

"Mas vocês davam uns beijos?"

"Claro, de vez em quando."

"Então ele era seu namorado."

"Isso eu não sei. Era um garoto com quem eu saía, e estava na cara que os nossos pais queriam que a gente se casasse. E ele também."

"E qual é a diferença disso para um namorado?"

"Acho que um namorado é alguém que você ama. E eu nunca me senti assim em relação a ele. Eu saberia se tivesse me apaixonado."

"Já aconteceu?"

"O quê?"

"Você já se apaixonou?"

Joan olhou para baixo. "Não", respondeu, levantando a cabeça.

Vanessa assentiu, assimilando a informação. "Porque não conheceu a pessoa certa?"

"Não sei. Ou então... pode ser que isso não seja a minha praia."

"Isso o quê?"

"Me apaixonar, casar."

Vanessa inclinou a cabeça e terminou a cerveja. "Então tinha um cara legal e bonito de que a sua família gostava. E ele perguntou se você se imaginava casada com ele e levou um não?"

"Hã... é?"

"Se fosse outro cara, você acha que a resposta ia ser a mesma?"

"Acho que sim."

"Estou impressionada com você, Joan Goodwin."

"Quê? Por quê?"

"Isso me dá outra perspectiva de você, só isso", disse Vanessa. As palavras dela não saíram arrastadas, mas dava para ver que seus lábios estavam mais preguiçosos.

A mesa estava uma bagunça. A jarra vazia de cerveja — com a espuma secando no vidro — não tinha sido retirada. O resto dos hambúrgueres que elas comeram também não. O ar estava impregnado de um cheiro acre. O bar ficou em silêncio por um instante, enquanto a jukebox trocava de música. Logo outra começou. Joan reconheceu: era "Mamas Don't Let Your Babies Grow Up to Be Cowboys".

Vanessa começou a cantarolar.

Joan percebeu que estava suando.

"Que *perspectiva* é essa?", perguntou para Vanessa.

"Você poderia ter se casado com um cara bonito e bacana e tido filhos. Felizes para sempre e tudo mais. Seria mais fácil que isso", disse ela, fazendo um gesto para o estabelecimento ao redor como se elas estivessem na Nasa. "Mas você não seguiu por esse caminho."

"Nem você."

"Bom, não, mas... Eu jamais teria. Enquanto você teve essa opção."

Joan olhou para os restos de comida na mesa. "Você está presumindo um monte de coisas."

Vanessa a encarou como quem pedia uma explicação.

"Casar com Adam Hawkins e ser uma esposa? Ficar esperando em casa, fazendo o jantar? Minha mãe é boa nisso, mas eu nunca me espelhei nela, nunca quis isso para mim. Sei que ela ficou magoada por isso. Sei que as minhas escolhas não fizeram muito sentido para ela no início. Mas acho que essa outra vida, a dela, teria sido *difícil demais*. Acho que teria sido a coisa mais difícil que eu poderia fazer. Escolhi a única vida que poderia escolher."

"Eu estava tentando te elogiar", disse Vanessa. "Mas pelo jeito você ficou ofendida."

Joan balançou a cabeça. "Não, é que... Não fique pensando que essa vida prosaica de classe média é moleza. A vida não é fácil para ninguém, para começo de conversa. E, além disso, eu nunca me senti à vontade nesse ambiente. Essa vida não seria nada natural para mim."

Joan sentiu que Vanessa a observava, mas então ela se inclinou para trás e pôs o braço no encosto da cadeira. Estava com uma postura um tanto desleixada, com os joelhos afastados. Quando ela sentava assim em bares ou ônibus, Joan sentia um pouco de vergonha.

"Às vezes acho que estamos falando sobre uma coisa e aí percebo que você está falando de outra completamente diferente, sabia?", perguntou Vanessa.

"Não", disse Joan. "Acho que estamos falando da mesma coisa."

Vanessa suspirou. "Eu admiro você", disse ela, por fim.

Joan soltou um risinho de deboche. "Isso é meio ridículo."

"Por quê?"

"Porque você é tão competente quanto eu. Em algumas coisas, ainda mais."

Vanessa se inclinou para a frente. "Eu sei pilotar um avião melhor que você. E como consertar um também."

"Está vendo?"

"Mas não sei tocar piano como você."

Joan fez um gesto de desdém.

"Você pode tentar negar, mas eu te ouvi tocar", disse Vanessa.

Joan a encarou, e então desviou o olhar.

"Eu não sei a história das constelações. Ou como cuidar de uma criança — encher minha cozinha de coisas de que elas gostam e falar sempre a coisa certa, como você faz com a Frances. E Deus é testemunha de que eu não sei desenhar nem sob tortura", ela falou.

"Ah, sim, que coisa incrível. Eu sei fazer desenhinhos."

"Por que você chama isso de desenhinhos? Por que faz isso? O que eu estou tentando dizer é que só amei uma coisa na vida: voar. Mas olha só você, tem interesse em tudo. Não só nos planetas e nas galáxias e nas estrelas. Mas na Terra também. E nas pessoas que vivem aqui. É isso que eu admiro."

"Minha curiosidade?"

"Seu envolvimento com as coisas ao seu redor. Sua preocupação com os outros. Você é sempre atenciosa. Com tudo."

Joan considerou que gostar daquela visão de si mesma pelos olhos de Vanessa era perigoso. Só não sabia ao certo por quê.

"Por que você está me falando isso?", questionou Joan.

"É que eu entendo por que não sou eu que vou liderar a primeira missão do nosso grupo", respondeu ela. "Mas não entendo por que não é você."

"Acho que às vezes você..."

"Às vezes eu o quê?", questionou Vanessa, se inclinando para a frente e a desafiando a terminar a frase.

"Eu não sou tudo isso que você pensa", disse Joan.

Vanessa sorriu. "Não faz isso."

"Isso o quê?"

"Não acaba com o meu sonho. Me deixa pensar que você é a melhor astronauta da turma. Você pode me permitir pelo menos isso? Me deixa pensar que a mulher errada saiu vencedora, pode ser? Me deixa pensar que o mundo é o que eu vejo pelo menos por uma noite. Sem áreas cinzentas e todos os poréns. Um lugar onde eu sei que sou mortal, mas não tenho certeza de que você não é uma deusa", disse ela. E então, chegando mais perto, com uma voz baixa que saiu como pouco mais que um sussurro, ela disse: "Você pode fazer isso por mim?".

E o que escapou dos lábios de Joan foi: "Sim".

JUNHO DE 1981

Todo o grupo de Ascans viajou para os Laboratórios de Tecnologia Espacial, no Mississippi. No caminho de volta, decidiram passar a noite em Nova Orleans.

Joan queria ter voltado a Houston para tentar ir buscar Frances na escola na segunda, mas era minoria. Ela ligou para Barbara do telefone do saguão do hotel para avisá-la.

"Impressionante, Joan", disse Barbara. "Parece que eu nem te conheço mais."

Joan suspirou. "Qual é. Só porque eu precisei passar uma noite a mais numa viagem a trabalho? Você não acha que está exagerando, não?" Ela ficou olhando para as teclas do telefone, imundas, com o um e o zero mais desgastados que os demais. "Avisa para a Frances que na terça vou buscá-la, ok?"

"Não, tudo bem. Mas ela fica chateada, Joan. Não diz nada, mas sente sua falta. Anda bem mal-humorada ultimamente, e meio grossa, para ser sincera."

"Entendi", respondeu Joan. "Bom, a gente se vê na terça. Por favor, explica isso quando ela chegar da escola."

Quando Joan saiu do telefone, Vanessa estava esperando no saguão.

"Vamos com a gente lá na Bourbon Street", disse Vanessa.

"Preciso mesmo?"

"Ah, adoro a sua animação", disse Vanessa. "Donna quer fazer umas compras antes de sair. E requisitou especificamente a nossa presença."

Joan bufou.

"Você acha que *eu* quero ir olhar vestidos?", questionou Vanessa. "Mas a gente não pode deixá-la só com a Lydia. Você vem também."

* * *

Joan, em estado de absoluta perplexidade, observava seu reflexo no espelho de corpo inteiro do provador da loja. Usava um vestido azul florido que Donna insistira que experimentasse.

"Joan?", chamou Donna do lado de fora.

"Sim?"

"Como ficou?"

"Não sei."

"Me mostra."

Joan se olhou no espelho mais uma vez e saiu do provador.

Donna arquejou. "Minha nossa."

Quando não estava no trabalho, Donna fazia penteados cheios e volumosos. Estava usando uma saia de brim vermelha com uma longa fenda e um top listrado sem alça branco e amarelo. Tinha se trocado no provador e entregado as etiquetas para a vendedora, pedindo que colocasse as roupas com que chegara numa sacola. "Você precisa comprar isso", ela disse.

"Ah, é?" Joan deu uma olhada no preço. Conseguia até imaginar a voz de seu pai repreendendo-a pela audácia.

"Nossa, Joan. Não acredito que você escondeu esses peitões da gente durante tanto tempo!"

"Para com isso. Por favor."

"Você precisa comprar! É só sair da loja já com ele, que nem eu. Só temos uma noite aqui em Nova Orleans. Vamos nos divertir!"

Joan olhou para o caimento do vestido no corpo. A saia era muito curta. Ela sentiu seus ombros se encolhendo. "É um pouco demais. Muito chamativo."

"Você vai comprar esse maldito vestido."

Donna a pegou pelo braço e começou a puxá-la para longe dos provadores. Ela arrancou a etiqueta do vestido.

"Donna!", protestou Joan.

"*Eu* pago se for preciso."

Lydia passou por elas, experimentando uma jaqueta jeans. "Joan, você está bem bonita."

"Uau", murmurou Donna. "Até a rainha da frieza notou."

Vanessa estava na parte da frente da loja, olhando camisas listradas na seção masculina. Quando levantou a cabeça, olhando ao redor, viu as duas. Seus olhos se cravaram em Joan, que ficou vermelha e colocou os braços cruzados sobre o peito, segurando os ombros com as mãos, como se pudesse esconder o rubor da própria pele. Vanessa balançou a cabeça e sorriu. E, quando capturou o olhar de Joan, fez com a boca: *Você está ótima*.

"Moça, por favor", disse Donna para a vendedora.

Quando a mulher se virou para elas, foi Joan quem falou: "Vou levar este".

O ar estava úmido, e a poluição visual na Bourbon Street era tão intensa que mal dava para ver uma estrela no céu. Joan estava com o buço e o pescoço suados.

Mais cedo, Duke pagara uma cerveja para ela. Hank também. Já Harrison preferira agradá-la com um drinque de frutas com gosto de bala. Joan nunca tinha recebido esse tipo de atenção deles, e naquela noite estava bebendo de graça como nunca na vida. Griff lhe deu uma flor, que Joan aceitou aos risos.

Vanessa e Harrison seguiam mais à frente, tentando demover Donna da ideia de fazer uma leitura de tarô. Joan imaginou Donna fazendo perguntas sobre seu futuro, como se as respostas não fossem óbvias: ela se casaria com Hank, e seria rebaixada a segunda astronauta no casamento.

"Astronautas deveriam ser proibidos de se apaixonar um pelo outro", disse Joan em voz alta, olhando ao redor e só então se dando conta de que estava andando ao lado de Griff. *Quando foi que isso tinha acontecido?*

"Como assim?", perguntou Griff.

"Nós temos prioridades bizarras e, vamos ser sinceros, provavelmente complexo de Deus. Já basta um de nós numa relação. Para o relacionamento funcionar, a outra pessoa precisa preencher todas as lacunas que nós deixamos. Não é uma boa ideia se apaixonar por um de nós. Quer dizer, se você for um de nós."

"Não sei, não", disse Griff, sorrindo para ela de um jeito que Joan tinha esquecido que não gostava. Eles passaram por Donna, Vanessa e Harrison.

"Não, eu estou cem por cento certa", insistiu Joan. "Eu penso muito sobre isso."

"Pensa muito sobre isso, é?" Griff bateu de leve o ombro no dela. "Não concordo com você. Quem mais seria capaz de suportar a gente, senão a gente mesmo? Quem mais vai entender por que precisamos perder a apresentação dos filhos na escola, ou por que não estamos em casa no Natal, ou por que arriscamos nossa vida o tempo todo?"

Joan olhou para ele, pensativa. Nunca deixaria de passar o Natal com Frances. Nunca.

"Mas isso não importa, na verdade", comentou Joan.

"Por que não?"

"Porque as pessoas nunca se apaixonam por quem deveriam. O mundo está cheio de histórias de pessoas se apaixonando exatamente por quem não deveriam."

"Eu não imaginava que você fosse tão romântica", comentou Griff.

Joan revirou os olhos. "Eu nem acredito no amor", disse ela. "Não para mim. Então como posso ser romântica?"

Griff a observou por um instante. "Como assim?"

Mais adiante, Lydia chamava todo mundo com um aceno. Duke, Henry, Marty, Teddy e Jimmy estavam entrando numa casa noturna. Donna passou correndo por Joan e Griff.

Joan sentiu uma mão em seu ombro antes de ouvir a voz de Vanessa. "Do que vocês dois estão falando aí?"

"Ford, você não acha que no fundo a Joan talvez seja uma romântica e não sabe?"

"Vamos parar de falar disso", disse Joan.

Vanessa a olhou com um sorriso que Joan não conseguiu decifrar. "Acho que a Joan ainda tem muito o que descobrir sobre si mesma."

Joan cerrou o maxilar. "Você é bem condescendente às vezes. Já te disseram isso?"

Vanessa deu risada. "Na verdade, não."

Griff parou do nada. "Ah, não."

"Que foi?"

Joan olhou para o letreiro, que dizia: SHOW COM DANÇARINAS O TEMPO TODO. Havia desenhos em neon de mulheres seminuas em cada centímetro da fachada do estabelecimento.

"O pessoal foi num clube de strip?", perguntou Joan.

"Joan não vai querer entrar num clube de strip", avisou Vanessa.

Donna as puxou pela mão. "Vamos lá, só vai ser divertido se todo mundo for."

Joan olhou para a porta do clube. Os pelos de sua nuca se arrepiaram.

"Eu vou, sim", disse Joan.

"Quê?", perguntaram Vanessa e Griff ao mesmo tempo.

Mas, antes que alguém pudesse dizer mais alguma coisa, Joan já estava entrando.

Joan já tinha visto mulheres nuas em vestiários.

Mas nunca assim.

Havia seis ou sete dançarinas espalhadas pelos palcos. Algumas de topless, outras não. Algumas puxando as tiras das calcinhas com um ar provocante.

De início, Joan não sabia para onde olhar. Mas agora, fosse por causa dos drinques ou porque Donna e Lydia estavam colocando notas nas calcinhas fio-dental das strippers, ela começou a se acalmar. Seu corpo foi ficando leve, seus músculos, relaxados, sua barriga, quente.

Então ela começou a assistir.

Observou o jeito como elas dançavam. Como rebolavam e deixavam o corpo fluir com a música.

Só de olhá-las, Joan sentiu que passou a gostar mais do próprio corpo. Quando viu Duke dar gorjeta a uma garçonete de topless, Joan teve um momento de percepção cristalina e entendeu algo essencial sobre si mesma: é óbvio que ela achava os homens desinteressantes. Eles eram desinteressantes por natureza.

Nós somos interessantes.

O olhar de Joan foi atraído por uma mulher à sua direita, que se apresentou como Raven, sem dúvida por causa dos cabelos cacheados e pretos como as penas de um corvo.

Raven remexia os quadris na frente de Joan, que sabia que estava olhando fixamente para a dançarina, mas não conseguia parar. Joan continuou observando Raven enquanto ela tirava o sutiã. Joan sentiu uma onda de eletricidade percorrer seu corpo ao ver Raven sem sutiã. Continuou vidrada enquanto Raven sorria e quando começou a provocá-la, rebolando na sua frente.

O mundo fez sentido para Joan naquele momento: ela entendeu por que os homens eram tão obcecados pelos corpos femininos, ou por que cometiam tantas burradas só para se aproximar de uma mulher.

"Toma aqui", disse Donna.

"O quê?"

Quando olhou para o lado, Donna estava entregando para ela uma nota de um dólar. "Põe o dinheiro na calcinha. É um agrado para ela!", gritou Donna. "É divertido!"

"Ah." Joan pegou a nota e olhou de novo para Raven. O sorriso dela era tão doce. Tão agradável que era até perigoso.

"Oi", disse Raven, virando o quadril na direção de Joan, que se inclinou para a frente e pôs a nota na tira da calcinha dela. A pele de Raven era bem macia. Como Joan poderia fazer para deixar a pele assim? Como Joan poderia aprender a se mover como Raven? Como Joan poderia ser como ela? Joan já tinha se sentido poderosa assim alguma vez na vida?

Quando Joan olhou ao redor, todo mundo já estava começando a ir embora. Ela se levantou, assentiu para Raven e fez um aceno de despedida. Precisou de um instantinho para lembrar como pôr um pé na frente do outro. Para fingir que estava normal.

Como agir como se não tivesse descoberto algo que qualquer pessoa já tinha descoberto muito tempo antes.

Quando seus olhos encontraram os letreiros de neon da Bourbon Street, Joan sentiu uma tontura que era um indício de uma dor de cabeça no dia seguinte. Ela sabia que era melhor encerrar a noite por ali. "Cadê a Vanessa?"

"Ela voltou para o hotel, tipo, dois minutos depois que a gente entrou", respondeu Lydia.

"Ah", disse Joan. "Acho que vou voltar também."

"Quer que eu te acompanhe?", ofereceu Griff.

Joan olhou para ele. Era um homem bonito. E gentil. E paciente.

"Não precisa", disse ela.

"Me deixa pelo menos chamar um táxi para você", ele insistiu.

Quando Joan se deu conta, eles estavam andando de braços dados para longe da aglomeração.

Depois que saíram das vistas dos outros, Griff segurou sua mão. Joan adorou sentir o calor da pele dele contra a sua, a sensação de outra mão se entrelaçando com a sua.

"Foi uma noite bem maluca", ele comentou.

"Pois é. Uma loucura."

Griff sorriu para ela. "Você está bêbada."

"Tô nada." Nem ela acreditou nisso.

Ele a encarou. Os olhos castanho-claros dele eram tão suaves. Por que ela não podia amá-lo? Talvez pudesse. Joan se inclinou na direção dele, cedendo — só não sabia ao quê.

Griff se afastou, porém. "Já faz meses que eu quero te beijar", disse.

Joan abriu os olhos.

"Mas não quando você estiver bêbada."

"Mas eu quero", disse Joan. "Agora eu quero. E amanhã posso não querer."

Griff sorriu, mas estava com uma expressão triste.

"Então é melhor não fazermos nada mesmo", respondeu Griff.

Joan tinha visto filmes suficientes na vida para saber o que fazer. Ela segurou as lapelas do paletó de Griff e o puxou para junto de si, se recostando no muro de tijolos logo atrás.

Ele cedeu, pondo as mãos no muro e se encostando nela, retribuindo o beijo.

Ele tinha gosto de rum, e ela sentiu enjoo. A aspereza do queixo. O cheiro dele. Joan detestou. Sabia que ia detestar.

Ela o afastou. Era preciso.

"Não devia ter feito isso", falou Joan. "Acho que a gente não é... assim."

Ele franziu a testa, mas Joan estava aliviada. Finalmente tinha dito. Griff poderia parar de tentar amá-la agora. Porque ela não o queria. Queria alguma coisa, e com todo seu ardor. Dava para sentir nos ossos e em suas pernas. Mas não era ele que Joan queria.

Ele recuou um passo e riu consigo mesmo, mas como quem não acha a menor graça. "Tudo bem. Eu sentia que era isso que ia acontecer. Foi por isso que nunca tentei nada."

"Desculpa, Griff", disse Joan. "É que... é complicado."

Griff assentiu. "Eu imaginava que fosse. Já imaginava que fosse mesmo."

Joan não entendeu o que ele quis dizer.

Um táxi passou do lado da rua em que eles estavam. Griff fez sinal e abriu a porta para Joan. Ele a colocou no banco de trás e disse ao motorista o nome do hotel.

"Obrigada", disse Joan, com a mão apoiada na janela aberta.

Estava transbordando de amor por ele. Amor no sentido de que confiava nele, de que reconhecia a bondade de seu coração, de que se importava com ele e desejava que só acontecessem coisas boas em sua vida. Amor no sentido de que sempre estaria ao seu lado, mesmo se ele estivesse errado; no sentido de que ele era uma das poucas pessoas no mundo em quem confiava. E, nesse momento, o aperto em seu coração era insuportável. Absolutamente insuportável.

"Desculpa", ela falou.

Ele balançou a cabeça. "Não precisa pedir desculpa. Eu vou ficar bem. Só me dá um tempinho que vai ficar tudo certo."

Ela assentiu.

"Você estava linda hoje, Joan", disse Griff. Em seguida, deu um tapa no teto do táxi. E então ela partiu.

No trajeto para o hotel, Joan levou a mão aos lábios. Seu batom estava borrado, e os lábios estavam sensíveis, formigando não de satisfação, mas de desejo.

Naquela noite, Joan sonhou com coisas com que nunca tinha sonhado antes.

Ela acordou com a neblina da manhã. A luz do sol entrando pela janela foi um choque para sua visão enevoada. Ela pegou os óculos escuros na mesinha de cabeceira e pôs no rosto. Uma batida forte na porta a obrigou a finalmente se levantar.

Estava nua, o que a surpreendeu. Pegou um roupão no closet e se virou para ver a cama coberta de desenhos. Tinha usado todo o bloco de anotações deixado no quarto pelo hotel. Joan olhou para os papéis, tentando lembrar em que momento fizera aquilo.

Todos os desenhos eram de Raven.

Raven sorrindo para ela. Raven dançando. Raven de topless. Os quadris e a barriga de Raven.

Joan juntou tudo freneticamente em meio às batidas na porta, que não paravam. "Já vou!"

"Abre logo, Joan! Você está atrasada para pegar o ônibus." *Vanessa.*

"Estou indo!" Joan enfiou todos os desenhos na gaveta da mesinha de cabeceira.

"Está todo mundo louco para ver como você fica de ressaca", disse Vanessa em alto e bom som do corredor.

Joan fez uma careta. "Por favor, para de falar que eu já abro!"

Por fim, ela abriu a porta.

Só quando se viu diante de Vanessa lembrou que não tinha se olhado no espelho. O roupão estava frouxo, com um V profundo deixando o centro do colo à mostra. Vanessa fitou o decote involuntário e então voltou o olhar para o rosto de Joan, amarrou melhor o roupão.

"Está pior do que eu esperava", comentou Vanessa com uma risadinha.

Joan passou as mãos nos cabelos e a deixou entrar.

"Ah, o seu cabelo nem é o maior problema", disse Vanessa, indo ajudar Joan a guardar as roupas na mala.

"O pessoal decidiu ir tomar café da manhã enquanto esperava você. Donna e Jimmy queriam experimentar a canjiquinha daqui."

Joan jogou o vestido novo na mala. "Que vergonha."

Vanessa balançou a cabeça. "Ah, para com isso. Está todo mundo embasbacado. Joan Goodwin se soltou."

"Todo mundo me pagou bebidas demais, isso, sim!", retrucou Joan.

"Isso acontece bastante com mulheres bonitas. Não sei como você não está acostumada."

Joan levantou a cabeça para encará-la, mas Vanessa já estava a caminho do banheiro. Quando saiu, entregou para Joan uma escova de dente já com pasta.

"Vamos lá, campeã."

Joan começou a escovar os dentes. "Acho que vou vomitar", falou, com a boca cheia de espuma.

Vanessa suspirou. "Você já ficou de ressaca antes. Vai passar."

Joan foi para o banheiro, com Vanessa atrás. "Eu já tive dor de cabeça antes. Isso aqui é... nojento", disse ela, cuspindo na pia.

Vanessa suspirou de novo. "Sim, mas porque você geralmente bebe vinho ou cerveja. Ontem estava bebendo aqueles drinques coloridos que o pessoal pagou para você. Donna já vomitou hoje, aliás."

O estômago de Joan se revirou. Vanessa molhou uma toalha de mão e passou um pouco de vaselina líquida. "Seu rosto está parecendo um quadro do Jackson Pollock. Vem cá."

Joan estendeu a mão para pegar a toalha, mas Vanessa ou não percebeu, ou a ignorou. "Fecha os olhos."

Engolindo em seco, Joan a encarou por um momento e fez o que ela pediu.

Vanessa encostou a toalha no rosto de Joan e esfregou de leve, enquanto com a outra mão segurava seu queixo. A toalha estava tão quentinha que Joan poderia dormir ali mesmo. Mais uma vez, estava tão perto de Vanessa que conseguia sentir o cheiro suave e doce de talco de bebê.

Vanessa começou a limpar seus olhos, com a mão leve, mas firme. Joan sentia sua pele ficando mais limpa sob o toque dela e seu estômago se acalmando.

Vanessa esfregou suas sobrancelhas, depois a testa e o contorno do rosto até o queixo. E então parou.

"Você... hã... é melhor você mesma limpar a boca", falou, entregando a toalha para Joan.

"Ah, ok, obrigada", respondeu Joan. Ela pegou a toalha e limpou o batom o mais rápido que pôde. "Está bom assim?"

Vanessa assentiu. "É, agora está parecendo você."

"E ontem à noite não parecia?"

"Não sei, Jo. Ainda estou tentando entender se você sabe quem é."

"*Você* sabe quem eu sou?", perguntou Joan. Soou como um questionamento ríspido, mas Joan queria muito que a resposta fosse sim.

Vanessa balançou a cabeça. "Espero que sim. Mas só você pode saber com certeza."

Joan sentiu o ar entre elas ficar mais pesado.

"Eu beijei o Griff ontem", contou Joan. "Depois de sair do clube de striptease." Ela observou o rosto de Vanessa em busca de uma reação. Não encontrou nenhuma.

"Você parecia estar se divertindo lá no clube", comentou Vanessa.

"Eu não gostei", disse Joan. "De beijar o Griff."

Vanessa assentiu. "É, eu imaginei que não fosse gostar."

"Mas gostei do clube."

Vanessa ficou em silêncio, mas continuou encarando Joan. Então desviou os olhos e assentiu de novo, dessa vez com um sorrisinho. "É, eu imaginei que fosse gostar."

"Você gostou?", perguntou Joan. "Do clube?"

"O que você acha?", questionou Vanessa.

"Sei lá. Você foi embora mais cedo. Não deu para ver."

Vanessa não falou mais nada.

"Você diz que sabe quem eu sou, mas sabe quem *você* é?", perguntou Joan.

Vanessa deu risada. Joan ficou envergonhada.

"Sim, Joan, eu sei. E você também sabe quem eu sou. Se for sincera com você mesma."

Ah, elas estavam nadando em águas perigosas.

"Acho que é melhor a gente... Quer dizer... Já estamos atrasadas! Você pega meus óculos escuros? Eu vou me vestir."

Vanessa lançou um olhar demorado antes de responder. "Ok."

Joan fechou a porta do banheiro, se vestiu e deu um jeito no cabelo. Quando saiu, Vanessa estendeu para ela seus óculos escuros e sua carteira. Estava parada bem ao lado da mesinha de cabeceira, e Joan sentiu o rosto esquentar, com medo de que Vanessa tivesse aberto a gaveta, mas ela não deu nenhum sinal de ter visto alguma coisa.

Vanessa começou a contornar a cama para ir até Joan e a porta, mas deteve o passo e se inclinou para a frente. "Ah, acho que você esqueceu uma coisa", disse, pegando uma folha de papel no meio das cobertas.

"Não é nada", disse Joan. "Nem olha. Não precisa."

Mas Vanessa olhou, e então sorriu. "Ah, eu conheço você, sim", ela falou. "Conheço você direitinho. Sei exatamente quem você é, Joan Goodwin."

Joan sentiu seu rosto corar. Algo estava prestes a acontecer, ela sabia disso. Mas, de alguma forma, também sabia que estava tudo bem.

"Ok, Ford", disse ela. "Vamos lá."

─── ✦ ───

No fim de semana seguinte, Joan tinha marcado de ir buscar Frances às dez da manhã no domingo, mas acordou quase meia hora atrasada.

Ela andava assim ultimamente. Não conseguia dormir, depois não conseguia acordar, com a mente distraída, o corpo cansado. Ligou para a casa da irmã, mas ninguém atendeu, então pôs um vestido às pressas e pegou o carro. Conseguiu ganhar tempo cortando pelos postos de gasolina para evitar os sinais vermelhos — dolorosamente consciente de que isso era ilegal.

Quando parou na frente da casa de Barbara, Frances estava lá fora, sentada no degrau da entrada. Usava uma jardineira bege e duas tranças que claramente tinha feito sozinha.

"Oi, lindinha", disse Joan. "Desculpa o atraso."

Eram dez e onze.

"Tudo bem", disse Frances, ficando de pé.

"Cadê a sua mãe?"

"Com o Scott."

Joan não sabia quem era Scott, mas a resposta parecia óbvia.

Frances foi até o carro, mas Joan continuou de pé no gramado.

"Sua mãe não está em casa?"

"Não, ela saiu faz meia hora, mais ou menos, para ir buscar ele. Falou para eu esperar você aqui fora."

"Por que não dentro de casa?", questionou Joan.

Frances deu de ombros. "Ela trancou a porta quando saiu."

Joan se perguntou se aquilo era tão sério quanto parecia.

"A gente vai sair para tomar café da manhã?", perguntou Frances, sentando no assento do passageiro. "Eu já comi uma tigela de cereal, mas ainda estou com fome."

Joan abriu a porta do seu lado e entrou também.

"Se você quiser ir, a gente vai, claro."

Joan levou a sobrinha a uma lanchonete perto de seu prédio. Quando a comida chegou, Frances devorou as duas panquecas em questão de três minutos.

"Franny, come os ovos também", disse Joan.

"Não quero", respondeu Frances.

"Você prometeu que ia comer", lembrou Joan.

"Não estou mais com fome", disse Frances.

Isso funcionava com Barbara, Joan tinha certeza. "Comer um ovo não mata ninguém", falou, muito séria. "Não quero que você se entupa de açúcar sem nenhuma proteína."

Frances fechou a cara, mas pegou o garfo e começou a comer.

"O que vamos fazer hoje?", perguntou Joan. "Cinema ou compras?"

Frances pensou nas opções. "Quanto eu posso gastar se a gente fizer compras?"

"O preço certinho do ingresso do cinema. Você sabe disso."

Frances fez sim com a cabeça. "E se eu quiser ir ver um filme à noite, você me leva?"

"Claro, meu amor. Se sua mãe deixar."

"Mas à noite o ingresso é mais caro."

"Sim, mas não tem problema."

"Então, se a gente for fazer compras agora, eu posso gastar o mesmo que custa um ingresso de cinema à noite?

Joan deu risada, e Frances também. "Sua malandrinha."

Os olhos de Frances brilharam, e ela deu um sorrisinho, toda satisfeita consigo mesma. "Você disse que ia me levar..."

"Está bem." Joan apontou para ela. "Esse seu truque vai funcionar hoje. Vou dar o dinheiro porque admiro sua ousadia. Mas da próxima vez eu vou estar preparada."

Frances deu de ombros. "Tudo bem", disse ela. "Eu queria ir ao cinema mesmo."

Joan deu risada. "Você vai ser advogada quando crescer. Ou uma negociadora de reféns."

"O que é uma negociadora de reféns?"

"Depois eu te explico", disse Joan. "Tá. Qual vai ser? *A grande farra dos Muppets* ou *Superman II*?"

Joan não ouviu a resposta porque estava distraída observando Griff, que tinha acabado de entrar na lanchonete e ido até o balcão buscar comida para viagem.

Quando os olhares deles se encontraram, Griff sorriu, apesar do ar tristonho. Joan quis ir falar com ele, mas o amigo vinha mantendo distância, indo para o JSC sozinho, mesmo sabendo muito bem que os dois entravam no mesmo horário, recusando convites para jantar com o pessoal. Joan queria muito que as coisas entre eles voltassem ao normal o quanto antes, mas, quando olhou de novo para o balcão, Griff acenou de um jeito tão seco e ensaiado que deixou claro que ainda ia levar um tempo para que isso acontecesse.

"Joanie?"

"Oi?"

"Eu disse que quero ver *A grande farra dos Muppets*."

"Tudo bem, lindinha", disse Joan. "Termine de comer e nós já vamos."

"Eu preciso mesmo?"

Joan se perguntou por que não podia ser a tia legal que deixava a sobrinha comer bolo de chocolate no café da manhã, ficar acordada até tarde e falar palavrão. Não sabia se era por culpa sua ou de Barbara. Ou talvez sempre tivesse sido inevitável.

"Sim", respondeu Joan. "Precisa, sim."

Naquela tarde, Joan foi deixar Frances em casa, como combinado. Tinha refeito as tranças da sobrinha, mas, tirando isso, Frances estava pior do que quando tinha saído, com a jardineira suja de xarope de bordo e manchas de manteiga de pipoca na calça.

"Posso dormir na sua casa?", perguntou Frances antes de descer do carro.

Joan desligou o motor. "Não sei, não, lindinha", respondeu Joan. "Você tem o acampamento de verão amanhã."

"Mas você pode me levar", insistiu Frances. "Eu fiquei pensando: você podia me levar para o acampamento, ou até para a escola, algumas vezes. Assim eu ia poder dormir na sua casa mais vezes."

Joan assentiu. "Que tal a gente conversar com a sua mãe sobre isso algum dia?", ela sugeriu. "Mas não hoje, tudo bem?"

Frances fez que sim com a cabeça. "Mas você sabe que ela vai deixar. Ela nem liga se estou aqui ou não."

"Claro que liga", disse Joan. "Sua mãe quer ficar com você o tempo todo."

Frances olhou para Joan com uma careta de decepção.

Quando elas chegaram, Barbara estava limpando a cozinha, e uma música tocava na vitrola. Joan ouviu a voz de um homem no quintal e sentiu cheiro de churrasco.

"Olá, família", disse Barbara. Ela foi até a porta e deu um abraço em Frances. "Joan, quer ficar para o jantar? Scott está assando umas costelas."

"Não posso", respondeu Joan. "Mas a gente pode conversar um pouco?"

"Posso ir ver tevê?", perguntou Frances.

"Claro, querida", disse Barbara. "Pode ir."

Mesmo com a menina longe dali, Joan sussurrou o mais baixo que pôde: "Por que você deixou a Frances sozinha lá fora hoje?".

"Do que você está falando?"

"Você saiu e trancou a porta."

"Você estava vindo para cá."

"Ela ficou lá fora sozinha por mais de meia hora."

"Bom, não é culpa minha se você não chegou no horário. Pensei que ela só fosse ficar lá uns minutinhos. E no fim está tudo bem com ela, né?"

"Barbara, ela tem sete anos."

"Eu sei a idade da minha filha, obrigada."

"Só estou dizendo que talvez seja melhor não trancar a porta com ela lá fora. E se eu não aparecesse?"

"Eu voltei uma hora depois. Só fui buscar o Scott", respondeu ela. "Frances é uma menina esperta. Teria ido para o quintal brincar até eu chegar."

"Barbara..."

"Você vive subestimando a inteligência e a capacidade dela. Trata a menina como se fosse um bebê."

"Não é nada disso. Eu cuido dela."

"Ah, vai à merda, Joan. Vai à merda. E não me olha com essa cara."

Joan não sabia que cara estava fazendo, mas a confusão estava se instalando.

Barbara vivia acusando Joan de *pensar* certas coisas, dizendo que ela não precisava nem falar, porque sua linguagem corporal denunciava seu desdém.

E a verdade era que, sim, às vezes Joan achava que Barbara era descuidada. Às vezes se preocupava com a incapacidade da irmã de levar em conta as outras pessoas, de se colocar no lugar do outro.

Mesmo assim, sempre se esforçava ao máximo para ficar ao lado dela, ainda que muitas vezes Joan tenha sido repreendida por coisas que nunca falou, acusada de tomar atitudes que nunca sequer passaram pela sua cabeça.

Barbara estava sendo injusta? Ou Joan de fato julgava demais as pessoas? Talvez sua irmã fosse a única pessoa próxima o bastante para falar a verdade que todos pensavam. Joan não sabia ao certo, mas nunca teria essa certeza.

"Não estou fazendo cara nenhuma", disse Joan por fim.

"Está, sim... Você acha que eu sou uma porcaria de mãe."

"Não acho, não."

"Mas você não tem a menor ideia do que é ser mãe, Joan."

"Eu sei disso."

"E muito menos de como é criar alguém sozinha. Sem ninguém para me ajudar."

Joan assentiu, sem saber como responder a isso.

"Então cuida da sua vida."

Joan olhou por cima do ombro de Barbara, para onde Frances estava vendo tevê e brincando com duas bonecas. Estava rindo. Ela estava ótima. Certo?

"Desculpa", disse Joan. "Você tem razão."

"Obrigada", respondeu Barbara. "É muito nobre da sua parte. Obrigada."

Joan deu um beijo na testa de Frances ao sair. "A gente se vê em breve. Tá bem, amorzinho?"

Frances assentiu e respondeu: "Tá bom. Tchau, Joanie".

JULHO DE 1981

No aniversário de um ano do início do treinamento, todos foram convidados para acampar à beira do lago: astronautas, instrutores e os Ascans e suas famílias.

Joan chamou a sobrinha para ir também. Quando foi buscá-la, Frances estava no jardim da frente com Barbara. Usava um colete de pesca e levava nas costas uma mochila de acampamento para adultos.

Joan tentou não rir ao ver Frances quase sucumbir sob todo aquele peso.

"Eu posso carregar isso para você, lindinha", falou, tirando a mochila das costas dela.

"Eu não sabia do que ela ia precisar para acampar", disse Barbara.

Joan se segurou para não sorrir. "Você se saiu bem. Peguei uma barraca emprestada com Harrison, que não vai poder ir. E eu tenho os sacos de dormir de quando a gente ia olhar as estrelas em Brazos. Então está tudo certo. Mas tudo isso é útil também."

"É coisa demais!", exclamou Frances, tirando o colete e sentando no banco da frente do carro de Joan.

Barbara murmurou tão baixo que Joan precisou se inclinar para ouvi-la. "É exatamente isso o que me preocupa. Ela não sabe acampar. Não faz esse tipo de coisa. Não tem um pai por perto para isso."

Joan não sabia dos detalhes, mas aparentemente Scott já tinha saído de cena, pelo que Frances tinha lhe contado.

"Ela vai ficar bem, Barbara. Sério mesmo."

"Eu não quero que ela perca nenhuma experiência, nem seja deixada para trás", disse Barbara.

"Ei, nós duas estamos aqui para tudo o que ela precisar, não é?", disse Joan. "Sempre estivemos e sempre vamos estar."

Barbara assentiu. "É, e talvez o papai pudesse vir para cá mais vezes, para passar mais tempo com ela."

"Acho uma ótima ideia, e acho que ele e a mamãe vão adorar."

Barbara deu tchau para Frances e a fez baixar o vidro da janela para pedir um beijinho de despedida. "Nada de revirar os olhos para mim", disse Barbara. "Eu dediquei a minha vida a cuidar de você. Pelo menos uma porcaria de um beijo você pode me dar."

"Desculpa mãe", respondeu Frances. Ela beijou a mãe no rosto e falou, para Barbara e Joan: "A gente pode ir agora?".

Donna ajudava Joan a armar sua barraca enquanto Lydia montava a sua. A maioria das crianças estava brincando lá por perto, enquanto outras pescavam no píer. Frances já tinha saído de fininho com Julie, a filha mais velha de Duke e Kris, e Patty, a filha de onze anos de Steve e Helene, que estava ensinando as meninas mais novas a tingir pedras com pétalas de flores.

Enquanto Joan cravava a estaca no chão, tentou fingir que não ouvia a voz de Vanessa logo atrás, vinda do estacionamento. Ela estava com Steve, ajudando a descarregar a comida do carro de Duke. Joan resistiu à tentação de se virar e olhar para ela. Era o que vinha fazendo nas últimas semanas, tentando fugir de qualquer contato visual com Vanessa.

"Você precisa enfiar mais essa estaca no chão, ou qualquer peido vai fazer essa coisa voar pelos ares", disse Donna.

Joan revirou os olhos e pisou na estaca, cravando-a mais fundo no chão. "Obrigada pela dica."

"Sorte sua que eu te adoro e tolero esse seu jeito meia-boca de montar uma barraca", disse Donna.

"Sorte a sua que eu te adoro e tolero essa sua boca suja."

Donna parou para pensar no comentário de Joan. "É, acho que tenho mesmo."

Elas terminaram no momento em que a barraca de Lydia foi ao chão.

"Vamos lá", disse Joan.

Donna suspirou. "A gente precisa mesmo ajudar?"

"Sim."

"Mesmo sabendo que ela encheu tanto o saco para conseguir mais tempo no RMS que acabaram tirando tempo de mim?"

"Se você não quiser ajudar, eu vou sozinha."

"Bom, você sozinha não vai conseguir fazer bosta nenhuma", disse Donna, andando à sua frente. "Você mal conseguiu montar a sua."

Ao se aproximarem de Lydia, ela falou: "Podem deixar que eu me viro sozinha. Não encostem em nada!".

Donna lançou um olhar para Joan.

"Lydia, deixa a gente te ajudar", pediu Joan.

"Me deem mais espaço para eu poder trabalhar em paz... Minha nossa."

"Ei, de quantas garotas você precisa para armar uma barraca?", falou Marty. Jimmy estava com ele, já dando risada antes mesmo do fim da piada.

Joan fechou os olhos, respirando fundo. Donna balançou a cabeça, irritada.

"Tanto faz! Qualquer uma de vocês consegue armar a minha barraca!", disse Marty.

Lydia deu risada e cumprimentou Marty, com uma batidinha de mão.

"Vai se foder, Marty!", disse Donna.

"Tão sensível", murmurou Jimmy, e os dois saíram de perto.

Quando se afastaram o suficiente para não conseguirem ouvi-las, Joan se virou para Lydia. "Por que você faz isso?"

"Isso o quê?"

"Fica rindo dessas piadinhas idiotas. Eu detesto quando você incentiva esse tipo de coisa."

"Acho que talvez você precise relaxar um pouco."

"Você parece um deles falando", comentou Donna.

"Bom, e a ideia por acaso não é justamente essa?", rebateu Lydia, largando a barraca no chão e desistindo de montá-la. "Se você levar numa boa, uma hora eles param. E vai ser aceita como um deles."

"Eu não quero ser um deles", retrucou Joan.

"A gente precisa ser um deles", disse Lydia. "É por isso que deixaram as mulheres entrarem no programa. Porque finalmente mostramos que podemos ser tão boas quanto eles."

"Nisso ela tem razão", argumentou Donna, com um suspiro. "Ninguém na Nasa pensou: 'Vamos ver como as mulheres fazem isso'. Eles pensaram: 'Acho que podemos dar uma chance para elas provarem que podem ser como nós'."

"Estamos em 1981, Joan", continuou Lydia. "Está na hora de parar de se incomodar com piadinhas idiotas e se concentrar no que realmente importa."

"Eu poderia dizer justamente o contrário", rebateu Joan, exasperada. "Estamos em 1981, e já estou de saco cheio de fingir que essas piadinhas machistas são engraçadas para os homens me deixarem fazer uma coisa que eu provavelmente faço melhor que eles."

Lydia balançou a cabeça. "Você não entende mesmo. Isso me irrita muito, às vezes. Antes do Grupo 8, não tinha nenhuma mulher no programa. Eram todos homens, e todos os que foram escalados para missões eram brancos."

"E você acha que eu não sei disso?"

"O Grupo 8 incluiu seis mulheres brancas, três homens negros e um asiático. Os outros trinta e cinco? Todos homens brancos."

"Eu sei disso", falou Joan.

"Ela só está dizendo que nós somos minoria", interveio Donna. Joan se virou para ela. "A Nasa é comandada por homens. Se a gente quiser ir para o espaço, precisa convencer um *homem* a nos escolher para isso. A gente precisa ser alguém com quem *os homens* querem trabalhar. É preciso ser esperta."

Observando Donna, Joan percebeu que na verdade ela sabia muito bem como era vista pelos outros Ascans. Que tinha ciência de que *todos sabiam* que ela estava com Hank. E que esse jogo duplo, a insistência em se manter distante dele na frente dos demais, era sua única possibilidade de autopreservação. Era Donna, portanto, que queria manter a relação em segredo, não Hank.

E, se Donna era esperta o bastante para saber que Hank poderia prejudicar sua carreira e estava com ele mesmo assim, era porque devia amá-lo de verdade.

"Eu nunca vou ser um Jimmy", respondeu Joan. "Nem um Marty. Ou um Teddy. Não quero fazer piada às custas das pessoas, nem fingir que nunca sinto medo, nem me recusar a pedir ajuda. Não quero esconder como me sinto, nem fingir que não estou magoada quando estiver, nem tentar provar para os outros que eu nunca choro. Porque às vezes eu choro, sim."

"Ah, eu também, querida", disse Donna. "Mas você sabe que a gente não pode expor isso."

"A gente não pode expor isso nunca", reforçou Lydia.

"Eu..." Joan balançou a cabeça. "Eu não quero provar que posso ser como eles. Porque não quero ser. E não vou fazer isso."

"Mas isso afeta todas nós", argumentou Lydia. "Eles estão de olho em cada uma das mulheres. Nós ainda somos minoria no programa, não estamos em condições de fazer o que a gente quiser e pronto. Se você chorar na frente deles, vão dizer: 'As mulheres não aguentam a pressão'. E *eu* vou me ferrar por isso. Nenhuma de nós está aqui só por si, Joan. Vamos triunfar ou fracassar juntas."

"Não sei se acredito nisso, não", respondeu Joan.

"Mas é verdade", afirmou Donna. "Não sei exatamente o que a gente pode fazer a respeito. Mas é verdade."

"Então vamos deixar que eles falem o que quiserem sem reagir?"

"Bom, eu mandei ele se foder", disse Donna. "Você devia tentar fazer isso também."

"Mas a Lydia achou graça."

"Às vezes é engraçado *mesmo*", argumentou Lydia.

"Você só acha graça porque nós ouvimos a vida inteira que não tinha problema se eles tirassem sarro da nossa cara", rebateu Joan. "Mas eu não vou entrar nessa. Quer saber de uma coisa que pega mal para todas nós? Você rir dessas piadinhas, porque eles pensam que podem continuar fazendo isso."

Lydia soltou um suspiro. "Olha, já estou cansada de falar sobre isso."

"Eu também, ora."

Joan se perguntou se Vanessa, que ainda conversava com Steve, concordaria com ela. E se perceberia que Joan não estava tentando ser nem um pouco conciliadora naquela situação, nem de longe.

"Tá, vamos encerrar esse assunto, então", disse Donna. "Todo mundo sabe qual é o problema. A gente só não sabe como resolver."

"Não existe solução para isso", afirmou Joan.

Lydia assentiu. "Não mesmo, nisso você está certa."

"Mas brigar com você resolve menos ainda", admitiu Joan.

"É", concordou Lydia.

"Eu estou bem irritada agora", disse Joan.

"Comigo?", perguntou Lydia, com uma vulnerabilidade quase infantil que amoleceu o coração de Joan.

"Não, com eles. É por culpa deles que estamos brigando. Estou irritada com eles, mas em vez disso estou colocando a culpa em você."

"Bom, como você bem sabe", disse Lydia, com um sorriso, "as mulheres às vezes são muito irracionais".

Joan riu, apesar de não querer.

"Lydia Danes, quem diria", comentou Donna. "Você fez uma piada engraçada?"

"Eu sei ser engraçada também, sabia?"

"Não", respondeu Donna. "Ninguém sabia disso."

Depois do jantar, Kris chamou Joan até uma das barracas e mostrou que Frances tinha dormido com Julie no saco de dormir da nova amiga. Ainda estavam com as roupas que usaram o dia todo, cheias de terra. Os cabelos de Frances estavam embaraçados, e o rosto sujo de chocolate.

Joan observou Frances roncando com a boca aberta, com a mãozinha segurando a de Julie enquanto dormiam. Passou por sua cabeça que talvez Frances não tivesse muitas oportunidades de ver as amigas fora da escola.

"Quer que eu a leve para a sua barraca?", uma voz perguntou atrás dela.

Quando se virou, Joan viu que era Griff.

"Elas estão bem", disse Kris. "Pode deixar ela dormir. Julie faz isso o tempo todo com Linda, a prima dela. Pensa que está dando uma de espertinha, mas na verdade é o único jeito de ir para a cama sozinha."

Joan deu risada. "Tem certeza? Você pode me chamar de manhã, quando ela acordar."

"Elas vão ficar bem", disse Kris.

Griff apontou com o queixo para a beira do lago, e Joan foi com ele.

Era uma noite quente, mas com uma brisa suave. O céu estava claro, com Cygnus e Aquila diante deles, atrás das árvores.

À distância, Joan observava Vanessa, perto do píer, bebendo cerveja com Steve. Joan se sentia como uma mariposa que sabia o que uma chama era capaz de fazer.

Quando se virou, viu que Griff a observava.

Ele ficou em silêncio até os dois se afastarem mais do grupo.

"Eu queria te dizer que está tudo bem. Eu estou bem, não precisa mais me dar espaço", disse Griff.

"Tem certeza?", perguntou Joan. "Eu faço o que for melhor para você."

Griff assentiu, com uma expressão gentil. "Você já se apaixonou?", perguntou.

Joan não conseguiu encará-lo. "Não, acho que nunca."

"Bom, é como um resfriado forte: você fica um lixo, mas um dia passa."

Joan deu risada.

"Só estou querendo dizer que a gente pode colocar uma pedra em cima disso", explicou Griff.

"Em cima do que mesmo?", respondeu Joan, sorrindo.

Griff deu risada. "Obrigado."

"Você é o cara mais legal que eu já conheci", comentou Joan.

"Bom, esse não é o melhor jeito de virar a página", respondeu Griff.

"É só que...", começou Joan. "Eu não convivo com muitos homens, sabe? Além do meu pai e do restante do... dos caras do grupo. Mas você é legal. Você é um dos bons."

"É, eu me esforço para ser."

"Eu sei que sim. E é uma honra para mim ser sua amiga. Sério mesmo. E é uma honra trabalhar com você."

"Eu digo o mesmo."

"Então podemos voltar a ir juntos para o JSC?"

"Sim, por favor."

"E a gente pode sair para jantar?"

Griff levantou a mão. "Uma coisa de cada vez, Goodwin."

Joan sorriu ao ouvi-lo chamando-a assim, mas reconheceu que alguma coisa tinha se perdido entre eles e jamais seria recuperada.

Eles seguiram andando, se afastando do acampamento, até que por fim resolveram voltar.

"Posso falar mais uma coisa?", perguntou Griff, pouco antes de chegarem ao acampamento. "Uma coisa que não é exatamente da minha conta?"

"Claro."

"Não vou dizer que sei o que você sente. Mas você disse umas coisinhas aqui e ali, e eu... deduzi algumas coisas, talvez... e..." Ele deteve o passo e se virou para ela. "Se você sente algo por alguém, e se pretende levar isso adiante... acho que você vai se colocar numa situação difícil. Porque, por mais que eu não concorde com a posição deles, tem certas coisas que a Nasa não permite oficialmente para os astronautas. Pelo que ouvi dizer."

Por um segundo Joan ficou sem respirar, como se seu corpo tivesse esquecido como expelir o ar dos pulmões.

"Você está bem?", perguntou ele.

Ela assentiu. "Obrigada, Griff, por se preocupar comigo. Mas eu... não sei o que isso tem a ver comigo."

"Entendi", disse ele. "Só estou falando que... eu vou ficar do seu lado. Se for necessário. Só queria que você soubesse disso. Apesar de você ter aniquilado o meu ego lá em Nova Orleans...", acrescentou, aos risos.

"Quer parar com isso?"

Ele continuou rindo. "É sério... o meu orgulho ferido não vai mudar meus princípios. Todo mundo deveria ser livre para fazer o que quiser da vida, para amar quem quiser. Eu estou do seu lado, Goodwin. Tudo bem? É isso que estou tentando dizer."

"Eu agradeço, Griff, de verdade", respondeu Joan. "Mas realmente não faço ideia do que você está falando."

Joan voltou para sua barraca, mas, sozinha ali sem Frances, não conseguia dormir. Não conseguia aquietar a mente, mas também não conseguia ignorar o barulho de água que ouvia de tempos em tempos, de algum peixe ou ave no lago. Bufando de frustração, ela saiu do saco de dormir, abriu o zíper da barraca e saiu.

Vanessa estava no píer, jogando pedrinhas para fazê-las quicar na superfície do lago.

Joan olhou para o céu. Com base onde estava Vega, estimou que fosse menos de duas da manhã.

Deveria ter voltado para sua barraca e tentado dormir de novo, mas as costas de Vanessa estavam iluminadas pelo brilho da lua, e Joan foi até ela.

Vanessa devia ter ouvido seus passos, porque se virou na hora e, ao ver Joan, abriu um sorrisão. O sorriso de Vanessa era tão lindo, mais puxado para um dos lados, com o restante do rosto perfeitamente simétrico. Os cachos dela eram a coisa mais perfeita que Joan já tinha visto na vida, e ela queria tanto passar seus dedos por eles. Puxá-la para mais perto.

"Olha só", disse Vanessa, apontando para o quadrante oeste do céu. "Hércules."

Joan não disse nada.

"O céu inteiro faz sentido para mim agora", continuou Vanessa. "Graças a você."

E Joan pensou: *Ah, não. Não. Não. Não.*

29 DE DEZEMBRO DE 1984

Já com o traje espacial, Vanessa entra no compartimento de carga, amarrada à nave. Ela vai até a antepara dianteira para examinar as travas do lado direito. Tenta não pensar em Hank. Tenta não pensar no que Donna está passando. Tenta não pensar na pequena Thea e no fato de que ela nunca vai se lembrar de como Hank a segurou nos braços no Dia de Ação de Graças, com Donna pedindo para segurar a criança, e Hank balançando a cabeça. "Não", ela ouviu Hank dizer. "Por favor. Me deixa ficar mais um pouquinho com ela." Thea nunca vai se lembrar da sensação de ficar nos braços do pai daquela maneira. Seu pai vai ser uma pessoa que Thea só vai conhecer em histórias contadas por outras pessoas.

Vanessa não consegue suportar esse pensamento.

Em vez disso, pensa em Griff. Pensa em Lydia.

E pensa em Joan.

Quando chega à antepara dianteira, sente um arrepio. É possível ver o outro lado do buraco que se abriu ali. E, para completar, a porta do compartimento de carga está torta. Recebeu uma pancada forte, provavelmente dos detritos que voaram dos fios explosivos.

"Houston, a porta direita do compartimento de carga está empenada. Vou tentar fechar manualmente, mas não sei se vão se encaixar direito."

A voz de Joan chega até ela. "Entendido, *Navigator*. As PLBDS podem suportar certa medida de variação. Comece a fechá-las para fazermos uma estimativa."

Vanessa olha ao redor. As portas formam um I maiúsculo no alto do compartimento de carga e, quando fechadas, são presas por trinta e duas travas — oito na antepara dianteira, oito na traseira, e dezesseis na linha central. Primeiro, ela vai fechar as travas da antepara direita o melhor que conseguir.

As quatro da esquerda tinham se fechado eletronicamente, portanto ela vai até as da direita, começando pela mais distante do centro. A primeira emperrou, mas ela sabe o que fazer. Se o contexto fosse outro seria um momento para Vanessa brilhar. É para isso que ela está lá. Para cuidar da parte mecânica.

Ela pega a caixa de ferramentas atrás do cobertor térmico e flutua de volta até a primeira trava, e só então pega a chave de boca. Não pode haver pressa no espaço. E, nesse momento, ela se sente grata por ser obrigada a trabalhar de forma metódica. Foi treinada para isso. Em solo, aprendeu onde pôr a mão direita, onde pôr a mão esquerda, como encaixar os pés e como se preparar para exercer a maior força de alavancagem possível. Ela se põe em posição e começa.

Como vai ser astronauta sem Steve? Como vai voltar para a Terra sem ele? Impossível. Ela não é capaz de fazer nada disso. Vai estragar tudo, e vão todos morrer. Ela não é capaz.

Vanessa respira fundo.

Talvez se apressar fosse melhor. Talvez, se não tivesse tempo para pensar, tudo ficaria mais fácil. A gravidade é subestimada. Proporciona uma resistência para nos ocupar.

Ela tenta clarear os pensamentos. Alinha a chave de boca à caixa de engrenagem e começa a virá-la.

Steve tinha dito para Vanessa em determinado momento que, apesar de ter dois irmãos mais velhos, sentia que *ela* era sua irmã caçula.

Vanessa respondera que ela também se sentia sua irmã caçula, sempre exigindo demais da atenção dele. Mas Steve não concordara. Dissera que também se beneficiava daquela proximidade.

"Conversando com você, sabendo como está se saindo, eu paro para pensar o quanto avancei desde que tinha sua idade. E, ora essa, eu posso até ser um ótimo astronauta, mas, se estiver usando tudo o que aprendi só para mim, que tipo de legado vou deixar? Dessa forma, eu posso ajudar você, e você ajudar outra Ascan, e ela ajudar outra, e assim por diante. E um dia, daqui a décadas, quando chegarmos a Marte, eu não vou estar mais por aqui. Mas ainda vou ser parte disso tudo."

Ela aperta a caixa de engrenagem com o máximo de força que consegue. As quatro trancas se fecham. A conexão firme dos mecanismos transmite uma sensação agradável a suas mãos.

"*Navigator*, vemos que o primeiro conjunto está fechado. Obrigada."

Vanessa olha para cima. O empenado na porta impede que as duas partes se toquem completamente. Ela põe a chave de novo na caixa de engrenagens do mecanismo da trava e tenta apertar mais um pouco, puxando a porta o máximo que pode.

Se a fresta entre as portas for muito grande, o ônibus espacial vai pegar fogo na reentrada na atmosfera. Vanessa nunca mais vai ver Joan.

Ela tenta parar de cerrar os dentes e se concentra na respiração. *Quatro segundos inspirando. Quatro segundos prendendo o ar. Quatro segundos expirando.* Ela sabe que, se repetir o mesmo padrão na respiração, pode ocupar a mente o suficiente para distrair seus pensamentos do resto.

Quatro segundos inspirando. Quatro segundos prendendo o ar. Quatro segundos expirando.

Quatro segundos inspirando. Quatro segundos prendendo o ar. Quatro segundos expirando.

Ela continua girando a chave.

Está escuro no compartimento de carga, e ainda há muito a fazer.

Joan não vai dizer em voz alta, mas, se as quatro travas da antepara dianteira não derem conta de fechar a porta, as coisas vão se complicar.

Ray se levanta: "Equipe de Voo, é o cirurgião. Estou preocupado com a frequência cardíaca de Griff".

É a quarta vez que Ray assinala isso, mas agora seu tom está mais calmo e menos aflito, o que produz um efeito contrário ao pretendido. Joan se vira para ele. Pelo rosto pálido e os olhos arregalados, percebe que está lutando para se controlar.

Jack: "Qual é a situação?".

"Vinte e um batimentos por minutos, e cada vez mais irregular."

"Muito irregular?"

Ray verifica os instrumentos e engole em seco.

Quando volta a falar — com uma expressão sombria — é como se alguém tivesse abaixado o volume do mundo de Joan. Todas as palavras do diálogo entre Ray e Jack parecem silenciadas. Abafadas. Irreais. Ela vê Ray franzir o rosto. Vê Jack socar o console.

Mas não consegue discernir uma única palavra.

Mais tarde, ela vai se dar conta de que na verdade ouviu tudo. Que guardou essa informação para um momento em que fosse capaz de assimilá-la. Tudo vai voltar em flashes para ela mais tarde.

"A temperatura dele caiu." "Perdemos os sinais cardíacos." "Não conte para Ford." "Mesmo se conseguir chegar a ele em trinta segundos, não acredito que..."

No momento, é como se Joan tivesse abandonado o próprio corpo. Sua visão paira alguns metros acima dela.

Ela se vê na cadeira. Os cabelos presos no rabo de cavalo, os olhos vermelhos.

Agora tudo se move ao contrário. Ela se vê chegando ao trabalho de manhã, e então indo para a cama na noite anterior. Ela se vê se despedindo de Griff com um aceno no estacionamento do JSC antes que ele entrasse em quarentena. Ela o vê falando com ela na piscina da casa de Steve, nadando até onde estava. Ela o vê a cumprimentando no primeiro dia no condomínio de apartamentos.

Ela vê o passado, agora maculado com a dolorosa inevitabilidade do momento presente.

Sua criançona, pensa Joan. *Ele foi atingido por um estilhaço de uma explosão a trezentos e vinte mil quilômetros da Terra e você achou que ele sobreviveria?*

Um silêncio abrupto e violento recai sobre a sala, e ela volta à sala de controle.

Joan vê Ray ficar totalmente pálido. "Equipe de Voo, é o cirurgião. John Griffin está morto."

Joan é capaz de sentir o ferro derretido no centro da Terra puxando-a para baixo, para as profundezas de um inferno em que nem sequer acredita.

Hank se foi. Steve se foi. Agora Griff se foi também.

Ele lhe disse uma vez que ela era uma romântica, e Joan não acreditou. Será que ele a conhecia melhor que ela mesma? A Joan que ele viu naquele dia era mais parecida com quem ela é de verdade do que a versão que Joan tinha visto no espelho a vida toda.

A voz de Vanessa chega, nítida. "Houston, aqui é Ford. Tentei apertar as travas, mas não consegui fechar as portas totalmente. Temos uma fresta de aproximadamente um centímetro."

Joan fecha os olhos. Não sabe como sobreviver a esse momento.

Ela aperta a caneta em sua mão com tanta força que a quebra, e a ponta afiada fere a palma de sua mão.

Ela tem a vida toda para ficar de luto. E só mais algumas horas nesse console.

"Houston, responda. É o *Navigator*. Eu fui clara?", diz Vanessa.

Recomponha-se, Goodwin.

Joan nunca havia se referido a si mesma como Goodwin em sua própria mente. Então não sabe qual voz acabou de ouvir.

"Não conte para ela", avisa Jack. "Precisamos que ela se concentre nas travas."

Joan olha para ele. Sabe que apenas assim Vanessa conseguirá salvar sua vida e a de Lydia. É o que precisa ser feito.

Só não sabe se suporta esse fardo.

Vamos lá, caralho.

"*Navigator*, aqui é Houston", diz ela. "Acreditamos que você deve continuar o procedimento, considerando que nosso tempo é limitado. Desde que as demais travas estejam em posição, vai ser viável."

"Eu discordo, Houston. Acho que devemos continuar tentando..."

"*Navigator*, continue o procedimento. Nós não temos tempo."

"Você está bem, Goodwin?", pergunta Vanessa. "Não parece estar."

Jack olha para Joan e balança a cabeça. "Nosso trabalho não é contar a verdade, é trazê-la de volta."

"Sim, *Navigator*. Estamos seguros em relação às PLBDS no momento. Por favor, prossiga para as oito travas da antepara traseira."

Joan sente a alma dormente. Sua boca está se movendo, mas o coração não está mais lá. Ela sabe que vai sobreviver àquilo — as horas vão passar, uma como consequência da outra, e fisicamente Joan vai sair viva. Só não sabe se, quando tudo acabar, algum dia vai voltar a ser quem era.

Vanessa percebe a instabilidade na voz de Joan. Mas, se Joan não quer contar o motivo, existe uma razão para isso.

"Entendido", diz Vanessa.

Vanessa se movimenta até a antepara traseira.

Todas as oito travas se fecham em sequência. São dezesseis de trinta e duas. As barras de cima e de baixo do I maiúsculo estão no lugar, ainda que não perfeitamente.

Ela imagina a sensação do asfalto sob seus pés, o alívio de ver os médicos entrando correndo no deque de voo para salvar Griff e Lydia. Pensa no cheiro que vai sentir no ar, cheio de poeira e fumaça de combustível.

Steve contou para Vanessa que descer da nave era como entrar em casa depois de longas férias. Um raro momento em que o cheiro familiar da Terra é sentido, antes de um astronauta se acostumar de novo e deixar de sentir.

Ela estava ansiosa por isso.

Solta um risinho de deboche ao pensar no quanto desejava aquela missão. E no quanto lutou para não ser "só" uma especialista de missão. No quanto implorou por uma chance para pilotar.

É óbvio que foi Steve quem lhe disse que havia uma chance de ela pilotar a nave um dia. Steve vinha trabalhando para isso. Disse que continuaria a insistir até fazer Antonio entender.

Ela passa para as travas da linha central. Felizmente, as primeiras quatro se fecham sem dificuldade. Vanessa passa para o conjunto seguinte.

Steve tinha traído a esposa dez anos antes. Foi uma vez só. Estava bêbado. Nunca se perdoou por isso, mas, depois que confessou para

Helene, ela lhe deu mais uma chance de se redimir. E ele fez isso. Se redimiu com ela.

Vanessa não entendia nenhum dos dois lados — não sabia como a traição ou o perdão eram possíveis. Mas Steve tinha dito que, com o tempo, ela entenderia ambas as partes. Quando amasse alguém por muito tempo, saberia que tudo é possível, que ela seria capaz de coisas piores e de atos mais grandiosos do que imaginava.

Ele lhe ensinou isso também.

Ela fecha a última trava do conjunto de quatro. Vinte e quatro já foram. Faltam oito. Se conseguir fechar todas, é razoável presumir que o ônibus espacial poderá resistir, com a fresta na antepara dianteira sendo o único problema. Ela passa para o próximo conjunto, onde a linha central se encaixa com a antepara dianteira.

Não demora para ver que a caixa de engrenagens rachou, atingida pelos estilhaços.

"Houston, quantas travas podemos perder?", pergunta Vanessa. "A nave foi projetada para suportar falhas a que nível?"

Ela olha mais adiante, para o último conjunto de quatro travas, alinhadas à antepara dianteira. E, pela segunda vez, vê o empenado na porta.

"*Navigator*, nós acreditamos que, mesmo que as travas da antepara dianteira não estejam totalmente encaixadas, o orbitador consegue suportar certo nível de imprevisibilidade nas travas da linha central."

"Mas quanto? Eu tenho oito travas totalmente soltas, além da fresta na porta."

"Entendido, *Navigator*. Estamos fazendo os cálculos."

Vanessa já sabe que a resposta não é: *O ônibus espacial pode suportar a reentrada com oito travas abertas e uma fresta de um centímetro na antepara dianteira.* Mas, se ela conseguir fazer a caixa de engrenagens girar e posicionar bem aquele conjunto de quatro travas, o mecanismo pode ajudar as portas a se fecharem com força suficiente lá na extremidade da antepara dianteira. Assim, mesmo que não consiga travar as demais, ainda pode ter uma chance.

Ela faz o possível para conseguir a melhor pegada possível na chave de boca para aplicar força na caixa de engrenagens. Mas o mecanismo não se move. Vanessa torce a chave o máximo que consegue. No entanto, quanto mais se esforça, mais a microgravidade a afasta da trava, o que a obriga a se segurar à porta com um pé e um braço, usando o próprio corpo como alavanca. Ela aguenta o máximo que consegue, empurrando a porta com cada músculo do corpo. Está sentindo a rigidez nos membros, e nas costas e no abdome. Cerra os maxilares com tanta força que corre o risco de trincar um dente.

O mecanismo não está cedendo.

"*Navigator*, nós acreditamos que quatro travas na linha central podem ficar abertas e ficaremos bem."

Isso não é o suficiente. Ainda faltam oito, e a porta está empenada. Ela precisa fechar aquele conjunto. Ou ninguém vai sobreviver.

Vanessa tenta usar o corpo como alavanca para a ferramenta de novo. *Nada*.

Ela tenta de novo. Sem resultado.

E de novo.

E de novo.

"Maldição!" Ela para de empurrar o corpo contra a porta e perde o apoio para o pé. Precisa reassumir sua posição. *Caralho*.

"Ford, nós acreditamos que você deve seguir em frente. Confirme, por favor."

Vanessa não consegue falar. Ela vai gritar.

"*Navigator*, por favor, confirme que vai prosseguir."

Ela sente vontade de jogar a merda da chave de boca para o outro lado do compartimento, arrancar o capacete e gritar. Mas precisa daquela ferramenta para voltar para casa, e se sequer *abrir* o capacete vai morrer em questão de segundos e, mesmo se berrar com todas as forças, ninguém vai ouvir. O som não vai a lugar nenhum.

"Nenhuma dessas quatro está fechando! Se eu seguir em frente, vou precisar fechar as outras, que, pelo que vejo daqui, estão quebradas. Tem certeza de que devo passar para as últimas quatro?"

"Considerando nossa falta de tempo, acreditamos que seja melhor assim."

"Entendido, Houston", diz Vanessa. Ela fecha os olhos e solta o ar com força.

Em seguida, passa para o último conjunto de quatro travas, na antepara traseira.

Mas ela estava certa. Não só a porta está empenada ali também como o eixo de torque para o fechamento manual está danificado.

Ela encaixa a chave de boca na caixa de engrenagem, mas as travas não se movem. Pega a chave de fenda de três pontas e tenta fechar cada uma das travas individualmente, mas nenhuma se fecha. Vanessa respira fundo e se concentra na primeira das quatro. Volta a encaixar a ferramenta de três pontas na trava e tenta girá-la.

Por fim, o mecanismo se move um milímetro em sua direção. Seu corpo todo se alivia. Ela aplica cada vez mais força. Seu braço está em chamas. As costas ardem. Mas ela precisa continuar.

O mecanismo se move mais um milímetro. Mas então, quando parece que ela vai conseguir fazer a trava se fechar, o eixo de torque racha ainda mais. Ela fecha os olhos.

É preciso que as portas do compartimento de carga permaneçam fechadas na reentrada. *Porra, isso é pedir demais?*

Donna uma vez falou que, entre ela e Hank, se um dos dois tivesse que morrer, esperava que fosse ela. Vanessa não acreditou, mas Donna bateu o pé. "E não é por algum motivo idiota, tipo eu não conseguir viver sem ele", explicou ela. "Porque eu consigo. Vivi trinta anos antes de conhecer esse filho da mãe. É porque ele é melhor como pai do que eu como mãe. Ele ama mais a nossa bebê. Sei que não dá para comparar uma coisa como amor, mas eu amo muito a nossa filha e ele ama ainda mais, Vanessa."

Vanessa não quer continuar pensando em Donna. Mas quer levar o corpo de Hank de volta, porque toda vez que ia ao túmulo do pai sabia que o corpo dele na verdade não estava lá. E isso fazia diferença.

Ela tenta fechar a segunda trava o suficiente para concluir o travamento com a ferramenta de três pontas, mas nada se move.

Vanessa bate com a luva no capacete. E de novo. E de novo. E de novo.

"Houston, não sei o que fazer."

"*Navigator*", responde Joan. "Estamos esperando para ver se você consegue fechar as quatro últimas travas."

"E se eu não conseguir? Qual é o plano de contingência?"

Joan não responde nada num primeiro momento. Vanessa conviveu por muito tempo com essa sensação, com a obliteração de tudo menos a voz de Joan, a necessidade de se agarrar a cada palavra dela.

"Houston, estão me ouvindo?"

"Estamos ouvindo, *Navigator*. E estamos vendo que todas as quatro travas estão abertas."

"Eu não acho que elas vão fechar, Goodwin."

"Entendido", responde Joan.

"A nave consegue sobreviver à reentrada com oito travas abertas e duas frestas, uma em cada antepara? Pela minha avaliação visual, temos pelo menos um centímetro de vulnerabilidade na linha central."

Mais uma vez, silêncio. Vanessa, porém, compreende isso perfeitamente. Joan não quer mentir para ela.

"*Navigator*", diz Joan depois de um tempo, num tom muito firme. "Não estamos confiantes de que o ônibus espacial esteja em condições com tantas travas abertas. Não acreditamos que vá suportar o calor da reentrada. Precisamos que você recomece do início, apertando cada trava o máximo possível, a começar pelas da antepara dianteira. Acreditamos que um travamento mais firme desse lado vai proporcionar um potencial significativo de realinhar as portas."

O coração de Vanessa dispara. "Houston, se eu recomeçar e tentar apertar as travas uma por uma, nós vamos perder nossa oportunidade de desorbitar."

"Tem razão, *Navigator*."

"Griff e Lydia conseguem sobreviver a outra rotação?", pergunta Vanessa.

Seu questionamento é recebido com silêncio.

"Houston, estão me ouvindo? Quando é a próxima oportunidade de desorbitar? Griff e Lydia vão sobreviver se perdermos essa?"

"*Navigator*", responde Joan por fim. "Precisamos passar uma atualização sobre o estado da tripulação."

―――――◆―――――

O Controle de Missão está tomado pela agonia. Ninguém está dizendo muita coisa. Jack está logo atrás dela, e Antonio, ao lado da entrada. Todos os demais estão afundados nos assentos. Joan não consegue olhar nos olhos de ninguém.

"Qual dos dois, Goodwin?", pergunta Vanessa, elevando o tom de voz.

Joan não consegue falar.

"Griff ou Lydia?", pergunta Vanessa outra vez.

Griff uma vez disse a Joan que tinha medo de ter chegado ao auge da vida cedo demais. Foi popular demais na época do colégio. Isso não significava que dali em diante seria tudo ladeira abaixo?

Joan riu e apoiou a cabeça no ombro dele.

"Talvez continue só melhorando", falou. "Já cogitou essa hipótese?"

"Não", respondeu ele na ocasião. "Eu não caio nessa, não."

"Griff", diz Joan no headset. "Ele morreu dezessete minutos atrás."

Vanessa não responde.

"Ford...", continua Joan. "Sentimos muito."

Eu sinto demais. Estou morrendo de medo do que pode acontecer a seguir.

"Goodwin", responde Vanessa por fim. "Você está bem?"

"Eu... eu..." Joan se lembra de quem é. "Não estou, não. Todos nós aqui em solo estamos arrasados. Mas neste momento estamos mais preocupados em ajudar você a pousar a nave e trazer todos os astronautas sobreviventes de volta."

Vanessa não responde.

Os segundos se passam, um após o outro. Segundos que eles não têm.

Mas então a voz de Vanessa chega de novo: "Ele era um dos nossos melhores astronautas".

Joan tenta manter a compostura. "Afirmativo", é só o que consegue dizer.

"Se eu continuar a trabalhar nas portas, o que vai acontecer com Lydia?", pergunta Vanessa.

Joan olha para Ray, que franze a testa. Depois para Jack. Ele assente.

"*Navigator*, Edwards é nossa última oportunidade antes do KSC, doze horas depois."

"Entendido, Houston. E quanto tempo Lydia ainda tem?", questiona Vanessa.

"Não podemos mentir sobre isso", avisa Jack.

Joan assente.

"Conte para ela", diz ele. "Chegou a hora."

AGOSTO DE 1981

A reunião geral daquela manhã de segunda-feira parecia apenas mais uma. Os astronautas e diretores estavam sentados à mesa de reuniões e ao redor da sala. Os Ascans estavam de pé junto à parede, com Joan, Griff, Lydia e Vanessa espremidos num canto.

Donna e Hank chegaram de fininho no último instante e pegaram um dos últimos lugares à porta.

Então Antonio entrou.

Joan sabia que havia alguma coisa fora do comum prestes a acontecer. E, embora as pessoas chamassem isso de sexto sentido, Joan reconhecia a sensação pelo que era: uma percepção. Antonio estava com uma postura diferente, andando mais devagar, contendo o sorriso.

"Hoje é um dia que com certeza os astronautas aqui presentes lembram com carinho de sua época como Ascans", falou.

Joan olhou para Griff, que arqueou as sobrancelhas.

"No outono de 1979, recebemos três mil cento e vinte e duas fichas de candidatura para o programa de astronautas. No início daquele inverno, entrevistamos os cento e vinte e dois finalistas e selecionamos os dezoitos melhores para se tornarem candidatos a astronautas."

Lydia olhou para Joan.

"Hoje, um ano e um mês após o início do processo de treinamento e avaliação, posso afirmar com confiança que os dezoito membros do Grupo 9 de Astronautas da Nasa se mostraram alguns dos melhores candidatos que a agência já teve o prazer de treinar. Por isso tenho a honra de declarar que vocês não são mais Ascans. Senhores — e senhoras —

temos o imenso orgulho de, a partir deste momento, chamá-los de astronautas. Meus parabéns."

Todos começaram a comemorar. Joan se virou para Vanessa que, dessa vez, não conseguiu desviar os olhos. Vanessa sorriu.

Mais tarde naquele dia, Joan pegou o telefone de sua mesa na Nasa e ligou para Barbara.

"Posso falar com Frances também?", pediu Joan.

Barbara colocou Frances na linha e, quando Joan se certificou de que as duas estavam lá, Joan deu a notícia.

"Você ganhou o broche de prata?", perguntou Frances.

Joan o segurava na palma da mão. Era pequeno e afiado. *Pronta para voar.* "Estou olhando para ele agora mesmo."

"Joanie! Que orgulho de você!", gritou Frances.

Foi desconcertante para Joan, a velocidade com que essas palavras fizeram seus olhos se encherem de lágrimas. Ela pigarreou para conseguir falar alguma coisa. "Obrigada, lindinha."

"Ora, que tal essa?", comentou Barbara. "Minha irmã mais velha é astronauta."

Todo mundo foi ao Outpost naquela noite para comemorar. Hank e Jimmy estavam pagando rodadas de cervejas para todo mundo, e as pessoas não paravam de chegar. Ainda era cedo, mas já tinha virado um caos completo. Quando Duke ofereceu uma rodada para o bar inteiro, todo mundo comemorou aos gritos, e Hank deu um beijo em Donna.

Lydia olhou para Joan com os olhos arregalados. Joan deu risada.

"Então está tudo escancarado agora?", perguntou Jimmy.

Hank deu de ombros.

Mas Donna estava sorrindo de orelha a orelha. Quando os olhares das duas se encontraram, Joan sorriu para a amiga, embora estivesse aterrorizada com a possibilidade de que algum dia pudesse sorrir assim também, sem a menor cautela.

"Acho que sim", disse Hank. E então, praticamente gritando: "A gente vai se casar. É melhor vocês já ficarem sabendo".

O grupo comemorou tão alto e aplaudiu tanto que os tímpanos de Joan quase se romperam.

"Era só o que faltava", comentou Jimmy. "Hank desistir de ser feliz e amarrar seu barco no porto", ele deu risada. "Boa sorte se quiser se divertir de novo alguma vez na vida."

"Quanta gentileza, Jimmy", disse Donna.

"É brincadeira!", respondeu Jimmy. "Explica a piada para a sua garota, Hank."

"Ela entendeu muito bem, Jimmy."

Vanessa chegou nesse exato momento e parou ao lado de Joan. "Que comemoração toda é essa?", perguntou ela. "É por causa dos broches?"

Joan balançou a cabeça. "Hank e Donna vão casar."

"Uau", disse Vanessa.

"Isso é ótimo", continuou Joan, mas seu tom de voz dizia que ela não estava tão entusiasmada assim com a ideia. Donna estava segurando o braço de Hank, com o corpo grudado ao dele. Joan estava decepcionada. "Eu acho."

"Você não está feliz por ela?", perguntou Vanessa.

"Eu... Eles acham bonita essa história, não? Dois astronautas apaixonados."

Vanessa deu risada. "Pois é, que coisa terrível. Dois astronautas apaixonados."

Horas depois, o bar estava quase vazio. Só restavam Griff, Lydia, Joan e Vanessa.

"Nós conseguimos", disse Lydia. "Conseguimos *mesmo*."

"Pois é", falou Vanessa.

"Eu pensei que vocês não iam conseguir", continuou Lydia, apontando para Vanessa e Joan.

"Ok, já chega, Lydia", rebateu Vanessa.

"Não." Lydia balançou a cabeça com uma fluidez que fez Joan notar que ela estava absolutamente bêbada. "O que eu estou dizendo... eu estou dizendo... me escuta."

"Que tal a gente levar você para casa?", sugeriu Griff.

"Tudo bem, mas espera um pouco", disse Lydia. "Eu tenho um bom motivo para estar preocupada. Quer dizer, a Vanessa é só uma mecânica com um diploma, né? Sem querer ofender."

"Não mesmo", disse Vanessa. "Por que eu me ofenderia?"

"Certo, então você entende. Eu não estou ofendendo ninguém", disse Lydia. "E, Joan, no começo você parecia tão assustada. Parecia uma ratinha, e eu pensei: 'Ela nunca vai conseguir passar nem pelo treino com paraquedas'. Mas olha só pra você!"

"Para de enrolar, Lydia", disse Joan.

Lydia suspirou. "Acho que eu não tinha muito a aprender. Enfim, sempre fui a aluna mais inteligente da classe", disse. "A vida toda. Sabe como é? Quando isso é *tudo* para você? Nenhuma de vocês deve saber."

Vanessa revirou os olhos. "Lydia, se toca. Você pode ser mais inteligente do que eu, mas não é mais que a Joan, então fica na sua. Baixa essa bola. Eu tentei ser paciente, mas você está me dando nos nervos."

"Tudo bem", disse Joan. "Está tudo certo."

"Está nada", disse Vanessa, e então, se virando para Lydia: "Não está tudo certo coisa nenhuma".

"Você não gosta de mim, eu entendo", disse Lydia. "Estou *acostumada*. Não tem muita gente que gosta de mim. E entendo o motivo, porque eu me preocupo mais comigo mesma do que com os outros, e isso está na cara. Eu não saberia nem como esconder."

Vanessa balançou a cabeça. Griff escondeu o rosto entre as mãos e bufou. Joan continuou ouvindo.

"Só estou dizendo que eu sei que vocês devem ter alguma coisa que eu não tenho", disse Lydia. "Uma coisa que eu posso aprender. Ainda não sei como, mas vou descobrir. Eu sei que vocês são ótimas. Têm habilidades que faltam em mim. E preciso aprender a ouvir vocês."

Joan sorriu para ela. Não dava para esperar muita coisa de Lydia, mas vez ou outra ela até era capaz de surpreender positivamente.

"Vai para casa e dorme um pouco", aconselhou Vanessa.

Lydia assentiu, e Griff a levou embora. Saindo do bar, ele se virou para Joan com uma expressão indecifrável, o que a deixou ainda mais ciente de que estava sozinha com Vanessa ali. As cervejas que tinha bebido giravam em sua cabeça, o que tornava mais fácil olhá-la nos olhos.

"Lydia está bêbada", disse ela. "Mas você entende o que eu sempre digo, que ela é bem-intencionada?"

"Eu entendo que ela é uma pessoa sozinha", respondeu Vanessa, se inclinando para trás.

"Bom, isso todo mundo é."

Vanessa balançou a cabeça. "Não, nem todo mundo. Você é? Você tem Barbara e Frances."

"Pois é, eu sei. Não sou mesmo."

"Isso não me soou muito convincente."

"Bom, e você é?"

"Não sei como responder a essa pergunta", disse Vanessa.

"Por quê?"

"Você sabe por quê."

Joan não queria responder, mas não conseguiu se conter. "Não imagino por que você seria uma pessoa sozinha", falou. "Não imagino por que não teria gente implorando para ficar ao seu lado o tempo todo."

Vanessa a encarou, mas não disse nada. Joan estava perdendo o controle das palavras que saíam da sua boca.

"Me diz o que você está pensando", pediu Joan.

"Você não vai querer que eu diga o que estou pensando."

Joan sabia que era verdade, mas não resistiu à tentação. "E por que eu não ia querer isso? Eu sinto que mesmo se eu te conhecesse há um tempão ainda estaria muito curiosa para ouvir o que você tem a dizer."

Vanessa se inclinou para a frente e baixou o tom de voz: "Eu pensei a mesma coisa sobre você quando te vi".

Joan sentiu um aperto e um peso no peito, como se existisse uma âncora pressionando as partes mais sensíveis do seu coração.

"É melhor a gente ir", disse Vanessa. "Eu te levo para casa."

Elas fizeram o trajeto em silêncio. Joan não conseguia pensar em nada para dizer que não fosse soar falso.

Quando pararam diante do prédio de Joan, Vanessa perguntou: "A gente pode conversar lá dentro?".

Joan assentiu.

Mais uma vez, o silêncio predominou enquanto as duas iam até o apartamento.

Quando Joan fechou a porta, sentiu que conseguia respirar de novo.

"Eu preciso que você entenda uma coisa", disse Vanessa.

Estavam ambas paradas diante da porta.

"Tá."

Vanessa olhou para ela e franziu a testa. "Eu não sei nem como..." Ela suspirou. "Eu tenho um sonho recorrente", contou, por fim.

"Sobre o quê?" Joan torceu para que fosse com ela.

"Meu velório. Eu estou no caixão, mas viva. Na verdade, estou bem. Mas ninguém vê isso, nem me escuta. Só fica todo mundo chorando. Minha mãe está lá. As outras pessoas mudam de sonho para sonho, mas ela está sempre lá. E passa o tempo inteiro soluçando, com um lencinho na mão. E ela fica falando sobre alguma coisa que eu nunca fiz. Às vezes é que eu não formei uma família. Ou nunca me casei."

"Você quer alguma dessas coisas?"

Vanessa fez que não com a cabeça. "Isso é o que minha mãe quer para mim. Mas para mim a questão é o quanto minha vida foi curta. Quando estou naquele caixão, percebo que não fiz quase nada neste mundo. Não tive chance de fazer nada com o tempo que tive."

"Você acha que tem relação com seu pai?"

Vanessa fez que não com a cabeça de novo. "Não, o que eu estou dizendo é que... Joan, você vive como se tivesse todo o tempo do mundo. Mas comigo não é assim, Joan. Você está sozinha nessa."

"Como assim?"

Ela respirou fundo e soltou as palavras seguintes como se estivesse soprando fumaça de cigarro. "Não confunda o meu respeito por você com paciência."

Joan sentiu a intensidade do olhar cálido de Vanessa. E entendeu que a verdadeira Vanessa nunca tinha olhado para ela até aquele momento.

Mas a verdadeira Joan não conseguia retribuir esse olhar. "Acho que não entendi o que você quis dizer."

"Você passa um bom tempo fingindo que não entende o que eu quis dizer."

Joan desviou o olhar. Ela não sabia como ser a pessoa que sabia que era.

"Eu não tenho exatamente um sonho recorrente", disse Joan. "Mas tenho um tipo de sonho desde a adolescência."

"Ok..."

"Estou feliz, fazendo uma coisa bem simples. Preparando o jantar. Ou lendo um livro. Ou pendurando um quadro. Sempre numa casa diferente. Às vezes a antiga casa dos meus pais. Uma vez era uma mansão que vi num filme. Cada vez tenho uma idade e faço uma coisa diferente. Nada que seja arriscado, nem dramático. Nada acontece. Eu só estou em casa. Vivendo a minha vida."

"Mas?"

Joan encarou Vanessa, e dessa vez se obrigou a não desviar. "Eu estou sempre sozinha, Vanessa."

Vanessa baixou os olhos. As mãos das duas estavam a poucos centímetros uma da outra, e Joan sentiu vontade de mexer o dedinho, para poder tocá-la, mas não teve coragem.

"Eu entendo o que você está me dizendo", afirmou Joan. "Você não vai me esperar para sempre."

Vanessa balançou a cabeça. "Não, Jo. Você não entendeu nada."

Os olhos cor de âmbar de Vanessa ficavam quase dourados sob a luz. O sentimento que transmitiam, principalmente nesse momento, era tão complexo que Joan se lembrou do que a mãe sempre dizia sobre sua pintura de paisagem favorita, pendurada na sala de jantar de casa. Era algo que "valia sua atenção". Joan poderia admirar os olhos de Vanessa por horas e nunca se cansar do que via.

"Eu estou com medo de acabar esperando *para sempre*", disse Vanessa, em um sussurro. "E isso vai acabar comigo."

O coração de Joan disparou.

"Eu estou implorando para você me dizer para não fazer isso", continuou Vanessa. "Por favor. Me diz que estou perdendo meu tempo. Que eu sou louca. Me tira dessa agonia, Joan. Você pode fazer isso por mim?"

Joan olhou para ela. "Eu não posso te dizer isso."

Vanessa a encarou.

"E eu não quero te dizer isso", acrescentou Joan.

Vanessa demorou seu olhar sobre ela e então prensou Joan contra a parede e a beijou. Joan segurou o rosto de Vanessa e retribuiu o beijo.

E, naquele instante, quase tudo o que Joan sabia sobre si mesma deixou de valer.

E tudo o que pensou que nunca iria querer ou ter estava em seus braços.

Vanessa tinha um sabor salgado. O cheiro era o de sempre, porém mais intenso, mais forte. Joan a puxou para mais perto, com a maior força que podia. Por um momento, temeu que a estivesse machucando, mas Vanessa suspirou. E os braços de Joan ficaram moles quando largou o peso do corpo contra a porta, com as pernas trêmulas como nunca tinham ficado antes.

Vanessa se afastou, mas Joan a puxou de volta. E em parte era porque estava com medo de olhar para ela, encarar aquilo que enfim estava se permitindo fazer. Mas o principal motivo era ter o corpo de Vanessa junto ao seu, sentir o peso dela. Joan queria ficar esmagada entre Vanessa e a porta. Sentir o apelo de se render a ela.

Joan enfim a soltou. E Vanessa recuou um pouco, mas não muito. Ela olhou para Joan, que sentiu o rosto corar. Vanessa passou o polegar de leve no queixo de Joan, que sentiu seus músculos se dissolverem. Era como se seu corpo inteiro fosse derreter.

Joan sabia que Donna não era idiota. E que os Beatles não eram muito barulho por nada. E que sempre houve um lugar para ela no mundo. Ela tinha passado por lá várias vezes sem nunca perceber aquela porta sem identificação, esperando para ser aberta.

Tá, mas e agora?

Joan não sabia o que estava fazendo!

Ela não sabia quando podia sorrir para Vanessa no trabalho sem se encrencar nem quando tinha que esconder seus sentimentos. Não sabia se estava perto demais dela quando estavam todos juntos no bar.

Então, em vez disso, Joan passou uma semana com o coração na boca, desesperada para se ver sozinha com Vanessa como se por acidente. O que nem sempre era fácil.

"A gente podia fazer uma viagem", murmurou Vanessa certa tarde quando as duas finalmente se cruzaram sozinhas no campus do centro espacial. Vanessa fazia tudo sem esforço, com absoluta naturalidade.

"Sim", disse Joan, percebendo a ansiedade em sua voz, mas incapaz de disfarçar. "Para onde?"

Elas foram para Rockport em carros separados, para não despertar suspeitas. Foi uma sugestão de Vanessa. Joan estava começando a entender como aquilo funcionaria.

Chegou ao hotel mais cedo, então ficou no saguão bebendo chá gelado enquanto observava a porta giratória. Famílias e casais entravam, alguns homens de negócios. Quando uma garota da idade de Frances surgiu, Joan sentiu uma pontada de saudade. Havia ligado para Barbara para garantir que a veria no fim de semana seguinte, mas mesmo assim não se sentia à vontade com a ideia de ter decidido viajar.

Joan terminou seu chá rápido demais, e o garçom lhe trouxe outro.

Depois de beber tudo em dois goles, recusou um terceiro. Estava à flor da pele.

Ela viu o carro de Vanessa embicar na entrada. Ficou de pé como se fosse sair para cumprimentá-la, mas se sentiu boba e se sentou de novo.

Vanessa desceu do carro, levantou a capota e entregou a chave para o manobrista.

Quando passou pela porta giratória, não viu Joan, que ficou só esperando, observando Vanessa ir até a recepção fazer o check-in. Enquanto a funcionária procurava o nome dela no registro de reservas, Vanessa olhou ao redor do saguão, e seus olhos pousaram em Joan. O rosto de Vanessa se iluminou. Ela pegou a chave com a recepcionista e foi andando em sua direção.

"Oi", disse ela ao se aproximar.

"Oi."

Joan tentou esconder o sorriso, que insistia em reaparecer no seu rosto.

"Vamos deixar as malas no quarto?", perguntou.

"Claro."

Joan pegou a sua e foi andando com Vanessa para o elevador.

Simplesmente não conseguia parar de sorrir. Ficava pensando em quando Frances tinha quatro anos, mais ou menos, e adorava fazer o que chamava de "pregar peças". Ela se escondia embaixo de um cobertor, ou debaixo da cama com os pés para fora, e Joan dizia: "Nossa, onde será que a Frances está?". E Frances ria baixinho, como se estivesse fazendo a coisa mais engraçada e criativa de todos os tempos. Se o volume debaixo do cobertor ou suas pernas de fora não bastassem para denunciar sua presença, a risadinha de Frances certamente fazia isso. Mas ela não conseguia se conter.

Era assim que Joan se sentia nesse momento.

Como as pessoas conseguiam fazer isso? Como eram capazes de viver seu dia a dia com esse tipo de euforia dentro delas? Como? *Como?* Pobre Donna. Precisou esconder isso por tanto tempo. Era a melhor sensação que Joan já tinha experimentado na vida.

As portas do elevador se abriram e, para o alívio de Joan, estava vazio. Quando as portas se fecharam, Joan torceu desesperadamente para que Vanessa a beijasse. Em vez disso, ela estendeu o braço e segurou sua mão de leve, como se as duas já tivessem feito aquilo milhares de vezes antes. Foi um gesto de afeto tão natural que, por um doce momento, Joan se sentiu até zonza.

Mas então o elevador parou no mezanino, e Vanessa soltou sua mão com a mesma rapidez com que tinha pegado. Uma mulher de terninho Chanel entrou no elevador.

"Ai, nossa", disse a mulher quando as portas se fecharam. "Eu queria descer para o saguão."

Vanessa abriu um sorriso simpático, mas agora elas não podiam fazer mais nada. Com certeza a mulher conseguia sentir a tensão no ar. Não havia percebido que o clima mudou com sua intrusão no mundo delas?

A campainha do elevador tocou, e Vanessa calmamente a conduziu para o corredor, parando diante da porta do quarto 408. Vanessa abriu a porta com sua chave e entrou.

Joan adorou ouvir o som da porta se fechando atrás de si, com todas as travas se encaixando no lugar. Havia som melhor no mundo?

"Vem cá", chamou Vanessa.

Joan se apressou até ela. Vanessa a abraçou, e as duas caíram na cama. Os dedos de Vanessa encontraram o primeiro botão da camisa de Joan.

"Posso?"

"Pode."

Tira minha roupa toda, pensou Joan. O que pareceu tão necessário durante toda sua vida — cobrir o corpo — era uma restrição terrível naquele momento. Ela queria se livrar de tudo. Das suas roupas, das de Vanessa.

Joan se deitou na cama enquanto Vanessa tirava a própria camisa e se esparramava sobre ela, roçando seu peito com o colar que usava. Joan tirou os sapatos com os pés e desabotoou a calça.

O contato com a pele nua de Vanessa parecia algo vital, crucial. Joan nunca quis tanto uma coisa na vida quanto isso.

Vanessa tirou o sutiã de Joan, e a mistura do ar frio com o calor da mão dela fez Joan estremecer. Ela fechou os olhos. Não podia se permitir questionar nada disso, nem deixar seu cérebro começar com os julgamentos. Não poderia haver timidez nem hesitação. Não se ela quisesse ter o que queria. Não agora.

Ela precisava existir apenas no nível mais básico do cérebro, na batida intensa do coração. Então esqueceu de qualquer coisa que não fosse *Sim*, e *Isso*, e *Não para, por favor*.

E se concentrou na vibração em seu peito, no calor e leveza no ventre.

Se Joan ouvisse o que estava acontecendo do lado de fora do quarto, teria escutado as pessoas passando pelo corredor e o som das ondas do outro lado da janela. Mas só o que conseguia ouvir era a própria pulsação e o som que Vanessa emitia do fundo da garganta. Logo depois, só conseguia escutar sua própria voz, repetindo o mesmo gemido sem parar.

O que se passava dentro de Joan a fez gritar de um jeito que nem ela mesma reconhecia. E então uma paz profunda a dominou.

A vergonha ameaçou surgir, mas Joan não permitiu. *Não agora. Ainda não. Não venha me privar disso.*

Ela tinha se atrapalhado? Tinha mostrado que não sabia como se mover na cama e o que fazer? Sim, sim, claro. Mas não estava nem aí. Pela primeira vez na vida, Joan sabia como se entregar a uma experiência por completo.

"Quero sair para jantar com você", disse Vanessa, beijando o pescoço de Joan quando as duas estavam deitadas juntas sob as cobertas.

"A gente pode fazer isso?"

"Isso o quê, jantar?"

"Em público? Eu não sei como essas coisas funcionam. Estando com você, sabe..."

"Estando com uma mulher?"

"Estando com alguém. Mas sim."

"Você quer jantar comigo?", perguntou Vanessa.

"Eu quero fazer tudo com você. Quero ficar tão grudada em você que estou começando a achar que estou meio obcecada."

Vanessa jogou a cabeça para trás e deu risada.

"Então vamos decidir onde vai ser nosso jantar romântico."

"E se alguém vir a gente?"

"As pessoas vão ver duas mulheres jantando juntas e não vão pensar nada. Estamos num hotel movimentado, numa cidade em que não conhecemos ninguém. Se eu não beijar você nem nada, ninguém vai reparar."

"Está bem", disse Joan, assentindo.

"Em Houston, a gente precisa tomar cuidado. Mas também existem os momentos de despreocupação. Ninguém vai ficar olhando se a gente não der motivo. Não digo que vai ser sempre fácil, mas agora, neste fim de semana, é simples assim."

"Tá bem", disse Joan, sorrindo. "Eu gosto de coisas fáceis."

Vanessa riu e se levantou para desfazer a mala.

"Que lado você quer?", perguntou ela.

Joan apontou para o direito. "Hã, esse aqui."

Vanessa assentiu. "Ótimo, assim eu fico mais perto da porta."

As duas foram tirando as coisas das malas, uma a uma. Joan colocou suas camisetas e calças jeans numa gaveta. Pendurou o vestido no armário. E então chegou ao fundo da mala. Tinha comprado um conjuntinho de calcinha e sutiã cor de lavanda no dia anterior, numa loja de lingerie. Foi o que a vendedora sugerira — combinar as peças se alguém fosse ver. Quando Joan foi pegá-las, acabou derrubando no chão. Agachou-se para pegar, mas acabou deixando cair outra vez.

"Ah, pelo amor de Deus!", reclamou ela.

Vanessa olhou para ela. "Está nervosa?"

Joan se acalmou. "Sim!", disse. E foi bom admitir. Porque o esforço para esconder isso só a deixaria mais nervosa. "Você não está nervosa? Com isso que a gente está fazendo?"

Vanessa sorriu. "Não, não estou."

Joan sentiu seu rosto queimar.

"Estou *animada*", disse Vanessa, chegando mais perto. "Quero te levar em um monte de lugares. E fazer tudo com você. E perguntar tudo o que tenho vontade de saber há meses. E quero saber quando você percebeu o que estava rolando entre a gente, e contar quando eu percebi. E quero ficar de mãos dadas com você num lugar escondidinho, e deitar na cama e ouvir seu coração com o ouvido colado no seu peito. Quero te trazer café na cama. E quero ouvir você me contar tudo o que sempre quis contar para alguém. Porque quero que você saiba que conheceu alguém que quer muito ouvir tudo."

O coração de Joan quase pulou do peito, e ela não conseguiu colocá-lo de volta no lugar. "Ninguém nunca... me disse nada tão maravilhoso assim", falou, tentando manter a voz firme, mas não conseguindo.

Vanessa tirou a lingerie de sua mão e colocou com cuidado no lado de Joan na cômoda. Então a beijou.

"Ótimo. Então termina de arrumar suas coisas e vamos sair juntas esta noite."

Vanessa queria nadar.

"Vai ser legal poder entrar na piscina sem um traje de cento e trinta quilos, treinando para consertar uma trava com uma chave de boca."

"É uma ótima ideia", disse Joan. "Que tal você levar uma bolsa com uma troca de roupa e tomar banho no vestiário, e a gente se encontra no saguão às oito?"

"Como num encontro de verdade?"

"Como num encontro de verdade."

"Até lá, então", disse Vanessa. Ela pegou suas coisas e deu um beijo de despedida em Joan. Foi um beijinho de nada. Tão rápido. Um selinho, na verdade, uma despedida. Mesmo assim, quando Vanessa fechou a porta, Joan precisou de um tempo para se recuperar.

E então foi pegar o telefone e pedir para o concierge do hotel fazer uma reserva para o jantar.

Quando terminou, colocou seu vestido azul-marinho com um cintinho na cintura. Tinha um decote mais cavado que os outros, e ela gostou de como ficou nele.

Joan foi até o espelho e abriu a bolsinha com seu limitado suprimento de maquiagem. Naquela noite, pela primeira vez, Joan pegou o pincel do rímel e levou aos cílios não só para não se sentir diferente, mas com a esperança de que alguém notasse. Quando terminou, respirou fundo e olhou para seu reflexo. Ela se parecia *mesmo* com Ingrid Bergman? As maçãs do rosto e os lábios... Talvez. Talvez parecesse, sim.

Quando desceu para o saguão, Vanessa estava encostada numa coluna, usando uma calça Levi's desbotada, um cinto preto e uma camisa branca de botão com as mangas dobradas. Os cabelos ainda estavam úmidos.

Era a pessoa mais linda que Joan já tinha visto.

Quando foi até ela, Joan queria beijá-la, mas não fez isso. Apenas sorriu. E, dessa vez, conseguiu deixar o segredo que existia entre elas se alojar no fundo de sua alma, sob sua pele.

Vanessa deu um sorrisinho, e Joan mordeu o lábio para esconder o seu.

Joan nunca tinha sentido isso com um homem, então nunca havia saído de mãos dadas com ninguém. E talvez, se pudesse fazer isso com Vanessa, teria gostado.

Mas, por enquanto, Joan não conseguia pensar em nada melhor do que aquilo que já tinha.

"Eu dirijo", disse Joan.

Vanessa levantou as sobrancelhas. "Fica à vontade."

Quando entraram no carro, Vanessa segurou a mão direita de Joan antes que ela colocasse a chave no contato, levou aos lábios e a beijou na parte interna do pulso.

Ninguém nunca havia tocado Joan de forma tão delicada ali, e ela sabia que, embora o futuro da relação fosse imprevisível, pelo resto da vida haveria uma parte de seu corpo que seria apenas de Vanessa.

Durante o jantar, Joan estava falando sobre seu desejo de ajudar a Nasa a desenvolver uma sonda solar, mas então reparou que Vanessa a olhava de um jeito estranho.

"Eu fiz alguma coisa errada?", perguntou Joan.

"Não, claro que não."

"Então o que foi?"

"Eu adoro ouvir você falar", disse Vanessa, com um sorriso.

Um olhar tão caloroso era capaz de queimar alguém, não?

"Ah."

"Você é a primeira mulher que conheço que me entende sem eu precisar falar nada."

"Jura? Como assim?", perguntou Joan.

Vanessa pensou na resposta e olhou bem nos olhos de Joan. "Como você se sentiu quando viu o pouso na Lua pela tevê?"

Joan deu risada. "Sério?"

"Sério. Como você se sentiu? Porque eu senti uma coisa tão intensa que nunca fui capaz de explicar."

"Eu..." Joan tentou encontrar palavras para algo que continuava vivo tão profundamente no seu peito. "Eu me senti... excluída", ela disse por fim. "Aquilo acendeu um fogo dentro de mim. Tipo, eu estava bem até as pessoas chegarem à Lua. Mas, quando alguém pisou lá, eu precisava fazer o mesmo."

"E agora?", questionou Vanessa.

"Agora eu me contento com as estrelas."

Vanessa deu risada. "Eu sabia que você ia saber. E que ia conseguir explicar melhor que eu. Durante todo esse tempo, ninguém nunca entendeu como eu me sentia. Por que eu queria fazer isso. Quer dizer, ficou todo mundo impressionado, não é disso que estou falando. Mas tentar explicar essa motivação para sair do planeta, isso que você está falando? É como tentar descrever o azul para alguém que nunca enxergou. E aí você aparece, e começa a descrever o azul para mim, e eu sinto um... um alívio. Eu acompanharia você aonde quer que fosse só por isso."

O que estava acontecendo?

Joan sentiu seu peito queimar e não soube o que responder. Portanto, não disse algo do tipo *Adoro ouvir tudo o que você tem para dizer* ou *Me sinto atraída por você desde a primeira vez que te vi*. Ela falou: "Quero mostrar para você como a minha mãe serve o pão".

"Ah", disse Vanessa. "Ok."

Joan pegou uma fatia de pão do cestinho e cobriu cada milímetro da superfície com uma camada finíssima de manteiga. Em seguida, pôs uma pitada de sal e depois de pimenta. Leve e uniforme. Só então entregou para Vanessa.

Vanessa pegou e deu uma mordida. Seus olhos se arregalaram um pouco.

"Viu?", disse Joan.

"Como fica tão melhor só com uma pitada de sal e pimenta?"

"Sei lá, mas... eu quero te mostrar tudo o que já descobri de bom na vida", disse Joan.

As ruguinhas que se formaram nos olhos de Vanessa quando ela sorriu... Joan sabia que não precisava explicar para Vanessa como estava se sentindo. Vanessa entendia. Isso significava que Joan não precisaria aprender como ser nada além do que já era.

Mais tarde, depois que Joan pagou a conta que o garçom deixou na mesa, Vanessa olhou bem nos fundos dos olhos dela. "Adorei seu vestido", disse ela. E então, baixinho, acrescentou: "E quero tirar do seu corpo o quanto antes".

Joan sentiu um tremor na altura dos quadris.

Elas saíram às pressas para o carro. Não chegaram nem ao hotel. Tinham estacionado numa rua escura e, com urgência e sem a menor prudência, Joan deixou Vanessa aliviar aquele aperto no seu ventre.

Às três da manhã, ainda estavam acordadas, deitadas na cama. A cabeça de Joan estava apoiada no peito de Vanessa. Fazia calor, por isso elas não usavam os cobertores, só os lençóis, puxados até a cintura. Joan ficou chocada consigo mesma, com a rapidez com que superou décadas de inibições.

"... e aí, quando vi os desenhos que você fez", disse Vanessa, aos risos.

"Não eram de você!", rebateu Joan. "Eram de uma stripper. Como era o nome dela mesmo? Raven!"

"Ah, sim, claro. Eu vi. Eram da Raven..."

"Obrigada."

"... a única stripper ali parecida comigo."

Joan ficou envergonhada de um jeito que lembrava como se sentia ao lhe fazerem cócegas quando era criança.

"Inacreditável", disse ela. "Como é que você sabia quem era a Raven? Você foi embora mais cedo."

"Eu fui embora porque não ia aguentar ver você olhando para aquelas mulheres."

Joan a encarou. "Ah."

"Pois é."

"Eu não sabia disso."

"Bom, agora sabe."

"Você estava... com ciúme."

"Eu estava com ciúme."

Joan sentiu o corpo estremecer. Ela segurou a mão de Vanessa. "Acho que ninguém nunca sentiu ciúme de mim antes."

"Já sentiram, sim", disse Vanessa. "Você é que não percebe metade das coisas que acontecem ao seu redor."

Ela puxou o braço de Joan mais para perto. "Espera, está tudo bem?", perguntou, quando pôs a mão no seu antebraço. Joan não entendeu a pergunta, mas ao olhar mais de perto viu que seus braços estavam cobertos de brotoejas. Quando olhou para o seu peito, viu que estava vermelho.

Vanessa se inclinou para ver suas costas.

"Você está toda empipocada", falou, sentando e fazendo Joan sentar também. "Será que é por causa do lençol? Quer que eu ligue para a recepção e peça para trocarem?"

"Não precisa, está tudo bem."

"Você está coberta de brotoejas."

"Eu sei, estou vendo. Mas não está doendo. Não estou nem sentindo."

"Você pode pelo menos tomar um banho? A água fria pode ajudar."

Joan deitou e fez um gesto para Vanessa deitar também. "Eu estou bem, Vanessa. É sério."

"Então tá...", disse ela. "Isso costuma acontecer bastante?"

Joan bufou. "Na verdade não. Só aconteceu uma vez que eu me lembre."

"Quando?"

Joan deu risada. "Não quero contar."

"Ah, mas agora *vai ter que*."

Joan cobriu os olhos com o braço. "No meu aniversário de sete anos. Meus pais me levaram para a Disneylândia. Como sempre, mesmo quando era meu aniversário, era Barbara quem decidia o que fazer. Meus pais viviam dizendo: 'Ah, sua irmã pode ficar chateada se não sei o quê...'. Mas nesse dia... Bom, acho que meu pai conhecia a pessoa que escalava os personagens e deu um jeito de me deixar cumprimentar a Minnie, o Mickey, o Donald e a Margarida. Só eu. Nem a Barbara foi."

"E você ficou toda empipocada quando viu os personagens?"

"Eu fiquei empipocada quando estava indo para lá. Enquanto atravessava o parque com o meu pai, e ele me explicou aonde a gente estava indo e que era uma coisa especial e só para mim... eu fiquei cheia de brotoejas. E, depois que conheci todos eles, eu chorei e mal tive coragem de abrir a boca para falar. Eu estava muito feliz. Lembro como se fosse hoje. Não conseguia acreditar que estava sozinha com a Minnie Mouse. Que ela estava ali, me dando toda a sua atenção. As brotoejas sumiram mais tarde, depois que o momento passou. Meus pais ligaram para o médico, e ele disse que devia ser só por causa da animação."

"Animação, entendi.", disse Vanessa, com um sorrisinho.

"Ai, que vergonha", exclamou Joan, e nesse momento as brotoejas começaram a coçar. Ela fechou as mãos para não passar as unhas nos braços.

Vanessa se levantou e ligou o chuveiro. Voltou em seguida para o quarto e estendeu a mão.

"Anda, levanta", disse Vanessa. "A água fria vai ajudar."

"Mas eu estou cansada, quero dormir."

"E você vai conseguir dormir assim, toda empipocada?"

"Não."

Vanessa puxou Joan pelo braço e a fez se levantar.

Joan respirou fundo. "Tá bom."

Entrou no chuveiro, e a água fria acalmou sua pele e limpou o suor. Quando fechou o chuveiro e abriu a cortina, viu que Vanessa estava lá, recostada na pia, sorrindo e balançando a cabeça.

"Que foi?", questionou Joan.

"Isso é perigoso", respondeu Vanessa, entregando uma toalha para Joan. "Acho que essas suas brotoejas foram o momento mais romântico da minha vida."

OUTONO DE 1981

Joan mal dormia. Nem Vanessa. Quando a lua subia no céu e as luzes se apagavam, elas estavam juntas, na cama, despertas.

Noite após noite, Joan sentia que seu coração ia explodir enquanto roçava a perna na de Vanessa, sentindo sua maciez e suas curvas, a pele lisa da coxa, a articulação dos joelhos.

Joan não fazia ideia de que era possível passar a conhecer outro corpo com tanta rapidez. Em um piscar de olhos outras pernas se tornavam as suas, outros braços viravam seus braços. Ela não era mais Joan, ou pelo menos não *apenas* Joan. Era também parte desse corpo maior que também era uma entidade, e que só existia quando elas estavam juntas.

Mesmo quando era *apenas* Joan, porém, tudo também mudou.

Seu corpo se sentia vivo — uma corrente elétrica descia do seu peito para as pernas.

Ela sentia essa eletricidade quando estava colada a Vanessa. Quando estava esperando por ela. Quando pensava nela. Quando estava completamente sozinha.

Joan não precisava de Vanessa para sentir essa energia, porque agora essa força vivia dentro dela. Era uma coisa sua.

Nas noites em que dormia com Vanessa em sua cama, ela se sentia grata por isso. Mas, quando pegava no sono sozinha, sentindo a maciez do lençol em suas pernas, enquanto passava os próprios dedos pela barriga, se sentia grata por agora possuir aquela eletricidade. De ser possuída por essa energia.

Olhando de fora, sua vida parecia a mesma. Joan continuava a passar seu tempo com Frances. Nem ela nem Vanessa se atrasavam para o trabalho, apesar da tentação de ficar na cama até mais tarde.

Joan não disse nada para Barbara, nem para seus pais. Quando saía com Donna e Griff, raramente mencionava Vanessa. Quando estavam todos juntos no Outpost, sempre havia pelo menos uma pessoa sentada entre as duas. Ao se cruzarem no jsc, elas se comportavam como sempre: duas amigas batendo papo.

Para todo mundo, a não ser as duas, nada tinha mudado.

Com exceção daquelas noites perfeitas quando, depois de se despedirem no bar ou no Frenchie's, ou de irem embora de um churrasco cada uma em seu carro, Joan ouvia uma leve e perigosa batida à porta uma hora mais tarde.

Nossa, aquele som. A sensação de que a parte do dia em preto e branco havia acabado e que as cores estavam prestes a preencher sua noite.

A voz de Vanessa, tão suave, tão grave. "Oi."

A voz de Joan, mais fina, mais eufórica. "Oi."

"Posso te perguntar uma coisa?", falou Joan certa noite enquanto fazia uma massagem em Vanessa. Estava de calcinha e sutiã, e Vanessa enrolada num lençol.

Era tão fácil ficar assim próxima de alguém. Por que sempre tinha parecido fora do seu alcance?

"Pode me perguntar o que quiser", respondeu Vanessa, sem olhar para ela.

"Sua mãe sabe?"

Joan sentiu os ombros de Vanessa se enrijecerem. Ela aplicou mais pressão com os dedos.

"Minha mãe sabe o quê?"

Joan sabia que não precisava explicar do que estava falando.

"Minha mãe é muito católica", disse Vanessa por fim. "Então não, ela não sabe." Seu tom seco deixou claro para Joan que o assunto acabava ali, mas então Vanessa complementou: "Acho que ela desconfia. Mas nunca vai me perguntar diretamente. Em troca, eu nunca faço nada que deixe tão na cara".

Joan não conseguia nem conceber a ideia de contar para os pais — e certamente não contaria para Barbara. Às vezes, sentia que as palavras estavam na ponta da língua, desesperadas para saltar da sua boca, mas preferia segurá-las.

Por mais que fosse fácil se entregar a essa nova vida, Joan sabia que havia fronteiras rígidas e frias que não poderia ultrapassar. O mundo lá fora não gostava dela e de Vanessa tanto quanto as duas gostavam uma da outra.

Não importava que o coração de Joan estivesse inundado por um sentimento tão puro e caloroso. Não importava que ela tivesse amado e aceitado tanta gente. Havia pessoas — e não eram poucas — que não retribuiriam a gentileza.

Ainda era cedo demais, em todos os sentidos, para saber o que o futuro reservava. Mas Joan já entendia que o que tinha com Vanessa era a chama de uma vela, e que o vento lá fora podia ser cruel.

"*Você* é religiosa?", perguntou Joan.

Vanessa se virou de barriga para cima e cobriu as duas com o lençol. "Eu não acredito mais em Deus, se é isso que você está me perguntando."

Joan pegou a mão de Vanessa e começou a brincar com os dedos das duas, passando os seus nos espaços entre os dela. Viu que Vanessa estava com uma cutícula solta no dedo do meio, com a pele ao redor avermelhada.

Joan pensou em todas as pessoas que achava conhecer bem. Sua família, as amizades da época de faculdade, Donna e Griff. Antes diria que sabia tudo sobre elas. Mas era ali, na vulnerabilidade da intimidade da noite, que as coisas se tornavam mais opacas. Era ali, no silêncio daquele momento, que os olhos de Joan enxergavam a vermelhidão ao redor da cutícula de Vanessa.

"Você não acredita em nenhum deus, ou só no Deus católico?", perguntou.

"O católico é o único que eu conheço. E que vou combater até a morte."

"Como assim?"

"É que... às vezes minha mãe e eu ficamos meses sem conversar porque eu me recuso a ir à missa, e ela se recusa a parar."

"Meses?"

"Uma vez foi um ano."

Joan arregalou os olhos.

"Ela diz que sou teimosa", falou Vanessa. "Mas é... é difícil atender o telefone às vezes, quando estou irritada. E minha irritação tem um porquê. Vem dela."

"Você não sente saudade? Quando vocês ficam sem conversar?"

"Claro que fico."

"Então por que não vai à missa com ela e ignora o que dizem por lá?"

Vanessa se virou, ficando de frente para Joan. "Porque eu não acredito que exista um pecado original em nenhum de nós, e não aguento ficar lá ouvindo alguém dizendo que existe. Não quero acreditar em nenhum ser que me julgaria e me castigaria assim. E, se Deus existir e eu estiver errada, estou disposta a pagar o preço. Porque não vou me submeter a um Deus assim por vontade própria."

Joan abriu um sorriso.

"Qual é a graça?"

"Não, não tem nada engraçado. É que... você é tão... destemida."

"Destemida, eu?", questionou Vanessa.

"É! Quer dizer, você é tão audaciosa. Parece não ter medo de nada. E... sei lá. Eu sinto que passo o tempo todo tentando não causar problemas, mas você não é assim. Você luta pelo que acredita, e eu adoro isso."

"É mesmo?", disse Vanessa.

"Você diz que não acredita num Deus que pregaria o ódio, não é? E, mesmo se esse Deus existir, não vai abaixar a cabeça de jeito nenhum."

"Sim, é... isso mesmo."

"Pois é, e isso é incrivelmente audacioso! E lindo."

"Mas e você?", perguntou Vanessa, baixando o tom de voz. "Você acredita em Deus?"

"Acho que sim. Mas de um jeito diferente desse que você falou."

Vanessa abriu espaço na cama para Joan se deitar ao seu lado, de frente uma pra outra.

"Me conta", pediu Vanessa.

"Bom, os meus pais são protestantes. Eles acreditam que Deus criou o mundo em seis dias. Que Eva veio de Adão. Que a Terra tem seis mil anos."

"Mas isso não cabe na sua visão de mundo."

Joan balançou a cabeça. "A Terra tem pelo menos 4 bilhões e meio de anos. Nós sabemos disso, comprovadamente. Então eu tive que começar a me fazer outro tipo de perguntas."

"Por que Deus e a ciência não se misturam?"

Joan se sentou. "Não, não. Não é isso. Não acho isso nem um pouco."

"Por que não? Se sempre te disseram que Deus criou o homem do nada e mais tarde você aprendeu sobre a evolução, por que a coisa toda não desmoronou aos seus olhos?"

"Porque existem muitas formas de definir Deus e muita coisa que ainda não sabemos sobre o Universo. Eu jamais diria que a ciência eliminou a possibilidade da existência de Deus. E duvido que vou ver isso acontecer em vida. Acho também que alguma coisa se perderia, se isso acontecesse. Ou melhor, eu espero que, se isso acontecer, seja porque algo ainda mais indecifrável foi descoberto."

Vanessa sorriu. "Você é bastante passional sobre essa questão de Deus. Eu não fazia ideia."

"Eu sou passional em tudo que envolve a Via Láctea", disse Joan. "E acho que Deus tem a ver com isso."

"Me conta mais..."

Joan a encarou, intrigada. "Sério mesmo que você quer ouvir tudo isso?"

"Aham, estou fascinada", respondeu Vanessa.

"Sério?"

"Mais do que isso. Ansiosa para ouvir tudo."

Joan sorriu, mas tentou se conter. Durante todo esse tempo observando as pessoas, nunca tinha percebido essa parte do amor, em que a outra pessoa olhava para você como se fosse o centro de tudo. E, apesar de saber que não era o caso, você se permitia por um momento acreditar que também merecia que tudo girasse ao seu redor.

"Tá", começou Joan. "Enfim, ao que parece as perguntas mais importantes que fazemos sobre Deus são 'Por que estamos aqui?' e 'Existe uma ordem nisso tudo? Tem alguém ou algo no comando?'. E a questão é que a ciência está basicamente encontrando respostas para essa pergunta."

"A ciência está descobrindo o sentido da vida?"

"A ciência está descobrindo a ordem que existe no Universo. Sim."

"Ok..."

"A teoria geral da relatividade explica as regras do mundo físico em larga escala, o mundo que podemos ver com nossos olhos. A mecânica quântica explica o mundo subatômico, como a eletricidade e a luz."

"A gravidade e o eletromagnetismo, verdade."

"Combinando isso com as duas forças do Universo que conhecemos, a forte e a fraca..."

"Eu também conheço essa parte."

"Tá. Então: já existe uma ordem bastante significativa para o Universo aí! Tudo que conhecemos desde o Big Bang é governado por essas quatro forças. Estamos todos conectados por essas quatro leis. Isso já é no mínimo o começo do entendimento de quem nós somos. Ainda precisamos de teoria unificadora — nosso entendimento das leis da gravidade e da física quântica no momento não são compatíveis entre si."

"Isso é um grande porém."

"Mas a teoria unificadora *já* existe. Tem que existir. Nós só não descobrimos ainda. E acho que a busca por uma lei unificada para explicar o Universo é ciência, claro, mas também é uma busca por Deus."

"Não o Deus que a maioria das pessoas comenta", disse Vanessa.

Joan refletiu. "O filósofo judeu Spinoza dizia que Deus não necessariamente criou o Universo, mas *é* o Universo. O desdobramento do Universo é Deus em ação. O que significa que a ciência e a matemática são uma parte de Deus."

"E nós somos uma parte de Deus porque somos uma parte do Universo", disse Vanessa.

"Ou, melhor ainda, nós *somos* o Universo. Eu diria até que, como seres humanos, somos menos uma questão de *quem* e mais de *quando*. Somos um *momento no tempo* — quando todas as nossas células estão juntas nesse corpo. Mas nossos átomos foram muitas coisas antes e vão ser várias outras depois. O ar que estou respirando é o mesmo dos seus ancestrais. Apesar de estarem no meu corpo agora, as células, o ar, as bactérias — tudo isso não é só meu. É um ponto de conexão com todos os seres vivos, feitos dos mesmos tipos de partículas, governados pelas mesmas leis da física. Quando você morre, alguém enterra o seu corpo ou queima até virar cinzas. No fim, você volta para a Terra. E já é uma parte da Terra. Existe razão melhor para cuidar da Terra e tudo o que está nela do que o conhecimento de que nós somos uns aos outros?"

Joan pensava naquilo com tanta frequência que ficou surpresa ao notar que nunca tinha colocado sua teoria em palavras antes. Que incrível era poder dizer todas aquelas coisas.

"As árvores precisam da nossa respiração, e a nossa respiração precisa das árvores", continuou. "Como cientistas, chamamos isso de simbiose, uma consequência da evolução. Mas as consequências naturais das nossas conexões uns com os outros... isso para mim é Deus. Eu acredito porque vejo com meus próprios olhos. Então sei que existe. Mas também acredito porque quero acreditar. Quero dedicar minha energia não a pensar em como os meus atos poderiam ser reprovados por um homem lá no céu, e sim em como os meus atos afetam todos os seres vivos e não vivos ao meu redor. A vida é Deus. Minha vida está interligada à sua, e à de todo mundo no planeta. Isso coloca a gente numa situação de mais dependência uns dos outros, não? E também nos oferece o conforto de que não estamos sozinhos, sabe?"

Vanessa sorriu para ela. "Mais alguma coisa?"

Joan mordeu o lábio. "Não sei. Acho que não?"

"Sabe", disse Vanessa, "quando a gente voa de avião, não dá para ver as pessoas lá embaixo. Só dá para ver as cidades onde vivem e os bairros onde dormem. Lá de cima, todo mundo é bem parecido, as pessoas têm tanta coisa em comum, mas não conseguem ver. Mas eu consigo, quando estou pilotando."

"Exatamente! Nós *somos* uns os outros. Acho que eu fico impressionada demais com isso tudo — e comovida demais — para não compartilhar desse fascínio que as pessoas encontram nas igrejas."

Vanessa olhou para ela. "Um dia, quero te levar para um voo sobre as Rochosas de manhã bem cedo, quando o sol está subindo e desponta logo acima da montanha e... isso me lembra da luz entrando pelos vitrais da igreja a que minha mãe me levava todo domingo. E sei que quando você se vir diante dessa cena vai dizer 'Isso é Deus'."

"Eu vou *mesmo* dizer 'Isso é Deus'! Não só porque é lindo, mas porque o nascer do sol nas montanhas é parte do Universo. Tudo isso, todos nós, somos Deus."

Joan percebe que Vanessa está olhando para ela e sorrindo.

"Deve parecer que eu estou chapada", comentou Joan. "Não que eu saiba como é."

Vanessa deu risada. "Não se preocupa, eu entendi perfeitamente." Ela entrelaçou as mãos atrás da cabeça. "Você já comentou essa sua teoria com alguém?"

"Não é uma teoria minha! Einstein acreditava nisso. Várias civilizações acreditavam em alguma versão disso. Mas... não, ninguém nunca me perguntou."

Vanessa sorriu. "Bom, você é brilhante", comentou. "É um desperdício você ser cientista. Deveria ser uma pastora evangélica, com essa cara de boazinha e esse discurso tão convincente." Ela puxou Joan para si na cama.

Joan deu risada. "Duvido que deixem pessoas como eu serem pastoras."

"É, eles podem implicar com algumas características suas", disse Vanessa, deitando a cabeça no pescoço de Joan. Então falou algo que Joan demorou um instante para processar: "Eu te amo, sabia?".

Joan congelou, tentando se controlar. Pensou que fosse ficar toda empipocada de novo.

"Não sabia, não", respondeu Joan, com a maior tranquilidade de que era capaz.

"Eu nunca tinha dito isso para ninguém."

Joan chegou um pouco para trás e a encarou. "Eu também te amo."

"Ah, é?", disse Vanessa, com seu sorriso torto. "Uau. Imagina ter a sorte de ser amada por Joan Goodwin."

"Imagina só", falou Joan, passando os braços ao redor de Vanessa, ouvindo as batidas do coração dela dentro do peito.

Alguns minutos depois, Vanessa perguntou se Joan achava que estava muito cedo para procurar um lugar para tomar o café da manhã. Mas Joan não se moveu. Simplesmente abraçou Vanessa mais forte. Só conseguia se sentir grata, porque a Terra estava a quase cento e cinquenta milhões de quilômetros do Sol, o suficiente para ser quente, mas não muito, só a distância certa para possibilitar a vida no planeta.

Nas vezes em que Vanessa dormia na casa de Joan, ela ia embora de fininho às quatro da manhã.

Quando saíam todos juntos para beber, Vanessa muitas vezes falava sobre um antigo namorado que nunca existiu.

Donna uma vez perguntou para Joan, na frente de todo mundo no Frenchie's, se ela estaria disposta a sair com um amigo de Hank, e ela disse que adoraria e deu um gole no vinho, sabendo muito bem que jamais ligaria para o cara. Quando olhou para Vanessa, não foi preciso nem que ela esboçasse um sorriso para Joan senti-lo dentro do peito.

Elas eram cuidadosas com a frequência e o local onde passavam as noites juntas — cada vez mais na casa de Vanessa, em vez do apartamento de Joan. Essa privacidade, tão necessária, era o motivo para Vanessa morar tão longe do campus do centro espacial, Joan foi entender depois.

Não era fácil.

Mas, ah, era muito bom.

Naquela manhã de novembro, Joan acordou na cama macia de Vanessa e foi até a cozinha, onde um suflê de Gruyère esperava por ela.

Tinha acabado de sair do forno, e Joan não esperou nem esfriar para pegar um pedaço.

"Você pode sentar, sabe", disse Vanessa, mas Joan estava ocupada demais dando outra garfada para pegar um prato e uma cadeira.

"Você cozinha bem", comentou ela.

"Fazia tempo que eu não tinha alguém para cozinhar."

Joan se recostou na pia e se perguntou para quem mais Vanessa poderia ter feito um suflê, mas não sabia como trazer o assunto à tona sem deixar claro o quanto a resposta a preocupava.

"Preciso pegar a Frances daqui a pouco. Barb tem um horário numa agência de namoro", contou Joan. E acrescentou: "Quer ir comigo?".

Vanessa estava começando a limpar a pia. "Ah."

Joan ficou olhando para ela. "Ah?"

Vanessa parou de limpar e se virou para Joan, que precisou se esforçar para não cruzar os braços.

"Desculpa", disse Vanessa. "Eu não... não sabia que a gente ia conhecer a família uma da outra."

Joan a encarou, perplexa, tentando não deixar o aperto no peito transparecer. Ela havia aprendido naqueles últimos meses que, num relacionamento, às vezes era bem difícil não gritar com a outra pessoa. Num momento você estava exalando empolgação, mas logo depois essa mesma energia alimentava o medo ou a raiva. Ela nunca tinha vivido assim, em meio a emoções tão extremas, e era exaustivo.

"Tá", disse Joan. "Isso quer dizer que... você nunca pretende fazer isso?"

Vanessa franziu a testa. "Eu... sei lá. Nunca fiz isso."

"Você nunca conheceu a família de alguém com quem estava saindo?"

"O que estou dizendo é que geralmente eu sou a pessoa que as mulheres *não* querem apresentar aos pais", disse Vanessa, como se fosse uma piada muito engraçada para as duas.

"Você nunca quis... apresentar alguém para a sua mãe?"

Vanessa soltou um risinho de deboche. "*Não*."

"Bom, mas com certeza você já conheceu a família de alguma namorada..."

Vanessa pensou sobre a questão. "Na verdade eu nem sei se já tive alguém que pudesse chamar de namorada. Isso é mais... uma coisa que as pessoas fazem na época de colégio, né?"

"Sei", disse Joan, sem conseguir olhar para ela. "Entendi."

"Quer dizer, eu..." Vanessa soltou um suspiro. "Eu só tive relacionamentos que chegaram ao nível que a gente está agora. Nunca me vi como alguém que ia conhecer a sobrinha de alguém. A gente não está numa situação em que dá para eu aparecer no jantar do domingo e tentar conquistar a simpatia da sua família."

"Eu sei disso", disse Joan, cerrando os dentes, sem ter certeza de que sabia mesmo.

"Mas também nunca senti por ninguém o que sinto por você", acrescentou Vanessa.

Joan tentou esconder o sorriso. Vanessa sabia deixá-la toda derretida em dois tempos.

"Não estou pedindo para você conhecer a Barbara", disse Joan, por fim. "Nem os meus pais. Eu sei que é diferente. Mas tem outras partes da minha vida que quero compartilhar com você. Não vem me dizer que eu estou dando uma de maluca."

Vanessa sorriu e chegou bem pertinho dela, apoiando as mãos na cintura de Joan. "Eu estou dizendo que você está dando uma de maluca?"

Joan riu e se esquivou do beijo de Vanessa. "Quase isso!"

Vanessa errou a boca de Joan e beijou seu pescoço em vez disso. "Bom, eu não acho que você seja maluca."

"Então em algum momento você vai conhecer a Frances", disse Joan, com um aceno firme de cabeça. "Ótimo."

Vanessa riu e colou o corpo ao de Joan, afundando o rosto em seus cabelos.

"Nã-nã-não", disse Joan. "Só porque você amarelou não significa que eu não preciso ir." Ela deu um beijo em Vanessa. "Vou me trocar e sair, e você vai ficar aqui, sentindo minha falta."

Vanessa levou as mãos à cabeça e grunhiu, como se fosse fisicamente doloroso deixar Joan ir embora. "Você não pode ficar nem mais cinco minutinhos? Por favor?"

"Não", disse Joan, sem conseguir tirar o sorriso do rosto.

INVERNO DE 1982

Eram onze da noite, e elas estavam no apartamento de Joan, deitadas no chão, ouvindo discos. Aquela noite, segundo Vanessa, seria dedicada a fazer Joan se apaixonar por David Bowie.

"Se você me ama, precisa amar isso aqui também", declarou Vanessa. "Disso eu não abro mão."

"Eu já falei que gosto do *Hunky Dory*."

"Claro que você gosta do *Hunky Dory*! Eu não estaria com uma mulher que não gostasse do *Hunky Dory*! Mas você ainda tem muito o que aprender. A começar pela Trilogia de Berlim."

Joan deu risada. "Tudo bem, mas eu não reagi desse jeito quando você me disse que nunca tinha ouvido *Ladies of the Canyon*."

"Mas desde então eu ouvi todos os seus discos da Joni Mitchell, não?"

Joan assentiu. "É, ouviu, sim. Anda, pode pôr para tocar."

"Obrigada."

Era assim que elas passavam boa parte das noites juntas — em uma atmosfera tranquila e reconfortante que Joan nunca tinha compartilhado com mais ninguém.

Ou viam os filmes em preto e branco favoritos de Vanessa num cinema antigo a quilômetros da cidade, ou liam juntas no sofá, ou Joan convencia Vanessa a assistir ao noticiário noturno com ela, e era sempre uma paz indescritível.

Era fim de janeiro, e elas já estavam juntas havia quase seis meses, mas Joan não queria tocar no assunto. Não queria sentir que estava contando os dias, apesar de estar. E não queria sentir que aquilo pudesse acabar, apesar de saber que algumas histórias de amor tinham fim. Ou melhor, que todas tinham, no fim das contas. Apaixonar-se significava aceitar que teria o coração partido em algum momento.

"Steve não anda aparecendo muito", comentou Vanessa.

"Porque está treinando para a missão?"

"É, mas com isso eu também não posso voar com ele", explicou Vanessa. "Posso ir com Duke, mas ele não me deixa pilotar do assento traseiro."

"Bom, quase nenhum deles deixa", disse Joan.

"Mas eu sou piloto", respondeu Vanessa, com uma dureza na voz que Joan desconhecia. "E o Steve entende isso. E me deixa pilotar o T-38 do segundo assento."

"Na decolagem e na aterrissagem também?"

"Sim, claro! Eu sei o que estou fazendo. É a única coisa em que sou boa de verdade."

"Eu não duvido... só estou surpresa."

"Steve sabe do que sou capaz."

"Que bom", disse Joan. "Você merece."

"Mas agora..."

"Agora você tem que voar com o Duke."

"É", respondeu Vanessa. "Você percebe o quanto isso é frustrante? Ter que pedir permissão para fazer uma coisa que eu fiz a vida toda? É um insulto. Seria como alguém dizer que você só poderia usar um telescópio com a supervisão de outro cientista."

"Sinto muito", disse Joan. "Isso não é certo. E a Nasa já devia ter feito alguma coisa há muito tempo para derrubar essa restrição de mulheres não serem pilotos militares."

Vanessa semicerrou os olhos. "Continua dizendo isso... assim eu me sinto melhor."

"Bom, eles estão errados, e você está certa", disse Joan.

"Uau, agora estou me sentindo quase totalmente em paz."

"E *você* vai ser a primeira mulher a pilotar o ônibus espacial", disse Joan.

"Não faço questão de ser a primeira, só quero pilotar", respondeu Vanessa.

"Sim, eu sei", falou Joan, chegando mais perto. "Mas nós precisamos ter alguém com uma competência inegável para eles perceberem que não podem continuar recusando essa oportunidade às mulheres."

"E essa pessoa sou eu?", perguntou Vanessa.

"Essa pessoa é você."

Vanessa tentou não sorrir. "Então tá! Estou à disposição."

As duas começaram a rir, mas pararam quando a campainha tocou.

"Será que é o Griff?", murmurou Joan.

Enquanto Joan tirava a agulha do disco, Vanessa se levantou e foi para o banheiro.

"Joan, abre, sou eu."

Joan tinha ouvido aquela voz muitas vezes do outro lado da porta do banheiro quando era criança: Barbara estava sempre tentando convencê-la a fazer alguma coisa, como esconder um presente de um garoto ou lhe emprestar algum dinheiro.

"Estou indo", disse Joan.

Quando abriu a porta, viu que Frances estava no colo de Barbara, com as pernas ao redor da mãe e a cabeça no ombro dela. Dormindo. Frances tinha sete anos e meio a essa altura, estava maior e mais independente, mas em momentos como aquele Joan se sentia aliviada ao ver que ainda era uma criança.

"O que está acontecendo?", perguntou Joan.

Barbara foi direto até o quarto e deitou Frances na cama de Joan.

"Barb, o que você está fazendo?"

"Shhh", fez ela, fechando a porta. "Tenho um compromisso, e preciso que você fique com ela no fim de semana."

"Ir aonde? Do que você está falando?"

"É com um cara", respondeu ela.

Joan respirou fundo. "O cara novo? Frank?"

"Não, esse não. Frank é péssimo. Você acredita que ele queria que eu dividisse a conta? Todas as vezes? Quando ele me convidava para sair?"

"Bom, ele nunca me pareceu um cara muito confiável, Barb."

Barbara olhou feio para a irmã e mudou de assunto. "Eu conheci alguém. Alguém muito, muito especial. O nome dele é Daniel."

"Entendi, mas por que você precisa deixar a Franny aqui?"

"Detesto quando você a chama de Franny."

"Responde o que eu perguntei, por favor."

"Bom, aconteceu uma coisa incrível. Daniel me ligou e me convidou para passar o fim de semana com ele em Nova York. A gente vai ficar no Four Seasons, e ele vai me levar para ver um espetáculo na Broadway. Qualquer um que eu quiser ver. E disse que consegue uma reserva no Le Cirque."

"Eu... eu nem sei o que é isso."

"É um restaurante, Joan. Que tal ler uma revista de vez em quando?"

Joan fechou a cara. Então, um barulho vindo do banheiro a deixou tensa.

"Olha só, eu realmente preciso desse favor", disse Barbara. "Sei que não é pouco. E eu não pediria se não precisasse muito, muito mesmo. Eu gosto dele. A gente saiu algumas vezes, e está indo tudo muito bem. Ele é muito bem-sucedido na carreira, e deixou claro que quer casar. Pode ser o cara certo para mim. Pode ser uma chance para eu dar um jeito na minha vida. Por mim e pela Frances. Pode ser o meu recomeço, Joan!"

"Recomeço?"

"De dar um jeito nas coisas."

"As coisas estão tão ruins assim?"

Barbara franziu a testa. "Joan, fala sério."

"Estou falando."

"Você acha que eu não sei o que as pessoas pensam de mim? Frances não tem pai. Eu mal dou conta do básico trabalhando como secretária em meio período, pedindo dinheiro para a mamãe e o papai. Isso não é vida para mim."

Joan não sabia que Barbara pedia dinheiro para os pais e se sentiu uma idiota por não perceber. Claro que ela fazia isso.

"Joan, por favor. Eu realmente acho que pode dar certo com esse cara. E eu não falo isso toda hora, né?" Barbara não esperou por uma resposta. "Daniel é advogado, vem de uma família importante de Houston. Frances e eu íamos ter dinheiro para viver. Eu só preciso de um tempo. Para mostrar que ele pode ser feliz comigo."

Joan deu de ombros. "Nem sei por que estou discutindo. Eu adoraria ficar com ela."

Barbara respirou aliviada. "Obrigada. Você já ia ficar com ela no domingo o dia todo, lembra? Então é só mais hoje à noite e amanhã, e eu passo para buscar a Frances na escola na segunda."

"Tá bom, agora vai se divertir."

"Ah, obrigada, obrigada, obrigada. Obrigada."

"Sem problemas."

"Eu te amo!"

"Eu também te amo."

"Você é a melhor irmã do mundo e a melhor tia do mundo."

"Tudo bem", disse Joan. "Eu a levo para a escola na segunda, e você busca."

"Obrigada. Te amo."

E com isso Barbara foi embora.

Antes que pudesse pensar em qualquer coisa, Joan foi abrir a porta do banheiro. Vanessa estava sentada no vaso com a tampa fechada, lendo os ingredientes no rótulo de um frasco de xampu.

"Como você acha que se escreve jojoba?", perguntou ela.

Joan respondeu, e então falou: "Frances vai dormir aqui hoje. Ela vai ficar comigo no fim de semana".

Vanessa pôs o xampu de volta no box. "É, eu ouvi. Vou pegar as minhas coisas e ir embora."

"Obrigada. E desculpa."

Vanessa deu um beijinho em sua testa. "Não esquenta com isso, por favor. A Frances é prioridade."

Sob o olhar de Joan, ela começou a guardar suas coisas.

"Eu vou me divertir com ela no fim de semana. Só que... não entendo minha irmã."

"Bom, sem querer me meter, mas pelo que ouvi eu também não entendo", disse Vanessa. Ela abraçou Joan, que afundou naquele aconchego. "Mas, sabe, a Frances tem muita sorte de ter você por perto, alguém tão incrível e que gosta tanto dela."

Joan assentiu, apesar de se sentir tentada a balançar a cabeça e contra-argumentar. A sortuda não era Frances. Era Joan. Era tão bom amar Frances. O amor que sentia não era um presente seu para Frances, e sim *de Frances para ela*.

"Então eu devo acreditar no que Barb está me dizendo?", questionou Joan. "Que ela está deixando Frances comigo porque está tentando um futuro melhor para elas?"

"Não sei. Isso você talvez só descubra com o tempo. Mas eu posso te fazer companhia até a hora de você ir dormir. Posso fazer uma massagem nos seus pés."

Joan deu uma risadinha. "Bom, isso ajudaria *bastante*."

"Vem cá", chamou Vanessa, indo para o sofá e começando a massagear os pés de Joan, que em questão de minutos sentiu o mundo perder a nitidez, e cuja última lembrança antes de adormecer foi Vanessa a cobrindo com uma manta.

Na manhã seguinte, quando Joan acordou, Vanessa tinha ido embora e uma Frances de cabelos desgrenhados estava à sua frente.

"Joanie, que que eu tô fazendo aqui? Cadê a mamãe?"

"Eu pedi para a sua mãe para ficar com você no fim de semana", disse Joan, com a visão ainda borrada.

Frances pulou em cima dela e lhe deu um susto, acertando os joelhos bem no meio de suas costelas. Mas e daí? Quem ligava para a dor quando Frances estava assim tão feliz?

"Obrigada, Joanie! Obrigada!"

Naquela segunda-feira, Joan deixou Frances na escola e foi direto para a reunião dos astronautas. Em seguida, trabalhou com um dos pesquisadores no Spacelab até a hora do almoço. Precisava estar no campo de aviação às três — Hank havia se oferecido para acompanhá-la num voo naquela tarde, e Joan tinha horas a cumprir.

Ela foi para casa se trocar antes de ir para a pista, mas quando estava prestes a sair — com a jaqueta de couro, os óculos escuros de aviador no bolso e as chaves na mão —, o telefone tocou.

Joan quase ignorou a chamada, mas olhou no relógio e imediatamente soube quem devia ser.

"Alô?"

"Oi, aqui é a Rhonda, da secretaria da Escola Primária Olive. Falo com Joan Goodwin, tia de Frances Goodwin?"

"Sou eu, sim."

"Você poderia vir buscar a Frances?", perguntou a mulher. "As aulas acabaram há quarenta minutos e, infelizmente, a mãe dela não veio. Tentei ligar para a casa dela, mas ninguém atendeu."

Joan respirou fundo. "Claro, chego aí em vinte minutos."

"Ela está aqui na diretoria comigo", avisou Rhonda.

"Tem outro lugar em que ela possa ficar?", perguntou Joan. "Talvez na biblioteca? Não quero que ela pense que fez alguma coisa errada."

"Entendo. Mas Frances e eu estamos nos divertindo aqui. Ela me ajuda com as minhas palavras cruzadas, e é muito boa nisso."

Joan fechou os olhos e suspirou. "Tá, diz para ela que daqui a pouco estou aí, por favor, e que estou animada para passar a tarde com ela."

Joan ligou para o campo de aviação para avisar Hank que não poderia ir.

"Tudo bem, então. Eu vejo se Donna ou Griff querem voar comigo."

"Obrigada, Hank. E me desculpa."

"Não se preocupa com isso. Só que eu não vou ter mais tempo essa semana, e sei que você está correndo para cumprir suas horas até o fim do mês."

"Não tem problema, eu me viro. Obrigada."

Quando Joan entrou na diretoria, não muito tempo depois, Frances por algum motivo lhe pareceu mais velha. Estava usando a mesma calça Wrangle e a mesma camiseta de beisebol com que Joan a deixara na escola, mas os cabelos tinham sido penteados de outra forma em algum momento do dia — por Rhonda, Joan desconfiou — e agora estavam presos num rabo de cavalo. A menina comemorava sua vitória sobre Rhonda no jogo da velha.

"Oi, vamos lá, lindinha", disse Joan. "Temos uma tarde de diversão pela frente."

Frances se despediu de Rhonda e foi com Joan até o carro. Quando se acomodou no banco e pôs o cinto de segurança, a menina olhou para a tia como se a visse pela primeira vez na vida e comentou: "Uau, que jaqueta incrível".

Joan se inclinou para o lado e plantou um beijo na cabeça da sobrinha. "Como você está?"

"Para com isso", disse Frances. "Eu já tenho sete anos e meio."

Joan assentiu. "Verdade."

Ela levou Frances para a casa de Barbara, e as duas foram para a cozinha, onde a menina se sentou diante da bancada para terminar a lição de casa.

"Você pode me fazer doce de Rice Krispies?", pediu Frances. "A minha mãe prometeu na semana passada que ia fazer hoje. Fiquei pensando nisso o dia todo."

Joan deu uma olhada nos armários da cozinha. Havia uma caixa de cereal ao lado de um pacote de marshmallows na prateleira de artigos de confeitaria, entre gotas de chocolate e granulados coloridos.

"Claro", disse Joan.

Ela leu a receita no verso da caixa, derreteu a manteiga e acrescentou os marshmallows. Enquanto misturava os cereais, ficou pensando em por que exatamente estava fazendo uma sobremesa naquele momento e não manobras aéreas em um avião supersônico.

Assim que a mistura esfriou, Joan cortou e deu um pedaço para Frances quando ela terminou o dever.

A menina olhou para o doce em sua mão. "Minha mãe põe gotas de chocolate."

"Ah, desculpa, não sabia."

"Dá para colocar agora?"

"Hã..." Joan olhou para os doces, pensando no que fazer. "Eu posso pôr algumas em cima ou enfiar umas no meio?"

"Não", disse Frances, se irritando. "Eu não quero por cima. Quero junto com o doce, como a minha mãe faz."

"Franny, não dá para colocar o chocolate agora", disse Joan. "O doce já está pronto."

"Por que você fez isso?", gritou Frances. "Por que você estragou o meu doce?"

"Não foi de propósito", disse Joan. "Você sabe disso."

"Você não quer que eu coma!"

"É claro que quero que você coma, lindinha. Mas agora não tem mais jeito."

"Faz de novo, então!"

"Frances, fica calma, por favor."

"Eu não consigo ficar calma! Não quero! Quero que você coloque gotas de chocolate no meu doce!"

Nesse momento, Frances, que estava com o pé apoiado no banquinho, acertou um chute bem na canela da tia.

"Frances!"

A menina a chutou de novo.

Joan ficou olhando para a sobrinha, completamente perplexa. Frances caiu no choro.

Na Nasa, o trabalho de Joan era se preparar para qualquer possibilidade. Era um sistema criado para eliminar variáveis desconhecidas. Em sua vida profissional, ela se sentia *preparada* como nunca para enfrentar um desastre.

Mas bastou a sobrinha dar um chute em sua canela para ela perder a noção de como agir numa situação desafiadora daquelas. Joan se abaixou até o nível dos olhos de Frances, que continuava aos berros.

"Eu quero a minha mãe! Ela é que sabe fazer! Você não sabe nada!", bradou a menina, que começou a espernear e jogou a pasta com a lição de casa no chão.

Sem saber direito o que fazer, Joan a pegou nos braços e a puxou para junto de si.

"Paaara!", gritou Frances. "Me larga."

Joan não largou. Continuou firme e calada enquanto a sobrinha se debatia nos seus braços. Por fim, Frances se acalmou e parou de gritar, chorando no ombro da tia. Quando enfim as lágrimas secaram, Joan se inclinou para trás e a observou.

O rosto dela estava vermelho e inchado, mas foram seus olhos que chamaram a atenção de Joan.

Dizem que as crianças são resilientes, mas Joan desconfiava que isso era uma mentira que contamos a nós mesmos por morrermos de medo de que elas sejam frágeis como nós.

Joan limpou as lágrimas do rosto da menina com um gesto suave do polegar.

Frances não disse muita coisa depois disso. Não comeu os doces de Rice Krispies. Mas as duas assistiram tevê até a hora de ela ir para a cama.

Frances entrou no chuveiro e tomou banho sozinha.

Joan se deitou na cama da sobrinha e ficou olhando para as estrelas de plástico coladas no teto. Estavam desordenadas. Não lembravam em nada o céu noturno.

Então só lhe restou fazer uma coisa: arrancar todas.

Quando Frances saiu do banheiro usando uma camiseta grande de dormir, com os cabelos ainda molhados, Joan ainda estava em cima da escada.

"O que você está fazendo?", ela perguntou para Joan.

Joan desceu. "Apaga a luz", pediu.

Foi o que Frances fez, e as estrelas começaram a brilhar. Ela olhou para o teto. "Você trocou de lugar?"

"Vem cá", chamou Joan, batendo no colchão. Joan cobriu a menina e se deitou ao lado dela.

"Está vendo aquelas estrelas alinhadas ali, bem em cima de você? Que parecem um cesto grande na parte de baixo?"

"O Grande Carro", disse Frances.

Joan sorriu. "Exatamente."

"Parte da Grande Ursa", complementou Frances.

"Ursa Maior. Isso mesmo. Você prestou atenção direitinho quando a tia te explicou. Qual é aquela logo em frente? Parecida, só que de cabeça para baixo?" Joan apontou para a direita de onde elas estavam olhando.

"O Pequeno Carro. Ursa... Menor?"

Joan beijou sua testa. "Menina esperta."

"Me mostra as outras", pediu Frances. E Joan lhe mostrou as outras duas que conseguiu montar durante o banho da sobrinha, Cassiopeia e Lyra.

"Adorei", disse Frances. "Obrigada."

Então Frances tentou se despedir.

"Por favor, não vai embora", pediu. "Por favor, passa a noite aqui comigo."

"Eu vou estar aqui. Só que lá embaixo."

Joan ouviu a porta da frente se abrindo e respirou aliviada ao saber que Barb enfim estava em casa. Ela não falou nada para Frances.

Frances balançou a cabeça. "Não, estou pedindo para você ficar comigo aqui até eu pegar no sono."

"Tá bom, combinado", disse Joan, deitando a cabeça no travesseiro.

A sobrinha passou o braço por baixo do pescoço de Joan e a puxou para mais perto com uma confiança e autoridade que a surpreenderam. Era como se Joan fosse a criança, e Frances, a adulta. A menina lhe deu um beijo na testa, como Joan fazia com ela.

"Me desculpa pelo que eu fiz, Joanie", disse a sobrinha, já começando a adormecer.

"Está tudo bem, querida."

Ela dormiu logo depois.

Quando Joan desceu, Barbara estava sentada à mesa da cozinha, bebendo uma taça de vinho. Estava absurdamente linda, com os cabelos escuros escovados com secador e um vestido azul que marcava bem a cintura. O batom já estava um pouco desbotado, mas era de um vermelho vivo. Joan sabia que Frances ia ser parecida com ela quando crescesse, que um dia teria aquele mesmo glamour.

"Onde diabos você andou?", perguntou Joan.

"Ah, nem começa", respondeu Barbara. "Não depois do dia que eu tive."

"Do dia que *você* teve?"

"Liguei para você umas dez vezes lá do aeroporto LaGuardia, Joan", rebateu ela. "Perdi meu voo. Você queria que eu fizesse o quê? Tive que pegar o das quatro horas."

"Eu queria que você não deixasse a sua filha abandonada na escola", retrucou Joan, tentando manter um tom de voz baixo.

"Bom, então talvez você devesse instalar a porcaria da secretária eletrônica que eu te dei de presente de Natal!"

"Frances e a secretária da escola se conhecem pelo primeiro nome, sabia? Elas vivem fazendo palavras cruzadas juntas, de tanto tempo que Frances passa lá."

Barbara balançou a cabeça. "Lá vamos nós de novo, com essa ladainha de que você e Frances são melhores do que eu..."

"Eu não estou..."

"Não, por favor, me explica. Não basta você ter sido tão perfeita na nossa infância que, quando eu cometia um errinho que fosse, parecia uma imprestável. E agora os nossos pais vivem contando para todo mundo que você é astronauta e eu sou uma zero à esquerda. Ao que parece, você também sabe mais que eu sobre ser mãe. Que ótimo. Então, por favor, me ensina. Estou ansiosa para aprender com as palavras da santa Joan."

Joan pegou seu casaco.

"Ela está sofrendo, Barbara", disse Joan. "Ela sente sua falta."

"Ela está bem", respondeu Barbara. "Frances é uma menina especial. Mas isso eu tenho certeza de que você não vê."

"Claro que vejo."

"A mãe diz que ela é uma alma antiga. Frances é muito mais madura do que a maioria das meninas da idade dela."

Joan balançou a cabeça, resignada. "Boa noite, Barb. Não faz mais isso. Estou atrasada com as minhas horas de voo e não posso perder uma tarde inteira desse jeito."

"Ah, desculpa. E eu pensando que a família vinha em primeiro lugar. Da próxima vez vou lembrar que você não dá a mínima para isso, pode deixar."

Joan bateu a porta com força, mas se arrependeu no mesmo segundo, com medo de ter acordado Frances. Tentou se acalmar no caminho até o carro, mas arrancou pisando fundo.

Quando chegou em casa, ficou acordada até depois da meia-noite instalando a secretária eletrônica.

Alguns dias depois, Joan e Vanessa levaram cano de seus pilotos — houve uma excursão de última hora com os astronautas para a Boeing. Elas aproveitaram para tirar a tarde de folga e saíram para comer frango frito.

Quando voltaram ao carro de Vanessa, Joan viu as horas e percebeu que tinha perdido a noção do tempo. "A gente demorou mais do que eu pensava. Estou atrasada para buscar a Frances."

"Ah, ok. Eu levo você de volta rapidinho", disse Vanessa.

Joan assentiu. "Ou você pode ir comigo."

Ela esperou em silêncio por uma resposta, que não veio. Em vez disso, ao olhar para Vanessa, ela estava com os olhos fechados. Vanessa fazia isso às vezes, Joan já tinha percebido, como se escapasse para um lugar só dela, inacessível aos outros.

"Não sei, não, Jo", respondeu Vanessa por fim. "Não sei falar com crianças. Não sei como fazer essas coisas."

"Qual é a diferença de falar com qualquer outra pessoa?"

"Sei lá!", disse Vanessa, jogando as mãos para o alto. "Eu falei que essa não é minha praia. E se eu falar alguma bobagem e a Frances não gostar de mim? E se você deixar de gostar de mim porque ela não gosta?"

Joan inclinou a cabeça. "Como alguém poderia não gostar de você? Isso não vai acontecer."

"Você não tem como saber."

"Você está levando isso a sério demais. Crianças são menos complicadas que os adultos."

"Eu não sei do que as crianças gostam. Nem de como querem que a gente converse com elas. Eu tenho que perguntar do que ela gosta na escola? Ou isso é irritante? Não sei falar com elas sem parecer condescendente."

Joan segurou a mão de Vanessa. "Você não se lembra de quando tinha sete anos?"

"Eu mal me lembro de ter sido criança."

Joan assentiu. "Tudo bem, entendo. Tá, qual é a coisa mais infantil de que você gosta?"

"Quê?"

"Do que você gostava na infância e continua gostando até hoje? Tipo, eu adoro o Natal. Adoro ir dormir na véspera de Natal sabendo que no dia seguinte vou acordar feliz e animada. E não importa que os presentes não sejam mais para mim. A magia continua no ar."

"Você sabe que o Papai Noel não existe, né?"

"Você sabe que existem coisas muito mais fantásticas no mundo além do Papai Noel?"

"Fantásticas? Jura?", rebateu Vanessa. "Não."

"E os aniversários? Você se lembra de algum aniversário que te marcou quando era criança?"

"Lembro que uma vez minha mãe contratou um palhaço para o meu aniversário, isso antes de o meu pai morrer, e as quatro amiguinhas que eu tinha convidado berraram de medo, e todas tivemos pesadelos com isso."

"Algodão-doce?"

"Nojento."

"Unicórnios?"

"Imaginários."

"Quem se importa com isso?"

"Eu."

"Arco-íris."

"Efeito de frequências de onda."

"Onde está sua criança interior?", perguntou Joan, por fim.

"Morreu!"

"Estou vendo."

"Virou pó, foi soprada pelo vento e agora está nas nuvens, junto com o seu Deus."

Joan deu risada.

"Peguei pesado?", perguntou Vanessa, também rindo.

"Não, eu adorei."

"Olha, as pessoas de quem você gosta são importantes para mim", disse Vanessa. "Mas acho que para fazer parte da vida de uma criança é preciso... levar isso a sério. Estar presente de verdade. Colocar o bem-estar dela em primeiro lugar. Isso não cabe na minha vida. E eu jamais iria querer deixar uma criança na mão. Nem ninguém, aliás."

"Por acaso já te ocorreu... que você está complicando uma coisa que na verdade é bem simples, que no caso é buscar a minha sobrinha, e nós estamos atrasadas?"

Vanessa riu.

"Vai ter que virar à esquerda no próximo sinal", avisou Joan. "Quando ela entrar no carro, você vai dizer: 'Oi, sou a Vanessa, amiga da Joan'. Aí você pergunta como foi a escola. E o nome da professora."

"Você faz parecer tão fácil."

"Mas é fácil. E importante para mim. E é por isso que você vai fazer."

Vanessa fechou os olhos de novo, abriu e engrenou o carro.

"Ótima escolha", disse Joan. "Aliás, você está subestimando a Frances. Ela tem muito bom gosto."

Frances estava sentada perto dos degraus da escada.

"Oi", ela disse, com um olhar perplexo ao ver a tia chegando num conversível.

"Essa é minha amiga Vanessa", apresentou Joan, descendo do carro e deitando o banco.

"Oi", falou Vanessa. "Eu sou a Vanessa, amiga da Joan." Ficou um pouco sem graça, buscando mais alguma coisa para dizer. "Acho que a gente já se conheceu, no acampamento do ano passado."

Frances abriu um sorriso meigo. "Ah, verdade! Legal ver você de novo."

"Sobe aí no banco de trás", pediu Joan.

Frances se acomodou e largou os livros ao lado. Joan voltou a sentar e explicou o caminho da casa da irmã para Vanessa.

"Seu dia foi legal?", perguntou ela.

"Mais ou menos", respondeu a sobrinha. "Mas a gente jogou queimada, e eu tentei acertar o Nicky e errei. Não passou nem perto. Foi uma vergonha. Depois da aula, o Phil Magnusson falou que eu jogo que nem uma menininha. E, quando eu falei que ele estava sendo grosso, me chamou de 'florzinha da mamãe'."

Elas pararam num sinal vermelho, e Vanessa se virou para trás. "Ele não sabe o que está falando. O que não falta é gente que olha a rosa, mas não vê o espinho."

"Como assim?", perguntou Frances.

"Só um idiota usaria isso como um insulto. Tem flor que sobrevive até a geada."

"O que é geada?"

Vanessa acelerou quando o sinal abriu, levantando a voz para ser ouvida em meio ao vento. "É quando o chão congela. Mas a questão é que as flores não são todas delicadinhas e indefesas. Tem planta carnívora que também dá flor. E elas são lindas e mortais."

"Sério?", perguntou Frances.

Quando se virou para trás, Joan viu que Frances ouvia atenta cada palavra de Vanessa, maravilhada.

"É, sim. Ser florzinha não é vergonha nenhuma", disse Vanessa. "E ele é um idiota."

"Bom", interveio Joan, "a gente não chama ninguém de 'idiota'."

Vanessa nem deu bola. "Da próxima vez que ele vier com uma dessas, sabe o que você pode responder? Diz que você pode aprender a jogar a bola mais longe se quiser, mas que ele nunca vai deixar de ser burro."

"Frances, não é para falar isso!", corrigiu Joan.

Frances estava rindo. "Ele nunca vai deixar de ser burro *mesmo*", ela disse para si mesma, quase sem ar. "É verdade."

Joan olhou para Vanessa como uma professora repreendendo o aluno bagunceiro da turma. Vanessa mordeu o lábio e fez com a boca: *Exagerei?*

Joan assentiu.

"Ei, tive uma ideia", anunciou Vanessa. "Alguém está a fim de tomar um milk-shake?"

Joan se virou para ver a reação de Frances.

"sim!", gritou Frances. "óbvio!"

* * *

Na lanchonete, Vanessa pediu um milk-shake de morango e um sanduíche de pasta de amendoim com geleia, que cortou em quatro pedaços.

"Quando eu era bem pequena, mais nova que você", falou Vanessa, diante de Frances, "meu pai me trazia aqui, e sabe o que a gente sempre pedia?"

"Milk-shake?"

Vanessa reagiu como se Frances tivesse lido sua mente.

"Como você sabia?"

"É o que eu ia fazer."

"Pois é. Era o que a gente fazia. Um milk-shake de morango", continuou Vanessa, dando um pedaço do sanduíche para Frances. "E a gente também sempre comprava um sanduíche de pasta de amendoim com geleia para mergulhar no copo."

Frances deu risada. "Milk-shake no sanduíche?"

"Se você nunca provou, não sabe o que é bom."

Frances pegou seu pedaço do sanduíche e molhou no milk-shake de chocolate. Fez uma cara de quem não achou grande coisa.

"Acho que eu não expliquei direito", disse Vanessa. "Para comer com o sanduíche precisa ser o milk-shake de morango."

Ela pegou outro pedaço, mergulhou no seu milk-shake e deu para Frances.

Quando experimentou, Frances arregalou os olhos. Joan mal entendeu as palavras que saíram de sua boca cheia. Era algo na linha de *Uau, isso é bom mesmo.*

Vanessa mergulhou o seu e fez o mesmo. "Viu?"

"Tá", disse Joan. "Me deixem experimentar também."

Ela pegou um pedaço e mergulhou no milk-shake de Vanessa.

"Viu só, Joanie?", falou Frances.

Vanessa deu para Frances o último pedaço do sanduíche, que ela molhou e enfiou na boca. "Da próxima vez, vou pedir esse. E vou chamar de 'especial da Vanessa'."

Vanessa riu e se virou para Joan. "Isso é o que eu chamo de legado."

Joan deu risada também, mas para ela aquele era exatamente o significado de legado: a chance de compartilhar algo do passado com alguém que manterá esse hábito vivo no futuro. Sabia que o mundo se concentrava em triunfos maiores — descobertas científicas, grandes obras de arte —, mas naquele instante um sanduíche de pasta de amendoim com geleia molhado no milk-shake de morango pareceu a Joan uma grande tradição a ser levada adiante.

VERÃO DE 1982

Joan e Vanessa tinham criado o hábito de conversar ao telefone antes de irem para a cama nos dias em que não podiam se ver. Dias que estavam ficando cada vez mais frequentes, visto que as duas viviam atarefadas.

Vanessa vinha trabalhando na função de "Cape Crusader", como era chamado o pessoal de apoio aos astronautas em missão, a equipe que preparava o ônibus espacial, ajudava a tripulação a se instalar nos assentos e auxiliava no fechamento da nave depois da aterrissagem. Com isso, vinha passando um tempão em Cabo Canaveral.

Isso significava que os momentos a sós andavam cada vez mais raros. Joan passava semanas apenas com esses telefonemas na calada da noite, sussurrando palavras secretas do outro lado da linha, na Flórida.

Mas no momento estavam ambas em Houston, e Joan se sentia grata por isso. Estava arrumando a mesa na casa de Vanessa quando ela entrou pela porta lateral com os kebabs grelhados na churrasqueira.

Pondo a bandeja na mesa, ela disse para Joan que queria perguntar uma coisa. "Hank falou que, se conseguir conciliar os horários, pode voar comigo no T-38 amanhã", explicou ela. "Mas com isso você ia precisar encontrar outra pessoa para voar com você na quarta-feira. Desculpa pedir isso, mas ele disse que vai me deixar pilotar o tempo todo. E eu não voei quase nada este mês. Tudo bem para você? Se não estiver, é só me falar. Eu não quero deixar você na mão."

"Não", disse Joan, balançando a cabeça e se sentando à mesa. "Quer dizer, tudo bem. Duke me falou que arruma um tempo para voar comigo. É só pedir para ele, mas..."

"Mas o quê?"

"Mas a gente ia tirar a tarde de folga amanhã, lembra? E você disse que queria ir naquele restaurante Tex-Mex no centro antes de voltar para o KSC, esqueceu?"

O dia seguinte seria a última chance de elas ficarem juntas antes de Vanessa ter que viajar de novo.

"Ah, é mesmo", disse Vanessa. "Não, eu ainda quero fazer isso. Mas..."

"A vontade de pilotar o T-38 fala mais alto."

Vanessa fez uma pausa antes de responder. "Pois é."

Joan conhecia Vanessa havia mais de dois anos a essa altura. As duas tinham se beijado pela primeira vez fazia quase um ano, e estavam cada vez mais íntimas.

Joan se entregou para Vanessa de uma forma que ainda a surpreendia. Não tinha se perdido em Vanessa, e sim se encontrado nela. Não sentia que tinha aberto mão de partes de si mesma para se adaptar a ela, e sim aprendido a abrir espaço para outra pessoa em sua vida.

Joan fazia isso de bom grado, mesmo que significasse ser uma vegetariana preparando um bolo de carne para Vanessa.

Essa aceitação nem sempre foi fácil — ela ficou chocada ao constatar o quanto doía amar alguém a esse ponto.

Suas mãos doíam quando não podiam tocá-la na frente das outras pessoas, como Donna fazia com Hank.

Ela sentia um incêndio dentro de si — uma queimação em sua barriga e em seu peito — quando as duas brigavam.

E como elas brigavam. Houve uma vez em que Joan perdeu as estribeiras, no dia do casamento de Donna e Hank, quando Vanessa se recusou a ir com ela no mesmo carro. E outra em que Joan começou a chorar quando Vanessa a apresentou a uma ex-namorada de repente, sem avisá-la antes. E havia a frieza e o afastamento de Vanessa quando Joan precisava cancelar os planos delas muitas vezes. As duas também brigavam quando Joan defendia o comportamento questionável de Barbara.

Elas já tinham dito coisas horrorosas uma para a outra. Foi a primeira vez na vida que Joan falou coisas que não eram verdade só para atingir alguém — só para tentar aplacar sua própria mágoa. E ficou horrorizada com o que saiu de sua boca. "Claro que você não é tão importante para mim quanto a minha sobrinha!" "Você não sabe o que é ficar ao lado de ninguém! Está sempre com um pé para fora da porta!"

E havia as coisas que Vanessa tinha dito: palavras que, por mais que ela tivesse pedido desculpas, continuavam guardadas dentro de Joan. "Você é o capacho da sua irmã!" "Você é muito infantil, Joan. Não é culpa sua, porque não tem experiência, mas às vezes você se comporta como uma adolescente comigo."

Como exatamente duas pessoas podiam machucar uma à outra dessa maneira e continuar juntas? Na verdade, se aproximarem ainda mais? Como Joan podia saber que Vanessa pensava mesmo algumas daquelas coisas — porque a própria Joan admitia para si mesma que também sentia algumas das coisas que disparava no meio das discussões —, mas de alguma forma o efeito disso era unir ainda mais as duas?

Por que, quando você deixava alguém se aproximar tanto, aprendia a aceitar tudo o que essa pessoa enxergava em você, por mais desagradável que fosse? Por que naquele momento mesmo, conversando com Vanessa, Joan se sentia absolutamente em segurança?

Sua mente de cientista podia formular uma série de explicações sobre a capacidade de negação e compartimentalização do cérebro. Para ela, porém, a verdade era que a aceitação era um sentimento tão poderoso que fazia todo o resto parecer secundário.

Vanessa a amava. E continuaria amando. Não dava nenhum sinal de que mudaria de ideia. E punha seu futuro em risco por isso.

"Sim, claro", disse Joan. "Você não pode perder a chance de pilotar o T-38 com o Hank, com certeza. Não tem nem conversa."

"Tem certeza?"

"É sério, eu entendo", garantiu Joan. "Você precisa fazer isso. E eu vou ficar brava com você se não fizer."

Vanessa riu, e bastou isso para deixar Joan feliz. Ela queria amar Vanessa sem jamais fazê-la desistir do que queria. Sem nunca mudar quem ela era.

Mas talvez isso não fosse exatamente verdade.

Depois que Vanessa saiu para pilotar no dia seguinte, chegou tarde no apartamento de Joan, quando ela já estava de pijama e se preparando para ir dormir.

Vanessa tirou a calça e o sutiã, escovou os dentes e se deitou de camiseta ao lado de Joan, colando as pernas geladas ao calor do corpo dela.

Quando estavam quase dormindo, disse: "Eu não sonho com o meu próprio velório há meses".

"É mesmo?", disse Joan. "Por que será?"

E Vanessa, afundando o rosto no pescoço de Joan, respondeu: "Por sua causa".

Joan e Vanessa estavam voltando de um jantar no conversível de Vanessa com a capota abaixada, com o vento quente de agosto esvoaçando os cabelos de Joan.

Ela percebeu que Vanessa estava dirigindo com uma das mãos no volante e a outra no joelho. Às vezes Joan a observava fazendo uma conversão, movendo o volante com a mão espalmada. Isso sempre acendia algo dentro dela.

"Quero levar você a um lugar especial", revelou Vanessa, parando na frente de casa.

"Eu sempre quis fugir", disse Joan, e então falando baixinho, quando Vanessa chegou mais perto: "Para algum lugar bem longe daqui, onde ninguém possa ver a gente, e eu pudesse te beijar a céu aberto".

Vanessa fechou a capota do carro, e elas entraram. Depois de fechar a porta, Vanessa prensou Joan contra a parede e a beijou. Joan nunca se cansava disso, de ser puxada e empurrada dessa forma.

"Sabe o que eu quero?", disse Vanessa. "Quero você deitada numa praia absolutamente deserta. E você de biquíni. E eu vou estender uma canga enorme no chão. E tudo vai estar cheirando a bronzeador. E vai ter garçons servindo taças de French 75 para a gente. E a água vai ser quentinha."

"E a gente vai poder entrar no mar juntas, e eu vou poder te abraçar quando as ondas vierem e envolver sua cintura com as minhas pernas e poder ficar lá, só curtindo com você."

"E eu vou poder te beijar sem ninguém olhando, nem se importando."

"Quero isso também."

"Minha amiga Eileen tem uma pista de pouso perto de Miami, sabe.

Às vezes ela usa o Hawker 400 de um cliente para ir com a companheira dela, Jacqueline, para a Costa Rica. Talvez a gente possa fazer isso um dia. Pegar uma carona com elas."

"Ou conseguir um avião emprestado, e você mesma leva a gente."

"Engraçado você dizer isso..."

"Você vai levar a gente voando para algum lugar?"

"Você ia gostar disso?"

"Eu quero ver você pilotando. Nunca voei com você no comando. Podendo te ver de perto. Eu quero ver."

"Bom, eu sei que a gente não tem tempo para fazer viagens longas no momento, mas eu tenho uma ideia mais viável."

"Então me conta."

Vanessa sorriu. "Daqui a mais ou menos um mês vamos ter um fim de semana prolongado do Dia do Trabalho."

O coração de Joan disparou.

"No ano passado, nessa época... a gente foi para Rockport."

"Sim, isso mesmo", disse Joan.

"E foi ótimo."

"Sim, foi ótimo."

"E eu pensei em comemorar a data e levar você para jantar."

"Ok", falou Joan. "No fim de semana do Dia do Trabalho, você me leva para jantar."

"Mas não em um lugar qualquer, obviamente."

Joan percebeu o tom de voz dela, e seu sorriso. "É, obviamente é um jantar importante."

Ela deu risada. "E se a gente fosse de avião para o Parque Nacional Glacier, em Montana, para comer ao ar livre, sob as estrelas?"

"Pois é, e se a gente fosse, Vanessa Ford?", falou Joan. Ela não conseguia conter o sorriso que tomou conta do seu rosto. "E se a gente fizesse isso mesmo?"

Vanessa pilotava um avião da mesma forma como dirigia o carro. Calada, concentrada e confiante. Dava a impressão de que estar no controle de uma aeronave era a coisa mais tranquila do mundo.

Elas estavam sobrevoando o Parque Nacional de Big Bend, e Joan estava com a testa colada na janela, olhando para a imensidão da cadeia de montanhas mais abaixo.

"Eu adoro voar", comentou Joan. "Não sei como pude desperdiçar tanto tempo da minha vida lá embaixo, sinceramente. Como fui tonta."

Vanessa deu risada. "Às vezes, quando estou com os dois pés no chão, eu me sinto perdida", comentou. "Isso faz sentido para você?"

"Claro que faz", disse Joan.

"É tudo bem mais fácil aqui em cima. Mais silencioso, com menos gente. Posso ser eu mesma de um jeito que não sei se consigo lá embaixo."

Joan assentiu. "Faz bastante sentido mesmo."

"Mas também acho que voar é uma coisa que me dá... esperança."

"Esperança?"

"Aham. Bom, você está numa máquina que oitenta anos atrás diziam que nunca existiria. Em 1903, o *New York Times* publicou que ainda estávamos de um a dez milhões de anos da invenção de uma máquina voadora."

"Dez milhões de anos?"

Vanessa assentiu. "O título do artigo era 'Máquinas voadoras que não voam'. Alguns dos engenheiros mais prestigiados do mundo declararam que era impossível criar uma máquina voadora mais pesada que o ar."

"Acho que eu nunca soube disso."

"Mas, sessenta e nove dias depois, os irmãos Wright conseguiram."

Joan deu risada. E Vanessa também.

"Pois é! Esses engenheiros todos fizeram papel de idiotas. Mas a questão é que eles tinham um bom motivo para achar que não ia rolar. Muita gente já tinha tentado. Samuel Langley caiu com seu Aerodrome no rio Potomac. E os engenheiros trabalharam no projeto um tempão. Não chegaram nem perto de algo parecido com um voo motorizado."

"E aí os irmãos Wright simplesmente deram um jeito?"

"Os irmãos Wright pensaram em coisas que os outros não sacaram. Controle em três eixos, balanceamento, enfim. Mas uma coisa importantíssima que os outros não tinham entendido e que os irmãos Wright sacaram foi a importância não só do avião, mas do piloto também."

Joan sorriu e fechou os olhos. "Claro."

"A questão não é só criar uma máquina que voa. É também entender *o jeito* como ela voa. O piloto é importante. Saber funcionar como uma parte do maquinário é o que torna o veículo viável."

"Ahhh" disse Joan. "Tá, já entendi tudo."

Vanessa olhou para ela. "Entendeu?"

"Sim. Você é mais que um simples ser humano quando está pilotando."

Vanessa ficou vermelha e olhou para a frente de novo, assentindo.

"Os irmãos Wright não tinham dinheiro nem formação universitária. Eram donos de uma bicicletaria e a irmã mais nova deles, Katharine, merece muito mais crédito do que recebeu, porque foi ela quem tocou o barco enquanto eles faziam seus experimentos. Mas eles só pensavam em aprender a como voar. E foi por isso que insistiram, porque eram apaixonados pela ideia. Quando eu penso nisso... Acho que é o que eu entendo como 'esperança'. Porque quando penso nisso, eu me pergunto..."

"O que mais todo mundo diz que é impossível que você pode tentar fazer só por diversão?"

"Isso!", respondeu Vanessa. "Porra, você consegue imaginar o que pode ser possível se isso for possível? Consegue imaginar o que o ônibus espacial é capaz de fazer?"

"Acho que é você quem vai descobrir", disse Joan.

Vanessa mordeu o lábio e não olhou para Joan. "Você acha mesmo?" Joan nunca tinha ouvido a voz de Vanessa soar tão pequena e insegura.

Joan pôs a mão no joelho dela. "Acho, sim, de verdade."

Vanessa assentiu e respirou fundo. "Ei", continuou ela, com a voz voltando ao normal. "Posso fazer um bom desvio de rota e sobrevoar o Grand Canyon?"

"Mil vezes sim", respondeu Joan.

Vanessa sorriu e virou o avião de forma tão suave que, se Joan não tivesse visto, não teria certeza de que elas estavam fazendo uma mudança de rota.

Joan a observou por mais tempo, vendo suas mãos manipulando os comandos, realinhando a aeronave no ar. Observou a respiração de Vanessa, seu peito subindo e descendo. Tão tranquila, tão controlada, tão livre.

Enquanto sobrevoavam o Grand Canyon, Joan encostou a testa na janela para ver o máximo que podia da vastidão dos desfiladeiros lá embaixo. Pensou nos milhões de anos em que a Terra existiu sem os seres humanos, e em seu desenvolvimento lento e sem pressa.

Olhou de novo para Vanessa. Viu o sorriso que apareceu no rosto dela enquanto a mantinham em uma rota precisa sobre a Borda Norte, a tranquilidade com que as elevou de novo a uma altitude maior. Joan viu o queixo de Vanessa perder a tensão, os olhos se suavizarem e os ombros relaxarem de forma quase imperceptível. Aquela era a mulher que ela amava.

E Joan não viu nenhum defeito nela, nenhuma queixa que, naquele momento, não parecesse insignificante. Joan nunca acreditou que Deus pudesse colocar no mundo duas metades de uma alma em corpos separados, destinadas a se encontrar. Não acreditava num Deus que *fizesse* uma coisa dessas.

Mas acreditava em um Deus que as tinha levado até lá. Que havia feito duas vidas se cruzarem. Que fez Vanessa precisar do que Joan tinha para dar. Que fez Joan encontrar o que precisava.

Que fez a placa Norte-Americana se mover, causando a elevação do planalto do Colorado, empurrando terras que estavam no fundo do mar para quase três mil metros de altitude. Acreditava num Deus que, sem saber nem se importar, fez o rio Colorado atravessar aquelas formações rochosas.

Acreditava num Deus que aproximou uma garotinha sem pai de um amigo da família que tinha um avião. Acreditava num Deus que a levou a Joshua Tree para se apaixonar eternamente pelas estrelas. Acreditava num Deus que as conduziu àquele exato momento: voando sozinhas, em perfeita segurança, sobre o Grand Canyon.

E Joan amava esse Deus.

Mais tarde, Vanessa estendeu um cobertor sob as estrelas em Montana. Tinha trazido o telescópio de Joan, embalado com todo o cuidado, e também uma cesta de piquenique com coisas que comprou numa delicatéssen, além de uma garrafa de água com gás.

"Esqueci os copos", comentou.

"Não tem problema", disse Joan.

Elas beberam no gargalo, passando a garrafa uma para a outra.

"Aquela é Pegasus", disse Vanessa, apontando para o leste.

"Vanessa", falou Joan. "Eu quero fazer isso para sempre."
Vanessa se virou para ela e sorriu. Então beijou sua têmpora e disse: "Não seria incrível?".

VERÃO DE 1983

Elas passaram o outono, o inverno e a primavera do segundo ano juntas pulando da fase do desejo para a do conforto.

Aquele arrepio e frio na barriga que Joan sentia só de roçar o braço no de Vanessa não existia mais. Havia menos novidade entre elas, e quase nenhum mistério.

Mas Joan sentia menos agitação porque também havia menos medo. Não tinha mais como haver perigo, já que as duas se sentiam seguras uma com a outra.

Não era um romance — Joan estava certa disso. Era algo mais profundo. Algo que, ao contrário de qualquer outra coisa no universo conhecido, Joan achava que podia durar para sempre.

Naquele mês de junho, Joan e Vanessa estavam num bar com Donna, Lydia, Griff e Hank. Foi duas noites antes da data marcada para o lançamento da missão STS-7 — duas noites antes que Sally Ride se tornasse a primeira astronauta dos Estados Unidos a voar no ônibus espacial.

No dia seguinte, Vanessa e Hank iriam para Edwards. Donna e Joan para Cabo Canaveral.

Esses eram sempre os momentos preferidos de Joan, quando um lançamento se aproximava, mas ninguém precisava fazer nada ainda, mesmo que Vanessa estivesse se irritando à toa com uma discussão para decidir qual era a melhor música espacial.

"Griff", disse ela. "Acho legal que a gente concorde que é o Bowie. Mas é 'Space Oddity'."

Griff balançou a cabeça. "Eu mantenho o que disse."

Hank deu risada.

"Você insiste que é 'Starman'?", questionou Vanessa. "Porra, só pode estar de palhaçada comigo."

"Eu não quero estragar a alegria de ninguém, mas é 'Rocket Man'", disse Hank.

Vanessa e Griff o encararam.

"Essa é a segunda melhor", disse Vanessa.

"Ela tem razão."

Então se voltaram um para o outro de novo.

"'Space Oddity' é trágica!", argumentou Griff. "É de cortar o coração. 'Starman' é cheia de esperança, abraça o futuro."

Vanessa estava indignada. "É a *sua* cara pensar assim."

"Ok, não vamos levar para o lado pessoal."

"Eu gosto de 'Space Baby', dos Tubes", disse Donna. "Ou aquela dos Kinks, como é o nome mesmo?"

"Bom, pelo menos o Griff é inteligente o bastante para saber que é uma do Bowie", disse Vanessa.

Joan pôs a mão no ombro de Donna. "Quando a Vanessa está falando do David Bowie, é melhor não se envolver. Ela é louca."

"Ei!"

Joan deu um gole em sua cerveja. "Uma vez, quando a Frances estava lá em casa vendo *Vila Sésamo*, tocou uma música chamada 'I Don't Want to Live on the Moon'. Foi o Ênio que cantou. Ele fala que quer ir para a Lua, mas não morar lá, porque ia ficar com saudade dos amigos."

"Ah, não acredito", respondeu Griff. "Essa realmente vai ser sua contribuição para uma conversa sobre a melhor música espacial? Ênio e Beto?"

Beto não fazia parte do número, mas Joan sabia que a questão não era aquela. "Só estou dizendo que... eu achei comovente."

Vanessa e Griff trocaram sorrisos. "Ela achou comovente", repetiu Vanessa.

"Vocês estão aí fazendo piadinhas como se não soubessem o que vai estar em jogo no sábado", disse Lydia.

Todos se viraram para ela.

"Um dia vai ser você no ônibus espacial, Lyds", comentou Donna. "Não se preocupa com isso."

"Não é disso que estou falando", insistiu Lydia.

"Ah, não?", rebateu Vanessa. "É só com isso que você se preocupa."

Lydia balançou a cabeça. "Dessa vez não. Não mesmo." Ela afastou a cerveja. "Gente, se alguma coisa der errado no sábado, qualquer coisa...", começou ela. "Se Sally espirrar na hora errada, todo mundo vai dizer que o problema é ela ser mulher. E aí nenhuma de nós vai ser mandada para o espaço por um bom tempo."

Griff e Hank se recostaram na cadeira.

Lydia foi ficando mais agitada. "Meninas no país inteiro vão ouvir provocações no recreio quando quiserem jogar bola, e adolescentes com nota dez em ciências vão ouvir que precisam ter um plano B, e ninguém vai querer se fantasiar de Sally no Halloween. As perspectivas das garotas vão ficar mais estreitas se isso der errado. E, querendo ou não, vamos ter feito isso com elas."

Donna pôs a mão no ombro de Lydia.

Lydia tinha toda a razão. Seriam quatro homens no ônibus espacial, mas todas as mulheres do país estariam lá em cima com Sally. O futuro de Joan, Vanessa, Donna e Lydia — e de muita gente dentro da Nasa — estava no fio da navalha. As coisas poderiam dar errado num piscar de olhos. E, se isso acontecesse, a reação seria rápida e brutal. Uma onda que arrastaria todas elas junto.

Para surpresa de Joan, Vanessa estendeu o braço sobre a mesa e segurou a mão de Lydia, soltando logo depois e se recostando na cadeira.

"Por outro lado, é a primeira vez que vão mandar jujubas para o espaço, então rezem pelas jujubas", disse Lydia.

Joan até engasgou com a água.

"Eu disse que sou engraçada", declarou Lydia.

Dois dias depois, a sts-7 foi lançada com sucesso. E seis dias depois Joan estava no teatro de observação lotado do Controle de Missão para ver a nave aterrissar em Edwards, em segurança.

Quando Joan foi para casa com Vanessa naquela noite, nenhuma das duas disse nada, mas ela sabia o que ambas estavam pensando.

Sally tinha conseguido. Qualquer uma delas poderia ser convocada agora. O momento delas estava chegando.

Em agosto, a Nasa organizou o Evento do Bicentenário do Balão. Joan ligou para Barbara e perguntou se podia levar Frances para ver algumas decolagens.

"Claro. Posso ir também?", perguntou Barbara.

"Você quer ir com a gente? É só um piquenique no JSC."

"Tudo bem. Eu quero ver o que você faz. Onde você trabalha."

"Ah", disse Joan. "Sim, eu adoraria."

Ela desligou e se virou para Vanessa. "Barbara quer ir também."

"Ah, isso é bom, não? Ela está se esforçando. Estou achando sua irmã mais legal com você ultimamente."

"É, ela parece mais feliz, acho."

Joan tinha conhecido Daniel. Foi jantar com ele, Barbara e Frances no fim de semana. Quando Joan apareceu no estacionamento do restaurante, ele tirou o chapéu de caubói, levou ao peito, a cumprimentou com um aperto de mão e sorriu. Joan percebeu que ele era uns dez anos mais velho que Barbara, com o cabelo já ficando grisalho dos dois lados. Parecia um cara muito decente, apesar da arrogância na medida exata que Barbara confundia com autoconfiança.

"Ela está transando bem mais, então deve ser isso", comentou Vanessa.

Joan balançou a cabeça. "Quer parar com isso?"

"Continua puritana", comentou Vanessa, beijando o pescoço de Joan e a puxando para o quarto.

Joan não sabia o que esperar daquela tarde, mas, quando encontrou Barbara e Frances no estacionamento principal do JSC, notou na mesma hora o anel com um diamante enorme no dedo de Barbara. Decidiu não dizer nada.

"Oi, lindinha", disse Joan para Frances.

Frances estava com nove anos, e com um ar de maturidade que Joan ao mesmo tempo admirava e lamentava. Não sentava mais no seu colo, não colava mais o nariz ao seu, não deixava Joan carregá-la no estacionamento lotado. Essas coisas foram substituídas por conversas sobre música pop, ver sempre os mesmos filmes e menos pedidos para passar tempo com a tia.

Quando Frances era mais nova, Joan às vezes a carregava por tanto tempo que suas costas doíam. Na época, Frances se agarrava a ela com uma força que às vezes acabava comprimindo sua garganta ou chutando suas costelas. Agora Frances mal queria segurar sua mão.

Depois de muito refletir, Joan chegara à conclusão de que o problema incurável da vida era que nunca havia equilíbrio. Ela não podia ter a Frances criancinha e a Frances do quinto ano da escola ao mesmo tempo. Não podia conhecer a Frances adulta e ter um tempinho para ficar com a Frances bebê no colo em seguida. Não dava para ter tudo o que queria.

Joan tentou lembrar a si mesma que, quando Frances era mais nova, ela nunca perdia a chance de segurar sua mãozinha. Quando Frances era bebê, passava um tempão cheirando a cabeça da sobrinha. Esteve presente em todos os momentos. Mas, mesmo que tivesse aproveitando todas as oportunidades de estar com a sobrinha, isso significava que deixaria de lamentar a perda desses momentos com ela?

Não. Não mesmo.

Ela ainda sentia a perda de todas as versões de Frances.

Mas amar Frances sempre implicava se despedir da menina que ela era antes e se apaixonar por aquela em que estava se transformando.

Joan ainda tinha saudade de todas as Frances que conheceu. Mas, *ah, a Frances atual*. Essa Frances esguia e comprida, com a língua afiadíssima, as orelhas furadas e vestindo uma camiseta da Cyndi Lauper — essa Frances era um presente que também deixaria saudade.

"Era assim que mandavam astronautas para o espaço antigamente", explicou Joan, apontando para o Mercury-Redstone em exposição naquele dia. "Esse foi o foguete que mandou o primeiro americano para o espaço. E esse aqui" — ela apontou para o Saturn V — "mandou o primeiro astronauta para a Lua."

"Neil Armstrong", comentou Frances.

"Isso mesmo."

"Você vai para a Lua?"

Barbara entrou na conversa: "Sua tia está fazendo uma coisa ainda mais importante".

Joan olhou para ela, intrigada.

"Um dia, ela vai para a órbita terrestre baixa levar um satélite ou telescópio — ou alguma coisa que vai ajudar todo mundo a entender melhor o Universo."

Joan ficou perplexa. Nunca tinha contado nada disso para a irmã.

"A gente tem muito orgulho da tia Joan", disse Barbara.

"Claro que sim!", concordou Frances.

Joan estava sem palavras.

"Acho melhor a gente entrar", disse ela, por fim. "Obrigada, gente. Isso é muito importante para mim."

O gramado estava lotado, mas Joan encontrou um lugar para elas lá no fundo, distante da ação, onde podiam relaxar e conversar. Vinha chovendo forte fazia semanas, mas aquele fim de tarde era de céu claro e tempo seco.

Joan estendeu um cobertor na grama e dobrou um moletom para servir de travesseiro para Frances. Barbara se sentou com as pernas de lado e se cobriu com a saia do vestido. Elas assistiram ao pôr do sol.

"Duzentos anos atrás, na França, o primeiro homem conseguiu voar. Ele subiu ao céu num balão de ar quente, inventado pelos irmãos Montgolfier. Era feito de papel, mas era bem parecido com esses que estão aqui."

"Uau", comentou Frances.

Joan não contou para elas que algumas equipes de balonismo tinham convidado os membros do corpo de astronautas para acompanhá-los nos voos, e que Vanessa havia se voluntariado imediatamente. Apenas Joan sabia que Vanessa estava logo ali, se preparando para a decolagem.

"E tem mais", disse Joan para elas. "Esta também é uma comemoração dos vinte e cinco anos dos voos espaciais."

"Como os que você faz?"

"Como os que eu estou me preparando para fazer. Mas são vários astronautas, e todos querem ir para o espaço. E só alguns podem ir a cada missão."

"Você vai ser escolhida em algum momento", disse Barbara. "E aposto que vai ser logo."

Joan tinha aprendido fazia tempo que, se você está infeliz, é difícil ver as pessoas ao seu redor felizes. Portanto, fazia sentido que o contrário também fosse verdadeiro. Se você estivesse feliz, iria desejar a felicidade dos outros também. Só isso podia explicar todo aquele orgulho repentino de Barbara em relação a ela.

Se fosse o caso, talvez Barbara estivesse certa. Ela precisou construir um futuro com Daniel para poder se dedicar às pessoas ao seu redor. Para poder ser sua melhor versão para Frances.

"Obrigada", disse Joan. "Eu espero que sim."

Barbara respirou fundo, e então estendeu a mão para Joan ver. "Estou surpresa por você ainda não me ter dado os parabéns."

Joan olhou para a aliança e fingiu que a via pela primeira vez. "Ai, nossa, Barb, que coisa linda."

"Obrigada... Cinco quilates."

Joan não sabia muito sobre anéis de brilhantes, mas sabia uma coisa ou outra sobre diamantes. Por exemplo, que os cientistas acreditavam havia tempo que existia a possibilidade de haver minerais como o diamante em outros planetas. Inclusive, em 1967, uma substância chamada lonsdaleíta foi descoberta no meteorito Canyon Diablo, no Arizona — um fragmento de um asteroide que se chocou contra a Terra —, e que teoricamente era mais dura e mais pura do que qualquer diamante conhecido.

Isso significava que a pedra preciosa usada nas civilizações ocidentais para expressar um amor romântico duradouro não era o material mais forte do Universo, apenas o mais forte que os humanos já tinham encontrado na Terra. A coisa mais dura e forte que a humanidade conhecia na época.

É a linguagem que permite que nos comuniquemos uns com os outros, mas também limita o que podemos dizer, e talvez até sentir. Afinal, como podemos reconhecer um sentimento em nós mesmos se não tivermos uma palavra para isso? Talvez, pensou Joan, com a ciência fosse a mesma coisa. Até a forma como dizemos para uma pessoa que queremos passar a vida ao lado dela é limitada ao que consideramos possível neste mundo. Quanto mais poderíamos dizer se soubéssemos mais sobre o Universo?

"Estou feliz por você", disse Joan. "Sei que é o que você queria."

"Ele é um homem muito bom", afirmou Barbara.

Joan assentiu. "Eu acredito que seja mesmo. E fico muito contente de ouvir isso."

"Do que vocês estão falando?", perguntou Frances.

"Eu vou me casar, querida", respondeu Barbara. "Daniel e eu vamos nos casar."

"Ah."

Joan apertou a mão de Frances, tentando esconder que estava perplexa por Barbara ainda não ter contado para a filha antes, em casa, quando estavam as duas a sós.

"Ele vai ser seu padrasto. Vamos ser uma família. E vamos morar com ele. Na casona dele com piscina. Lembra quando eu te levei lá?"

"Eu vou ter uma piscina?", perguntou Frances.

"Você vai ter tudo que sempre quis", respondeu Barbara, acariciando o rosto de Frances com o polegar.

Os balões começaram a decolar, um a um.

"Olha!", disse Barbara. "Estão subindo!"

Havia um vermelho e amarelo, um com listras azuis e verdes, e alguns com as cores do arco-íris. Todos foram levantando voo.

Vanessa disse que estaria no balão da American Express, mas Joan não sabia qual era. Então, à medida que subiam, ela sentia uma euforia a cada decolagem, pois todos os balões potencialmente poderiam estar com Vanessa a bordo. Se ela não sabia exatamente onde Vanessa estava, então Vanessa estava por toda parte.

"Sabe, Frances, foram cento e vinte anos do primeiro voo de balão para a invenção do avião", contou Joan. "Mas só cinquenta e oito anos do primeiro avião para o primeiro homem no espaço."

Barbara olhou para ela.

"Estou lendo um livro sobre os irmãos Wright", contou Joan. Era o mais próximo que podia chegar de dizer para a irmã: *Sou apaixonada por uma aviadora.*

"Bom, então imagina o que vai vir nos próximos cinquenta e oito anos", respondeu Barbara com um sorriso. Ela começou a fazer uma trança francesa nos cabelos de Frances enquanto elas olhavam para o céu.

Joan inclinou a cabeça para o céu. Vanessa estava em algum lugar lá no alto. E, se Joan estava olhando para cima, tentando achar Vanessa, fazia sentido presumir que Vanessa estava olhando para baixo, tentando achá-la.

"Uau", falou Barbara.

"Eu quero voar", disse Frances. "Um dia."

"Então um dia você vai", respondeu Joan.

"Quem sabe?", disse Barbara. "Talvez um dia o Daniel compre um avião para você."

"Mal posso esperar para você receber uma missão, para eu poder contar para todo mundo na escola que a minha tia vai para o espaço", comentou Frances.

O sol já tinha se posto e as estrelas já tinham resolvido aparecer, mas os balões permaneciam voando lá no alto. Joan segurou a mão de Frances. Não era miudinha como antes, mas continuava pequena em comparação com a sua. Frances ainda era novinha, e Joan mal podia esperar para conhecer a adulta que ela seria, mas também desejava que o tempo pudesse parar ali, naquele momento, para sempre.

Joan beijou o dorso da mão de Frances. "Estou contente por vocês estarem aqui."

E então olhou para o céu com a admiração de alguém que nunca o tinha visto antes.

———— ✦ ————

Era uma noite agradável de setembro, às seis horas de uma segunda-feira.

Elas estavam no apartamento de Joan, saindo para o Frenchie's, onde jantariam com Donna, Lydia e Griff, quando o telefone tocou.

Joan atendeu na cozinha.

E lá estava ela. A voz que governava os astronautas como se fossem meros deuses e ele Zeus.

"Você pode vir falar comigo amanhã de manhã?", pediu Antonio. "Assim que chegar?"

"Claro", respondeu Joan. "Algum problema?"

"Problema nenhum", respondeu. "Só passa aqui quando você chegar."

Joan desligou e olhou para Vanessa, que estava encostada na geladeira, só observando.

"Antonio?", perguntou Vanessa.

"Ele quer falar comigo assim que eu chegar amanhã. E não quis dizer o que é."

Vanessa inclinou a cabeça. "Como estava a tom dele?"

"Bem casual, como se não fosse nada demais, como se ele me chamasse sempre pra sala dele."

"Talvez você vá receber uma missão de voo."

"Antes da Lydia e do Griff? Acho difícil."

Vanessa deu de ombros. "Mas não impossível."

"Bem pouco provável."

Vanessa não respondeu. Em vez disso, pegou uma garrafa de vinho na bancada de Joan e começou a abrir. "Vamos ficar em casa hoje, beber esse vinho, ouvir uns discos e dar uns beijos."

Joan tinha virado uma tonta desde que se apaixonou.

"Vamos. Vamos, sim", concordou ela.

Na manhã seguinte, Joan apareceu na porta de Antonio às sete e quarenta e sete, apesar de saber que ele só chegava depois das oito.

Ficou esperando pacientemente até ele aparecer no corredor, com uma maleta de couro na mão.

"Entre", ele pediu, abrindo a porta.

Ele tinha uma sala espaçosa no Prédio 1, com janelas grandes que proporcionavam uma boa visão do campus. E Joan teve um vislumbre do que poderia se tornar quando não fosse mais astronauta. Ela seria como Antonio algum dia? Não queria voltar para o mundo acadêmico. Queria ficar na Nasa o quanto pudesse, mas isso exigiria fazer sua parte primeiro, como astronauta.

Ela se sentou e esperou que ele se instalasse.

Antonio pôs a maleta no chão e pendurou o paletó no encosto da cadeira. Ao se sentar, arrumou os papéis em sua mesa e então olhou para ela.

"Joan Goodwin, é sempre um prazer."

"Obrigada, senhor."

"Me diga, o que você acha de ir para o espaço?"

"O quê?"

Antonio sorriu e se recostou na cadeira. "O que você acha", ele repetiu, dessa vez mais devagar, "de ir para o espaço?"

"Seria... ótimo", disse Joan. "Eu adoraria, senhor."

"Foi o que eu pensei."

Ele fez uma longa pausa, e Joan percebeu que estava se inclinando para a frente, nervosa. Um sorriso se abriu no rosto dele, enrugando o canto dos olhos.

"Estamos designando você para a missão STS-LR7. Seu comandante será John Donahue, com quem você já passou algum tempo durante o seu treinamento."

"Sim, senhor, ele foi um dos meus instrutores no treinamento de sobrevivência."

"Será a segunda missão dele, então você está em boas mãos. E o piloto será Greg Menkin. Os especialistas de missão serão você, Mark Simons e Harrison Moreau. Vocês vão voar no *Discovery*, com lançamento programado para novembro de 1984, então têm mais de um ano para se preparar."

"Eu... eu não sei o que dizer."

"Diga que aceita."

"Eu aceito, sem dúvida nenhuma", respondeu Joan.

"Ótimo. Você será a encarregada do Spacelab no ônibus espacial. Você se tornou absolutamente crucial para o funcionamento interno da estrutura. Temos uma série de experimentos que serão conduzidos por todos vocês, mas planejamos acelerar as pesquisas solares, e acreditamos que você é a melhor pessoa para conduzi-las. Mais que isso, achamos que você será uma ótima adição à equipe em termos de competência e conduta. Toda tripulação precisa de mãos firmes e serenas, alguém que entenda que o sucesso ou o fracasso de um é o de todos. E acreditamos que, para a STS-LR7, você é a melhor escolha. Foi por isso que foi selecionada."

"É uma honra para mim, de verdade."

"As atribuições da STS-LR7 serão anunciadas em breve. Como você bem sabe, todo o corpo de astronautas está ansioso por uma missão. Por isso peço que mantenha sua escalação apenas entre nós e sua tripulação até o anúncio formal. E, quando isso acontecer, que me ajude a elevar o moral de quem ainda não foi escalado."

"Claro, senhor. Considero essa minha maior prioridade até o início do treinamento."

"Eu sei, Goodwin. Isso pesou na minha decisão. Você é exatamente de quem a Nasa precisa nessa missão. E temos a sorte de contar com seus serviços."

Ele se levantou e estendeu a mão. Joan ficou de pé e o cumprimentou. "Obrigada, senhor. Não vou desapontá-lo."

"Não tenho dúvidas quanto a isso."

Ao sair da sala, Joan ainda estava completamente abalada pela notícia e sem conseguir agir com naturalidade. Como parecia impossível fazer as mãos pararem de tremer, entrou no banheiro e fechou a porta. Foi impossível conter a emoção, que irrompeu de dentro dela.

Ela chorou.

Chorar no trabalho era tão bom. Segurar era tão horrível.

Enquanto inspirava e expirava o ar dos pulmões, deixou as lágrimas escorrerem pelo rosto.

Tinha conseguido. Foi designada para uma missão. A primeira de seu grupo. Ela iria para o espaço.

Depois de chorar tudo o que tinha para chorar, saiu do reservado e lavou as mãos na pia, se olhando no espelho.

Olhos inchados, bochechas vermelhas. Cabelos escapando do rabo de cavalo. Rímel borrado.

Provavelmente não era essa a imagem que a maioria das pessoas tinha dos astronautas. Mas ela era uma, e iria para o espaço. Então essa definição teria que mudar.

Ela esperou até a vermelhidão no rosto diminuir, recobrou o fôlego e saiu do banheiro. Enquanto voltava para sua mesa, viu Vanessa vindo na direção contrária pelo corredor.

Discretamente, Vanessa tentava ler sua expressão, e arqueou as sobrancelhas numa indagação silenciosa.

Quando se cruzaram, Joan falou: "Novembro de 1984".

Vanessa sorriu.

E as duas seguiram cada qual seu caminho, sem sequer diminuir o passo.

Naquela noite, Joan foi até a casa de Vanessa.

Assim que entrou e fechou a porta, pegou Vanessa pelo braço e a puxou para junto de si.

"Tem certeza de que você não liga de eu ir primeiro?", perguntou Joan. "Tudo bem se for difícil para você."

Vanessa balançou a cabeça. "A cada dia que passa sem que eu seja escalada para uma missão, mais ansiosa eu fico", ela falou, colando seu corpo ao de Joan e segurando o rosto dela entre as mãos. "Mas isso não tem nada a ver com você."

Ela a beijou e olhou em seus olhos.

"Eu me apaixonei pela astronauta mais incrível da Nasa", disse Vanessa. "O que você acha que eu pensei que fosse acontecer?"

* * *

O anúncio da tripulação foi feito na segunda-feira seguinte, na reunião com os astronautas.

Donna pôs a mão no ombro de Joan e apertou de leve. Vanessa aplaudiu discretamente, sorrindo para ela. Lydia cerrou os dentes e não olhou para Joan. Continuou apenas assentindo, repetindo o gesto com uma intensidade frenética, quase patológica.

Mais tarde, no corredor, Joan foi atrás dela.

"Está tudo bem com você?"

Lydia se virou para ela. "Eu estou bem, Joan."

"Eu sei que você queria ser a primeira."

"Está tudo bem, Joan. Parabéns."

Três dias depois, às nove da noite, Joan estava sozinha no quarto quando ouviu uma batida à porta.

Vanessa estava no Alabama, trabalhando no tanque de mergulho. Joan estava desenhando, tentando esboçar o rosto dela. Durante todo esse tempo em que estiveram juntas, Joan não tinha conseguido capturar o rosto de Vanessa direito nenhuma vez. De vez em quando, Vanessa pedia para ver as tentativas de Joan, que sempre se recusava a mostrá-las.

Naquela noite não era diferente. Nada funcionava. Era o cabelo — o problema era sempre esse. Como capturar algo assim com um lápis? Algo sempre em movimento? Não tinha como.

Antes que Joan baixasse o bloco de desenho, a pessoa bateu de novo na porta. Ela guardou as coisas na mesinha de cabeceira e foi atender.

"Posso entrar?", pediu Lydia.

"Hã, claro", disse Joan, abrindo mais a porta.

Lydia olhou ao redor, e Joan observou o lugar com os olhos dela: um pouco bagunçado, um pouco desgastado, um pouco pitoresco.

Lydia foi até o sofá. "Posso sentar?"

"Claro... Quer uma água ou alguma coisa para beber?"

"Não."

"Ok."

Lydia se sentou. "Você precisa de um sofá novo", comentou. "As molas estão gastas."

"Eu gosto assim", disse Joan, se acomodando na poltrona diante dela. "Sobre o que você quer falar?"

Por um instante, Lydia ficou calada. Havia uma falta de tato em Lydia que algumas pessoas achavam desagradável, mas isso não incomodava Joan nem um pouco. Ela achava inclusive mais fácil falar com Lydia a sós, quando não precisava lidar também com o desconforto de Donna ou Vanessa.

Lydia apoiou os cotovelos nos joelhos e olhou para o chão. Quando levantou a cabeça, seus olhos estavam mais suaves, com um leve sinal de estarem marejados. Joan não conseguiu encará-la por muito tempo.

"Por que não fui eu?", perguntou Lydia.

Joan soltou o ar com força. "Não sei."

"Devia ter sido eu", falou Lydia, com a voz um pouco embargada.

"Não, Lydia, isso não é verdade."

"Eu entendo que você merece", corrigiu Lydia. "Não estou dizendo que não."

"Que bom", disse Joan.

"Mas eu me esforcei mais que você."

"Isso também não é verdade."

"Bom, eu sou mais inteligente que você."

"Não é, não."

Lydia olhou para o chão de novo, pensativa.

"Por que você está aqui, perguntando isso para mim?", questionou Joan. "Por que não bateu na porta do Harrison para perguntar por que ele foi escalado antes de você?"

Lydia assentiu, ainda de cabeça baixa, mas então encontrou o olhar de Joan. "Eu..." Ela abaixou a cabeça de novo. Criou coragem de novo. "Não vim tirar satisfação com você. Eu..." Ela olhou nos olhos de Joan. "Vim pedir conselhos."

O corpo de Joan relaxou. "Ah."

"Eu quero ir para o espaço...", disse Lydia.

"E você vai", complementou Joan.

"Para com isso... me deixa terminar."

Joan se calou.

"Eu queria ir primeiro e, claro, em parte é por isso que estou chateada.

Mas, Joan, mais que isso, eu quero... quero ser boa nisso. Não só por causa do broche de ouro. Quero colocar as minhas capacidades a serviço da equipe. Quero ser o que a Nasa precisa. Quero muito."

Joan assentiu.

"Eles precisam de você para o Spacelab, e eu entendo", continuou ela. "Mas, se me quisessem na missão, teriam designado Marty para o Spacelab e me escalado no lugar do Harrison. Eu tenho mais horas no RMS do que qualquer um no nosso grupo, então não faz sentido o Harrison ir primeiro. Deve ter outra razão. Alguma coisa que não captei ainda. Ou tem alguma outra coisa que eu preciso aprender para ser uma grande astronauta, alguém em quem Antonio sabe que pode confiar."

"Eu não posso falar pelo Antonio", respondeu Joan, "mas acho que você já está entendendo".

Lydia levantou a cabeça, as lágrimas se acumulando nos olhos. "Entendendo o quê?"

"Que a questão aqui não é você", respondeu Joan. "Essas escolhas são feitas com base no que é melhor para a missão, não para as pessoas. E, se quer um conselho, acho que é nisso que às vezes você se engana. Você não é mais inteligente ou esforçada que ninguém. Você é brilhante e determinada, verdade, mas está cercada de gente tão brilhante e determinada quanto. Você não é melhor que ninguém dessa tripulação. E não pode ser. Não pode nem *querer* ser. Se quiser ser, não vai estar preparada para quando as coisas ficarem feias, porque vai estar preocupada demais em saber se está ganhando uma competição imaginária. O que importa é o coletivo, não o individual."

Lydia fechou os olhos e balançou a cabeça, ficando em silêncio por algum tempo.

"Você está me dizendo para ser menos americana e mais soviética."

Joan deu risada. "Eu não disse nada disso!"

"Ah, sim", insistiu Lydia, aos risos. "Falou, sim. Vou contar para todo mundo que você me disse que eu preciso ter uma mentalidade mais soviética, e você vai ser considerada inapta para servir e vai ser chutada da missão, e eu vou ficar com o seu lugar. Finalmente entendi o que fazer."

Joan ainda estava rindo quando Lydia levantou. "É bem mais fácil do que eu pensava! Não preciso aprender nada!"

Joan também ficou de pé e, sem pensar, foi até Lydia e a abraçou.
"O que está acontecendo?"
"Eu estou te abraçando."
"Por quê?"
"Sei lá."
Lydia não se afastou. Deixou-se ficar ali, naquele abraço. "Eu detesto isso."

OUTONO DE 1983

Naquele outono, Frances passou a fazer balé, e Barbara e Daniel começaram a dar jantares aos domingos para os vizinhos do bairro dele.

Foi por isso que, naquele domingo à tarde, Joan e Barbara estavam no mercado em frente à academia de balé, comprando bebidas e gelo.

"Daniel e eu concluímos que, por mais cansativo que possa ser receber tanta gente, é importante estarmos lá, de portas abertas, toda semana", disse Barbara no corredor de bebidas. "Passou a ser uma coisa importante para os vizinhos."

Joan sorriu e assentiu. Barbara já estava reescrevendo seu lugar no mundo, e Joan era obrigada a admitir que ficou tocada quando viu que Frances havia feito uma amizade na vizinhança.

Joan pegou o suco de toranja que Barbara tinha pedido e pôs no carrinho enquanto ela pegava as garrafas de refrigerante. "É engraçado, porque vários vizinhos estão só tentando ser convidados para o casamento, mas nós fomos obrigados a dizer que era meio tarde demais para isso!"

"Ah", disse Joan, rearranjando as coisas no carrinho para que as garrafas não saíssem rolando. "Eu estava para te avisar que ainda não recebi o meu convite."

Barbara saiu empurrando o carrinho. "Desculpa. Os convites são caros, e eu achei que não precisava mandar para você, porque a gente se fala todo dia."

"Ah", disse Joan. "Então tá."

"Você precisa estar na igreja ao meio-dia para a maquiagem. Marquei que você vai comer o frango, não o peixe, porque detesta linguado..."

"Obrigada."

"E você não vai levar nenhum acompanhante, claro. É só você."

"Eu não posso levar ninguém?", questionou Joan. "Sou a madrinha."

Barbara inclinou a cabeça e olhou para Joan. "Faz vinte anos que você não sai com alguém."

Joan arqueou as sobrancelhas. "Eu não tenho direito de querer companhia?"

"Quem você levaria?" Barbara riu, pegando o saco de gelo. "Você vai ficar sentada com a mamãe e o papai a noite toda."

Barbara pôs o gelo no carrinho e se encaminhou para o caixa. Joan foi atrás, pisando cada vez mais duro.

"Eu não vou ficar sentada com nossos pais a noite toda", disse Joan.

"Você tem algum amigo homem?"

"Eu tenho amigos, Barb. Você pensa que eu sou o quê?"

"Você tem um homem para levar no meu casamento?"

"Talvez", respondeu Joan. "Ou posso levar uma amiga. Para se divertir comigo."

"Você quer levar uma *mulher* como acompanhante?"

Joan sentiu seus ombros se enrijecerem e seu estômago se revirar.

"Além de absurdo, isso que você está me perguntando é até grosseiro", continuou Barbara. Ela foi até o caixa e se inclinou para mais perto, cochichando para Joan: "Você sabe que se levar uma mulher como acompanhante vão pensar que... que você... sabe como é...".

Barbara sorriu como se aquilo fosse muito engraçado, e então voltou a sua atenção para o carrinho. Colocou as compras na esteira e começou a bater papo com a moça do caixa.

Joan ficou imóvel, só olhando para a irmã, se perguntando como podia ser tão fácil para Barbara enfiar uma faca no coração de alguém e depois seguir normalmente com seus afazeres do dia. Ela só se moveu quando Barbara olhou para trás, já com as compras embaladas e de volta no carrinho.

"Joan, o que você está fazendo aí? Vamos embora."

Elas foram buscar Frances no balé, mas Joan não conseguiu nem olhar na cara da irmã durante todo o trajeto.

Quando chegaram à casa de Daniel, Frances foi correndo até a sala para ver tevê. Daniel estava na cozinha, pegando as coisas que levaria para a churrasqueira.

"Tudo certo?", ele perguntou.

"Encontramos tudo que fomos comprar", disse Barbara. "Mas alguém aqui ficou meio chateada por não ter ninguém para levar no casamento."

Daniel olhou para Joan, e então para Barbara. "Como assim?"

"A gente não precisa falar sobre isso", comentou Joan.

"Você é a madrinha", falou Daniel. "Claro que pode levar alguém."

"Está tudo bem", disse Joan.

"Mas ela não tem quem levar", insistiu Barbara. "Nunca levou um acompanhante em casamento nenhum. Era eu que ia com ela... e, olha só, eu vou estar ocupada." Barbara deu risada.

"Barb tem razão", disse Joan.

"Ela pediu para levar uma mulher", contou Barbara, como se fosse a coisa mais engraçada do mundo."

"Uma amiga minha, mas isso não é importante, sério mesmo. Vamos deixar esse assunto para lá."

Daniel olhou para Barbara e apontou com o queixo para a sala de jantar. "Podemos conversar um pouquinho ali na outra sala?", ele pediu.

Barbara pareceu chocada enquanto os dois iam para a sala de jantar. Joan guardou o gelo.

Quando os dois voltaram, Barbara estava com um sorriso fingido no rosto.

"Joan, a gente vai adorar receber quem você quiser levar ao casamento", disse Barbara. "Como sua convidada."

Daniel foi até Joan e pôs a mão no ombro dela, muito rápido, logo se afastando.

Joan ficou confusa, porque, apesar da reviravolta favorável, a pessoa ali diante dela não era mais Barbara.

"Hã, obrigada", disse Joan.

"Acho que às vezes eu esqueço", comentou Barbara. "Sua vida é diferente da minha. Deve ser difícil ver tantos casais felizes e você sempre sozinha. Você merece ter uma ótima noite."

Tudo certo. Barbara ainda era Barbara.

Na volta para casa, apesar de saber que era uma fantasia absurda, Joan passou o tempo todo imaginando Vanessa chamando-a para dançar no casamento de Barbara.

Joan aceitaria. E seria uma música animada quando levantassem, mas quando chegassem à pista de dança começaria uma lenta. Então Vanessa abraçaria Joan e elas dançariam juntinhas. E Joan conduziria Vanessa. E Vanessa diria algo como *Acho que os seus pais gostaram de mim*, e Joan responderia *Eu também acho*. E ambas saberiam que tudo o que estava acontecendo naquele dia poderia acontecer com elas também.

Quando Joan chegou à casa de Vanessa, decidiu não tocar no assunto. Não era uma coisa muito prudente para se fazer. Ir a um casamento juntas. Elas *não podiam*.

Mas, enquanto escovavam os dentes, Joan falou sobre seu dia para Vanessa, e a informação apareceu naturalmente.

"Você pediu para me levar como acompanhante?", perguntou Vanessa, cuspindo a pasta de dente na pia.

"Não mencionei seu nome, só pedi para levar uma amiga. E a reação foi exatamente a esperada."

Vanessa assentiu, pensativa, mas não disse nada.

"Não estou pedindo para você ir", explicou Joan. "Eu sei que a gente não pode atrair tanta atenção. Também sei que conhecer a minha família não está entre as suas prioridades, e superentendo."

Vanessa enxugou o rosto com uma toalha de mão e se virou para se recostar na pia.

"Às vezes eu até fico curiosa para saber como é sua mãe", comentou Vanessa.

Joan deu risada. "Não tem nada de curioso nela, sério mesmo. Ela é bem... comum. Previsível, até... mas é muito, muito boa nisso de ser convencional."

"Ah, se alguém falasse assim de mim, eu matava."

"Eu sei, mas a minha mãe não ficaria ofendida por eu falar assim dela. E isso já diz tudo."

"Bom, agora eu preciso conhecer essa mulher sem personalidade."

"Eu não disse isso! Ela é só uma pessoa que faz tudo o que a sociedade espera, e faz parecer fácil. Eu não disse em momento nenhum que ela não tem personalidade."

"Bom, mesmo assim fiquei curiosa. Sobre ela e o seu pai, o professor de matemática."

Joan deu risada.

"Acho que a gente devia ir", disse Vanessa.

Joan se virou para ela. "Está falando sério?"

"Se eu acho uma boa ideia? Não, não acho", disse ela, mas então seus olhos se iluminaram, atrevidos. "Mas foda-se a sua irmã. E eu estou a fim."

Joan riu, sem conseguir acreditar no que estava acontecendo.

"Frances vai estar lá também durante boa parte da noite, certo?", perguntou Vanessa.

"Vai", disse Joan. "Vai, sim."

"Melhor ainda. Ela pode dançar em cima dos meus pés."

"Isso eu não sei", disse Joan. "Ela dança muito bem."

"Ótimo", respondeu Vanessa. "Eu danço em cima dos pés dela, então."

Vanessa foi até a cama e puxou o cobertor.

"Você não se preocupa com o que as pessoas vão pensar?", perguntou Joan, enquanto as duas se acomodavam. "Vendo nós duas juntas?"

Vanessa apagou a luz, e Joan foi para o meio da cama, se aconchegando nela.

"Um monte de mulheres leva amigas em casamentos", falou Vanessa. "E a gente também não vai dançar uma música lenta de rostinho colado."

Joan ficou em silêncio por um instante. E então: "Isso não é justo. Essa parte não é justa".

"Não, meu bem", concordou Vanessa. "Não é mesmo."

Mais tarde, antes de dormir, Joan ainda falou: "A felicidade é tão difícil de encontrar. Não entendo por que se ofender por ver alguém feliz".

"Você não entende porque é boa demais para este mundo que tanto ama", respondeu Vanessa.

* * *

Frances foi a daminha de honra. Robert, um amigo de Daniel, entregou as alianças. Vanessa pôs o único vestido que tinha, um azul-marinho que usou com um blazer e mocassins.

Joan ficou ao lado de Barbara, segurando seu buquê e o dela. Enquanto o celebrante falava que no amor não havia espaço para vaidade, que amar exigia entrega, Joan sentiu um calor no coração. Ela procurou Vanessa, na penúltima fila, e sorriu quando seus olhares se encontraram.

Enquanto Daniel e Barbara faziam seus votos, Joan sorriu para Vanessa, torcendo para que ela entendesse o que seu sorriso queria dizer.

Eu também prometeria tudo isso para você.

Durante a festa, Joan se sentou entre Vanessa e Frances, com os pais do outro lado da mesa. Quando os garçons apareceram com o vinho, Joan observou o pai beijando a testa da mãe. Como ela nunca tinha reparado nisso antes? E admirado? A história de amor dos seus pais.

"Apresentando", disse o vocalista da banda, "o sr. e a sra. Davenport!"

Barbara e Daniel apareceram, e Joan viu que sua irmã tinha trocado o vestido de noiva estilo princesa por um mais elegante de renda e de mangas longas.

"Minha mãe está linda", comentou Frances.

"Está mesmo", concordou Joan.

"Vocês duas são tão parecidas", murmurou Vanessa no ouvido de Joan, que sentiu um quentinho no coração.

Barbara abriu um sorriso radiante quando chegou à pista de dança com Daniel. Tinha conquistado um dos solteiros mais cobiçados da cidade, largado seu emprego para virar dona de casa, moraria numa casa enorme e viraria sócia de um country club. Claro que ela estava feliz.

Essa era a órbita terrestre baixa de Barbara, Joan se deu conta.

Mas, quando Daniel a puxou para junto de si, Joan percebeu outra coisa no rosto da irmã, uma expressão que nunca tinha visto antes, mas que era fácil de decifrar: ela o amava. Daniel sorriu quando colou o rosto ao dela, e Joan percebeu que ele a amava também.

Joan fechou os olhos, cheia de alegria. Olhou para Vanessa, que claramente notara a mesma coisa no casal na pista de dança.

"Eu detesto ele", disse Frances.

"Quê?", perguntou Joan.

"Ele é um idiota. E eu não suporto ele."

"Frances!", repreendeu a mãe de Joan, balançando a cabeça. "Querida, nós não podemos falar esse tipo de coisa."

Vanessa se debruçou sobre Joan e murmurou para Frances: "Ei, eu vi o bolo lá no corredor. Quer ver se a gente consegue arrancar um pedacinho da cobertura sem ninguém ver?"

"Vocês não podem fazer isso...", começou Joan.

Frances já estava de pé, dando risadinhas. "Quero!"

Vanessa piscou para Joan enquanto ela e Frances se afastavam com ares de quem ia aprontar.

A mãe de Joan se inclinou em sua direção. "Estou preocupada com o comportamento da Frances. Barbara contou que ela anda sendo grossa com o Daniel."

"Com certeza é só uma fase de adaptação", explicou Joan. "É difícil ter a sua mãe só para você a vida inteira e então aparecer um cara para disputar a atenção dela."

A mãe de Joan assentiu. "Elaine contou que o neto dela ficou de pirraça um ano inteiro depois que a filha dela se casou de novo."

"Tomara que eles se entendam e encontrem um equilíbrio para a vida em família muito antes disso", falou Joan.

"Vanessa é uma pessoa muito agradável. Uma ótima amiga para você", comentou o pai de Joan.

Joan engoliu em seco e assentiu. Queria muito poder contar aos pais que Vanessa era mais que uma amiga. Queria poder abrir a boca e dizer que a hora de deitar na cama com Vanessa era a melhor hora do seu dia. Que o toque da mão dela acalmava seu coração. Que só entendeu por que todo mundo parecia sempre tão feliz depois que a conheceu.

Mas a Maioria Moral estava em campanha de novo por Reagan. Anita Bryant tinha ido a Houston poucos anos antes para convencer os eleitores de que pessoas como Joan não deveriam poder chegar perto de seus filhos. Pouco tempo antes, Billie Jean King tinha saído do armário e perdido dois milhões de dólares em patrocínios da noite para o dia. E, naquele exato momento, pessoas do país inteiro estavam convencidas de que a aids era um castigo pela decadência moral.

Seus pais não eram do Texas, verdade. Eram de Pasadena, na Califórnia, e tinham saído batendo de porta em porta para fazer campanha para Kennedy, e depois para Lyndon Johnson. Ainda assim, Joan sabia que eles nunca tinham conhecido alguém como ela, pelo menos não que soubessem. Como poderiam de fato compreender esse seu lado? Seus pais não a entendiam, da mesma forma que ela não se entendera durante tanto tempo.

Joan queria lhes dizer que eles *achavam* que ela não queria se casar, mas a verdade era que seu desejo era ter exatamente o mesmo que Barbara. E o que *eles dois* tinham. E o que Donna e Hank tinham. E o que cada pessoa casada naquele maldito país também tinha.

O direito de existir, e de amar, e de ter orgulho de ser quem é, e de ser feliz.

O direito de *viver*.

"Ah, sim, Vanessa é um amor", comentou ela.

Quando Frances e Vanessa voltaram à mesa, a menina parecia ter esquecido sua raiva de Daniel.

"Não achamos o bolo", disse Vanessa com um sorriso. "Mas encontramos uma bandeja de brownies e pegamos um."

"Estava muito bom!", acrescentou Frances.

Joan riu.

Barbara e Daniel dançaram a noite toda. Em pouco tempo Barb desistiu do salto alto e sua maquiagem começou a derreter. Embriagado e feliz, Daniel puxou a liga de renda na perna de Barb com a boca, e foi nessa hora que Joan e Vanessa se ofereceram para levar Frances para o quarto dela no hotel.

Frances andou pelo saguão até o elevador, mas, quando chegaram ao andar do quarto, Vanessa a pegou no colo. A menina estava grande demais para ser carregada pela tia, mas Joan sorriu ao ver que tinha fechado os olhos e deixado que Vanessa a levasse.

Vanessa a deitou em uma das camas e Joan tirou os sapatos dela, e então as duas a cobriram.

"Eu vou ficar com ela", sussurrou Joan para Vanessa. Em algum momento, os pais de Joan subiriam para dormir no quarto com a menina, mas ela não se importava de esperá-los. "Pode ir primeiro para casa."

"Não, sem chance", disse Vanessa. "Eu também quero ficar."

Havia uma varanda com duas cadeiras e uma mesinha com tampo de vidro canelado. Joan pegou duas cervejas no frigobar, e as duas foram para lá. Não havia abridor de garrafa.

"Deixa comigo", disse Vanessa. Ela colocou a boca da primeira garrafa no gradil da varanda e, com um movimento rápido e confiante, arrancou a tampa e a entregou para Joan.

"Uau", comentou ela, de pé, recostada no gradil. "Eu achava que te conhecia, mas não sabia que você fazia isso."

Vanessa abriu a garrafa dela também. "Eu tento manter sempre algum mistério."

"Eu não preciso de mistério nenhum", comentou Joan.

Elas ficaram em silêncio por um tempo, até que Vanessa pigarreou e falou, com a voz falhando no meio da frase: "Sinto muito não poder proporcionar isso para você. Isso que eles têm".

Joan se virou para ela.

Vanessa fechou os olhos. "Eu sinto que..." Ela balançou a cabeça. "Talvez você pudesse ter mais... uma vida mais fácil... se eu não tivesse te convencido a me amar."

Joan segurou a mão de Vanessa. "Acho que você não pôde fazer nada para me levar a te amar ou não", falou Joan. "Acho que nem eu pude. Aconteceu antes mesmo que eu tivesse como decidir qualquer coisa."

Vanessa a encarou e sorriu, mas Joan viu que ela estava falando sério. "Eu te daria tudo, se pudesse", disse Vanessa. "Mas nunca vou poder te dar o que sua irmã tem, ou o que Donna e Hank têm."

"Não acho que isso seja necessariamente verdade", disse Joan.

"Não posso nem segurar sua mão quando atravessamos a rua", disse Vanessa. "Não posso deitar sua cabeça no meu ombro quando estamos no cinema. Não posso tirar você para dançar."

Joan concordou com um aceno de cabeça.

"Não suporto não poder dizer na frente de todo mundo como é bom te amar", disse Vanessa.

Quando Joan era pequena, soube que o pai de seu pai o abandonara quando bebê. Era uma situação que nem sequer conseguia imaginar, crescer sem um pai. Ela perguntou se o pai sentia falta dele. E seu pai falou: "Não dá para sentir falta de uma coisa que você nunca teve". Na época, isso foi reconfortante. Era uma sentença definitiva, e Joan gostou disso.

Mas não era verdade, era?

Joan sentia falta do que nunca teve sempre que Donna e Hank chegavam no mesmo carro à reunião dos astronautas toda segunda-feira de manhã.

"Eu sempre soube que nunca poderia ter isso", disse Vanessa. "Mas... eu detesto sentir que tirei essa oportunidade de você."

Por um momento, Joan não conseguiu olhar para ela. Mas essa era a parte boa de conversar sobre coisas importantes e profundas ao ar livre à noite: bastava olhar para as estrelas.

"Por que está me dizendo tudo isso agora?", questionou Joan.

"Porque hoje, no casamento, eu me dei conta de que me casaria com você", disse Vanessa.

Joan se virou para Vanessa. Quem se importava com as estrelas quando podia olhar para ela?

"Eu me casaria com você sem pensar duas vezes", continuou Vanessa. "Nunca senti isso em relação a ninguém. Na minha vida inteira. O que eu estou fazendo aqui, aliás? No casamento da sua irmã? Conhecendo os seus pais? Era uma ideia absurda. Vir aqui. Mas eu... quero fazer parte da sua vida de todas as formas que puder."

Joan assentiu. Ela abriu a boca para dizer alguma coisa, mas, no último momento, pensou melhor e em vez disso olhou ao redor, para as árvores e para as outras varandas. E então viu, ao longe, à sua esquerda, um homem e uma mulher numa das varandas. O homem estava com as mãos no gradil, e a mulher logo atrás, se apoiando nele. Quando sentiu a proximidade dela, ele a puxou para si com o braço. Joan se perguntou se aquele homem sentia por aquela mulher metade do que ela sentia por Vanessa.

Aquilo não custava nada para ele. Nada! Ele não punha nada em risco ao abraçá-la assim, num lugar onde todo mundo podia ver. O homem beijou a cabeça da mulher. Eles estariam juntos havia mais de dois anos? Ou teriam acabado de se conhecer num bar?

"Eu sei que nossa vida parece diferente, e é mesmo diferente da dos outros casais. Mas existem várias mulheres que conseguem fazer as coisas darem certo."

Vanessa assentiu. "Sim, mas a maioria não tem um emprego numa agência do governo, nem uma carreira que torna você uma pessoa pública."

"Não, eu sei que não", disse Joan. "Eu sei que não."

"A questão é que... não quero que você pense que eu não quero nada disso. Quer dizer, eu nunca quis. Antes. Mas agora quero, com você."

"Ah, é?"

Vanessa a encarou e segurou sua mão esquerda. "Quero morar num chalezinho com você e, se a porta do armário da cozinha soltasse, eu arrumaria assim que soubesse. E prepararia o que você quisesse no café da manhã. Usaria até seu sobrenome, se pudesse. Ou te cederia o meu."

Os olhos de Joan se encheram de lágrimas, e seu queixo começou a tremer. Para que tudo aquilo? Ouvir uma promessa que não poderia ser cumprida?

"Eu te daria qualquer coisa", continuou Vanessa, "se com isso a gente não perdesse tudo que tem".

"Eu jamais pediria isso", disse Joan, balançando a cabeça. As lágrimas começaram a cair, e ela as enxugou.

"Por isso mesmo eu sei que você merece", disse Vanessa.

Joan fechou os olhos.

"Eu te amo", disse Vanessa. "E sinto muito."

"Eu sei", respondeu Joan. "Está tudo bem."

"Não está, não", retrucou Vanessa. "Essa situação não é nada boa. Mas... acho que o que estou dizendo é que aceito o outro lado da moeda. E quero ter certeza de que você também aceita."

"Como assim?"

"Posso acordar todos os dias e escolher você, quantas vezes forem necessárias. Se você estiver na cama ao meu lado, eu vou segurar sua mão. Se não estiver, vou procurar *você*. Vou passar o resto da vida, se tiver essa sorte, te procurando. Não porque prometi ou porque você está *ali*. Mas porque vou querer. Vou querer ficar ao seu lado. Todos os dias. Para sempre."

"Vai mesmo?"

Vanessa prendeu uma mecha dos cabelos de Joan atrás da orelha. "Toda manhã, eu acordo e penso: 'Nossa, sim, ela está aqui'."

Joan sorriu e enxugou de novo as lágrimas.

"Se isso for suficiente para você", disse Vanessa, "eu sou sua até o dia em que morrer."

Uma semana depois, Joan pegou uma gripe e precisou faltar ao trabalho. Proibiu Vanessa de ir visitá-la, porque ela precisaria viajar para Cabo Canaveral no dia seguinte. E então, naquela noite, não houve batida na porta. Mas seu telefone tocou.

"Tem uma canjinha na sua porta. Com biscoitos, refrigerante e um cookie", contou Vanessa.

"Quê?", perguntou Joan. "Você passou aqui?"

"Estou aqui embaixo, no orelhão."

Joan esticou o fio do telefone o máximo que pôde para chegar até a janela e ver Vanessa do outro lado da rua, acenando.

Joan acenou de volta.

"Tenho uma coisa para te contar", disse Vanessa.

"O quê?", perguntou Joan.

"Antonio me chamou para conversar hoje de manhã."

Joan arregalou os olhos. "Não! O que ele falou?"

"STS-LR9. Steve é meu comandante. Vamos ser eu, ele, Hank, Griff e Lydia. Logo depois do Natal de 1984, seis semanas depois de você."

"Você vai para o espaço", disse Joan, sorrindo.

Vanessa riu. "Eu vou para o espaço."

PRIMAVERA E VERÃO DE 1984

Pelos meses seguintes, o treinamento de Joan para sua missão foi tão intenso que nem sempre ela conseguia ver Frances. Enquanto isso, o de Vanessa a mantinha tanto tempo no tanque de mergulho no Alabama que ela e Joan passavam semanas sem se verem.

Joan se jogou de cabeça no trabalho.

Fazia simulações com a tripulação, se submetia a vários testes físicos e preparava o Spacelab para os experimentos solares. Às vezes deitava para dormir à noite como se tivesse sido nocauteada, caindo num sono profundo e pesado, e a cada manhã parecia mais que estava saindo de um coma do que despertando.

Mesmo assim...

Por mais que estivesse exausta, ela foi à sala de Antonio e pediu mais.

"Eu gostaria de requisitar algumas horas no Controle de Missão", declarou Joan.

Antonio pareceu surpreso.

"Vocês alocaram alguém no Controle de todas as tripulações em missões anteriores", alegou Joan. "E eu vejo um benefício imenso nisso. Todos nós precisamos aprender a melhor maneira de nos comunicar com o Controle de Missão, e ter pelo menos um de nós com experiência nesse trabalho é o melhor treinamento. E acho que essa pessoa deveria ser eu."

Tudo isso era verdade.

O que ela não disse a Antonio foi que, nos últimos tempos, andava ansiosa para assumir aquele assento.

Nos meses anteriores, durante as simulações, Joan se viu cada vez mais atraída pela voz solitária do outro lado do comunicador. Isso a lembrava da época da faculdade, quando ouvia as palestras dos professores, mas sem conseguir resistir à tentação de se imaginar lecionando também. Como seria a sensação de ser aquela voz firme para alguém?

"Vou pensar no seu caso", disse Antonio. "Não sei se isso é necessário para você, especificamente."

"Com todo o respeito, senhor", insistiu Joan, se inclinando para a frente, "eu sou exatamente a pessoa de quem vocês precisam".

"E por quê?", questionou Antonio, que não se mostrava nem impressionado nem hesitante diante da proposta de Joan.

Ela respirou fundo. Tinha preparado todos os seus argumentos durante o banho naquela manhã.

"Porque, de todos os membros da tripulação, eu sou a mais estável. Veja a minha taxa de batimentos e minha pressão arterial durante as simulações: até as estatísticas das minhas avaliações iniciais de quatro anos atrás são as mesmas. E também sou a tripulante com o melhor relacionamento com o corpo de astronautas. Tenho amizade ou relações cordiais com todos. Dos pilotos como Hank e Duke a especialistas de missão como Lydia. E também sei lidar com problemas inesperados. O senhor já viu isso nas nossas simulações. Viu com seus próprios olhos em nossas avaliações quando éramos candidatos. E vou fazer tudo o que estiver ao meu alcance para ajudar a equipe. Eu sei seguir ordens. Sempre demonstrei isso aqui. No assento de Capcom, o senhor precisa de uma pessoa de confiança, que mantenha a calma, tenha raciocínio rápido e obedeça às instruções. E essa pessoa sou eu."

"Todo mundo acha que você é tão tranquila", comentou Vanessa quando Joan contou que Antonio tinha concordado, "mas mal sabem eles que você enxerga as coisas com uma intensidade surpreendente. Quando as pessoas se dão conta, você já está lá."

"Eu não desisto fácil quando quero alguma coisa", afirmou Joan.

Vanessa assentiu. "Persistência: uma qualidade extremamente subestimada nas mulheres. Superestimada nos homens, mas subestimada nas mulheres."

Joan deu risada.

* * *

Numa sexta-feira à tarde, Joan foi buscar Frances no acampamento e a levou ao shopping. Elas pararam na praça de alimentação e dividiram uma porção de fritas.

Foi nesse momento que Frances perguntou se podia passar o fim de semana inteiro na casa de Joan.

"O fim de semana inteiro?", perguntou ela.

Os obstáculos eram muitos. Antonio faria um churrasco em casa no sábado à noite, para o qual as crianças não haviam sido convidadas. Ela também dissera a Harrison que almoçaria com ele no domingo para conversar sobre as simulações. Jack, o diretor de voo com quem ela se dava melhor, tinha concordado em recebê-la na segunda-feira. O maior problema, no entanto, era que a presença de Frances em sua casa significava a ausência de Vanessa. Eram duas coisas incompatíveis.

"A gente pode combinar de você ir lá para casa mais para a frente, mas neste fim de semana agora fica um pouco difícil. Você não está curtindo o seu quarto novo?"

Daniel pegara algumas amostras de tinta na loja e levara para Frances escolher sua preferida. Ela se decidiu por um lavanda acinzentado. Barbara foi à Macy's e comprou móveis que combinavam com a cor das paredes: uma cama de casal, uma bela cômoda. O quarto tinha ficado lindo.

"Na verdade não", respondeu Frances. "Meu quarto é um saco. Eu só fico lendo sozinha lá dentro. A minha mãe e o Daniel nunca estão em casa, Joanie."

"Quê?"

"Eles nunca estão em casa. Saem para jantar toda noite. Minha mãe me faz um queijo quente e me manda para a cama, e aí eles saem. Só vejo os dois de novo de manhã."

"Ah", disse Joan.

Frances tinha dez anos, havia acabado de terminar o quinto ano na escola. Joan tentou lembrar quantos anos tinha quando seus pais a deixavam sozinha em casa, responsável por cuidar de Barbara. Ela era mais velha que isso, com certeza. Mas talvez não fosse a mesma coisa.

Depois que elas terminaram de comer, Joan levou Frances para comprar um presente para sua nova amiga, Rebecca.

Joan deveria levá-la para casa, mas em vez disso pegou a sobrinha pela mão e disse: "Que tal irmos ver um filme, já que a gente está aqui?".

Frances começou a pular de alegria. Joan ligou para Barbara de um orelhão.

"Eu queria saber se ela pode dormir lá em casa hoje à noite", falou. "Amanhã de manhã deixo ela aí."

"Nossa, faz isso, sim. Por favor", disse Barbara. "Ela está acabando comigo."

"Como assim?"

"Como assim? Ela está terrível, Joan! Trata o Daniel supermal! Chora o tempo todo sem razão. Eu fui bem clara, e o Daniel também, que nós exigimos respeito nessa casa. 'Sim, senhor', 'Não, obrigada', essas coisas simples. E ela não quer nem saber! Ontem à noite, Daniel ligou para casa e se ofereceu para levar uma sobremesa do restaurante onde a gente estava e ela falou que 'preferia morrer' a aceitar alguma coisa dele. Do homem que fez questão de que ela tivesse um quarto perfeito. E que abriu a casa dele para ela. Você sabia que ele está pensando em comprar um aparelho de som para a Frances? Não de aniversário, só para ser legal mesmo. Mas agora eu não sei se ela merece. Juro para você que ela não foi criada assim. Lembra quando ela era pequena? Era um anjinho."

"Você não acha que talvez ela esteja se sentindo deixada de lado? Na sua vida nova?"

Barbara ficou em silêncio por tanto tempo que Joan pensou que a ligação tivesse caído. "Alô?"

"Ela tem dez anos", disse Barbara. "Não faz parte da minha vida adulta."

"Ok", respondeu Joan. "Vou tentar conversar com ela."

"Obrigada. Eu realmente preciso que as coisas deem certo."

Joan suspirou e desligou.

"Tá, sua mãe disse que vai sentir sua falta, mas ela deixa", explicou para Frances. "Um sorvete, um cinema, um jantar e você dorme lá em casa. Que tal?"

"A Vanessa também pode vir?", perguntou Frances.

"Vou ligar para ela agora mesmo", disse Joan, com um sorriso.

Não sabia como poderia ficar com Frances durante o fim de semana e ainda assim conseguir passar um tempo com Vanessa, mas, pelo menos por uma noite, aquele programa a três funcionaria muito bem.

"Foi ideia da Frances", avisou Joan, esperando pela resposta de Vanessa.

"Bom, eu faço tudo o que Frances Emerson Goodwin pedir", declarou ela, por fim. "Encontro vocês na entrada do cinema daqui a vinte minutos."

Elas viram *História sem fim*. Quando saíram, Frances e Vanessa ainda estavam com lágrimas nos olhos.

"Vocês são duas molengas", falou Joan, com um sorriso.

"Você é que nem o Atreyu", disse Frances para Vanessa.

"Ah, sou?"

"É, você é igualzinha a ele."

"Por quê?", perguntou Joan.

"Porque vocês", respondeu Frances, olhando para Vanessa, "são do tipo que fariam qualquer coisa para salvar o reino". E então: "Você não acha, Joanie?".

Joan olhou para Vanessa e sorriu.

"Você me dá uma moeda para a máquina de chiclete?", pediu Frances à tia, saindo correndo ao receber o dinheiro.

"Minha nossa", disse Vanessa. "As crianças falam cada coisa, né?"

Joan deu risada. "Elas dizem a verdade sem segundas intenções, só isso."

"Bom, não sei se é verdade, mas..."

"Mas o quê?"

Vanessa balançou a cabeça. "Queria eu ser essa pessoa que ela pensa que sou, só isso."

Mais tarde, as três foram jantar comida italiana. Mais uma vez, Frances comentou que gostava muito de ficar com Joan e Vanessa, e que não queria voltar para casa.

Joan não sabia o que dizer, mas Vanessa se manifestou primeiro: "Olha só. Para algumas pessoas, a infância é a melhor parte da vida, e depois elas passam o tempo todo tentando voltar a essa época. Mas, para pessoas como nós, é diferente. A parte boa ainda não começou. Mas vai chegar. Logo você vai tomar conta da sua vida e, confia em mim, tudo vai melhorar".

Frances se inclinou para a frente. "Você acha mesmo?"

"Eu sei que vai", respondeu Vanessa. "Você vai decolar."

"Você acha que um dia posso ser astronauta também?", perguntou Frances.

"Ah, é só querer, menina", disse Vanessa. "E você pode ir até a Lua."

Sempre que não estava treinando para a missão, Joan dedicava seu tempo aos turnos no Controle de Missão.

Era o ponto alto de seus dias e suas noites.

Ela adorava o burburinho da sala, conhecer os engenheiros posicionados em cada console. Era como estar cercada por especialistas de missão. Apenas nerds, nada de aventureiros.

Isso, porém, também significava que ela estava sempre abarrotada de trabalho. Naquela noite, após terminar seus afazeres, ela ainda precisava deixar os livros de Frances na casa de Barbara e depois encontrar Donna e Griff, compromisso para o qual já estava atrasada.

Eles marcaram uma saída no bar e, embora Joan não estivesse muito a fim de ir, sentia que sua presença era necessária. Ela precisava ir até lá, pedir uma água com gás e deixar Donna trocar seu copo de vodca tônica com o dela. Assim, a amiga podia fingir que estava bebendo, e ninguém atentaria ao fato de que ela estava grávida de quase seis meses. Além de Hank, Vanessa e Joan eram as únicas na Nasa que sabiam.

Surpreendentemente, a barriga de Donna não estava aparecendo muito, então ficava fácil disfarçar a gravidez num macacão de voo ou numa camiseta larga. E isso era bom, porque, assim que o comando da Nasa descobrisse o que estava acontecendo, limitaria o campo de ação de Donna, apesar de não haver nenhuma razão médica para isso.

Mais especificamente, não permitiriam que ela voasse no T-38, o que significava que só poderia se qualificar para uma missão depois que tivesse o bebê. A gravidez de Donna garantiria de forma direta e indireta que ela não fosse escalada para uma tripulação por *anos*. Hank, por sua vez, iria para o espaço em menos de seis meses.

Joan realmente queria chegar ao bar a tempo de pedir a água com gás para Donna. Era uma honra ser vista como uma pessoa de confiança para guardar um segredo tão importante, e ela queria fazer jus a isso, mas já estava no laço quando Barbara a levou até sua sala de visitas para uma "conversinha".

"O que foi, Barb?", perguntou ela, ainda de pé.

"Senta, por favor", pediu Barbara, se acomodando num sofá de couro branco diante de uma mesinha de centro com tampo de vidro.

Joan se sentou.

"Eu te devo desculpas por uma coisa."

Joan tentou não parecer muito perplexa ao ouvir aquela declaração, mas não teve muito sucesso.

"Acho que nunca te agradeci de verdade por tudo que você fez pela Frances e por mim nos últimos anos. Bom, na verdade", corrigiu Barbara, "não nos últimos anos. Durante a vida dela inteira."

Era como receber um presente que você queria muito, só que com cinco anos de atraso. Joan já havia se convencido de que jamais receberia qualquer reconhecimento por parte da irmã, portanto não soube como reagir àquelas palavras.

"Ah", foi tudo que conseguiu dizer.

"Quando ela nasceu, eu estava perdida. Estava revoltada", contou Barbara. "Fiquei furiosa com o mundo quando me vi naquela posição. E eu... nesses momentos, eu sabia que podia contar com você. E contei com você por um tempão, e acho que, bom... Daniel me ajudou a ver que eu considerava uma vergonha precisar de você, então agia como se não fosse nada demais. Isso foi errado da minha parte. Desculpa."

"Caramba", disse Joan. "Isso é..."

"E você foi uma segunda mãe para a Frances em diversos sentidos. De maneiras que nem toda irmã teria feito. Então obrigada. Por causa disso, eu quero dividir com você uma notícia."

Só então Joan entendeu que havia alguma coisa por trás daquele discurso da irmã, e se sentiu uma idiota por não ter percebido isso antes.

"Frances vai para um colégio interno."

Joan sentiu todo o ar sendo expulso dos seus pulmões. "Quê? Barb, não."

"Ela vai, sim."

"Ela ainda está indo para o sexto ano."

"Alguns colégios começam no sexto ano. Ela vai começar o ano letivo na Escola Preparatória Landingham, depois do feriado do Dia do Trabalho. É em Dallas. Um monte de crianças estuda lá e adora."

"Por que você está fazendo isso?"

"Porque a situação atual não está funcionando."

"Você precisa ser paciente com ela, dar tempo ao tempo."

Barbara balançou a cabeça com um ar paciente que a irritou.

"Não acredito que você vai fazer isso com ela", disse Joan.

"Muitas crianças estudam em colégios internos. Deixa de ser dramática."

"Ela tem dez anos. Está um ano adiantada na escola. Ainda não está pronta."

"Mas tem idade suficiente para causar problemas."

"Ela está magoada e confusa. Ainda não se adaptou direito ao seu casamento e a essa nova vida. Agora não é o momento de mandá-la para longe, mesmo que o colégio interno fosse o lugar certo para ela."

"Joan, por favor..."

Joan sentiu seus batimentos se acelerarem. "E a pior parte é que você sabe disso muito bem."

"Eu sei disso muito bem? Desculpa, mas você não faz ideia do que a sua sobrinha fala para o Daniel, Joan. É inaceitável. E isso sem mencionar o que ela fala para mim. Daniel está realmente preocupado. Acha que ela precisa de disciplina. Talvez eu tenha errado com ela. Me sentia tão culpada por ser mãe solteira que agia como se ela fosse um bebê. Frances precisa de estrutura, e não está aceitando a estrutura que estamos oferecendo aqui. Então vai ter que ser em outro lugar. Isso é bom. É bom para ela."

"Ela quer ir?"

"Claro que quer. Você pensa que eu sou um monstro?"

Joan duvidava que Frances quisesse ir para um colégio interno. Ela foi direto até o quarto da menina, que estava sentada diante da escrivaninha, terminando a lição de casa.

"Sua mãe me disse que você vai estudar na Landingham. É isso que você quer, lindinha?"

"É", respondeu Frances. "A minha mãe disse que tem bastante gente que estuda lá. Que eu ia poder jantar com as minhas amigas toda noite."

Joan olhou para ela e suspirou. Como superar um argumento como esse? Frances jantava sozinha quase toda noite.

"Eu vou ter uma colega de quarto, acho que vai ser legal. E tem excursões o tempo todo lá. Li no panfleto que os alunos vão para Washington, D.C. no sétimo ano."

"Tem certeza de que você quer fazer isso?", perguntou Joan.

"Eu vou sentir saudade de você, mas a minha mãe disse que eu vou passar os fins de semana aqui, tipo, uma vez por mês. Será que alguns deles podem ser na sua casa?"

"Claro que sim. Claro."

"Estou animada."

Como Barbara tinha conseguido convencê-la daquele jeito? Não havia mais nada que Joan pudesse fazer para impedir aquela tragédia.

Ela abriu um sorriso. "Eu sei que você já é uma menina grande, mas ainda posso beijar a sua cabeça?", perguntou. "Só desta vez?"

Frances deu risada e abaixou a cabeça.

Joan beijou bem onde o cabelo de Frances estava repartido.

"Eu te amo, Frances", disse Joan.

"Eu também te amo."

Joan saiu do quarto, tentando recobrar a compostura antes de descer.

"Então vai ser assim?", perguntou Joan, com a mão na maçaneta da porta da frente. "A decisão está tomada? A conversa está encerrada?"

"Eu sou muito grata por tudo que você fez por nós. De verdade. Como eu disse, sei que nem sempre deixei isso claro. Obrigada. Mas a minha filha está infeliz. Eu quero que ela encontre seu lugar no mundo, que se sinta incluída."

Joan queria sacudir a irmã com força e depois jogá-la no chão. Queria gritar com ela para ver se criava juízo. Queria subir e dizer para Frances que ela merecia se sentir incluída em sua própria casa.

Em vez disso, cerrou os dentes e saiu porta afora.

No dia em que Frances partiria para o colégio interno, Joan acordou na cama de Vanessa e começou a chorar antes mesmo de despertar totalmente.

Desde que Frances nasceu, Joan nunca tinha passado mais de dez dias sem vê-la por ao menos alguns minutos. A partir daquele dia, só a veria nos feriados. Mesmo que a mudança fosse boa para Frances, como Barbara dizia, Joan ficaria devastada por ficar tanto tempo sem ver a sobrinha.

Vanessa entregou um lenço de papel para que Joan enxugasse suas lágrimas.

"Ela vai voltar para casa em alguns fins de semana", disse Vanessa.

"Eu sei", respondeu Joan. "Vou sentir saudade, mas vou ficar bem. É que..."

"Eles são pais de merda", disparou Vanessa.

Joan olhou para ela, em choque.

"Você também *dá a entender* isso", continuou Vanessa. "Até a sua mãe parece saber, mas não consegue falar. Mas eu vou dizer com todas as letras: isso que Barb e Daniel estão fazendo é ridículo."

"Barb acha que é o melhor para Frances", respondeu Joan.

Vanessa franziu a testa. "Você acha que é o melhor para Frances?"

"Claro que não."

"Você acha que se Barbara tivesse parado para pensar nisso um instante que fosse ainda acharia que é o melhor para Frances?"

Joan fez que não. "Para algumas crianças, *seria* uma boa ideia. Mas, se Barb fosse honesta consigo mesma, veria que a filha está se comportando assim porque está se sentindo sozinha, e precisa se sentir amada e incluída. Não mandada para mais longe."

"Exatamente."

"Mas eu não sou a Barbara", continuou Joan. "E, no fim das contas, Frances não é minha filha. É minha sobrinha."

"Sim, mas que diferença faz a palavra que você usa? Algumas tias são completamente irrelevantes, e outras estão presentes desde o dia em que a sobrinha nasce. Tive uma avó que nunca conheci e uma que, quando morreu, eu chorei por três dias. O que importa não é a palavra, são os laços que são formados. Você ama essa menina mais do que tudo no mundo. Ela sabe disso. E é isso que importa."

Joan assentiu. "Não sei como vou conseguir me despedir dela."

"Fala tudo que você tem que falar. Que você vai ficar bem, mesmo não ficando. E que ela vai ficar bem, apesar de você não ter como saber disso. E que você vai estar sempre aqui."

Naquela manhã, Joan foi tomar café com Barbara, Daniel e Frances. Eles sairiam em uma hora.

Enquanto Barbara e Daniel punham as coisas no carro, Joan foi conversar com Frances no quarto dela.

"Vou ficar no dormitório Clarefield", contou Frances, pegando o panfleto que tinha recebido em sua primeira visita ao campus. "Dá para ver aqui no fundo dessa foto."

Frances apontou para um prédio de tijolos atrás do que parecia ser uma praça.

"Todas as garotas querem ficar lá", continuou Frances. "Porque fica do lado do refeitório e é o mais novo, então tem banheiros individuais e mais orelhões. Assim eu vou poder ligar para você quando quiser, com certeza."

Joan assentiu. "É lindo."

"O nome da minha colega de quarto é Tabitha. Ela tem onze anos. Acho que quase todo mundo já tem onze. Tabby e eu vamos escolher pôsteres para colar nas paredes juntas. Ela gosta da Cindy Lauper também. Então acho que vai ser legal."

Joan ficou observando o rosto dela, à procura de sinais de tristeza que não estavam lá.

"E a minha mãe e o Daniel vão passar o fim de semana da família lá, daqui a poucas semanas. Ela disse que vai me mandar coisas o tempo todo. Tipo, toda sexta."

"Ah, que bom", respondeu Joan. "Fico contente."

"E eu vou passar o feriado de Ação de Graças em casa."

"Ah, mal posso esperar."

"Queria poder ir ver a sua decolagem", falou Frances.

"Eu sei, mas você vai estar se divertindo tanto na escola que nem vai pensar nisso. Quando você perceber, já vou ter voltado. A tempo para o feriado de Ação de Graças também. Aí posso vir buscar você e a gente pega um cinema no fim de semana. Já pode ir pensando no que vai querer ver."

Os minutos foram passando depressa, e Joan desejou poder torná-los mais longos. Tinha sido assim durante boa parte da infância de Frances. *Fica. Fica aqui. Não vai ainda.*

Barbara apareceu na porta.

"Escuta só, lindinha", disse Joan. Estava prestes a desabar, e não queria chorar na frente de Frances. "Acho melhor eu ir. Já está na hora de você ir para o carro."

"Desça em dois minutos, tá, meu amor?", disse Barbara.

Frances assentiu.

Quando Barbara saiu, Joan abraçou Frances com toda a força que tinha, como se isso pudesse compensar o tempo que não teriam mais.

"Eu te amo, pense bem antes de tomar suas decisões, a gente se vê no feriado de Ação de Graças", disse Joan.

"Joanie?", perguntou Frances quando Joan chegou à porta.

"Oi?"

"Eu vou me divertir bastante, né?"

Joan sentiu um nó na garganta. Aquilo não estava certo. Não mesmo. Mas o que poderia fazer? Ela não tinha como impedir a sobrinha de partir. Sairia em missão em pouco mais de dois meses. Joan fechou os olhos e recobrou as forças.

"Você vai se divertir muito, sim. E pode me ligar sempre que quiser, a qualquer hora do dia ou da noite. Eu sempre vou atender. Está bem?"

Joan foi até Frances de novo, beijou a cabeça dela e se despediu.

* * *

Na terça-feira daquela semana, a tripulação de Joan tinha uma simulação completa para se preparar para a missão.

Ela se afivelou ao seu assento no deque intermediário. Ouviu o comandante e o piloto enquanto eles preparavam a decolagem. Ela estava lá, pronta para o que desse e viesse.

Mesmo assim, não conseguia parar de pensar na sobrinha.

Ela ficou se perguntando como devia ter sido a chegada dela ao campus, se Frances e Tabitha estavam se dando bem. Será que as veteranas eram intimidadoras? Como ela se sentiu ao se despedir de Barbara e Daniel?

Joan tentou imaginar Frances livre, feliz e cercada de amigos, em uma escola que era tudo com que sonhava.

Depois de oito minutos e meio, eles estavam "em órbita" na simulação. Joan se soltou dos cintos de segurança e começou a fingir, da melhor maneira que podia, que estava em condições de microgravidade. Fingindo resolver problemas enquanto flutuava, embora a gravidade da Terra ainda pesasse sobre o corpo de todos.

Era tudo um grande fingimento.

OUTONO DE 1984

Joan e Vanessa estavam no Outpost com Donna, que daria à luz a qualquer momento.

"Como está se sentindo sobre a decolagem?", perguntou Donna para Joan.

Joan virou metade de sua cerveja. Era estranhíssimo lembrar que houve um tempo em que não ficava ansiosa para saborear uma cerveja gelada.

"Está com medo?", perguntou Donna.

"Eu?"

"Sim. É daqui a seis semanas. Sei que todos os homens dizem que não têm medo, mas acho que é mentira. E acho que você vai me dizer a verdade."

Ao longo das semanas anteriores, os pensamentos dela foram tomados pelo fato de que iria entrar em uma espaçonave presa a um enorme tanque de combustível e dois foguetes auxiliares movidos a combustíveis sólidos que eram preocupantemente delicados. Se qualquer coisinha desse errado, ela poderia nunca mais voltar a pôr os pés no chão.

"É", disse Joan. "Acho que estou com medo, sim."

"O medo é... uma resposta racional", acrescentou Vanessa.

"Eu estou com medo", afirmou Donna. "Ainda nem fui escalada para uma missão, mas já estou com medo."

"Eu também", admitiu Vanessa.

A missão de Vanessa estava marcada para dois dias depois do Natal. E, à medida que se aproximava, o treinamento foi ficando cada vez mais puxado. Ela e Joan passavam semanas sem se verem. E às vezes não conseguiam nem conversar ao telefone.

Para Joan, foi difícil relembrar como era ficar sozinha. Sem Frances. Sem Vanessa. Ela chegou a retomar o hábito de correr, mas não estava ajudando muito.

"Mas eu também me sinto *pronta*", acrescentou Vanessa. "Acho que estou pronta para encarar o que quer que seja. Estou pronta para pagar o preço, seja qual for. Estou com medo, mas estou pronta."

"Coragem", falou Joan. "Você tem coragem."

Vanessa sorriu para ela. "É, acho que sim."

Joan deixou seu olhar se demorar sobre ela por tempo demais, com um sorriso carinhoso demais.

Donna ficou só observando as duas. Quando interromperam o contato visual — quando Joan enfim viu a expressão de Donna —, notou que ela estava tentando conter um sorrisinho. Donna tinha um brilho no olhar que Joan soube interpretar na hora.

Donna *sabia*.

Donna sabia, e talvez soubesse já havia *um bom tempo*.

E não se importava.

Donna bebia sua água com gás, ainda prestando atenção às duas. De repente, Joan sentiu seu coração tão pleno, batendo com tanta força, que corria o risco de explodir.

Donna sabia! Donna amava Joan *mesmo assim*, e *continuaria* amando, e talvez ainda mais *por isso*.

Joan estava segura ao lado dela. Estava tudo bem.

Durante toda a sua vida, Joan não vinha se fazendo justamente essa pergunta? Estava tudo bem? Aonde quer que fosse, estava sempre olhando ao redor, observando as pessoas, se comparando com elas, tentando ver onde não se encaixava, tentando descobrir onde poderia se encaixar. Tentando ver se estava tudo bem.

E estava.

Estava tudo bem com ela.

Joan queria dizer alguma coisa — qualquer coisa —, mas estava sem ar.

"Você devia ter mais medo do que está acontecendo com você e Hank", comentou Vanessa, arqueando as sobrancelhas. "Essa coisinha linda que vai virar sua vida do avesso quando chegar, a qualquer minuto."

Donna deu risada. "Disso eu não tenho medo. Tenho medo do que a

Nasa e o resto do mundo vão me dizer que não posso fazer depois que virar mãe. 'Você vai mesmo deixar uma criança em casa e ir para o espaço?', apesar de homens fazerem isso há, vejamos, duas décadas. 'O espaço lá é lugar para mães?' 'Quem cuida da criança quando você está trabalhando?' É *disso* que eu tenho medo. Mas de ser mãe, não."

"Por que não?", perguntou Joan.

"Porque é muito bom ter alguém para amar", respondeu Donna. "Melhor do que qualquer coisa no planeta. E aposto que no espaço também."

Donna teve Thea quatro dias depois, depois de apenas oito horas de trabalho de parto. Hank ligou para todo mundo naquela noite. Quando ligou para Vanessa, eram duas da manhã. Vanessa atendeu com voz de sono, e Joan se sentou ao lado dela na cama.

"Ah, parabéns, Hank. Diz para a Donna que a gente está orgulhosa", disse ela. "Quer dizer, que eu estou orgulhosa."

Joan sabia que provavelmente havia uma mensagem dele na sua secretária eletrônica.

Naquele fim de semana, elas fizeram uma visita à casa de Hank e Donna com um urso de pelúcia enorme e uma lasanha congelada.

Quando pararam na entrada para carros, Jimmy estava saindo da casa.

"Ah, que simpático", comentou Jimmy quando viu Vanessa descer com uma lasanha na mão e Joan tentando tirar o urso de pelúcia do banco de trás. "É legal ver como vocês fazem isso, essa coisa das mulheres de 'cuidarem umas das outras'."

"Você também poderia ter trazido comida", rebateu Vanessa, e Jimmy deu risada.

Vanessa estava com a lasanha na mão, e Joan fez um gesto para que ela entrasse primeiro.

Jimmy então parou na porta de seu carro e se virou para Joan.

"Ainda está cedo, não acha?", comentou ele.

Eram nove da manhã de um domingo.

"Como assim?", perguntou Joan.

"Não, nada", respondeu Jimmy. "É que vocês duas estão sempre juntas. De manhã cedinho. Tarde da noite."

Joan olhou para ele. "Ah, não", ela falou, com o tom de voz mais condescendente que era capaz de emular. "O pobre Jimmy Hayman nunca teve um amigo."

Jimmy semicerrou os olhos para ela, entrou no carro e foi embora.

Joan enfim conseguiu tirar o urso de pelúcia do banco traseiro e tentou se acalmar um pouco. Contaria isso para Vanessa mais tarde. Mas Donna estava tão feliz, e Hank e Vanessa pareciam tão entretidos na conversa sobre a missão que fariam juntos, e era tão bom pegar Thea no colo. Isso a lembrou de quando Frances era tão levinha que Joan tinha medo de derrubá-la.

O dia foi tão bom que Joan simplesmente se esqueceu daquilo. Havia muita coisa a fazer. Não podia perder tempo se preocupando com Jimmy Hayman.

O restante de outubro passou tão depressa que ela ficou até atordoada. Era impressionante constatar que, depois de esperar tanto por uma coisa — agoniada para o tempo passar mais rápido —, quando acontecia, parecia rápido demais.

As simulações feitas pela equipe durante os meses anteriores tinham corrido bem. Joan se sentia tão preparada quanto considerava possível. Mas, no início de novembro, também parecia que cada momento que passava trazia uma nova carga de tensão, à medida que o dia se aproximava.

Na noite anterior à entrada em quarentena, Joan estava esperando por Vanessa quando o telefone tocou.

Ao atender e ver que era sua irmã, presumiu que Barbara estava entrando em contato uma última vez antes que ela saísse em missão. Mas não. Barbara tinha ligado para falar sobre o Dia de Ação de Graças.

"Barb, eu tenho outras coisas em que me concentrar no momento, não quero pensar no que vou levar para o jantar de Ação de Graças."

"Joan, é exatamente isso que estou querendo te falar. Nós não vamos fazer o jantar de Ação de Graças este ano. A mamãe e o papai não vêm. Não vai ter nada."

"Quê?"

"Daniel vai me levar para Gstaad."

Joan emudeceu, confusa. "Não entendi."

"Eu não preciso fazer um jantar de Ação de Graças para a família, né. Não é responsabilidade minha."

"Eu sei, mas por que levar Frances para Gstaad nos poucos dias de folga que ela vai ter no feriado? Não dá para levar uma criança para o outro lado do mundo e voltar em quatro dias."

"Não seja ridícula. Ela vai ficar na escola."

Joan apertou o telefone com mais força. "Como assim, ela vai ficar na escola?"

"Foi ela que pediu para ficar na escola."

"Eu não acredito nem um pouco nisso."

"Bom, não importa se você acredita ou não. Eu perguntei se ela ia querer respeitar as minhas regras ou ficar lá, e ela decidiu ficar. Então nós marcamos a viagem para Gstaad."

"Você não pode deixá-la sozinha lá no feriado. Mesmo se ela quiser."

"Ok, em primeiro lugar, é o Dia de Ação de Graças, não o Natal. Ninguém gosta desse feriado. É uma coisa que a gente faz só porque os outros fazem. E ela não está sozinha. Tem um programa de atividades para as crianças que vão passar o feriado na escola. Várias amigas dela vão estar lá. É por isso que ela quer ficar."

"Duvido muito que ela tenha escolhido ficar lá. Só pode ter acontecido alguma coisa. O que foi?"

"Bom, pergunta para ela. Nós fomos até lá para o fim de semana da família e foi horrível, Joan."

Frances tinha contado que Barbara e Daniel foram embora mais cedo, mas essa foi a única informação que recebera.

"Não importa se foi horrível!"

"Ela me deu um chute na canela!"

"E por quê? Ela não faria isso sem motivo."

"Eu não sei, mas já estou ficando cansada disso de você sempre ficar do lado dela. Ela me chutou. E disse para o Daniel que não queria que eu tivesse me casado com ele. Eu não consigo entender esse comportamento, porque a avaliação dela pela escola é ótima. As notas são boas. Ela entrega os trabalhos antes do prazo na maior parte das vezes. Segundo os professores, ela tem um monte de amigas. Todo mundo gosta dela. Ao que parece, ela ganhou um concurso de redações que incluía gente do oitavo e do nono ano. Ela ganhou!"

"Ora, isso é ótimo."

"Pois é, por isso que não entendo. E não vou mais perder meu tempo tentando entender. Ela se comporta muito bem quando está lá. Então que fique."

"Claro que ela se comporta bem lá. Não está brava com a escola."

"Ora, e por que estaria brava com o Daniel? Ele nunca fez nada contra ela."

"Mas ela não consegue enxergar isso. Só vê que depois que ele apareceu você de repente deixou de dar atenção para ela."

"Às vezes você parece criança, juro", respondeu Barbara.

"Ei!"

"Não, é sério. Parece que você se identifica com o ponto de vista de uma criança porque ainda tem algo de infantil aí dentro."

"Isso é uma tremenda falta de respeito comigo."

"Não é minha intenção ofender, juro. Mas pensa bem. Você nunca saiu com ninguém desde os tempos de colégio, não é? Já beijou na boca de verdade? Entende alguma coisa da vida adulta? Claro que você não entende o que eu tenho com Daniel. Porque nunca teve. E com certeza nunca entenderia como realmente é criar uma filha. Não estou falando para te magoar. É que eu me sinto julgada por você já faz tempo. Muito, muito tempo. E finalmente estou vendo as coisas como elas são de verdade. Você me julga porque não entende o que é ter um relacionamento adulto. Não entende o que é o amor. E talvez nunca entenda. Provavelmente não foi feita para isso. Mas não é culpa sua. Eu só tenho que parar de me deixar levar por você."

"Barbara, isso é extremamente..."

"O quê? Você pode não gostar, mas nada do que eu falei é mentira."

"É, sim."

"Qual parte?"

Joan queria falar que sabia exatamente como era amar alguém. Que beijava na boca, namorava e tinha uma vida inteira que Barbara nem sabia que existia. Mas, de qualquer forma — além disso! —, sua opinião seria importante mesmo se não fosse esse o caso. Mesmo se Joan nunca tivesse se apaixonado, sua opinião importaria. Ela não era infantil só porque tinha um ponto de vista diferente do de Barbara. Joan queria dizer à irmã que havia muitas pessoas no mundo, muitas mesmo, que levavam vidas plenas e interessantes, vidas que Barbara nem sequer era capaz de imaginar, por causa de sua mente limitada.

Joan percebeu, porém, que a irmã jamais entenderia isso, que aquela conversa seria uma completa perda de tempo.

"Esquece, não vale a pena", respondeu Joan.

Barbara tinha feito muitas coisas que a sociedade considerava "erradas", e Joan ficou ao seu lado, cuidou dela, a acolheu. Quantas noites não tinha passado enxugando as lágrimas de Barbara na gravidez? Quantas vezes não havia feito Barbara se sentir melhor depois que ela ouvia um comentário maldoso sobre Frances não ter um pai?

As regras da sociedade não poupavam ninguém: os grandes, os pequenos, os impulsivos, os calados, os fracos, os fortes. Quando Barbara foi marginalizada, nunca parou para pensar na injustiça daquilo, só buscou ser aceita de novo.

Havia pessoas que amavam Joan exatamente como ela era. Donna, Griff. Talvez seus pais. Com sorte, Frances. Mas Barbara não estava entre elas.

O mundo estava cheio de Barbaras, e esse era exatamente o problema.

Joan desligou sem se despedir. Ligou três vezes para o telefone que ficava no corredor do quarto de Frances, mas só dava ocupado.

Mais tarde, Barbara diria que nunca perdoaria Joan por desligar na cara dela.

Mas Joan nunca conseguiria perdoar Barbara por não a amar tanto quanto era amada por ela. Por não saber amar Frances como Joan a amava.

Na manhã seguinte, Joan teve dificuldade para se levantar da cama. Estava tão confortável, com o corpo quentinho de Vanessa colado ao seu.

"Preciso ir", disse ela.

Precisaria ir até a pista de aviação e pegar um T-38 para Cabo Canaveral. Joan não iria — nem poderia — ver Vanessa nem ninguém além de sua tripulação por uma semana.

Seriam ela e os caras no alojamento até a manhã do lançamento.

Quando Joan se deitou na cama, sentiu as pernas afundarem no colchão tão convidativo, em seu travesseiro tão macio, que tentou entender como havia chegado ali.

Ela não era uma professora assistente de astrofísica, lecionando para calouros sobre Copérnico, outro dia mesmo? Ia para casa toda noite e esquentava um prato feito. Frances tinha seis anos e dormia em sua casa todo fim de semana.

Entretanto, à medida que ela dava seus pequenos passos adiante, o mundo continuou girando. Os dias foram formando semanas e meses e anos, que as pessoas marcavam com relógios e calendários, tudo baseado na única coisa de que dispunham para dizer o que era o tempo: as estrelas.

Enquanto orbita ao redor do Sol, a Terra se aproxima e se afasta de seu abraço quente. Assim o verão se torna outono, que dá lugar ao inverno. Mas logo o planeta volta para mais perto do astro-rei, e o inverno derrete e vira primavera, e a primavera se torna verão. Durante todo esse período, bebês feitos de poeira estelar nascem e crescem. Começam a andar e falar e aprendem os dias da semana, os meses, as estações. Então olham para o céu e veem de onde vieram.

Os adultos, porém, passam a maior parte de seus dias olhando para baixo. Se apaixonam, cometem erros, aprendem novas coisas e se sentem cansados. Perdem as pessoas que amam, fracassam e mudam, ou nunca mudam. Conseguem novos empregos, se desapaixonam e se convencem de que, se conseguirem só mais uma coisinha, finalmente serão felizes.

Todos os dias, a Terra continua em rotação e translação pela Via Láctea, sempre em movimento. É por isso que o tempo nunca para.

E é por isso que, por menores que fossem, a soma das escolhas de Joan viraram algo magnífico. Ao longo das estações dos quatro anos anteriores, Joan encontrou tudo.

Uma coisa que amava, uma pessoa que amava, e uma parte sua que se mantinha escondida dentro de si.

"Tchau, meu amor", disse Joan ao dar um beijo na testa de Vanessa.

"Volta logo", disse Vanessa.

Aquilo foi tão bom para Joan, sentir que doía se afastar dela.

"Dez... nove... oito... sete..."

Joan estava com seu traje de voo e o capacete na cabeça. Afivelada ao assento no deque intermediário, deitada de barriga para cima. Os quatro homens da tripulação, inclusive Harrison, estavam no deque de voo. Ela não tinha nenhuma janela por onde olhar durante a subida. Só via os armários à sua frente.

"Seis... cinco... motor principal em ignição..."

O ônibus espacial foi ligado, e seus ossos vibraram quando a nave ganhou vida e começou a tremer. E foi um grande alívio para ela balançar daquele jeito.

Joan mal tinha dormido na noite anterior, a adrenalina percorrendo cada membro de seu corpo. Ainda assim, a manhã tinha sido bem lenta e metódica. Ela não podia apressar nada, nem se deixar levar pela empolgação. Cada item precisava ser checado um a um, e repassado com o Controle de Lançamento e o de Missão.

A diferença entre seu exterior, tão controlado, e o que havia dentro dela, euforia pura, era desconcertante e difícil de conciliar.

Até que, finalmente, o exterior pôde espelhar o interior. Joan experimentou uma sensação intensa de equilíbrio pela primeira vez em dias.

"... quatro... três... dois... um... zero... e o ônibus espacial *Discovery* decolou."

A ignição dos foguetes a atingiu como uma explosão, fazendo seu corpo ameaçar sair voando pelos ares.

Joan tentou pensar em como explicaria essa sensação para Frances.

Era como ser arrastada por um furacão, com todo o sangue de seu cérebro se acumulando no fundo do crânio.

O *Discovery* se desprendeu dos foguetes auxiliares. E, enquanto a nave subia cada vez mais alto, avançando a quase trinta mil quilômetros por hora contra a gravidade, Joan sentiu um frio na barriga inigualável. Então o motor principal foi desligado e houve dois estouros altos, que ela sabia ser o descarte do tanque de combustível externo, esvaziado do hidrogênio e oxigênio líquidos. E tudo ficou silencioso e imóvel.

A cacofonia, o tremor dentro da nave, a pressão — tudo sumiu e foi substituído por uma estranha sensação de calmaria.

O corpo de Joan começou a respirar, e de repente ela se sentiu excruciantemente viva — com o peito e a barriga dando cambalhotas de inquietação. Ela se soltou do assento.

"E estamos em órbita", ela ouviu o comandante Donahue dizer.

O estômago de Joan foi parar no pé, e a cabeça, no peito. Ela tirou uma das luvas e a soltou, lembrando só no último momento de segurá-la antes que saísse voando. Em seguida tirou o capacete e respirou fundo.

Tentou flutuar até a janela, olhar para a extensão do espaço para localizar o terminador, linha que divide a luz da escuridão na superfície da Terra.

Mas estava vendo tudo dobrado, com a visão em looping, como se estivesse passando e repassando um videotape com defeito. Seu estômago parecia ao mesmo tempo cheio e vazio. Sua garganta, apertada. Era possível sentir a bile subindo pelo peito.

Em sua primeira hora no espaço, enquanto a maioria da tripulação trabalhava, Joan vomitou três vezes.

Isso continuou rotação após rotação ao redor da Terra. Ela vomitava com o excesso de alvoradas e crepúsculos, que costumava ser sua medida dos dias, mas agora equivaliam a uma rotação de noventa minutos. A primeira coisa que a fez se sentir melhor nas primeiras vinte e quatro horas foi que Harrison também estava vomitando.

Ele vomitou um dia todo.

Ela, três.

Às vezes, durante esses dias, quando ia ao módulo do Spacelab conduzir seus experimentos, precisava lidar com uma névoa de confusão. Nem sempre conseguia ver com nitidez ou contar os próprios dedos. Na verdade, em determinado momento, ela perdeu a capacidade de reconhecer onde estavam seus braços ou controlá-los. Por duas vezes, não conseguiu flutuar para fora do Spacelab, e precisou reunir todas as suas forças — como se estivesse levantando um carro na Terra — para conseguir passar pela escotilha. No terceiro dia, teve uma dor de cabeça tão forte que não conseguia manter os olhos abertos.

O que estamos fazendo?, pensou Joan. *Achando que temos o direito de estar aqui em cima?*

"Olhe para a menor coisa que conseguir e não se mexe", orientou Harrison quando estavam nos sacos de dormir.

Joan resmungou em protesto. Estava determinada a concluir seus experimentos. Mas só de pensar nisso o mal-estar piorava.

"Não olha pela janela. Não é a mesma coisa que sentir enjoo num carro", disse Harrison.

"Eu sei", respondeu Joan. "Só estou tentando ficar com os olhos fechados."

"Não", retrucou Harrison. "Faz o mesmo que eu fiz. Fica olhando para a unha do dedo. Pelo tempo que você puder aguentar."

Joan ficou olhando para a ponta do dedo por seis horas e meia.

"Tudo certo aí, Goodwin?", perguntou Donna em seu fone em algum momento do quarto dia. Que alegria ouvir Donna falando com ela como Capcom. Joan sabia que não devia ter sido fácil convencer a Nasa a deixá-la voltar ao trabalho tão depressa. Mas Donna claramente soube vencer essa resistência. Isso não era nada surpreendente, mas era ótimo mesmo assim. Joan não sabia se teria toda essa determinação, mas a alegrava saber que Donna tinha. Que Donna obrigaria o mundo a lhe dar tudo o que quisesse de uma vez. "Está melhor?"

Ela queria contar tudo para Donna. Queria dizer: *Não acho que os humanos foram feitos para estar aqui. Estou com medo de que aquilo que passei a vida inteira desejando seja uma coisa que no fim eu não suporto. E não sei quem posso ser se não quiser fazer isso nunca mais.*

Mas haveria tempo para isso mais tarde. Em vez disso, ela respondeu: "Eu vou sobreviver".

No quinto dia, não muito longe do fim da missão, Joan se sentia bem o bastante para olhar pela janela.

Observando os grandes, brilhantes e profundos oceanos da Terra, ela respirou fundo pela primeira vez em dias.

Lá estava.

A Terra.

À luz do dia no oceano Pacífico.

Ela viu a costa leste dos Estados Unidos — com o verde se transformando em marrom e um padrão de nuvens de um branco impressionante. Viu a Baixa Califórnia, mas não conseguia localizar ao certo a fronteira entre Estados Unidos e México. Não via países com linhas e fronteiras definidas, apenas extensões de terras não divididas.

Nesse momento, pareceu engraçado pensar que apenas os exploradores espaciais treinados nos Estados Unidos eram chamados de "astronautas". Quem recebia seu treinamento na União Soviética virava "cosmonauta". Que grande bobagem fazer essa distinção, sendo que a Rússia beijava a América do Norte daquela maneira.

Ela pensou na época do *Sputnik I*.

Tinha sete anos e observava o céu noturno com o pai quando viu o satélite lá em cima com seus binóculos. Isso mexeu com ela de alguma forma, saber que os humanos tinham levado algo para o céu. Naquela semana, no noticiário, ela escutou várias vezes que "os russos" tinham mandado um satélite para o espaço e que os Estados Unidos precisavam correr atrás do prejuízo e superar tal feito.

Enquanto olhava para a Terra pela janela, porém, pareceu um absurdo monumental pensar que aquilo tinha sido uma corrida contra algum adversário. Quaisquer que fossem os objetivos declarados ou não do programa Apollo, para ela todas as conquistas obtidas no espaço eram de todos.

Os humanos tinham encontrado uma forma de mandar um satélite lá para cima.

Os humanos tinham ido para a Lua.

Todos naquele ônibus espacial eram estadunidenses, claro. Mas considerar o programa de ônibus espaciais um triunfo dos Estados Unidos era uma coisa pequena em comparação com o que poderia e deveria ser.

O que valia ser visto era o que nós, humanos, fizemos.

Olhamos para o mundo ao nosso redor — a poeira sob nossos pés, as estrelas no céu, a velocidade de uma pena caindo do alto de um prédio — e aprendemos a voar.

Para Joan, era um feito de uma beleza comparável a qualquer coisa que Rachmaninoff tivesse composto, ou o *Homem Vitruviano* de Leonardo da Vinci, monumental como a Grande Muralha da China ou as pirâmides do Egito.

O espaço não pertencia a ninguém, mas a Terra era de todos.

"É tão pequena", comentou Harrison, que apareceu flutuando ao seu lado.

Joan assentiu. "É um planeta de tamanho médio orbitando uma estrela de tamanho médio numa galáxia de cem bilhões de estrelas. Num Universo de cem bilhões de galáxias."

"E tem quase cinco bilhões de pessoas nesse planeta", disse Harrison.

Joan concordou com a cabeça.

"É difícil acreditar que qualquer pessoa possa ter alguma relevância diante dessa imensidão", ele falou. "Eu já acreditava nisso antes, mas nunca *soube*, pelo menos até agora. A existência humana é... sem sentido."

Joan olhou para ele.

Como duas pessoas, colocadas bem ao lado uma da outra, na mais rara das perspectivas, poderiam chegar a conclusões totalmente opostas?

Quando Joan olhou de novo para a Terra, foi dominada pelo sentido de sua própria vida — e pelo fato de que o único sentido *possível* era o que ela lhe dava.

Joan observou o círculo azul e enevoado ao redor da Terra. A atmosfera era delicadíssima, quase irrisória. Mas era o que mantinha tudo que ela amava vivo.

A vida inteligente era o que dava sentido à sua existência.

As pessoas eram o que dava sentido à sua existência.

Frances e Vanessa.

Harrison se afastou, mas Joan continuou na janela, tentando localizar Dallas. Pensou em Frances, e em que horas seriam lá, e se ela estava com as amigas, ou jogando hóquei na grama. Pensou em Vanessa, em Houston, no JSC, fazendo os preparativos para o seu voo.

Elas estariam felizes? Tiveram um dia ruim? Estavam precisando dela?

Nada do que acontecia no Texas tinha importância para o Universo, Joan sempre soube disso, mas importava para ela — ah, como importava. Fazia a Terra inteira parecer luminosa e vital e urgente para ela. Fazia da fina linha da atmosfera a coisa mais linda que Joan já tinha visto.

Por mais bonita que a Terra fosse de olhar, ela queria senti-la, cheirá-la, saboreá-la. Queria tocá-la com suas mãos.

Joan queria ir para casa.

VÉSPERA DO DIA DE AÇÃO DE GRAÇAS DE 1984

"Joanie, vi seu pouso na Califórnia. Fiquei tão feliz de ver que você chegou bem. Sei que é seguro lá no espaço, mas me sinto melhor sabendo que você está de volta. Te amo."

"Joanie, pensei que talvez você já estivesse de volta... na sua casa, digo. Eu queria te ligar no Dia de Ação de Graças, se você estiver por aí."

"Ei, Joanie, sou eu de novo. Desculpa por ligar tantas vezes. Acho que eu... Você pode me ligar? Eu..."

Embora o restante da tripulação tivesse precisado de um tempo para se readaptar ao chão firme sob seus pés, Joan não demorou nada para se reacostumar à gravidade.

Mas, quando pôs os pés em seu apartamento na primeira manhã após seu retorno, alguma coisa parecia errada. Era como se tivesse voltado ao quarto de sua infância, ou tentado dirigir o carro velho que tinha na época da faculdade. Tudo aquilo tinha sido seu, verdade, mas pertencia a uma versão anterior dela.

Foi só quando acionou a secretária eletrônica e ouviu a voz de Frances que enfim se sentiu em casa de novo.

Antes mesmo de terminar de ouvir a terceira mensagem, ela pegou o telefone e ligou para o dormitório de Frances. Chamou incontáveis vezes.

"Alô?"

"Frances?"

"Joanie?"

"Você atendeu!", disse Joan.

"É, só tem eu aqui no dormitório agora."

"Você está sozinha aí? Sua mãe tinha me dito que um monte de gente ia ficar na escola no feriado. Falou que ia ter um evento enorme no refeitório."

"Hã..."

Joan ouviu a voz de Frances começar a fraquejar. "Tem um evento todo ano mesmo. Mas ninguém ficou. Sou só eu mesmo."

"Como assim, só você?"

"Só eu e a srta. Green. Mas ela é legal. E não é minha professora, então não parece que estou na sala de aula nem nada. A gente vai se encontrar às três horas amanhã para comer sanduíche de peru."

"Só pode ser brincadeira."

"Não é, mas está tudo bem, sério mesmo", disse Frances, com uma animação forçada que a denunciou. "Ela disse que os sanduíches têm molho de cranberry."

"Franny..."

"Eu estou bem, Joanie."

Então Frances caiu no choro.

"Estou indo praí, lindinha."

"Não, não precisa."

"Frances", disse Joan, bem séria. "Estou indo aí pegar você para te trazer para casa."

Frances ficou em silêncio por um momento e então, finalmente, com uma voz que era pouco mais que um sussurro, respondeu: "Ok".

"Me escuta", disse Joan. "Eu estava em órbita a mais de trezentos quilômetros acima da Terra, e só o que queria era voltar para te ver. Você entende isso? Entende que para mim não importa se o mundo é grande ou pequeno, que é você que está no centro do meu? Você entende que, pelo menos para alguém, você é tudo que importa neste planeta?"

"Ok", repetiu Frances.

Dessa vez Joan conseguiu ouvir o nó em sua garganta.

Quando Frances era mais nova, seus problemas eram difíceis, mas simples. Ela não conseguia dormir. Uma vez cortou a boca. Não conseguia escrever o *B* maiúsculo.

Mas Frances agora tinha dez anos, estava no sexto ano fazia alguns meses. Seus problemas eram mais pesados e sombrios. Joan não conseguia resolvê-los com uma palavra de carinho, ou uma piada, ou uma pedra de gelo. Ouvir Frances chorando e sozinha tão longe de casa fez Joan se sentir absolutamente impotente. E ela não toleraria isso.

"Chego aí em menos de quatro horas. Arruma as suas coisas."

"Eu não posso ir embora sem a permissão da minha mãe."

Joan suspirou. "Droga."

"Desculpa."

"Não é culpa sua."

Joan refletiu sobre a situação. "Tá, pode demorar um pouco mais que isso. Mas eu chego aí. Arruma as suas coisas."

"Ok", respondeu Frances. E então: "Joan?".

"Oi?"

"Eu te amo."

"Eu também te amo, lindinha. Mais do que você pode imaginar."

Os ouvidos de Joan estavam zumbindo quando ela bateu na porta da casa de Barbara com a lateral do punho, com tanta força que as janelas chegaram a tremer.

"Minha nossa, Joan", disse Barbara ao abrir a porta.

"Barbara, eu juro por Deus..."

A irmã revirou os olhos. "Imagino que ela tenha ligado chorando para você, é isso?"

"Você disse que ela queria ficar lá com várias outras crianças."

Barbara deixou a porta aberta e entrou. Joan foi atrás.

"Joan, o que você quer de mim?"

"Cadê o Daniel?"

"Foi buscar os cheques de viagem."

"O que você tem na cabeça, para fugir assim para a Europa? Não faz isso. Deixa a Frances vir para casa."

Barbara respirou fundo e balançou a cabeça. "Não."

"Ela vai passar o Dia de Ação de Graças com uma professora. Comendo sanduíche."

"Elas vão comer sanduíches de peru com molho de cranberry. Mas vocês duas sempre fazem as coisas parecerem piores do que são. Ela está sendo birrenta e manipuladora. Estou surpresa por você cair nessa. Mas você sempre cai. Como você é otária, Joan, francamente."

Joan não conseguiu controlar a ferocidade que escapou de dentro dela. "O que você tem na cabeça?"

"O que você quer de mim?", gritou Barbara.

"Eu quero que você cuide da sua filha!"

"Eu estou cuidando! Ela está debaixo de um teto seguro, não está passando fome e está recebendo uma boa educação!"

"Ela está sozinha!"

"Joan, o que você quer que eu faça? Daniel nunca quis ter filhos, mas disse que aceitava de bom grado ser padrasto. E ele tentou. Realmente tentou. Mas com ela foi impossível!"

"Por que você se casou com um homem que não quer filhos? Você tem uma filha!"

"Eu faço o que posso! Antes de conhecer Daniel, passava a maioria das noites chorando até pegar no sono, porque me sentia sozinha e exausta. Você tem ideia de como era difícil cuidar dela e ganhar o suficiente para a gente ter pelo menos feijão enlatado para comer? Você acha que o mundo é fácil para uma mãe solo sem diploma universitário?"

"Eu poderia ter te emprestado dinheiro."

"Eu não queria o seu dinheiro. Queria ter uma vida! Uma vida com um homem que me ama, e paga as contas e me dá uma bela casa para morar e garante uma ótima educação para a minha filha, para que ela não termine como eu! É isso o que eu quero, Joan! Não a sua caridade."

"Então é isso mesmo? Você manda sua filha embora e não a deixa voltar para casa porque você escolheu um cara que não sabe lidar com ela?"

"*Eu* não sei lidar com ela! Ela é insuportável!"

"Ela está magoada!"

"Bom, eu não quero mais ter que lidar com ela!"

Joan deu um passo atrás. Barbara piscou algumas vezes, afundou no sofá e chorou. Joan assistiu à cena, perplexa por ela ter a audácia de chorar.

Joan se perguntou o quanto devia ser cômodo pensar como Barbara. Como devia ser tranquilo para sua consciência pensar que as coisas simplesmente aconteciam *com você*. E que tudo no mundo girava ao *seu* redor. E que os *seus* sentimentos eram os únicos que importavam. E, pior ainda, se colocar sempre na condição de vítima — por mais grotesca e distorcida que fosse essa realidade —, para que nunca fosse preciso se olhar no espelho e admitir sua culpa.

"Ela é sua filha", cuspiu Joan, por fim.

"Eu sei", respondeu Barbara, ainda chorando, escondendo o rosto entre as mãos. Joan se recusou a consolá-la.

"Você vai ter que dar um jeito de resolver isso", avisou.

"Não dá. Daniel não a quer mais aqui depois dos chiliques dela."

"Bom, então diz para ele que isso é impossível. Mesmo se ela passar o resto do semestre na escola, você vai fazer o quê? Não vai deixá-la vir para casa no Natal?"

Barbara tirou um lenço de papel do bolso e enxugou os olhos. "Daniel quer continuar na Europa, pelo menos por um tempo."

"Quê?"

"Natal em Copenhague, Ano-Novo em Paris. Ele tem umas reuniões em Londres no começo do ano, então ficaríamos por lá pelas próximas semanas."

Joan abaixou a cabeça, se sentindo uma idiota. Só sendo muito idiota para não entender o que estava acontecendo. Era difícil admitir até onde podia chegar a baixeza de sua irmã. A retidão moral de Joan sempre era tão inata que parecia uma herança genética presente no DNA que as duas compartilhavam. Talvez fosse por isso que, até então, ela não conseguia enxergar que tinha pouquíssima coisa em comum com a irmã. "Que tipo de reuniões?", perguntou Joan, por fim.

"Quê?"

"Que tipo de reuniões ele tem em Londres, Barbara?"

Barbara desviou o olhar. "Ele vai ser transferido para lá. No primeiro semestre do ano que vem."

Joan balançou a cabeça e fechou os olhos. Encarou a escuridão por um tempo e respirou fundo antes de falar: "Por favor, me diz que você está inventando isso".

"Não estou."

"E qual é o seu plano?"

"Não sei."

"Eu não vou deixar você abandonar a Frances. Qual é o seu plano?"

"Ela está num colégio interno, Joan. Não vem me dizer que isso é abandono."

"Ela está lá sozinha, chorando. Sentindo que não é amada por ninguém."

Barbara balançou a cabeça entre as mãos. "Claro que eu amo a minha filha." Ela começou a chorar ruidosamente.

"Se você ama a sua filha, então precisa demonstrar. Cuidando dela", disse Joan. "Não existe outra opção."

Barbara se levantou e gritou: "Não é assim tão simples!".

"É, sim!"

"Não é! Eu faço tudo sozinha desde os vinte anos, e estou cansada de ser tratada como uma desmiolada porque estou tentando construir uma vida e me recuperar dessa desgraça!"

"Ela não é uma desgraça! Para de falar dela assim!"

"Ela é minha filha, eu posso falar dela como quiser!"

"Quer saber? Acho que você não merece mesmo a Frances! Tentei não pensar assim durante anos, mas não sei qual outra conclusão posso tirar de tudo isso. Ela merece mais do que você tem para oferecer."

"Então fica com ela!", retrucou Barbara. "Você se acha tão inteligente, Joan. *Ah, que bela mãe você seria!* Como se você tivesse uma vida amorosa, ou um homem interessado o bastante para fazer um filho em você... Qual é. Cuida dela você. Acho que vocês iam adorar."

"Barbara, não fala isso. Não é hora para os seus joguinhos."

Mas com ela tudo era sempre parte de um jogo, não? E Barbara vinha vencendo fazia muito, muito tempo.

"É sério!", insistiu Barbara. "Ela sempre gostou mais de você do que de mim. Ah, vocês duas, tão bonitinhas, tão grudadas. Por mim, vocês que se entendam. Vão ser felizes juntas, sem a trouxa aqui para vocês menosprezarem."

"Ela não te menospreza. Ela te idolatra."

Barbara riu com deboche e balançou a cabeça. "Ela me odeia. Me acha uma imbecil egoísta, assim como você, e faz questão de deixar isso bem claro. Ah, mas você vai ver, Joan. Quando ela for sua. Não é moleza, não. Ela me odeia. E um dia vai te odiar também. E você finalmente vai entender. Só que vai ser tarde demais, porque eu não vou aceitar suas desculpas. Mas, enquanto isso, fica à vontade. Ela é toda sua."

Joan a encarou, perplexa demais para dizer qualquer coisa, mas a expressão de Barbara não era de tristeza, nem de raiva, nem de determinação. Seus olhos estavam mortos.

Esse era o plano de Barbara desde o começo. Joan era seu passaporte para a liberdade.

"Sério mesmo que você vai deixar uma criança sozinha no feriado de Ação de Graças?"

"Ela precisa aprender que nem tudo gira ao redor dela e que está na hora de eu ter uma vida também. Por isso, vou, sim. Mas pelo jeito você quer ser a mãe dela, então vai em frente."

Parte de Joan sentia que não podia dar essa satisfação a Barbara. Ela não podia abandonar a filha e se mandar para a Europa, deixando Joan a cargo de todas as suas responsabilidades. Joan não podia permitir isso.

Só que Frances merecia mais do que Barbara tinha a oferecer, o que a irmã ainda fazia muito a contragosto. Frances precisava de alguém que realmente se importasse com ela e demonstrasse isso. Alguém que nunca a abandonasse.

Naquele momento, Joan só conseguiu pensar na alegria de ter Frances de volta. De passar todas as noites a ajudando com a lição de casa. De levá-la ao cinema todo fim de semana. De aproveitar os poucos momentos em que Frances ainda lhe permitia beijar sua cabeça.

Joan faria qualquer coisa para ter mais desses momentos, que já estavam passando rápido demais, aliás.

Ela nunca deixaria de ter isso — nunca decepcionaria Frances — só para dar uma lição em Barbara.

"Escreve uma carta para a escola me dando o poder de tomar decisões por ela e tirá-la da escola", ordenou Joan. "Agora."

"Você pensa que eu não estou falando sério? Escrevo mesmo."

"Então anda, Barbara! Agora!"

Barbara foi até a cozinha e escreveu em um papel de carta timbrado com o nome de Daniel no topo, que entregou para Joan. "Eu não quero olhar para a cara de nenhuma de vocês duas antes de viajar", avisou ela. "Ela está fazendo pirraça, e você caiu direitinho."

"Você vai ligar para ela e desejar um feliz Dia de Ação de Graças do aeroporto. Se não fizer isso, vou ligar para o seu hotel de hora em hora até você atender. Está me ouvindo? Acho que já ficou bem claro para nós duas que o Daniel não vai ficar feliz com você se a coisa se complicar para o lado dele. Então, se eu fosse você, ligaria antes da hora do almoço e passaria uns dez minutos ao telefone, conversando direito com a sua filha."

"Nossa, Joan, obrigada mesmo. Obrigada por me tratar como se eu não fosse sequer ligar para a minha filha no Dia de Ação de Graças. Nossa, que monstro eu sou."

"Acho que talvez você seja *mesmo* um monstro", rebateu Joan, saindo e batendo a porta com tanta força que até abriu de novo. Ela não olhou para trás.

Quando Joan chegou à escola, Frances estava sentada no saguão de seu dormitório com uma mulher que parecia ter menos de trinta anos.

"Oi", disse Joan quando a menina se levantou e sorriu.

"Você deve ser a Joan", disse a mulher. "Aqui nós somos grandes fãs seus, e de tudo que você faz. Acho que o nosso professor de física, Marlon Ryan, vai ficar triste por não ter tido a chance de falar com você. É um grande prazer te conhecer."

"Ah, obrigada. Eu agradeço as suas palavras. Você é a srta. Green?"

"Ela mesma."

"Bom, eu adoraria levar Frances para casa", disse Joan, entregando o bilhete.

A srta. Green deu uma olhada no papel. "Tudo certo", falou, se virando para Frances. "Feliz Dia de Ação de Graças, Frances. A gente se vê na segunda."

"Hã", disse Joan. "Isso não vai acontecer."

"Quê?", perguntou Frances.

"A gente conversa melhor no carro", disse Joan para Frances. "Por enquanto vamos lá pegar suas coisas. E não só para o fim de semana."

Elas foram até o quarto de Frances. Joan ficou impressionada com a organização do lado dela. A menina tinha feito a cama prendendo bem os lençóis nos cantos, e seus livros estavam alinhados direitinho na escrivaninha.

"Você tem uma bolsa que a gente possa usar?", perguntou Joan.

Frances assentiu e tirou três bolsas e uma caixa de debaixo da cama.

"Ótimo, guarda suas roupas. Eu pego seus travesseiros e os cobertores."

Quando terminaram, Frances perguntou se poderia levar os livros, e Joan disse que não. "Mas sua mãe me contou que você ganhou um concurso de redação."

"É", confirmou Frances. "Ganhei."

"Você tem essa redação? Está aqui?"

"Tá, sim", respondeu Frances.

"Bom, a gente não pode deixar isso para trás. Vai pegar."

"Tá bem..." Frances abriu uma gaveta, pegou algumas folhas e enfiou na bolsa de lona aberta em sua mão."

"Muito bem, garota", disse Joan. "Contagem regressiva encerrada. Vamos sumir daqui."

Então Frances deu risada. Era tão bom vê-la sorrir.

"Isso foi tão brega, Joanie."

No caminho de volta, Joan e Frances pararam numa lanchonete e dividiram um sanduíche de pasta de amendoim com geleia e milk-shake de morango.

Eram quase nove da noite àquela altura. Frances parecia cansada. Estava com os olhos vermelhos e inchados, e com os lábios ressecados. Joan queria abraçá-la, mas temia que, se fizesse isso, ela mesma fosse desmoronar. Voltar ao planeta Terra era cansativo.

Joan sentiu um aperto no peito ao olhar para Frances.

Mas, além disso, havia uma tristeza que Joan não conseguia nomear. Uma decepção, talvez. Ou uma constatação. No mínimo um reconhecimento. Ela havia tentado com todas as forças acreditar em Barbara. E estava claro que a irmã jamais faria um esforço para se mostrar digna dessa fé.

Barbara tinha mostrado quem era. Se Joan continuasse a não ver, bem, nesse caso a culpa seria dela.

"Escuta só, lindinha", falou Joan, por cima de uma porção de batatas fritas que nenhuma das duas tinha tocado. "Aconteceram umas coisas."

"Eu imaginei, já que você falou que eu não vou voltar para a escola."

"Sua mãe e eu conversamos, e eu finalmente consegui convencê-la", disse Joan. "E é uma coisa que eu acho que pode ser muito legal."

"O que é?"

"O que você acha de ir morar comigo?"

"Nos fins de semana?"

"O tempo todo."

"Morar na sua casa?"

"Isso. A gente vai ter que arrumar um lugar com dois quartos, claro. Então no começo você vai dormir no sofá, ou a gente compra um colchão. Não sei. Mas resolvo isso rapidinho."

"Posso dormir em qualquer lugar, não ligo", disse Frances. O rosto dela começou a se alegrar, e as lágrimas não demoraram a aparecer. "Você... me quer lá?"

"Ah, querida", respondeu Joan, estendendo o braço para segurar a mão dela. "Eu quero você comigo mais do que qualquer outra coisa no mundo."

Frances escondeu o rosto no braço, e seu corpo começou a tremer. Joan passou para o lado dela da mesa e a abraçou. Como Frances não parava de chorar, Joan deixou o dinheiro na mesa, roubou a caneca prateada com o milk-shake e foi com a sobrinha para o carro.

"Eu vou matricular você de novo na escola pública, ok?", avisou Joan quando elas entraram no carro.

Frances assentiu.

"E não sei como a coisa toda vai funcionar, mas a gente dá um jeito."

Frances assentiu de novo. "Joanie", disse Frances. "Obrigada."

"Não precisa agradecer, lindinha. Eu que devia agradecer, pelo privilégio que é ter você comigo."

Frances se inclinou na direção de Joan, que a puxou para um abraço. Se Frances tinha passado os primeiros dez anos de sua vida sem saber onde era seu lugar, Joan garantiria que nos dez anos seguintes a sobrinha não teria nenhuma dúvida de que seu lugar era ao lado dela.

"Escuta só, Frances Emerson Goodwin", disse Joan, segurando o queixo de Frances e obrigando a menina a encará-la. "Eu vou te amar até a morte, ouviu? Não existe nada que você possa falar ou fazer que vai mudar isso. Eu vou estar aqui para você, para sempre. Você faz minha vida ter sentido. E garanto de coração que você nunca vai ficar sozinha. Pode acordar todos os dias sabendo que tem alguém com o coração na boca, quase explodindo de tanto amor por você. Sei que você é minha sobrinha, Frances. Mas também sempre foi *minha*."

⸻ ✦ ⸻

No dia seguinte, Barbara ligou às onze e meia.

"Feliz Dia de Ação de Graças", disse Frances, na cozinha de Joan. "Espero que você se divirta com o Daniel. Boas férias para vocês."

Joan a observava do fogão, cuidando de uma panela borbulhante de cranberries. Como Frances podia ter tanta personalidade aos dez anos? Mas talvez isso não fosse nada surpreendente. Se a personalidade era formada pela quantidade de vezes que alguém levava um tombo e se reerguia, a sobrinha já tinha sua cota garantida.

"Obrigada, eu também te amo, mãe", disse Frances antes de desligar o telefone.

Então era assim que ia funcionar. Barbara fingiria que estava tudo normal. Não haveria qualquer pedido de desculpas pelo que foi feito e dito. Só restava a Joan torcer, pelo bem de Frances, que Barbara se arrependesse. Que no futuro ela tentasse se redimir, para reconquistar a confiança da filha.

Se isso não acontecesse, porém, Joan estava mais do que disposta a assumir a criação da sobrinha. Não seria fácil. Joan já vinha pensando em alternativas para cada faceta de sua vida para a qual seria necessário recorrer a um plano B. Faria isso tudo com alegria, apesar das complicações que essa decisão traria. Já sentia o peso de saber que — de todas as formas, desde as mais ínfimas até as mais relevantes — isso mudaria sua vida para sempre.

Naquela tarde, Vanessa passou para pegar Joan e Frances, e as três foram passar o feriado na casa de Donna e Hank.

Donna havia convidado as duas antes de Joan ter saído em missão e ficou empolgadíssima quando Joan ligou perguntando se Frances poderia ir.

"Sim!", respondeu Donna. "Porque, porra, eu preciso de alguém para vir aqui e pegar essa bebê no colo. Eu preciso de uma folguinha, e Hank vai passar a tarde toda defumando o peru."

As três convidadas sentiram o cheiro do defumador antes mesmo de saírem do carro. Donna as recebeu com abraços efusivos. Thea estava dormindo, e a anfitriã imediatamente colocou Frances para dobrar guardanapos.

Griff estava no fogão, usando um avental xadrez com a frase: "Quem convidou toda essa gente cafona?", uma referência ao livro de Gloria Hunter. E, do outro lado da mesa, quebrando as vagens com as mãos, estava Lydia.

"O que a Lydia está fazendo aqui?", murmurou Vanessa.

Donna fez um gesto com a mão, minimizando a questão. "Hank falou que, como ela é parte da missão de vocês, tinha que ser convidada. Steve e Helene vão dar uma passada aqui mais tarde também, então é a coisa certa a fazer. Decidi ser mais mente aberta hoje. Mas, quando ela chegou, disse que a casa cheirava a mofo e que a gente deveria investigar isso, então fechei a minha mente de novo."

Joan deu risada e foi ajudar Lydia com as vagens, enquanto a sobrinha se dedicava aos guardanapos ao seu lado. Lydia mal registrou a presença da colega de Nasa.

Quando Hank apareceu para pegar uma cerveja, pôs a mão no ombro de Joan para cumprimentá-la e se apresentou para Frances.

"Que bom ver você de novo aqui na Terra", ele falou para Joan.

Bem nessa hora, Lydia deixou as vagens de lado e falou: "Então, eu tenho que falar. Ouvi dizer que você vomitou o tempo todo".

Donna deu risada. Vanessa mordeu o lábio, irritada. Griff parou de mexer na panela e se virou para Joan.

"Fiquei sabendo disso também", comentou ele, um pouco constrangido.

Donna levantou as mãos. "Me incluam fora dessa."

"Joanie, isso é verdade?", perguntou Frances.

Joan olhou ao redor, ciente de que todos esperavam por uma resposta. "Bom, para a informação de vocês", disse ela, por fim, "é verdade. Eu vomitei direto no ar".

Frances jogou a cabeça para trás e caiu na gargalhada. Os adultos fizeram o mesmo.

"Mentira, eu usei sacos de vômito. Muitos e muitos e muitos sacos de vômito", contou Joan, encantada com a reação de Frances, que ria tanto que ficou até ofegante, com o rosto todo vermelho. "E deixo registrado também que eu não deixei isso me impedir de fazer o meu trabalho! Mas estou muito feliz de estar de novo aqui com essas pessoas que eu adoro tanto", acrescentou, pondo a mão no ombro de Frances e apertando de leve.

"Um brinde!", disse Vanessa, erguendo seu copo.

Mais tarde, estavam todos sentados à mesa de jantar de Donna e Hank, com Frances comprimida entre Joan e Vanessa. Griff contou que tinha conhecido alguém e estava pensando em apresentá-la ao pessoal. Donna tirou sarro da cara dele.

Lydia pedia o tempo todo para passarem a batata e, como ninguém lhe deu ouvidos, ela se levantou, foi até o outro lado da mesa, pegou a travessa de purê e voltou para seu lugar, colocando-a diante de seu prato.

"Pronto", disse Lydia. "Se alguém quiser, é só me pedir."

"Lydia", falou Vanessa, com um tom de voz seco. "Me passa a batata?"

Quando Thea acordou, Frances foi ficar na sala com ela e ficou embalando a bebê. Hank foi também.

Joan ouviu Frances perguntar para Hank como era pilotar o ônibus espacial, e ele falou: "Olha, menina, eu ainda não sei, mas estou ansioso para descobrir".

Quando Steve e Helene apareceram com seus filhos, todo mundo comemorou. Vanessa cedeu seu lugar para Steve. Joan deixou sua cadeira para Helene. Hank e Griff abriram espaço para as crianças. Joan observou a cena com um sorriso no rosto.

Mais uma vez, havia uma mesa no centro da sala, e quase todo o seu grupo estava de pé ao redor, atento. Joan olhou para Griff e sorriu.

"Está igualzinho à reunião dos astronautas", comentou ele.

Joan deu risada. "Você sempre sabe o que se passa pela minha cabeça antes de mim."

Eles comeram torta de noz pecã e bolo de banana. Vanessa deixou

Frances comer um pedaço de cada, certa de que Joan não tinha percebido. Joan só balançou a cabeça e sorriu. Vanessa fez o mesmo.

Griff ensinou a Frances um truque de mágica. Hank contou para as crianças umas piadinhas inofensivas.

Mais tarde, quando Joan e Lydia estavam lavando a louça, Lydia lhe agradeceu pelo conselho do passado.

"As coisas estão indo muito bem com essa equipe", ela contou para Joan enquanto raspava os pratos. "E não sei se isso teria acontecido se não fosse por você."

"Ah, fico feliz", disse Joan, começando a encher a lava-louças.

"Você...", continuou Lydia. "Você é minha melhor amiga aqui, Joan."

Joan olhou para ela e tocou seu braço, mas Lydia a ignorou.

"Você não está pondo os pratos do jeito certo", disse ela, pegando o prato da mão de Joan e a tirando do caminho. "Nunca te ensinaram a usar uma lava-louças?"

Joan suspirou e se virou para Vanessa, que, ela percebeu, testemunhara aquela interação toda. Vanessa arqueou as sobrancelhas e deu de ombros, e Joan riu.

Quando ficou tarde e chegou a hora de ir embora, ela encontrou Donna no quarto de Thea, embalando a bebê para fazê-la dormir. A amiga parecia tão feliz, como se tivesse tudo que sempre desejara.

Joan não queria voltar para o espaço, e talvez isso lhe daria a chance de se dedicar integralmente à criação da sobrinha. Mas Donna não precisava de chance nenhuma. Donna daria um jeito. Algum dia, voltaria do espaço e falaria sobre a experiência para a filha.

Donna ergueu os olhos para Joan, parada na porta, e sorriu. Joan se despediu com um aceno.

Foi o primeiro Dia de Ação de Graças que passava sem seus pais e Barbara.

Mas também foi a primeira vez que se sentiu verdadeiramente em casa.

Mais tarde naquela noite, Vanessa entrou com Joan e Frances no apartamento. Frances foi escovar os dentes e se trocar para ir dormir. Com a experiência do colégio interno, ela havia amadurecido muito em pouco tempo. Fazia muito mais coisas sozinha, insistia em ler livros que Joan achava um pouco avançados para sua idade e tinha começado a usar saias e vestidos mais curtos, e quase nunca andava de camiseta. Mas ainda queria ser colocada na cama. E Joan se sentia grata por isso.

"Vou aí já, já", disse ela para a sobrinha, que foi para o banheiro.

"Hoje foi um dia bom", comentou Vanessa quando viu que Frances não podia mais ouvi-la.

"Foi mesmo", disse Joan, segurando a mão dela. "Mas senti sua falta, apesar de você ter passado o tempo todo comigo."

"Eu também senti sua falta", respondeu Vanessa, baixinho.

Elas se olharam. Vanessa não poderia dormir lá naquela noite. As duas passariam as noites separadas por um bom tempo. E precisariam de um plano para resolver isso o quanto antes.

"Boa noite, Franny!", gritou Vanessa.

"Boa noite!", respondeu Frances, da pia do banheiro.

Quando Vanessa estava saindo, Joan a segurou pela mão.

"Não sei como as coisas vão funcionar agora", comentou Joan. "Com Frances sempre aqui."

"Pois é. Mas nós vamos dar um jeito", disse Vanessa. "Pessoas como nós sempre precisam arrumar um jeito. Então é isso que vamos fazer."

Ela beijou Joan no rosto.

Joan fechou os olhos e respirou fundo, sentindo o cheiro dela.

Naquela segunda-feira, Joan foi até a sala de Antonio para solicitar uma reunião. Queria discutir uma transferência em caráter permanente para o Controle de Missão e deixar de ser designada para missões no espaço.

Para sua surpresa, Antonio estava entrando na sua sala quando Joan chegou e a convidou para entrar na mesma hora.

"Me diz o que você tem em mente", disse Antonio, se inclinando.

Joan não falou que simplesmente tinha pegado sua sobrinha para criar e, na prática, era uma mãe solo que não podia passar muito tempo fora do planeta. Disse a outra coisa, a mais relevante, e provavelmente ainda mais verdadeira.

"Meu lugar é em solo", declarou Joan. "Aprendi que é preciso ter os dois pés na Terra e olhar para as estrelas. Não o contrário."

Havia muito a aprender sobre o Universo a partir da Terra. E muita coisa que ela queria fazer a partir dali, da Nasa.

Antonio a observou. "Para ser sincero, eu pretendia mandar você mais algumas vezes. Apesar dos seus problemas de adaptação, ficamos muito satisfeitos com seu trabalho de pesquisa."

"Eu entendo, senhor."

"Mas, pelo que ouvi de Jack, você foi de grande ajuda nas missões anteriores", continuou Antonio. "Acho que ele estaria bastante disposto a integrar você ao Controle de Missão."

"Eu ficaria extremamente grata", disse Joan. "Se o senhor pensasse no caso."

Antonio assentiu. "Vou pensar, sim. Vou pensar."

"Obrigada", respondeu Joan, e se levantou.

Antonio a acompanhou até a porta, mas só pôs a mão na maçaneta, não a abriu.

"Eu queria saber se você poderia me ajudar", disse Antonio. "Com uma coisa."

"Claro", disse Joan.

"Como você sabe, a designação para qualquer missão exige certas credenciais de segurança", continuou Antonio.

"Sim", disse Joan.

"E as credenciais de segurança não podem ser concedidas a alguém que acreditamos ser..." Ele pareceu buscar a palavra certa. "Moralmente comprometido."

Aquelas palavras foram um soco no estômago de Joan.

"Sim, senhor."

"Não por uma questão de julgamento, veja bem, mas porque deixa a pessoa vulnerável a possíveis chantagens. Pessoas muito endividadas, por exemplo, ou apostadores inveterados, podem ser um bom exemplo do tipo de gente que poderia perder uma credencial de segurança, perdendo a opção de voar. Pessoas com familiares com laços com o crime organizado são outro exemplo. A presença de desvios sexuais de qualquer tipo também tornaria nossos astronautas vulneráveis a chantagens."

Joan e Vanessa tinham pedido demais, ido longe demais, acreditando ingenuamente que poderiam ter o que queriam.

Não era essa a história de tantos deuses que viviam entre as estrelas? Joan passara a vida toda olhando para os corpos celestes, mas nunca escutou realmente, não aprendeu nada com suas histórias. Os deuses sempre eram punidos por sua arrogância.

"Eu quero deixar uma coisa bem clara: nunca achei que fosse da minha conta saber o que meus astronautas fazem em seu tempo livre. Eu me limito ao que diz respeito ao governo dos Estados Unidos e ao que é de interesse público."

"Claro", disse Joan.

"Quero proteger minha equipe aqui. Você me disse uma vez que tem relações particularmente boas com muitos de seus colegas. Então poderia transmitir essa mensagem a qualquer um dentro do corpo de astronautas que precise de um lembrete?"

"Sim, senhor."

"A perda das credenciais de segurança de qualquer um de nossos astronautas seria um baque devastador para o departamento e teria uma repercussão negativa para a Nasa como um todo", continuou ele. "E eu... bom, Goodwin, espero que nunca precisemos chegar a esse ponto."

"Entendo, senhor", disse Joan.

"Obrigado", disse Antonio, abrindo a porta. "Eu recomendaria você de olhos fechados para o Controle de Missão, inclusive para as missões confidenciais que vêm por aí. Sei que você sairá ilesa de qualquer tipo de escrutínio."

"Obrigada, senhor."

Ela foi buscar Frances no primeiro dia de volta à escola naquela tarde, mas não lembrava de mais nada que tivesse feito naquele dia.

———— ✦ ————

Por duas semanas, Joan tentou acreditar, com cada neurônio de seu cérebro, que precisava de tempo para elaborar um plano.

Mas já sabia o que precisava fazer.

E, em vez de fazer, se escondeu.

Deixava Frances na escola toda manhã e marcava o máximo de horas de voo que pudesse. Participava de todas as reuniões que podia fora do campus. Marcava horários para ver apartamentos de dois quartos no distrito escolar de Frances, para que pudessem se mudar perto do Ano-Novo.

Quando o telefone tocava, deixava as ligações de Vanessa caírem na secretária eletrônica. E ligava para Vanessa apenas quando sabia que ela estaria fora, e lhe deixava recados.

Joan levou Frances para escolher uma árvore de Natal, para comprar enfeites. As duas decoraram a árvore juntas. Enquanto faziam isso, Frances perguntou se Joan estaria disposta a falar com sua turma na escola sobre viagens espaciais.

Joan ficou contentíssima com o convite, e emocionada com a ideia de deixar Frances orgulhosa. "Claro que sim!", ela disse, mas não conseguia *sentir* a alegria que sabia estar dentro dela.

Estava praticamente entorpecida em relação a tudo.

A não ser naqueles momentos no meio da noite, enquanto Frances dormia e Joan não conseguia. Só então se entregava à tristeza profunda, e chorava tentando fazer o mínimo barulho possível.

Assim que pôs os pés para fora da sala de Antonio, soube o que viria a seguir. E não conseguia suportar essa ideia.

De início, tinha sido fácil evitar Vanessa, porque ela também estava com uma agenda muito ocupada, a poucas semanas antes de sua missão. Mas então Vanessa começou a insistir mais e mais para ver Joan antes de partir, e de repente tudo se complicou.

"Vou passar aí na minha última noite antes de ir embora", falou Vanessa quando Joan enfim atendeu ao telefone. "Porque quero muito me despedir de vocês duas."

"Sim, claro", respondeu Joan.

"Está tudo bem?", perguntou Vanessa.

"Sim, tudo ótimo. A gente está ansiosa para te ver", falou Joan, apesar de estar concordando com o que parecia ser sua própria execução.

Naquela noite, Vanessa apareceu toda animada, trazendo uma pizza, e ajudou Frances com a lição de casa, enquanto o coração de Joan batia furiosamente dentro do peito.

Na manhã seguinte, Hank, Griff, Lydia, Steve e Vanessa voariam para Cabo Canaveral para começar os preparativos para a missão no final daquele mês. Talvez aquilo pudesse esperar até Vanessa voltar.

As três disputaram uma partida de Scrabble, em que Joan não conseguiu jogar direito e Vanessa não parava de lançar olhares para ela.

"Você não viu que pôs o *f* de "fim" na casa de palavra tripla?", perguntou ela para Joan.

"Ah", disse Joan. "Desculpa."

"Melhor para mim!", exclamou Frances, usando o *f* de Joan para formar uma palavra com o restante de suas peças e ganhar o jogo.

"Certo, lindinha", disse Joan. "Agora é hora de escovar os dentes e pôr o pijama. Eu vou lá te dar seu beijo de boa-noite daqui a pouco."

Frances foi para o quarto.

"Tá, o que está acontecendo?", questionou Vanessa.

"Hã?" Joan tirou o jogo de cima da mesa. Mas, quando passou por Vanessa, ela a segurou pelo braço.

"Joan, o que está acontecendo?", repetiu Vanessa.

"Como assim?", retrucou Joan.

"Joanie!", gritou Frances. "Você me ajuda a abrir minha cama?"

Joan foi até o quarto e desenrolou o futon. Em seguida pôs Frances na cama e deu boa-noite.

Quando fechou a porta, Vanessa estava recostada no balcão da cozinha, olhando para ela.

"Jo", disse Vanessa. "O que está acontecendo? É sério."

Joan fechou os olhos. Quando os abriu de novo, estava com os maxilares cerrados. "Acho que, com a Frances aqui, não vai mais dar certo", ela falou por fim.

O som daquelas palavras saindo da sua boca a deixou chocada, apesar de tê-las ensaiado por dias. Ela escondeu a cabeça entre as mãos.

"Do que você está falando?", perguntou Vanessa.

"Como é que a gente vai fazer isso?", rebateu Joan. "Eu nunca vou poder dormir na sua casa. E você não vai poder dormir na minha. Acho que... não vai ser possível. Não mais. Você e eu."

Vanessa cerrou os dentes. Seus olhos ficaram marejados, e Joan sentiu vontade de morrer.

Vanessa contraiu os lábios. "E quando foi que você decidiu isso?"

"Estou refletindo sobre o assunto desde o feriado de Ação de Graças", respondeu Joan.

"Mentira", rebateu Vanessa.

"Eu só não sabia como falar para você", disse Joan.

"Então ficou me evitando? Em vez de ter a decência de terminar comigo?"

"Não", disse Joan. E acrescentou. "Talvez. Enfim, não tem mais como dar certo."

"Eu não concordo", respondeu Vanessa, cruzando os braços.

"O que a gente vai fazer? Eu vou contratar uma babá uma vez por semana para poder jantar com você em outra cidade a quilômetros daqui? E depois voltar correndo para casa antes de dar o horário da babá?"

"É!", respondeu Vanessa, gritando num sussurro. "É exatamente isso que a gente vai fazer. E eu vou te levar em casa. E ficar no seu quarto à noite e sair de fininho antes de a Frances acordar. Exatamente isso!"

"Isso não é um relacionamento que se preze!", rebateu Joan, se esforçando ao máximo para não elevar o tom de voz.

"É o que a gente pode ter!", insistiu Vanessa. "E eu aceito o que puder ter com você! Isso não está claro?"

"Bom, eu não posso pedir isso a você."

"Sou eu que estou pedindo a você! Eu entro de fininho na sua casa para te dar uns beijos uma vez por semana se for a única forma de estar com você. Eu espero até a Frances entrar na faculdade se for preciso. O que deu em você, Joan? Eu quero você para sempre. Já disse isso. Custe o que custar."

Joan mal conseguia respirar. Ela desabou numa das cadeiras da cozinha e deitou a cabeça na mesa.

"Jo, eu não estou entendendo", disse Vanessa. "Por que você está fazendo isso?"

Joan olhou para ela. Os olhos de Vanessa estavam cheios de lágrimas, a voz embargada, e a boca trêmula. "Por favor, não faz isso. Por favor."

Joan sentiu seu corpo todo ficar dormente e começou a chorar.

"Eles sabem", admitiu Joan por fim.

"O quê?"

"Eles sabem. A Nasa sabe."

Vanessa empalideceu. "Não, eles não sabem."

"Sabem, sim. Não sei se a gente foi muito óbvia, ou se alguém contou. Uns dois meses atrás, Jimmy fez um comentário para mim. Não dei muita bola na época, mas hoje vejo que deveria. Ele pode ter procurado o Antonio. Enfim, não importa mais... eles sabem."

"Impossível. Steve me contou que o Antonio não faz nem ideia."

"Bom, Steve estava errado."

"Mas como?"

"Eles podem ter descoberto da mesma forma que Donna ou Jimmy deduziram", disse Joan. "A gente tem um relacionamento há três anos, então já deve estar na cara. De um jeito que a gente não percebe, mas eles, sim."

Vanessa balançou a cabeça. "Talvez você tenha entendido errado."

"Fui até a sala dele para conversar sobre o Controle de Missão, e quando eu estava saindo ele me parou e me lembrou muito calmamente da importância das credenciais de segurança para os astronautas, e que qualquer indício de 'desvio sexual' pode ser uma ameaça à manutenção dessas credenciais. Falou que isso deixa a pessoa vulnerável a chantagens."

Vanessa fez uma careta. "Bom, isso é. A pessoa fica vulnerável a chantagem porque as pessoas consideram o que nós fazemos uma vergonha. Se não fosse preciso guardar segredo, ninguém teria como chantagear alguém por isso", ela respondeu. "Você já parou para pensar nisso?"

Joan fez que não com a cabeça e suspirou.

Vanessa insistiu: "Ele explicou por que disse isso para *você*, especificamente?".

"Falou que era porque sabia que eu tenho uma relação *particularmente* boa com muitos membros do corpo de astronautas, e que confiava em mim para repassar a informação para alguém que precisasse ouvir."

"Ele estava falando de mim", afirmou Vanessa.

"É, ele estava falando de você."

Vanessa mordeu as juntas das mãos.

"E o que a gente vai fazer?", perguntou.

"O que eu já estou fazendo", disse Joan. "É assim que precisa ser."

Vanessa fechou os olhos. Joan observou o peito dela subindo e descendo.

"Você precisa se afastar da gente", disse Joan. "Com a Frances aqui, nós três passando muito tempo juntas só vai deixar a coisa mais óbvia. Você precisa se afastar de nós."

"Não..."

"Você precisa", repetiu Joan, com firmeza. "Sei que sua missão está confirmada porque vai acontecer em pouquíssimo tempo. Mas depois disso tudo vira um risco. Você precisa se afastar, ou nunca vai voar no ônibus espacial de novo."

Vanessa não disse nada. Começou a tamborilar na bancada, freneticamente. Joan enterrou a cabeça entre os braços na mesa do jantar.

"É isso que você quer que eu faça?", perguntou Vanessa. "Que eu me afaste?"

"Sim", respondeu Joan. "É isso que eu quero que você faça."

"Talvez você só não queira perder o emprego", argumentou Vanessa. "Eu entenderia se você estivesse com medo de ficar desempregada, agora que tem uma criança para cuidar."

Joan bufou. "*Não.*"

"Então por que não me disse antes?", questionou Vanessa. "Em vez de me evitar?"

Porque eu não sei viver sem você. Porque nem reconheço mais a pessoa que era antes de te amar.

"Porque...", começou Joan, mas não encontrou as palavras.

"Então..."

"Mas essa é minha palavra final", disse Joan. "Você precisa se afastar. Eu sabia que não ia conseguir conversar com você enquanto não criasse coragem para me acostumar com a ideia. Mas é assim que precisa ser. Isso está muito claro para mim."

Joan fechou os olhos. Quando os abriu de novo, Vanessa estava de pé diante dela, chorando.

"Jo, por favor..."

"Vanessa, isso não está em discussão. Eu não vou deixar você abrir mão de tudo pelo que você sempre trabalhou. Acabou."

Vanessa abaixou a cabeça.

"Por favor, não me liga", continuou Joan. "Por favor, não volta aqui."

"Como é que você pode..."

"Você vai encontrar outra pessoa", disse Joan. "Alguém que não seja da Nasa. E vai conseguir manter tudo em segredo. Melhor do que nós conseguimos. Você vai poder ter tudo que merece. Mas não comigo."

"Eu..."

Joan não suportava ouvir nem mais um segundo daquela conversa. Aquilo precisava acabar. Ela ficou de pé.

"Vanessa, vai embora", pediu Joan.

"Joan..."

"Você precisa ir embora. Estou pedindo para você sair da minha casa", disse Joan.

"Mas a Frances...", disse Vanessa, com uma lágrima escorrendo pelo rosto. "Você não vai nem me deixar dar tchau para ela."

"Eu sei", disse Joan. "Vou explicar tudo para a Frances da melhor forma que puder. Ela vai ficar bem."

Vanessa a encarou, séria.

Mas Joan estava certa. E ambas sabiam disso.

Vanessa semicerrou os olhos e franziu os lábios. "Eu mereço pelo menos participar dessa decisão."

Joan balançou a cabeça. "Não tem mais nada a ser decidido."

"O que você está fazendo é ridículo e absurdo", falou Vanessa.

"Não importa", retrucou Joan.

Sem dizer mais nada, Vanessa pegou suas chaves e saiu. Por um momento, Joan pensou que ela fosse bater a porta com força, mas Vanessa só a fechou silenciosamente. E Joan sabia que era para não acordar Frances. Sua vontade era correr até ela e dizer que não conseguiria viver sem uma mulher que se preocupava tanto com sua sobrinha.

Em vez disso, quando a fechadura travou, Joan caiu no chão da sala e chorou. Deixou que seu corpo todo tremesse, do peito aos pés. Ainda estava chorando quando se sentou. Em meio às lágrimas, viu que, apesar de ter ficado apenas alguns minutos no chão, suas lágrimas deixaram uma marca no carpete.

E então o telefone tocou.

Quando Joan atendeu, ouviu só uma palavra.

"Não."

A respiração de Joan foi se acalmando, e ela tentou enxugar as lágrimas.

"Não, Joan", disse Vanessa.

"Onde você está?", perguntou Joan.

"No orelhão do outro lado da rua, porque imaginei que você fosse ser cabeça-dura e não me deixaria entrar de novo", explicou Vanessa.

Joan correu até a janela.

No orelhão, viu Vanessa olhando para ela. "Não. Está me ouvindo. Não."

"Vanessa, eles não vão..."

"Eu te escutei, e você não me deixou falar. Mas agora é a *minha* vez. E *você* vai só escutar. Minha resposta é *não*. De jeito nenhum. Não me interessa o que o Antonio falou. Não me interessa o que eles podem tirar de mim. Não me interessa se eu não colocar mais os pés naquela porra de ônibus espacial de novo. Não. Eu não vou me afastar de você e da Frances. Eu *não vou*. E você não tem o direito de me dizer o que fazer."

Joan limpou uma lágrima do olho e ficou olhando para Vanessa, que continuava a gritar com ela pelo telefone.

"Você não tem o direito de não me deixar participar dessa decisão", continuou Vanessa. "E não tem o direito de fazer o que fez comigo hoje."

"Desculpa", disse Joan. "Mas..."

"Eu não pedi nada disso!", gritou Vanessa. "Não pedi para conhecer sua sobrinha, nem para te ajudar a lidar com a idiota da sua irmã, nem para conhecer os seus pais, nem para imaginar uma vida em que a gente pudesse ter coisas que eu nunca sonhei que o mundo pudesse me dar! Eu não pedi nada disso! Foi tudo iniciativa sua!"

"Eu..."

"E, agora, porque um babaca quis te intimidar, você vem me dizer que vai desistir de tudo? Não! Eu não aceito. Eu te amo. E amo a Frances também, e você não pode tirá-la de mim. E tudo isso só porque está com medo. Ou só porque pensa que sabe o que é melhor para mim."

"Tudo que você sempre quis foi pilotar a nave", disse Joan.

"Tudo que eu sempre *quis*. No passado", retrucou Vanessa. "Mas você mudou o que eu quero, e o que achava ser possível." Vanessa começou a perder o fôlego, desmoronando. "Que coisa horrível de fazer com uma pessoa! Fazer com que ela acreditasse que podia ter coisas que jamais imaginou que merecesse. E depois tirar tudo. Que coisa horrível."

"Desculpa", disse Joan. "Me desculpa."

Pela janela, Joan viu Vanessa olhando para ela. "Por favor, não me manda embora", pediu Vanessa, chorando ainda mais. "Por favor."

"Mas você pode perder tudo com que sempre sonhou."

"Então que eu perca", respondeu Vanessa. "Eles que tirem de mim o que quiserem. Só não podem tirar você de mim."

As lágrimas escorriam pelo rosto de Joan.

"Você quer voltar aqui?", perguntou Joan.

"Você vai me deixar entrar e me deixar falar?", rebateu Vanessa.

"Sim, claro", disse Joan.

Dois minutos depois, Vanessa estava de novo na porta de Joan. Com o rosto todo vermelho. Joan ficou com raiva de si mesma por fazer Vanessa chorar daquele jeito. Mas a negação não ia resolver nada.

"Não é comigo que estou preocupada aqui. Não estou nem aí se perder meu emprego", disse Joan. "Eu arrumo outro em algum lugar. Numa universidade, se for preciso. Volto a dar aulas para calouros, se for isso o que conseguir. Não importa. Mas você... você não pode desistir do que trabalhou tanto para conseguir."

"Eu já falei que não ligo", respondeu Vanessa.

"Mas eu sim", insistiu Joan. "Talvez você não goste tanto de si mesma a ponto de fazer a coisa certa, mas eu não vou conseguir viver com a consciência tranquila se não puder cuidar de você."

Vanessa limpou uma lágrima do rosto de Joan.

"Você não sabe o que é melhor para mim", rebateu Vanessa. "Pelo menos não tanto quanto pensa."

Joan suspirou. "Mas..."

"Sei lá o que vai acontecer", continuou Vanessa. "Mas, se é para escolher entre você e o ônibus espacial... foda-se o ônibus espacial."

Joan jogou a cabeça para trás e deu risada. Então voltou a olhar para Vanessa. "A mulher por quem eu me apaixonei jamais falaria isso."

Vanessa abriu seu sorriso torto. "Então acho que não sou a mulher por quem você se apaixonou."

Fazia mais de três anos que Vanessa tinha empurrado Joan contra aquela mesma porta diante da qual estavam.

Joan dissera que pensava que sempre ficaria sozinha. Vanessa dissera que achava que nunca teria o que as outras pessoas tinham.

Mas talvez estivessem erradas.

Joan puxou Vanessa para si e a beijou, encostada na porta.

"Nós somos duas idiotas, né?", falou Joan.

Vanessa sorriu. "Pois é."

"Então qual é o seu plano?", perguntou Joan.

Vanessa balançou a cabeça. "Eu não tenho nenhum plano. Ainda. Mas vou dar um jeito nisso."

"Ah, você vai, é?"

"Vou."

"Bom, então por que não começamos assim?", sugeriu Joan. "Vai embora sem ninguém te ver. Não me liga durante a quarentena, porque assim eles não vão ter motivo para te impedir de participar da LR9. Então, quando você voltar, a gente arruma um jeito de fazer tudo dar certo."

"Ok", disse Vanessa, beijando seu pescoço. "Pelo menos você é a Capcom. Então em breve vou poder ouvir a sua voz."

"Eu vou estar esperando por você", disse Joan. "No circuito de comunicação."

29 DE DEZEMBRO DE 1984

"Houston, está na escuta? Perguntei quanto tempo Lydia ainda tem", diz Vanessa, do compartimento de carga. Está contando a respiração para se manter calma. Mas a constatação de que as portas podem não se fechar totalmente continua martelando em sua cabeça. *Como? Como? Como foi que acabamos assim?* Poucas horas antes, Hank e Steven estavam tendo uma conversa bem-humorada sobre quem tinha o melhor defumador para fazer churrasco. E Griff estava reclamando por ter que beber o café da manhã de uma sacola. E agora todos se foram, menos ela e Lydia. *Como?*

"Se perdermos nossa oportunidade de desorbitar, Lydia vai sobreviver?"

Joan não responde. Mas Vanessa sabe a resposta. Todos sabem.

Por fim, Joan se manifesta. "Nós não sabemos se Lydia vai sobreviver." E então, falando mais baixo, num tom que para Vanessa significa uma confissão: "Mas o cirurgião de voo acredita que não".

Cacete.

Vanessa bate com a mão no capacete. *Tump. Tump. Tump. Tump. Tump.*

"Então Griff se foi", ela volta a falar. "E se eu perder muito tempo tentando fechar as portas do compartimento de carga, posso perder Lydia também."

"Sim", confirma Joan. Vanessa percebe o esforço de Joan para manter a voz firme. "Mas acreditamos que essa é a única forma de você sobreviver."

"Mas nós não temos garantia de que eu consigo consertar as portas", argumenta Vanessa.

"Entendido. Mas também não temos testes que confirmem com

quantas travas a nave consegue manter sua integridade na reentrada. E não podemos arriscar perder você."

Vanessa balança a cabeça. *Como isso pode estar acontecendo, caralho?*

"Você me ouve, Ford?", chama Joan, elevando o tom de voz. "Eu disse que *não podemos arriscar perder você.*"

"Quero deixar uma coisa bem clara", avisa Vanessa. "Se eu ficar aqui e tentar fechar as portas, ainda existe uma grande chance de que a nave não resista à reentrada. Essa é sua estimativa também?"

"Nós acreditamos que nossa melhor chance de aterrissagem com a *Navigator* é com você tentando consertar as portas."

Existe uma grande chance, percebe Vanessa, de que ela morra em órbita. No ônibus espacial *Navigator*.

Ela relembra momentos de sua adolescência em que pensou que estava flertando com o perigo, desafiando Deus a levá-la. Que pirralha insolente era ela.

Naquele instante, ela está mais perto da morte do que nunca. E só pensa em resistir com todas as forças do seu ser.

Quando usava drogas ou voava baixo demais nas montanhas, sua mãe uma vez perguntou se ela estava tentando morrer. Ela chorou uma noite à mesa da cozinha, implorando para Vanessa não desistir da vida, implorando para que não a deixasse sem a filha.

Vanessa queria muito que sua mãe pudesse vê-la agora. Para ver e sentir a vida incrível que ela criou para si mesma, e que quer tanto viver.

Ela não quer nada além de voltar para casa. Voltar para casa e se desculpar com sua mãe. E encontrar Joan e Frances.

Joan. Joan. Joan. Joan.

"Se eu ficar para consertar as portas, mesmo se eu conseguir colocá-las no lugar, Lydia vai morrer, isso é quase certeza", diz Vanessa.

"Nós entendemos isso. Mas, se não consertar as portas do compartimento de carga é provável que a nave não aterrisse. O que significa que Lydia também não vai sobreviver", responde Joan.

Vanessa admira a força e a objetividade na voz dela.

Não existe nenhum cálculo estatístico que compare as chances de fechar as travas às de Lydia sobreviver a mais uma rotação. Não há uma resposta concreta. Todos que estão ouvindo sabem disso.

"Lydia me salvou", diz Vanessa. "Salvou a nave. Tentou salvar todos nós."

"Afirmativo", responde Joan.

Vanessa fica à espera, e Joan volta a falar, em um tom mais suave do que o que usou o dia todo. "Nós sabemos. Nós sabemos." E então: "Mas não podemos perder você".

Vanessa fecha os olhos. Sente sua respiração acelerar. Quer tentar fechar as travas da nave. Quer voltar para a Terra e sentir de novo o cheiro de sujeira e combustível. Quer encontrar sua mãe. Quer ver o rosto de Joan de novo.

Quer tanto ver o rosto de Joan de novo.

Ela pede a Deus para ver o rosto de Joan de novo.

―――― ✦ ――――――

Joan entende o que vai acontecer antes que Vanessa diga.

Entende o que vai acontecer antes de qualquer um no Controle de Missão.

Entende que essa é a *única* coisa que pode acontecer.

Há uma comoção no recinto. Ray e Jack estão discutindo para estimar quanto tempo Lydia tem. O rmu está calculando o quanto o ônibus espacial é capaz de resistir na reentrada.

Mas Joan continua olhando apenas para a telemetria.

Seus músculos se desfazem por um momento, e ela consegue sentir sua alma afundando.

Joan não poderia amar Vanessa se não entendesse por que ela vai fazer o que está prestes a fazer.

Mas também está *furiosa*.

✦

Vanessa fecha os olhos. Contempla a escuridão dentro de si. O fato de Joan não dizer nada, Vanessa conclui, é uma evidência de que está lhe dando uma chance de pensar melhor...

Quando a resposta surge — cristalina —, ela sabe que sua única escolha é a coisa mais cruel que poderia fazer com a mulher que ama.

E o que mais a irrita é que não conseguiria ficar em paz com sua consciência se fizesse qualquer outra escolha.

Ela havia feito uma promessa para Joan. Que acordaria todos os dias e a escolheria. Para sempre.

E agora precisaria quebrar a promessa.

"Eu não posso deixar Lydia morrer aqui", diz Vanessa.

"Eu sei", responde Joan em um sussurro. "Eu sei."

Vanessa percebe pela voz que Joan está prendendo a respiração, e deseja poder passar pelo microfone e abraçá-la e pedir desculpa. Quer dizer que, se tivesse a chance, negaria a si mesma a alegria de ter conhecido Joan, só para poupá-la do que estava prestes a fazer.

Sua vontade é dizer *Sinto muito, querida*, aos prantos e ofegante. *Me desculpa*.

Mas não pode fazer isso.

O que Vanessa está prestes a fazer vai pôr um fim à sua carreira na Nasa, isso se não acabar com sua vida. Mas a vida de Joan vai seguir em frente. E Joan é uma excelente Capcom. Vanessa não quer estragar tudo para ela.

Então, em vez disso, ela diz: "Houston, eu lamento profundamente por qualquer tormento que vou causar com o que preciso fazer". Não há uma resposta imediata, então ela continua falando: "Mas eu não conseguiria ficar em paz com a minha consciência se não tentasse levar Lydia de volta a tempo de ser salva".

Se as portas estivessem presas o suficiente, as duas poderiam ser salvas. Se continuasse trabalhando nisso, ela só poderia salvar a si mesma.

"*Navigator*", responde Joan. Sua voz é firme, mas Vanessa percebe o tremor por trás. "Por favor, estamos pedindo para você continuar a trabalhar nas portas do compartimento de carga para podermos trazer pelo menos você de volta. É o que Jack está ordenando agora mesmo. Você me ouve, Vanessa Ford? É uma *ordem de Jack*."

Vanessa assente para si mesma e fecha os olhos.

As palavras de Joan, aquele jeito de falar, reverbera na sua mente.

É uma *ordem de Jack*.

Vanessa começa a juntar as ferramentas e guardar na caixa. "Perfeitamente, Houston. Entendido", ela diz. "Mas acredito que tentar pousar a nave com as portas como estão é praticamente a única chance de sobrevivência para Lydia."

"*Navigator*, todos aqui..."

"Diga que a Nasa pode fazer o que quiser comigo se eu sobreviver", interrompe Vanessa. "Me censurar, me demitir, me prender. Não importa. Eu vou voltar para o deque de voo para dar início aos procedimentos de desorbitação."

"*Navigator*, você não tem aprovação..."

"Pessoal de solo, me escutem. Isso não é uma discussão", avisa Vanessa.

É preciso fazer Joan entender que não há como fazê-la mudar de ideia, caso contrário ela vai se culpar por tudo que acontecer ali. Vai repassar aquilo em sua mente pelo resto da vida tentando descobrir se havia algo que poderia ter dito para demover Vanessa da ideia. Vanessa não pode permitir que isso aconteça.

Vanessa precisa fazer Joan entender que isso foi sempre inevitável.

Desde o momento em que Vanessa nasceu, esse momento era inevitável.

"Sei que tem um monte de gente escutando", continua Vanessa. "Estou ciente de que todos vocês estão vendo que não estou seguindo o protocolo. Para quem for avaliar o caso posteriormente, a transcrição da comunicação vai mostrar que estou fazendo isso sozinha: a decisão é minha. Não de Joan. Não de Jack. Nem de ninguém da Nasa. Só existe uma pessoa capaz de pousar esta coisa e salvar uma das vidas a bordo. E essa pessoa sou eu. Então eu estou decidindo. E minha escolha é uma tentativa de salvar a vida de Lydia Danes. A decisão já está tomada. Não vou levar em conta mais nenhum argumento."

Joan está chorando. Vanessa escuta seu soluço. "*Navigator...*"

"Joan", diz Vanessa, com uma voz suave. "Não sabemos o que vai acontecer, ok? Não sabemos o que as próximas horas vão trazer. Não sabemos qual vai ser o efeito aerodinâmico sobre o empenado nas portas do compartimento de carga. E com certeza não sabemos o que vai acontecer na reentrada. O ônibus espacial aguentou muitas coisas que pensamos que não seria capaz. É nisso que estou apostando. Porque não vou ficar tentando fechar a trava enquanto Lydia precisa de mim para voltar para casa. Não vou fazer isso mesmo. Então não me peça de novo. Se continuar tomando o meu tempo, vocês só vão arriscar nossa vida ainda mais."

Ela aguarda.

"Entendido", diz Joan, por fim.

Vanessa sabe que a decisão não é de Joan. Sabe que, no Controle de Missão, Jack olhou para Joan e deu sua autorização com um meneio de cabeça.

Mesmo assim, Vanessa sabe o quanto foi sofrido para Joan dizer aquelas palavras.

Mas Joan fez isso por ela mesmo assim.

Joan está sentada diante de seu console no Controle de Missão, sem conseguir respirar. Seu corpo parou de puxar o ar em um processo involuntário. Em vez disso, a cada poucos segundos, ela arqueja e exala abruptamente. E então prende a respiração de novo.

Está acontecendo há meia hora, e todos no Controle de Missão estão tentando decidir como lidar com aquela insubordinação sem precedentes da única astronauta consciente a bordo de um ônibus espacial danificado.

Jack e o restante da equipe se resignaram ao que Joan já sabia bem antes de Vanessa dizer.

"Não temos escolha a não ser dar suporte à desorbitação prematura", anunciou Jack quando Vanessa entrou na câmara de descompressão, contrariando suas ordens. "E fazer o que for possível para garantir que o *Navigator* sobreviva à reentrada nas condições atuais."

No momento, os times de engenheiros tentam calcular a probabilidade de o ônibus espacial aguentar a reentrada com base nas informações esparsas e vagas que Vanessa relatou.

E Joan está sentada diante de seu console, tentando recobrar a respiração.

Ela nunca sentiu nada semelhante em seu corpo antes.

Mas também nunca ficou sentada numa cadeira fingindo que só estava preocupada em perder uma colega, quando na verdade sua vida inteira estava em jogo.

Em poucos minutos, vai ser preciso religar os motores para a desorbitação. Todos os preparativos finais estão em andamento. Joan olha ao redor da sala e arqueja de novo.

Antonio desceu para a sala de controle. Está de pé à direita, com as duas mãos às costas, olhando para a telemetria.

Ele olha para Joan e assente, com os olhos vidrados. Pela expressão dele, com o rosto franzido, dá para ver que está preocupado com ela.

Joan está com muita raiva. Dele. Da nave. Uma pequena centelha de fúria se prepara para acender uma fogueira dentro dela.

Mais que isso, porém, ela nunca sentiu tamanho terror, como se estivesse despencando num abismo sem fim. Seus batimentos pulsam no seu pescoço.

Mas ninguém precisava de sua raiva, de seu terror ou de seu pânico agora. Eles precisam apenas de seu autocontrole.

Eles precisam que ela cumpra sua função como Capcom.

Quando Vanessa voltar, Joan vai gritar com ela com tanta vontade que talvez até perca a voz. Depois vai se jogar nos braços dela e chorar.

Mas, por ora, ela vai ser a Capcom de que Vanessa Ford precisa.

Isso Joan pode fazer por ela. E precisa fazer.

É a única forma concreta de amá-la agora.

Vanessa está olhando pela janela para uma estrela cujo nome Joan saberia. Mas sua visão fica borrada. Na microgravidade, as lágrimas não caem; ficam presas nos olhos, empoçadas sob os cílios.

Ela levanta o braço e esfrega a manga do traje de reentrada no rosto, para clarear a visão.

Então se vira para ver Lydia, inconsciente no assento ao seu lado. Vanessa segura e aperta sua mão por um instante.

"Lá vamos nós", ela diz para Lydia.

"*Navigator*, aqui é Houston", chama Joan. "Precisamos acionar os motores para a desorbitação agora."

Essa é a voz.

Aquela voz calma e serena.

É possível que Vanessa tivesse mesmo pedido demais do mundo, ido além dos limites.

Mas, se é a voz de Joan que a acompanha nesse momento, alguma coisa certa ela fez.

---◆---

"Houston, aqui é o *Navigator*. Tudo pronto para o acionamento dos motores para desorbitação."

Joan lembra a si mesma que essa é a parte fácil, não muito diferente de ligar um carro. É no que acontece depois disso, à medida que o ônibus espacial se aproxima da atmosfera, que Joan prefere não pensar ainda.

"Vamos lá", diz Jack. Ele aponta para o ar, sinalizando que está pronto. "Controle de Solo, a postos para o acionamento dos motores para reorbitação?"

"Estamos a postos."

"Navegação."

"A postos."

"Fido?"

"A postos."

"prop?"

"A postos."

"gnc?"

"A postos."

"rmu?"

"A postos."

"Eecom?"

"A postos."

"fao?"

"A postos."

"dps?"

"A postos."

"Inco?"

"Estamos a postos."

"Propulsão auxiliar?"

"Estamos a postos."

"Cirurgião?"

"A postos."

Jack assente para Joan. "Todos a postos para o acionamento dos motores para desorbitação."

"*Navigator*, aqui é Houston" diz Joan. "Acionamento dos motores para desorbitação liberado."

"Compreendido", diz Vanessa. "Acionamento dos motores para desorbirtação liberado."

Todos no Controle de Missão — na sala de controle, no camarote do diretor, no teatro de observação atrás deles — acompanham a telemetria com uma inquietação latente.

Primeiro, Vanessa precisa pôr o *Navigator* na posição correta. Precisa colocar a nave de cabeça para baixo, com a cauda apontada na direção para a qual quer ir.

Mal se ouve um suspiro enquanto todo o Controle de Missão vê os dados aparecerem nas telas.

O orbitador pouco a pouco assume sua posição.

"Equipe de Voo, aqui é a PROP. Temos uma boa configuração para o acionamento."

Há um suspiro de alívio coletivo.

Joan: "*Navigator*, temos uma boa configuração para o acionamento."

"Entendido, Houston. Boa configuração para o acionamento."

Durante os três minutos que dura o procedimento, o futuro ousa aparecer na mente de Joan. Ela olha apenas para a frente, com os olhos bem abertos, tentando não imaginar o que vem a seguir.

Quando termina, ela se obriga a redirecionar sua atenção de volta para o momento presente.

"Equipe de Voo, aqui é a Navegação. Acionamento bem-sucedido, sem necessidade de ajuste."

"Entendido", diz Joan. "Acionamento bem-sucedido, *Navigator*. Sem necessidade de ajuste."

"Compreendido, Houston. Sem necessidade de ajuste."

Joan se permite um momento para imaginar a cena: os pés de Vanessa de volta à Terra.

Jack está no circuito de comunicação principal: "Muito bem, pessoal! Bom trabalho. Estamos em pós-carburação. PROP, algum delta?"

"Negativo, Controle de Voo. Nenhum delta."

Jack assente.

A nave sabe o que fazer a partir dali. O sistema interno de navegação vai direcionar os sistemas RCS para manobrar o *Navigator* da posição de cabeça para baixo e apontar o nariz da aeronave para a reentrada na atmosfera.

Mesmo com tudo em perfeitas condições de operação, a entrada na atmosfera da Terra é perigosa. A pressão pode fazer a fuselagem do ônibus espacial chegar a temperaturas superiores a mil e seiscentos e quarenta e oito graus Celsius — o suficiente para incendiar uma nave desprotegida e tudo dentro dela.

Mas o ônibus espacial, com suas placas e mantas de revestimento térmico, é construído para suportar esse calor — desde que a reentrada seja executada sem falhas e as portas do compartimento de carga estejam bem fechadas.

Joan afirma para si mesma que a nave mostrou um desempenho superior às estimativas mais conservadoras. Eles já constataram isso em outras missões. É a isso que Joan está se apegando.

"Houston, aqui é o *Navigator*."

Joan se inclina para a frente. "Na escuta, *Navigator*."

"Estou sobre o Índico."

"Afirmativo, você está sobre o Índico."

"A reentrada será em menos de uma hora."

"Afirmativo, *Navigator*."

"Goodwin, nós podemos..."

"Está na escuta, Ford? Perdemos seu sinal."

"Não, eu estou aqui. É que... Escuta, eu preciso dizer uma coisa. Antes de... Eu sei que tem gente escutando. Sei que eles querem ouvir da minha boca, mas... você diz para todo mundo que eu sinto muito?", pede Vanessa.

"Entendido", responde Joan.

"Não, por favor, me escuta", insiste Vanessa. "*Eu sinto muito mesmo.*"

Joan fecha os olhos.

"Lembra quando a gente estava debatendo sobre qual era a melhor música que falava sobe o espaço?", continua Vanessa.

"Claro que sim."

"Eu me descontrolei um pouco", diz Vanessa. "Eu me sinto uma tonta por isso. Fiquei brava com o Griff."

"Ele entendeu o motivo", responde Joan. "Você sabe que ele te entendia, não é?"

"Eu sei. Eu sei que sim."

O peito de Joan começa a afundar. Ela tenta se acalmar.

"Acho que nós dois, Griff e eu, devíamos ter ouvido você", diz Vanessa. "Você é que estava certa no fim."

"Ford, a música que eu citei era da *Vila Sésamo*", lembra Joan.

Vanessa não ri. "Eu sei, mas... é tudo tão simples, não é? Você sobe aqui e então, seja qual for o motivo, se dá conta de que quer voltar para casa."

Joan a princípio não responde. Jack se aproxima e para bem atrás dela. Joan não ousa olhar para ele. Não quer ver se ele compreende o que está acontecendo ali, se compreende o significado daquela conversa.

"Goodwin, você está na escuta?", pergunta Vanessa.

"Claro." Joan faz que sim com a cabeça. "Sim, claro. Na escuta."

"Eu quero voltar para casa."

"Nós sabemos disso", responde Joan. "Nós sabemos."

"É só que eu não posso fazer isso sem a Lydia. Não ia conseguir ficar em paz com a minha consciência."

Joan não sabe o que dizer.

Como eu poderia dizer que te amo se não te amar também por isso?

"Diga que, quando nos virmos de novo", intervém Jack, "vou dar um tapinha nas costas dela e parabenizá-la, e que Antonio vai demiti-la. Tudo de uma vez só".

Joan olha para ele. Está com os olhos vermelhos. O sorriso em seu rosto é tão superficial que ela consegue ver como está devastado.

Mas ela transmite a mensagem.

Vanessa tenta rir. "Quem está aí do pessoal?", ela pergunta. "No centro de controle de voo. Vocês devem estar cheios de visitas agora."

Joan olha ao redor da sala. Não sabe o que responder, não sabe ao certo o que seria uma boa resposta.

Jack se manifesta: "Diga que todo mundo. Estamos todos aqui à espera dela. Diga que Donna e sua bebê estão no teatro. Que Helene está aqui. Diga que todo o corpo de astronautas está com ela. Diga que todo mundo está torcendo por ela".

Joan assente e volta ao circuito de comunicação. "Bom, Ford, praticamente todo mundo que você conhece está aqui."

"Minha mãe já sabe?", pergunta Vanessa.

Joan percebe o tom bem-humorado que Vanessa está tentando esconder.

Joan olha para Jack, que assente. "Afirmativo", diz Joan. "Sua mãe já sabe."

"Ela deve estar assustada."

É, provavelmente está apavorada. Não sabe nem como vai se manter viva na próxima hora.

"Eu não acho que ela esteja assustada", respondeu Joan. "Acho que sabe do que a filha é capaz. Acho que sabe exatamente a filha que tem."

"É", diz Vanessa. "Talvez."

O futuro entra em cena de novo, e para Joan se torna impossível negar o que pode estar a caminho. Ela não vai conseguir ficar em paz com sua consciência se não disser aquilo.

"Você é corajosa, Vanessa Ford", diz Joan. "Acima de qualquer medida. E já mostrou ter um caráter notável. E acho que seu pai ficaria orgulhoso."

Vanessa não responde de imediato. Mas então: "Joan, posso te pedir uma coisa?"

"Na escuta", responde Joan.

"Não, *Joan*", insiste Vanessa. "Preciso te pedir uma coisa. Tudo bem se eu pedir uma coisa *para você*?"

Joan olha para Jack em busca de ajuda, mas não há nada que ele possa fazer. Só ela entende o que Vanessa quer.

"Afirmativo", ela responde. "Sim. Qualquer coisa."

Vanessa solta o ar com força e diz: "Você fala para a Frances que eu fiz tudo o que pude para arrumar as portas do compartimento de carga? Explica para ela que foi uma decisão dificílima?"

Joan precisa morder a bochecha para impedir que as lágrimas tomem os olhos.

"Joan? Você me ouviu?", pergunta Vanessa.

"Eu ouvi", responde Joan. E então: "Ouvi, sim, Vanessa". Ela tenta estabilizar seu tom de voz. "Vou falar para ela. Claro que vou."

"Não quero que ela nem ninguém... não quero que ninguém que esteja ouvindo isso... pense que eu não tinha nada pelo qual valesse a pena viver. Ok? Você acha que todo mundo sabe disso?"

Joan respira fundo, e Jack encontra seu olhar. Ela começa a chorar. Então Jack assente com um movimento de cabeça tão rápido e discreto que ela seria capaz de jurar que nunca aconteceu. Mas, quando Jack olha para ela, Joan entende.

Ele não precisa usar palavras para expressar isso. O sentimento — talvez algo além da linguagem — tem força suficiente para isso.

Ele põe a mão no ombro de Joan. "Diga a ela o que precisa dizer", murmura.

―――― ✦ ――――

Vanessa se pergunta se a conexão caiu, mas então a voz de Joan ressurge.

"Lembra quando você me disse que sentia que nunca havia conhecido alguém que já tivesse visto a cor azul também?"

Vanessa sorri. "Lembro, sim."

"Bom, acho que é assim que o azul me parece agora", diz Joan. "Acho que você quer voltar para casa e dormir na sua cama confortável. Acho que quer sair para tomar um milk-shake com um sanduíche de pasta de amendoim com geleia. E ver filmes com Marlon Brando e Paul Newman. Acho que você quer saber o que o Bowie vai gravar agora. Acho que quer ouvir os discos da Joni Mitchell com o volume baixinho, olhando pro teto à meia-noite. E deitar num cobertor na grama e olhar para as estrelas e se perguntar se todas as respostas estão lá dentro. Acho que você quer jogar Scrabble na mesa de uma cozinha com uma menininha de dez anos. Acho que você quer ir a casamentos e dançar música lenta. Acho que você quer morar num chalezinho de dois quartos e, quando as dobradiças do armário quebrarem, você vai consertar. Acho que você quer levar as pessoas que ama para sobrevoar as Montanhas Rochosas ao amanhecer. Acho que você quer estar aqui para saber qual das coisas que todo mundo considerava impossível vai ser descoberta agora. E acho que a única coisa que você deseja mais que isso é saber que fez todo o possível para salvar a vida dos seus colegas de tripulação."

Vanessa está tentando não chorar, não desmoronar no circuito de comunicação.

"E acho que você precisa fazer o que está fazendo", continua Joan. "Porque você vem de uma linhagem de heróis. E é uma sorte nossa termos uma heroína a bordo da missão sts-lr9. É isso que eu acho. Ok? É isso que estou..."

Joan não consegue terminar a frase. Ela tenta de novo.

"É isso que estou..."

Ela se interrompe outra vez.

"Tudo bem", diz Vanessa.

Mas agora Vanessa está chorando, incapaz de falar também.

Ela vê que o *Navigator* cruzou quase todo o Pacífico e a costa da Califórnia está logo à frente. A qualquer momento, o ônibus espacial vai atingir a atmosfera densa e sofrer um blecaute por causa da ionização. Não resta muito mais tempo para dizer tudo. Para se certificar de que todos vão conseguir encarar o que quer que aconteça.

"Você me faz um favor?", pede Vanessa. "Por favor, fala para a minha mãe que eu a amo. E que amei todo mundo aí embaixo. Que todos nós aqui amamos todo mundo aí embaixo. Sei que Hank, Steve, Griff e Lydia diriam a mesma coisa. Pode dizer isso para a Donna e para a Helene e para todo mundo? Não deixa isso virar uma coisa muito pesada, para arrastar pelo resto da vida. A gente não ia querer isso."

"Vanessa, você..." Joan mais uma vez não consegue terminar a frase.

"Olha, está tudo bem. A gente pediu tanta coisa, né? A gente queria tocar as estrelas, e olha só. Não tem mais nada que a gente possa pedir para o Universo, ou para o Deus de quem você tanto fala. Então está tudo bem. Tranquilo. Tá, Joan? Para mim, desde que todos vocês saibam o que significaram para mim, está ótimo."

Ela sabe que Joan está chorando. Não sabe como, mas sabe. Pelo menos uma vez naquele maldito dia, porém, Vanessa não está triste.

Como poderia?

Ela tinha pedido ao mundo para que fizesse por merecer o amor daquela astrônoma maravilhosa e brilhante com um sorriso lindo. Tinha pedido ao mundo que lhe permitisse deixar um legado de que pudesse se orgulhar.

E havia conseguido tudo isso.

"Sabe por que eu sempre insistia que a melhor música sobre o espaço era 'Space Oddity'?", pergunta Vanessa.

"Por causa da sua parte favorita."

"Quando ele diz: 'Diga à minha esposa que eu a amo muito...'", complementa Vanessa.

"E então depois ele acrescenta: 'Ela sabe'", diz Joan.

"É", confirma Vanessa. "É isso. Essa é a melhor parte da música. Mas você acha que ela sabe? Acha que ela sabe mesmo?"

"Ela sabe", responde Joan. "Com certeza ela sabe."

"Ok", diz Vanessa. "Então eu fico tranquila."

--- ✦ ---------

Eles perdem a comunicação com a *Navigator* dezessete segundos depois.

Joan leva as mãos à cabeça. Jack põe as mãos em seus ombros.

É uma coisa esperada. As comunicações — tanto a telemetria como o sinal de voz — não são capazes de penetrar a pluma de plasma ionizado formada pelo calor da atmosfera ao redor da nave. E então, a cada pouso, há um período, em geral de dez minutos, de um silêncio carregado.

Todos no Controle de Missão permanecem calados, olhando para a tela, esperando algum sinal.

A voz e a telemetria ainda não estão de volta. Os dados que vêm pela banda C não chegam. O radar não mostra sinais da nave na atmosfera.

"Nós já devíamos ter recebido algum sinal a essa altura", comenta Jack.

No Controle de Missão, todos estão de pé, cobrindo a boca com a mão. Este é o momento que eles vinham temendo fazia horas.

Tem alguma coisa errada.

Joan não está respirando.

"*Navigator*, aqui é Houston. Você está na escuta?", pergunta Joan.

Nada.

Jack: "Tente o UHF".

Joan faz a troca para a frequência analógica. "*Navigator*, responda. Responda, *Navigator*."

De novo, nada.

Joan começa a sentir um embrulho no estômago.

Não era isso que devia acontecer. Não. *Não*. Era para Vanessa fazer a coisa certa e sobreviver! Era isso que devia acontecer!

Não, ainda havia muita coisa que Joan queria dizer.

Devia ter dito que a amava. Nessas exatas palavras. Não importava quem estivesse ouvindo, ou o que a Nasa ia pensar a respeito.

Devia ter dito que Frances precisava dela.

Joan devia ter dito tudo o que vinha pensando desde que Vanessa partiu para a quarentena. Que sairia da Nasa se fosse preciso. Que as três podiam ser uma família, e que as duas podiam cuidar de Frances juntas. Que, quando Frances fosse para a faculdade, elas podiam se mudar para alguma cidadezinha e viver discretamente, ou talvez comprarem uma casa no campo. Ou talvez irem para São Francisco, onde dava para ficar de mãos dadas em algumas ruas.

Joan devia ter dito para Vanessa sobre a ideia que teve alguns dias atrás. Que, quando tivessem seus sessenta e poucos anos, Joan podia passar noites no quintal com seu telescópio, e Vanessa podia passar o início das manhãs voando no seu monomotor. Elas teriam um cachorro.

Vanessa estava certa. Joan devia ter dito isso para ela. Elas não podiam recuar. Joan devia ter dito que estava disposta a enfrentar o mundo inteiro, incansavelmente. Que gritaria e protestaria contra a forma como o mundo tratava pessoas como elas, ou qualquer um que fosse diferente.

Porque Joan sabia que elas sairiam vencedoras no fim, elas e todo mundo. Elas viveriam para ver o mundo mudar. Aceitariam o que Joan sabia ser a verdade.

Que sua vida só estava completa ao lado de Vanessa.

Dizem que o amor nem sempre basta, mas Joan sabia, naquele momento, que poderia ter bastado. Para elas, poderia ter bastado. Ela devia ter dito isso para Vanessa.

E que nada — nem mesmo o fato de Vanessa não voltar para casa — mudaria o quanto Joan a amava.

Ela devia ter dito isso.

Ah, devia mesmo.

"*Navigator*", diz Joan, ficando de pé. "*Navigator*, por favor. Por favor, responda. Por favor. Por favor, *Navigator*." Ela está implorando agora. Só não sabe ao certo para quem.

O silêncio se instala. Jack toca seu ombro de novo, mas Joan o afasta. *Não! Não!* "*Navigator*! POR FAVOR! Está na escuta? *NAVIGATOR!*"

A voz de Joan é a única que se ouve em todo aquele andar do prédio. Todos os demais presentes estão olhando para baixo, em silêncio.

"Por favor, Vanessa, volta."

Ela fica à espera de qualquer coisa, da menor vibração. Qualquer coisa que fosse. A ausência de som é tão aguda que poderia cortá-la.

E então ela entende o que todos já entenderam.

Eles se foram.

Se foram.

Vanessa se foi.

Vanessa morreu em algum lugar acima da Califórnia, depois de provar ser o tipo de pessoa que sempre desejou ser. E agora Joan vai ter que conviver com essa dor.

Joan sente as pernas cederem. Ela cai sobre a mesa, e o chão mais abaixo desaparece. Ela é incapaz de sustentar o próprio peso. Sente seu coração começar a implodir.

Mas então, em estado de choque, Joan sente uma paz absoluta dominá-la.

Que dádiva foi ter conhecido Vanessa, e tê-la amado.

De acordo com as leis do próprio Universo — *e com as do próprio Deus* —, Vanessa esteve aqui por trinta e sete anos.

Mas Joan pôde viver quatro deles ao seu lado.

Ela teve tanto de Vanessa, quando tão poucas pessoas tiveram a chance de conhecê-la e entendê-la de verdade. Teve aquele rosto para desenhar pelo resto da vida. Para passar seus dias tentando e não conseguindo retratar seus cabelos.

Nesse momento de clareza intensa — uma clareza que Joan sabia que se dissiparia em segundos, e que depois disso ela teria que sofrer o diabo nos anos seguintes se quisesse experimentar de novo —, Joan entende que Deus lhe deu algo espetacular. Um amor, uma vida, algo além dos limites de sua imaginação.

A minúscula e desimportante Joan. Uma entre cinco bilhões de pessoas, num pequeno planeta orbitando ao redor de uma pequena estrela em uma humilde galáxia entre bilhões de outras galáxias. Joan é tão insignificante, mas, mesmo assim, quanta coisa Deus lhe deu. Coisas que ninguém nunca vai poder tirar dela.

Vanessa se foi para o éter.

E isso aumentaria ainda mais sua vontade de viver.

Que mundo impressionante.

Joan ouve um chiado em seu fone. Ela se joga para a frente.

Percebe o olhar de Jack se deslocando para a tela. De um instante para o outro, começam a receber atualizações.

"... ton, aqui é o *Navigator*. Está na escuta?"

O ar volta com toda a força para os pulmões de Joan. "Vanessa? Vanessa, você está aí?"

E então vem a voz de Vanessa, em alto e bom som.

"Houston, aqui é o *Navigator*. Lydia Danes está viva. Estou prestes a pousar em Edwards."

A sala inteira irrompe em um aplauso tão ruidoso que Joan tem um sobressalto.

"*Navigator*", diz Joan. "Estamos na escuta."

Vanessa solta um suspiro audível, agudo e chiado.

"Oi", diz Vanessa.

Joan respira fundo. "Oi." Ela fecha os olhos e sorri.

Talvez elas não tivessem pedido demais. Talvez pudessem ter tudo que quisessem.

Agradecimentos

Nos últimos anos, eu venho brincando com minha família que deveria dedicar este livro à "licença poética". Foi incrivelmente desafiador pesquisar todos os elementos históricos necessários para criar o mundo de Joan e Vanessa. Devo boa parte do meu crescimento como escritora à aceitação do fato de que meu trabalho não pode ser impecável e nunca vai ser. Eu não sou impecável. O escopo do meu entendimento do mundo é limitado. Portanto, este livro também é. Mas, com sorte, entre um defeito e outro pode existir algo que possa significar alguma coisa para alguém.

O mérito dos acertos com relação aos detalhes técnicos nesta história é todo dos livros que li e das pessoas que concordaram em ajudar uma desconhecida com essa ideia maluca.

Paul Dye, sua generosidade fica evidente pelo tanto de tempo que dedicou para me explicar os detalhes da vida no ônibus espacial e no Controle de Missão. Aprendi demais com você nesse processo, não só sobre criar um desastre monumental e mortal ambientado no espaço, mas também sobre a visão de mundo das pessoas da Nasa. Obrigada.

Jeffrey Kluger, sou muito grata pelo tempo que me cedeu. Boa parte do amor de Joan pela viagem espacial se estabeleceu no dia em que conversamos sobre o valor dessa exploração. Corey Powell e Mike Massimino, muito obrigada pela ajuda com a parte científica e os detalhes do dia a dia.

Kari Erickson, sou mais do que grata por contar com seu conhecimento a cada passo do caminho na criação deste livro, que é melhor por sua causa.

Jennifer Hershey, você mudou minha vida e me transformou como escritora. Seu apoio, não só para colocar este livro de pé, mas também ao entender quem eu sou e do que preciso, fez toda a diferença. Kara Welsh, Kim Hovey, Jennifer Garza, Emily Isayeff, Taylor Noel, Wendy

Wong, Bonnie Thompson, Robert Siek, Susan Turner, Angela McNally e toda a equipe incrível da Ballantine, obrigada por tudo que vocês fazem. Tenho uma sorte incrível por poder trabalhar com pessoas tão talentosas e dedicadas.

Theresa Park e Celeste Fine, vocês têm uma determinação que admiro demais. Obrigada por serem as mãos firmes que nunca me guiaram para um caminho errado. Andrea Mai, Emily Sweet, Abigail Koons, Ben Kaslow-Zieve, Kathryn Toolan, John Maas, Charlotte Sunderland e Haley Garrison, eu fico empolgada toda vez que vou ver vocês — e vocês sabem o quanto odeio sair de casa, então isso não é pouca coisa.

Brad Mendelsohn, você aguenta tantas reclamações minhas! E faz parecer que nem se importa. Obrigada a tudo o que você faz para concretizar as minhas visões mais malucas. Sylvie Rabineau e Stuart Rosenthal, é uma sorte imensa contar com vocês, um privilégio que sempre vou valorizar. Stephen Fertelmes e Michael Geiser, obrigada por entender o que eu preciso, por mais incomum que possa ser às vezes. Essa equipe é mesmo inacreditável.

Julian Alexander, Venetia Butterfield, Ailah Ahmed e as equipes incríveis da Soho Agency UK e da Hutchinson, é uma sorte enorme ser representada e publicada por uma equipe tão sincera e entusiasmada na Grã-Bretanha. Leo Teti, Joaquín Sabaté e equipe da Umbriel (oi, Facu), sua dedicação à minha obra significa muito para mim.

Ao meu irmão, Jake Jenkins, que nunca me deixa dizer nada de ruim sobre mim mesma sem me defender fervorosamente, meu muito obrigada. Espero um dia ser uma escritora tão boa quanto você acha.

Rose Reid e Sally Hanes, obrigada por tudo o que fazem por Alex, por Lilah e por mim. É graças a vocês que consigo o tempo de que preciso para escrever. E obrigada pelo tanto que vocês me ouviram falar nos últimos anos enquanto eu ia me descobrindo e me entendendo.

A Julia Bicknell e Kate Sullivan, meu agradecimento por estarem entre as primeiras leitoras deste livro. Vocês sempre têm uma visão tão abrangente de mim, e me deixam totalmente segura para ser quem eu sou. Julian Furlan, Ashley Rodger, Colin Rodger e Emily Giorgio, obrigada por nunca me verem apenas como uma escritora. Isso é mais importante para mim do que vocês imaginam.

Suspiro E agora você, Alex Reid. Você mergulhou de cabeça nos documentos da Nasa comigo, leu livros, conversou sobre as coisas e me deu um monte de ideias. Mais que isso, você leu todas as versões desta história de amor entre duas mulheres e sempre entendeu por que eu quis escrevê-la. Você me deu apoio em todos os momentos. Eu nunca precisei esconder ou negar nenhuma parte de mim mesma para você me entender. Que dádiva é ser amada desse jeito.

E, por fim, como sempre, Lilah. Eu contei para você a história de Joan e Vanessa no dia em que a terminei. E você ouviu tudinho. Você suspirou, e se encantou e, no final, chorou. Nada do que eu tenha feito antes em termos criativos me deixou tão contente quanto isso. Dá para imaginar a minha sorte? Poder contar uma história para você. Vou continuar contando histórias para você para sempre, meu amor. E ouvir avidamente as suas. Porque, apesar de a grandeza do espaço ser tentadora, meu lugar é aqui, com você, olhando para as estrelas de longe. Você é para sempre a minha Frances.

TIPOGRAFIA Adriane por Marconi Lima
DIAGRAMAÇÃO Vanessa Lima
PAPEL Pólen Natural, Suzano S.A.
IMPRESSÃO Santa Marta, maio de 2025

A marca FSC® é a garantia de que a madeira utilizada na fabricação do papel deste livro provém de florestas que foram gerenciadas de maneira ambientalmente correta, socialmente justa e economicamente viável, além de outras fontes de origem controlada.

Sua vida em movimento